VERLIEBT IN ARIZONA

Aus der Serie: Wings of the West (Buch 4)

KRISTY MCCAFFREY

Übersetzt von
STEFANIE KERSTEN

Bücher von Kristy McCaffrey in englischer Sprache

Wings-of-the-West-Serie

The Wren

The Dove

The Sparrow

The Blackbird

The Bluebird

The Songbird (Novella)

Echo of the Plains (Short Story)

The Starling

The Canary

The Nighthawk

The Swan

The Falcon

Weitere Romane

Into the Land of Shadows

Deep Blue

Cold Horizon

Ancient Winds

Shark Reef

Sapphire Waves

Kurzromane

The Crow Brothers Collection

The West: A Romance Collection

Novellas

Alice: Bride of Rhode Island

Rosemary

Blue Sage

The Peppermint Tree

A Mirthful Wish

Bücher von Kristy McCaffrey auf Deutsch

Wings-of-the-West-Serie

Verliebt in Texas

Verliebt in New Mexico

Verliebt am Grand Canyon

Verliebt in Arizona

Verliebt in Colorado

Wiedersehen in Texas

Echo über der Prärie

Verliebt in den Rockies

Die englische Originalausgabe erschien unter dem Titel „The Blackbird".
Copyright © 2015 by Kristy McCaffrey
Alle Rechte vorbehalten

Cover Design: earthlycharms.com

Deutsche Erstveröffentlichung 2021

Deutschsprachige Übersetzung: Stefanie Kersten
Lektorat der deutschsprachigen Übersetzung: Indie Translations, www.indie-
translations.com
Korrektorat der deutschsprachigen Übersetzung: Sonja Glück

Verlag: K. McCaffrey LLC, Scottsdale, 85266 Arizona, USA

Printed by Amazon

German Edition Ebook ISBN-13: 978-1-952801-12-9
German Edition Print ISBN-13: 978-1-952801-08-2

kmccaffrey.com
kristy@kmccaffrey.com

Rezensionen der Wings-of-the-West-Serie

Verliebt in Texas

„... McCaffreys Westernromane zeichnen sich durch ein realistisches Setting und die detailgetreue Darstellung historischer Ereignisse aus." ~ Romantic Times BOOKclub

„Ich bin ein großer Fan von Western-Liebesromanen, und dieses Buch ist wirklich außergewöhnlich. Ein schöner Auftakt zu einer tollen Serie." ~ The Romance Studio

„Attraktive, verwegene Helden, starke Heldinnen und eine ausgezeichnete Story machen diesen Roman zum bleibenden Lesegenuss." ~ The Best Reviews

Verliebt in New Mexico

„... eine wundervolle Beschreibung des Sangre-de-Cristo-Gebirges, von Las Vegas im späten 19. Jahrhundert und der Ranch der Ryans. Die Rezensentin fühlte sich beim Lesen in diese Zeit und an die beschriebenen Orte versetzt." ~ Love Romances

„Ms McCaffrey schreibt aus dem Herzen … definitiv eine Leseempfehlung." ~ The Romance Studio

„Wenn Sie Liebesromane, die im Wilden Westen spielen, mögen, dann sollten Sie dieses Buch lesen." ~ Romance Junkies

Verliebt am Grand Canyon
„Die Leser werden die Geschichte lieben …" ~ RT BookReviews

„McCaffreys Geschichten sind historisch akkurat … ein phänomenaler Lesegenuss, ich lege das Buch allen ans Herz, die historische Liebesromane mit dem gewissen Extra mögen." ~ Jonel Boyko, Reviewer

„Die Legenden der Hopi und Havasupai haben in McCaffrey eine neue Stimme gefunden. Ihr mitreißender Stil machte die mystische Reise ihrer Protagonistin in ein anderes Reich glaubhaft. Ich konnte das Buch nicht mehr aus der Hand legen und habe es an einem Abend gelesen." ~ City Sun Times

Verliebt in Arizona
„Fiese Bösewichte, jede Menge Action, eine starke Heldin, überraschende Wendungen, ein sexy Cowboy und eine sinnliche Liebesgeschichte – dieser historische Western-Liebesroman bietet von allem und für alle etwas." ~ Janna Shay, InD'tale Magazine

„… ergreifend und fesselnd … kaum aus der Hand zu legen." ~ Chanticleer Book Reviews

Verliebt in Colorado
„… rasant erzählt mit tiefgründigen Charakteren und einer Geschichte, die mich von der ersten bis zur letzten Seite in ihrem Bann hielt …" ~ Jo, Romance Junkies

„… vollgepackt mit Abenteuer und atemberaubender Action … ein fantastisches Buch … ich konnte es nicht mehr aus der Hand legen!" ~ Maia, The Silver Dagger Scriptorium

„So spannend, dass ich wie gefesselt war … ein unterhaltsames Leseerlebnis!" ~ Belinda Wilson, InD'tale Magazine, a Crowned Heart review

Wiedersehen in Texas

„Fesselnd von Anfang bis Ende! Eine großartige Ergänzung zu einer wunderbaren historischen Western-Romance-Serie. Es geht um Geheimnisse, Liebe, indianische Legenden und den unerschütterlichen optimistischen Einfallsreichtum einer Gruppe unvergesslicher Kinder. Als ich einmal angefangen hatte zu lesen, konnte ich das Buch nicht mehr aus der Hand legen." ~ Edwina Bailey Brown, BookBub-Rezension

Verliebt in den Rockies

„Kates und Henrys Geschichte war eine perfekte Mischung aus Romantik, Abenteuer, Verbrechensbekämpfung, Erlösung und dem Lernen, wieder zu vertrauen. Ich habe es genossen und empfehle das Buch sehr!" ~ Goodreads-Rezensent

Für meine Kinder ~
mögen Geschichten euer Leben für immer bereichern.

Kapitel Eins

Arizona-Territorium
In der Nähe von Tucson
August 1877

Die Simms-Ranch lag verlassen, keine Menschenseele war in Sicht. Daher beschloss Cale Walker, auf die Rückkehr der Familie zu warten und inzwischen sein Pferd in der Scheune zu versorgen.

Als er das Tier an das Nebengebäude heranführte, trug die schwüle Spätsommerbrise plötzlich die Stimme einer Frau zu ihm herüber. „Er wurde von einem *león de montaña* – einem Berglöwen – angegriffen, und es war so schrecklich."

Cale verhielt mitten im Schritt.

„Er hatte so viel Blut verloren", fuhr die Frau fort, in deren Aussprache ein leichter mexikanischer Akzent mitschwang. „Die Apachen wussten nicht, ob sie ihn retten konnten. Sein Schicksal lag allein in den Händen ihres Schöpfers *Yusn.*"

„Was ist mit ihm passiert, Tante Tess?", fragte ein Junge aufgeregt und neugierig.

„Er überlebte. Die Apachen erkannten seinen starken Geist. Er war vom *león de montaña* gezeichnet worden, und das war etwas Besonderes. Also lehrten sie ihn die Gebräuche ihres Volkes. Sie brachten ihm das Wissen über ihre Medizin bei, und er wurde zu einem *di-yin*.“

Sie erzählt eine Geschichte über mich, dachte Cale.

„Was ist das?“, wollte der Junge wissen.

Cale schob seinen Stetson ein wenig höher und lauschte angestrengt. Würde die Frau die Bedeutung auch richtig wiedergeben?

„Ein *chamán*.“

„Hm?“

„Ein *medicina* Mann“, versuchte die Frau es anders.

Der Junge verstand offenbar immer noch nicht.

„Ein Doktor“, fuhr sie fort.

„Oh.“

Cale sah sie nicht, doch er konnte praktisch fühlen, wie dem Jungen ein Licht aufging und sich seine Augen erstaunt weiteten.

„Ein Dokta“, mischte sich der Stimme nach ein kleines Mädchen ein.

„Genau, Molly Rose“, antwortete Tante Tess.

Das musste die Tess sein, die ihn hierhergeführt hatte. Hanks Tochter. „*Muy buena*. Und jetzt ab mit euch ins Haus, damit wir essen können. *Te vas*.“

„Soll ich dir helfen?“, fragte der Junge.

„Nein, Robbie, das schaffe ich alleine“, erwiderte Tess. „Ich komme nach, in *un momento*.“

Cale hörte, wie die Kinder die Scheune verließen, rührte sich aber nicht vom Fleck. Tess blieb ebenfalls, wo sie war, was ihm das Gefühl gab, als würde er ihr nachstellen. Während er noch überlegte, wie er sich am besten bemerkbar machen sollte, schnaubte sein Pferd.

Danke, Bo.

„Ist da jemand?“, rief Tess, kam jedoch nicht in seine Richtung.

Cale runzelte die Stirn. Hatte sie Angst vor ihm? Gab es hier etwa öfter Angriffe von Verbrechern oder Plünderungen durch Apachen, die ihr Grund gaben, so vorsichtig zu sein?

„Ja", rief er schließlich und umrundete die Ecke der Scheune.

Da stand Tess Carlisle in einer weißen Bluse und einem bunt gemusterten Rock neben einem Heuballen. Das schwarze Haar hing ihr in einem geflochtenen Zopf über die Schulter, doch da die Sonne sie von hinten durch das offene Scheunentor anstrahlte, konnte Cale ihr Gesicht nicht genau erkennen. Sie wirkte jedoch jung und hübsch und schien überhaupt keine Ähnlichkeit mit ihrem Pa, J. Howard Carlisle – oder Hank, wie Cale ihn nannte –, zu haben. Wahrscheinlich kam sie mehr nach ihrer Mutter, die Cale nie getroffen hatte.

„Tut mir leid, dass ich Sie erschreckt habe", meinte er. „Ich bin Cale Walker. Sie müssen Tess Carlisle sein."

Seinen Namen kannte sie offenbar. „Oh, *sí*, schön Sie kennenzulernen." Allerdings machte sie keine Anstalten, ihm entgegenzukommen, was Cale etwas seltsam vorkam. „Dann wollen Sie mir also doch helfen. Mary war sich nicht sicher."

Erst jetzt bemerkte er den Gehstock, auf den sie sich stützte, was auf eine Beinverletzung schließen ließ.

„Ich habe gehört, dass Sie nach Hank suchen. Aber ich weiß nicht, ob ich Ihnen behilflich sein kann." Er zögerte kurz. „Geht es Ihnen gut?"

Tess schaute nach unten auf ihre hölzerne Stütze. „Mehr oder weniger. Das ist eine alte Verletzung. Möchten Sie ins Haus kommen? Ich wollte gerade das Mittagessen für die Kinder fertig machen. Tom und Mary sind mit dem Baby in der Stadt."

„Ist alles in Ordnung?"

„*Sí*. Die Kleine hat nur etwas Husten. Der Arzt kann ihr bestimmt helfen."

„Wenn Sie nichts dagegen haben, versorge ich zuerst mein Pferd. Es war ein langer Ritt."

„Sind Sie den weiten Weg von Texas hierhergekommen?"

„Ja." Cale führte sein Pferd in eine der Boxen und löste den Sattelgurt.

„Ich werde nach den Kindern sehen", sagte Tess. „Der Hauseingang ist dort drüben. Kommen Sie ruhig herein, wenn Sie fertig sind."

„Sehr gerne."

Sie drehte sich um, und obwohl sie sich schwer auf den Gehstock stützte, verließ sie die Scheune mit raschen Schritten. Cale sah ihr nach und fragte sich, was ihr wohl zugestoßen war und ob Hank seine Tochter irgendwie in Schwierigkeiten gebracht hatte.

Nachdem er Bo mit frischem Heu und Wasser versorgt hatte, machte er sich auf den Weg hinüber zu der großen Hazienda. Er folgte den Stimmen der Kinder bis in den Innenhof, wo ein Hund mit Schlappohren und kurzem Fell auf ihn zurannte und sich bellend vor ihm aufbaute.

„Cabal, *ven aca*!", rief Tess streng aus der Küche.

Im Türrahmen stand ein Junge von etwa fünf oder sechs Jahren mit dunklen Haaren und Sonnenbrand im Gesicht. „Wer bist du?"

„Das ist Señor Walker, Robbie", klärte Tess ihn von drinnen auf.

Der große, braune Mischlingshund bellte weiter. Tess tauchte auf ihren Gehstock gestützt hinter Robbie auf. „Cabal, bei Fuß."

Der Hund gehorchte, behielt Cale jedoch fest im Blick.

„Ist das Ihr Wachhund?", fragte Cale.

Lächelnd schaute Tess zu dem Tier hinüber, und die Liebe in ihrem Blick war unübersehbar. „Er ist ein guter Hund. Beißen würde er nicht, aber er braucht ein bisschen Zeit, bis er mit neuen Menschen warm wird. Sein Name ist Cabal." Sie legte dem Jungen eine Hand auf die Schulter. „Und das hier ist Robbie Simms, Toms und Marys Ältester."

Cale beobachtete fasziniert, wie sich Tess' Gesichtsausdruck veränderte. In der Nähe des Jungen und des Hundes strahlte sie richtiggehend.

„Freut mich, dich kennenzulernen, Robbie." Cale ging in die Knie, um auf Augenhöhe mit dem Knirps zu sein.

„Bist du ein Kopfgeldjäger und willst mich mitnehmen?", fragte Robbie.

Cale lächelte. „Nein. Ich möchte nur deine Ma besuchen."

Hinter Tess' Rock lugte ein kleines Mädchen hervor.

„Das ist Molly Rose." Tess wuschelte ihr liebevoll durch die Haare. „Sie ist drei."

Molly Rose hielt drei Finger hoch, um ihr Alter zu betonen.

„Hallo, Molly", erwiderte Cale. „Ich kenne noch eine andere Molly, deine Tante. Mit dem Namen bist du in guter Gesellschaft." Er wusste jedoch, dass das Mädchen noch zu jung war, um zu verstehen, dass „Tante Molly" auch Cales Halbschwester war, also behielt er diesen Teil für sich.

Das Gesicht des Mädchens wurde von braunen Locken eingerahmt, und sie musterte ihn wachsam und neugierig zugleich.

„Es gibt Tortillas mit Bohnen. Möchten Sie mitessen?", erkundigte sich Tess.

Cale nickte.

„Sie können sich gerne dort drüben waschen", fügte sie hinzu und deutete auf einen Trog, der niedrig genug war, dass die Kinder auch hineinfassen konnten.

Als er seinen Hut abnahm, schnappte Molly Rose ihn sich vorsichtig und zog sich dann kichernd mit ihrer Beute in die Küche zurück. Cale beugte sich über den Trog und wusch sich mit einem Stück Kernseife den Schweiß und Staub der Reise ab. Danach fuhr er sich mit nassen Fingern durch die kurzen Haare und übers Gesicht, in der Hoffnung, halbwegs präsentabel auszusehen.

Er betrat die Küche, als Tess gerade einen Topf mit Bohnen vom Herd nehmen wollte.

Eilig ging er zu ihr hinüber. „Ich helfe Ihnen."

„*Gracias*", bedankte Tess sich und machte ihm Platz.

Cale stellte den Topf auf den Tisch, und sie nahmen auf den Bänken Platz, er auf der einen und Tess mit den beiden Kindern links und rechts von sich auf der anderen Seite. Gleichzeitig griffen sie nach dem Schöpflöffel, und ihre Hände berührten sich flüchtig.

„*Perdón*", murmelte Tess, ohne ihn anzusehen.

Sie schaufelte rote Bohnen in vier Schüsseln und reichte je eine den Kindern und Cale, bevor sie die letzte vor sich selbst abstellte. Dann gab sie Tortillas an alle aus und goss Wasser aus einer Karaffe in die Tassen ein.

„Haben sie etwas von *mi padre* gehört?", fragte Tess irgendwann und suchte dabei nun doch Cales Blick. Ihre grünen Augen fesselten einen Moment lang seine Aufmerksamkeit, da er so eine ungewöhnliche Farbe noch nie gesehen hatte. Es war, als würden sich die smaragdgrünen Hügel von Irland, von denen Hank oft schwärmte, in den Augen seiner Tochter spiegeln.

„Nein. Ich habe Hank seit vier Jahren nicht mehr gesehen."

„Er hat keinen Kontakt zu Ihnen aufgenommen? Haben Sie gemeinsame Bekannte?"

„Nein. Und ja, haben wir. Unsere Wege haben sich achtzehnhundertdreiundsiebzig getrennt, kurz bevor er Sie nach dem Tod Ihrer Mutter zu sich geholt hat. Seitdem war ich nicht mehr in dieser Gegend. Ist er nicht bei Ihnen geblieben?"

„Ich denke, Sie kennen Hank recht gut", erwiderte sie. „Da wird es Sie wohl nicht überraschen, dass er es nicht lange an einem Ort aushält und er mich einfach mitgenommen hat."

Unwillkürlich fragte Cale sich, ob sie sich während dieser Zeit verletzt hatte. Hank hatte kein geruhsames, friedliches Leben gepflegt. „Für wie lange?"

„Zwei Jahre. Dann hat er mich hierher gebracht. Danach habe ich nichts mehr von ihm gehört."

„Warum wollen Sie ihn jetzt finden?"

„Ich bin achtzehn Jahre alt." Tess hob stirnrunzelnd den Löffel auf, den Molly Rose fallen gelassen hatte, und wischte ihn mit einem Lappen ab, ehe sie ihn dem Mädchen zurückgab. „Ich kann nicht ewig hier leben, auch wenn Tom und Mary mich mit offenen Armen aufgenommen haben."

„Doch, kannst du", mischte Robbie sich ein. „Wir wollen nicht, dass du gehst."

„Ich werde nicht gehen", entgegnete sie, wandte sich dann aber wieder an Cale. „Aber ich muss wissen, wo Hank sich aufhält, damit ich eine Entscheidung über meine Zukunft treffen kann. Er ist alles, was mir noch an Familie geblieben ist."

„Heiratest du diesen Esteban?", wollte Robbie wissen.

„Nein, Robbie, tue ich nicht."

„Wenn du auf mich wartest, könnten wir heiraten." Man sah ihm an, wie ernst es ihm damit trotz seiner jungen Jahre war.

Tess lächelte nachsichtig, und Cale musste feststellen, dass auch er gegen ihren Charme nicht immun war. „Dann werde ich warten", sagte sie.

„Wirklich?" Robbie grinste, plötzlich wieder ganz der kleine Junge, und stopfte sich eine Tortilla in den Mund.

So schnell konnte es gehen, dass eine Frau jemandem versprochen war. Der Gedanke amüsierte Cale.

Die Kinder hoben den Kopf, als draußen eine Kutsche ratternd in den Hof einbog. Als Tess und die beiden sich erhoben, folgte Cale ihnen nach draußen. Ein Mann und eine Frau mit einem Baby auf dem Arm kamen auf das Haus zu.

Die dunkelhaarige Mary Hart sah noch fast genauso aus wie das Mädchen, das er in seiner Jugend gekannt hatte. Sie blieb wie angewurzelt stehen. „Cale Walker?" Ein breites Lächeln erschien auf ihrem Gesicht, und sie umarmte ihn vorsichtig mit dem Säugling in ihrem Arm.

„Es ist schön, dich wiederzusehen, Mary."

„Vielen Dank, dass du gekommen bist. Und Molly … meine Güte, wie geht es ihr?" Sie strahlte übers ganze Gesicht, voller Vorfreude auf Neuigkeiten von ihrer totgeglaubten Schwester.

„Sehr gut. Ich weiß, dass sie sich auch auf dich freut."

„Mama, ich bin Molly", mischte sich die kleine Namensvetterin neben Tess leise ein.

„Natürlich bist du das, Schätzchen." Mary beugte sich hinunter, um ihre Tochter an sich zu drücken. „Ich spreche von deiner Tante Molly." Dann deutete sie auf den Mann neben sich. „Cale, das ist mein Ehemann Tom Simms."

Cale schüttelte Tom die Hand. „Schön, dich kennenzulernen."

„Ebenso", erwiderte Tom.

Der Mann war sehnig und gebräunt, und seine herzliche Ausstrahlung ließ in Cale Dankbarkeit aufsteigen, dass die kleine Tändelei zwischen ihm und Mary vor vielen Jahren sich in herzliche Zuneigung gewandelt hatte.

„Hast du den Rest der Familie schon kennengelernt?", erkundigte sich Tom.

Cale nickte. „Bis auf den jüngsten Spross."

Mary drehte das Kind herum, sodass er das Gesicht sehen konnte. „Das ist Evelyn."

„Sie ist wunderschön."

„Ich muss sie für ihr Nickerchen hinlegen, aber ich hoffe sehr, dass wir uns nachher unterhalten können."

Cale zögerte kurz, griff dann aber in seine Hemdtasche und holte den Brief hervor, den er darin verwahrt hatte. „Molly hat mich gebeten, dir den zu geben. Du solltest ihn wohl lieber lesen, wenn du allein bist."

Das schien Mary zu beunruhigen.

„Damit werden einige Fragen über die Ereignisse vor zehn Jahren beantwortet", beschwichtigte er. Es erleichterte ihn zutiefst, dass nicht er selbst Mary erklären musste, was ans Licht gekommen war, seit ihre jüngere Schwester Molly vor ein paar Monaten quicklebendig und wohlauf in Texas aufgetaucht war.

Vor zehn Jahren war die Ranch der Harts in Nordtexas überfallen und Robert und Rosemary Hart dabei getötet worden. Ihre Tochter Molly war entführt worden, und man war davon ausgegangen, dass sie ebenfalls ermordet worden war. Cale hatte damals den bis zur Unkenntlichkeit verkohlten Leichnam der Neunjährigen gefunden. Dieses Bild hatte er nie vergessen können. Mollys goldenes Kreuz war das einzige Mittel zur Identifizierung gewesen, doch wie sich herausgestellt hatte, war die Tote gar nicht Molly gewesen; sie hatte nur deren Kette getragen. Mollys Auftauchen, nachdem sie jahrelang bei Comanchen gelebt hatte, hatte alle überrascht. Dazu kam die Aufdeckung des Geheimnisses um Mollys Abstammung. Sie und Cale hatten den gleichen Vater. Auch das sollte Molly ihrer Schwester Mary lieber selbst sagen, daher der Brief.

„Danke." Mary nahm das gefaltete Papier entgegen.

Tom trat neben sie und legte ihr einen Arm um die Schultern. „Alles in Ordnung?"

Sie nickte lächelnd.

„Ich kann Evie für dich hinlegen, damit du ein bisschen Zeit für dich hast", bot Tess an.

Mary zögerte kurz, nahm das Angebot dann jedoch nickend an. Als Tess sich an Cale vorbeischob, stieg ihm kurz ihr Duft nach Rosmarin und Sonnenschein in die Nase. Den Stock in der linken Hand, nahm sie Evie mit dem freien Arm entgegen und verschwand rasch durch einen anderen Durchgang.

Tom gab Mary einen Kuss auf die Wange. „Lass dir Zeit."

Einen Augenblick lang starrte sie nur auf den Brief, dann ging sie.

Tom wandte sich an Cale. „Das gibt uns die Gelegenheit, uns zu unterhalten. Robbie, pass bitte im Innenhof auf deine Schwester auf."

„Ja, Sir." Der kleine Robbie nahm Molly Rose an der Hand und lief mit ihr zu einem Erdhaufen, auf dem einige Holzspielzeuge lagen.

Cale folgte Tom zurück in die Küche.

„Kaffee?"

„Gerne."

Tom nahm den Kessel vom Herd und goss dampfende Flüssigkeit in zwei Blechtassen.

„Es ist schön, dich endlich persönlich zu treffen", meinte Tom. „Mary schätzt dich sehr."

„Ich bin froh, dass sie es so gut getroffen hat."

Toms Blick sagte ihm, dass der Mann verstand, worauf Cale anspielte. Die Hart-Frauen – Mary, Molly und Emma – hatten nach dem Tod ihrer Eltern mehr Kummer erfahren, als ein Mensch verdiente. Sein Freund Matt Ryan hatte Molly geheiratet; seitdem kümmerten sich auch andere um die Schwestern.

Cale war mit Nathan Blackmore und Logan Ryan nach Fort Sumner geritten. Von dort aus war Texas Ranger Nathan auf der Suche nach Emma, die von ihrem Zuhause in San Francisco weggelaufen war, zum Grand Canyon aufgebrochen. Logan war nach Las Vegas im New-Mexico-Territorium unterwegs, wo er nach Mollys Freundin Claire sehen wollte. Und Cale war hierhergekommen, nicht nur, um Mollys Brief zu überbringen, sondern auch um auf Marys Wunsch hin Tess Carlisle zu helfen.

„Wir sollten über Hank Carlisle sprechen", begann Tom ohne Umschweife.

„Weißt du, wo er ist?"

„Nicht genau, aber ich habe vielleicht eine Spur. Tess habe ich das nie erzählt. Sie ist fest entschlossen, ihn zu finden, und würde es wohl alleine versuchen. Mary hat sie überredet, auf dich zu warten. Ich kenne Hank, und ich weiß, mit welchen Leuten er sich umgibt. Tess sollte nicht einmal in deren Nähe kommen."

„Dem stimme ich zu. Warum hat er sie bei euch gelassen?"

Tom zögerte und nahm einen Schluck von seinem Kaffee. „Vor zwei Jahren ist er mit Tess hier aufgetaucht." Einen Moment lang starrte er nachdenklich in seine Tasse. „Sie war in einer ziemlich schlechten Verfassung."

„Was ist ihr passiert?"

„Das weiß ich nicht", erklärte Tom kopfschüttelnd. „Tess hat es mir nie erzählt. Mary gegenüber hat sie sich ein bisschen geöffnet, aber nicht viel. Sie wurde schwer verprügelt, und in ihrem Bein steckte eine Kugel. Wer auch immer das getan hat, war … gründlich. Glücklicherweise ist sie nicht schwanger geworden. Hank hat mich gebeten, mich um sie zu kümmern und niemandem davon zu erzählen; danach ist er verschwunden. Seitdem haben wir ihn nicht mehr gesehen, aber während der ersten paar Monate hat er noch Geld geschickt. Er hat uns aber nie mitgeteilt, wo er sich gerade aufhält. Vielleicht ist der Mistkerl tot, ich weiß es nicht. Vielleicht wollte er den Halunken erwischen, der Tess das angetan hat. So wie ich Hank kenne, hätte er es ihm zehnfach zurückgezahlt."

Das konnte Cale nur bestätigen. Hank Carlisle war gnadenlos, das hatte er mit eigenen Augen gesehen. Letzten Endes war das einer der Gründe gewesen, warum Cale sich von seinem Mentor distanziert hatte. Das und Saul Miller.

„Was weißt du noch?", fragte Cale.

„Vor etwa sechs Wochen habe ich mitbekommen, wie ein Händler in der Stadt von einem kleinen Amboss erzählte, den er einem Henry Worthington in Tubac geliefert hat. Auf dem Bestellschein ist mir ein anderer Name ins Auge gefallen: Carleton Perry. Das Geld für Tess kam nicht von Hank, sondern von einem Carleton Perry, also gehe ich davon aus, dass er sich hinter dem Namen versteckt."

„Damit könntest du recht haben", erwiderte Cale leise. Hank hatte *Carleton Perry* schon früher als Decknamen benutzt.

„Ich bin dir dankbar, dass du hergekommen bist. Ich würde ja selbst nach Hank suchen, aber ich kann Mary und die Kinder nicht allein lassen."

„Habt ihr Probleme mit den Apachen?"

„Nein. Wenn man dem Gerede in Tucson Glauben schenkt, wimmelt es hier nur so von ihnen. Aber die Gerüchte stammen von Geschäftsleuten, die in den Zeitungen gerne mal übertreiben und manchmal sogar blanke Lügen verbreiten. Das hält das Militär vor Ort, was ihnen mehr Kunden verschafft, an die sie ihre Waren verkaufen können. Aber nachdem Geronimo im Moment in San Carlos im Gefängnis sitzt, scheinen die Spannungen etwas nachgelassen zu haben."

Das konnte Cale nachvollziehen. „Wie läuft es mit der Ranch hier draußen?"

„Es reicht zum Leben. Fort Lowell kauft einen Großteil des Rindfleischs. Natürlich profitieren wir alle von den stationierten Soldaten. Aber ich habe mich entschieden, mein Land zu verkaufen und in die Stadt zu ziehen. Einen Käufer habe ich schon in Aussicht, und ich habe die Möglichkeit, mich in eine Mühle einzukaufen. Das verschafft Mary ein schöneres Zuhause, und Robbie kann zur Schule gehen. Auch wenn Mary das nie laut sagen würde, glaube ich, dass sie hier draußen einsam ist. Tess bei uns zu haben war ein unglaublicher Segen", vertraute Tom ihm an. „Hank kenne ich allerdings nicht besonders gut. Mary hat sich vor ein paar Jahren mit Isabella, Tess' *madre* angefreundet, und wir sind uns immer mal wieder über den Weg gelaufen. Ich mochte Hank, auch wenn er gegenüber seiner Familie nur wenig Verantwortungsgefühl zeigte. Aber sei vorsichtig. Was auch immer Tess zugestoßen ist, könnte auch dich in Schwierigkeiten bringen."

„Ich verstehe", erwiderte Cale. „Wenn Hank noch lebt, werde ich ihn finden. Ich reite bei Morgengrauen los, bevor Tess aufsteht."

„Sie wird nicht glücklich darüber sein, dass sie zurückbleiben muss."

„Das klingt nach Hank."

Tom lachte. „Sie ist definitiv ganz seine Tochter."

Kapitel Zwei

R asch verließ Tess mit gesenktem Kopf ihr Versteck nahe der offenen Küchentür. Sie hatte nicht lauschen wollen, aber nachdem Evie schneller als üblich eingeschlafen war, wollte sie sich um den Abwasch des Mittagsgeschirrs kümmern. Als sie bemerkt hatte, dass Tom und Cale sich über Hank unterhielten, war sie stehen geblieben.

Tess kannte nicht viele ehrenwerte Männer, aber Tom Simms war stark, ehrlich und seiner Frau und seinen Kindern treu ergeben. Sie achtete ihn sehr, was sie nur von wenigen Menschen sagen konnte und von noch weniger Männern.

Aber Tom hatte ihr Dinge über ihren *padre* verschwiegen. Selbst er war nicht aufrichtig, wenn es in seinen Augen einen triftigen Grund dafür gab. Sicher war er davon ausgegangen, dass er sie damit schützte, aber sie hatte ein Recht darauf, ihre eigenen Entscheidungen zu treffen. Immerhin gab es auch keine Familie mehr, die sich um sie sorgen würde.

Robbie und Molly Rose kamen ihr in den Sinn, doch auch wenn sie die beiden mehr liebte, als sie es je für möglich gehalten hätte, waren sie dennoch nicht miteinander verwandt. Nach dem Tod ihrer *madre* und *abuela* hatte sie geglaubt, ihr könnte nichts

Schlimmeres mehr passieren. Dann war sie Saul Miller begegnet. Tess biss die Zähne zusammen und verdrängte den Mann ganz bewusst aus ihrem Kopf. Er verdiente es nicht, dass man auch nur einen Gedanken an ihn verschwendete.

Auf ihren Gehstock gestützt schlich sie sich zurück in ihr Schlafzimmer am anderen Ende des Lehmziegelgebäudes. Mit der freien Hand umfasste sie das silberne Kreuz an der Kette um ihren Hals. Es war das einzige Andenken, das sie noch von ihrer geliebten *abuela,* ihrer Großmutter, besaß, abgesehen von dem Vermächtnis ihrer Geschichtenerzählkunst, die sie an Tess weitergegeben hatte.

Tess würde Señor Walker begleiten, ob es ihm nun passte oder nicht.

Er war ganz anders, als sie erwartet hatte. Allerdings hatte Tess ihn auch erst einmal in ihrem Leben gesehen, mit zwölf Jahren und nicht aus der Nähe. Damals musste er noch sehr jung gewesen sein, dennoch hatte sie ihn sich älter vorgestellt und auf Hanks Alter geschätzt.

In ihrem Zimmer angekommen, begann Tess hastig, Kleidung in eine Tasche zu packen. Cale entsprach überhaupt nicht dem Bild, das sie sich über ihn aus den Geschichten, die sie über ihn gehört hatte und die sie Robbie und Molly Rose oft erzählte, gemacht hatte. Er war hochgewachsen und hatte kurze, blonde Haare, die – je nach Lichteinfall – mal heller oder dunkler erschienen. Dass er ein Medizinmann der Apachen sein sollte, war für Tess kaum vorstellbar. Sollte er nicht ernster aussehen? Spiritueller und irgendwie heiliger?

Einerseits würde sie ihn gerne danach fragen, andererseits hinderte ihre ausgeprägte Abneigung gegenüber Männern sie daran. Sie knüllte weitere Kleidungsstücke zusammen und stopfte sie in die Tasche, ohne sich darum zu kümmern, ob sie zerknitterten. Wenn Esteban wüsste, wie sehr sie sich vor ihm ekelte, hätte er es wohl schon längst aufgegeben, ihr den Hof zu machen. Außerdem war sie ohnehin keine Frau zum Heiraten, und

Esteban wollte sie auch gar nicht wirklich haben. Er begehrte sie bloß, weil sie ihn immer abwies.

Tess hielt kurz inne und atmete tief durch, um sich zu beruhigen.

Sie würde den neuen Wallach Gideon nehmen müssen, da sie nicht wusste, wie lange die Reise dauern würde. Wenn sie Tom und Mary davon erzählte, würden die beiden sie bestimmt aufhalten wollen, weil sie es für zu gefährlich hielten. Also würde Tess ihnen eine Nachricht hinterlassen mit dem Versprechen, das Pferd zurückzubringen. Von Robbie und Molly Rose konnte sie sich deshalb auch nicht verabschieden, da die Kinder ihren Eltern sicher von Tess' Plan erzählen würden. Der Kummer darüber schnürte ihr die Kehle zu und ließ ihr die Tränen in die Augen steigen. Wie gerne würde sie ihnen erklären, warum sie gehen musste. Aber wenn sie Hank erst einmal gefunden und alles mit ihm geklärt hatte, würde sie zurückkehren.

Außer ihrer Kleidung packte sie noch eine Decke, ihre Haarbürste und den Handspiegel ein, bevor sie die Tasche schloss und sie versteckte. Proviant konnte sie sich im Lauf der Nacht aus der Küche besorgen und in einer der Satteltaschen in der Scheune verstauen, zusammen mit einigen Feldflaschen mit Wasser.

Tess setzte sich an den kleinen Schreibtisch in der Ecke, um den Brief an Tom und Mary zu verfassen, wobei ihr Blick auf den Bücherstapel neben ihr fiel. Sehnsucht durchströmte sie. Wie gerne würde sie die Bücher mitnehmen, aber das ging nicht. Sie wären nur unnötiger Ballast. Tess brauchte jedoch Geschichten fast so nötig zum Leben wie Essen und Wasser. Sie nährten ihre Seele, insbesondere während der letzten beiden Jahre, da sie nach dem Vorfall Probleme gehabt hatte, sich selbst wiederzufinden.

Vielleicht konnte sie ja wenigstens ein Buch mitnehmen? Tennyson stach ihr als Erstes ins Auge, und es war, als würde sie Hanks Stimme mit ihrem unverwechselbaren irischen Akzent hören.

O Amsel, lass dein Lied erklingen!

„*Papá*", flüsterte sie. „Warum?"

Die Frage blieb unbeantwortet, wie schon so oft zuvor.

———

BEI DEN VORBEREITUNGEN für das Abendessen war Mary ungewöhnlich schweigsam. Tess vermutete, dass das etwas mit dem Brief zu tun hatte, den Señor Walker ihr übergeben hatte. Die Nachricht, dass ihre Schwester Molly nach all den Jahren doch noch am Leben war, erfüllte Mary sicher mit Glück, gemischt mit enormen Schuldgefühlen, weil sie nichts für sie getan hatte.

„War der Brief von deiner *hermana* schön?", fragte Tess.

Mary zögerte kurz. „Er hat eine Menge Fragen beantwortet." Sie schürzte die Lippen. „Anscheinend bin ich nun mit Cale verwandt."

„Wirklich?", erkundigte Tess sich überrascht.

„Nun, mehr oder weniger. Meine Mutter war offenbar kurzzeitig mit Cales Pa liiert, der Mollys leiblicher Vater ist. Das macht sie zu Cales Halbschwester."

Das musste Tess erst einmal einen Moment sacken lassen, bis ihr aufging, dass diese Enthüllung für die Beteiligten vielleicht nicht so angenehm war. „Das tut mir so leid, Mary. Was ist mit Emma?" Das war Marys jüngste Schwester. „Ist sie auch Cales Schwester?"

„Nein. Anscheinend nur Molly. Sie hat außerdem geschrieben, dass sie aufdecken konnten, wer meine Eltern getötet hat. Ein Mann, der früher für meinen Pa gearbeitet hat. Er versuchte, sich Emma aufzuzwingen, die damals erst acht Jahre alt war. Molly hat ihn erwischt und meinen Vater danach angelogen und behauptet, dass der Mann *sie* angegriffen hätte."

Tess fröstelte unwillkürlich. Sie wusste nur zu gut, wovon Mary sprach.

„Danach ist dieser Mann mit ein paar Komplizen zu unserer Ranch zurückgekehrt, hat sie angegriffen und meine Eltern umgebracht", fuhr Mary fort. „Aus Rache hat er Molly entführt, aber sie wurden von Comanchen überfallen, die meine Schwester mitnahmen. Bei ihnen war noch ein anderes Mädchen, das getötet worden war und das wir für Molly gehalten haben. Das alles ist einfach unglaublich."

„*Sí*", stimmte Tess zu. „Wenn Evie etwas älter ist, könnt ihr ja nach Texas reisen und Molly besuchen. Dann kann Molly Rose ihre Namenspatin kennenlernen."

Mary entspannte sich ein wenig. „Ja, darauf freue ich mich sehr. Ich wünschte nur, Emma würde endlich auf meinen Brief antworten. Ich frage mich, ob sie es schon weiß."

Sie riefen die Männer und Kinder zu Tisch. Señor Walker setzte sich neben sie, und bald waren die Teller mit Kartoffeln, Paprika und Steaks gefüllt.

„Bitte, erzähl mir von Molly", wandte Mary sich an Cale.

„Sie hat sich kaum verändert. Ist noch immer so gerne draußen unterwegs wie eh und je."

„In ihrem Brief hat sie geschrieben, dass sie Matt Ryan geheiratet hat." Mary lachte. „Dass die beiden mal ein Ehepaar werden, hätte ich nie für möglich gehalten."

„Nun, inzwischen bewacht er sie mit Adleraugen und weicht ihr nicht mehr von der Seite. Ich bezweifle, dass irgendwer sie je auseinanderbringen könnte. Aber ich weiß, dass sie dich und Emma gerne bei der Hochzeit dabei gehabt hätte."

Marys Blick huschte zu Tom. „Ich verstehe das."

„Wahrscheinlich konnte sie genauso wenig warten wie du", erwiderte Tom mit einem Augenzwinkern.

Tess unterdrückte ein Lächeln, weil Marys Wangen sich röteten.

„Zeit war bei uns entscheidend", meinte Mary zu Cale.

Der Blick, den Cale Tom zuwarf, entging Tess nicht. „Gut, dass du das Richtige getan hast", sagte er.

„Das war immer meine Absicht." Tom schaute zu seiner Frau, und wieder einmal spürte Tess die starke Liebe zwischen den beiden. Trotz allem und trotz ihrer Abneigung gegenüber

Männern im Allgemeinen vermittelte ihr Toms und Marys Beziehung ein wenig Hoffnung, dass es zwischen Mann und Frau auch ein liebevolles Band geben konnte.

Mary riss sich von ihrem Mann los und wandte sich wieder Cale zu. „Erzähl uns, was du in den letzten zehn Jahren so getrieben hast. Nach unserem Umzug nach San Francisco haben Emma und ich gehört, dass du zur Army gegangen bist."

„Ja, das stimmt. Ich war in Fort Bowie stationiert."

„Haben Sie gegen die Apachen gekämpft?", erkundigte sich Tess.

„Manchmal."

„Aber Sie haben auch bei ihnen gelebt. Hank hat mir Geschichten über Sie erzählt."

„Sind sie wahr?", warf Mary ein.

Cale verhielt einen Moment mit der Gabel über seinem Teller und schaute erst sie, dann Mary an. „Ich bin mir nicht sicher, was ihr gehört habt, aber ja, ich habe nach der Verletzung durch den Berglöwen eine Zeit lang beim Stamm der Nednhi gelebt."

„Warum hat dich der Berglöwe angegriffen?", mischte Robbie sich ein, den es vor Aufregung kaum noch auf der Bank hielt. „Hat er versucht, dich zu fressen?"

„Ich glaube nicht, dass er mich fressen wollte. Manchmal erschrecken Tiere sich und verhalten sich dann ein bisschen verrückt. Wahrscheinlich ist das hier auch passiert. Ich hatte Glück, dass die Apachen mich gefunden haben. Sie haben den Berglöwen vertrieben und mich gesund gepflegt."

„Bist du ein Dokta geworden?", wollte Mary Rose wissen.

Tess riskierte einen genaueren Blick auf Cale, als dieser lächelte, wandte jedoch mit heißen Wangen das Gesicht ab, als er fortfuhr: „Eure Tante Tess hat euch diese Geschichte doch schon erzählt. Dass ich ein *di-yin* geworden bin. Und sie hat recht. Das ist ein Medizinmann der Apachen."

„Warum haben sie dich bei sich aufgenommen?", fragte Mary.

„Der Tierangriff hat Narben hinterlassen. Ihrem Glauben

nach wurde mir dadurch Macht verliehen. Tatsächlich hat es wenig damit zu tun, zum Apache zu werden. Es war das äußerliche Zeichen einer inneren Anerkenntnis der spirituellen Welt. Während meiner Genesung wurde ich gelehrt, was das bedeutet."

„Kannst du es regnen lassen?", wollte Robbie wissen.

„Nein. Medizinmänner haben verschiedene Fähigkeiten. Regenmachen gehört nicht zu meinen."

„Welche Art von *medicina* können Sie ausüben?", erkundigte sich Tess.

„Das ist schwer zu erklären. Am einfachsten wäre es wohl zu sagen, dass ich Verbindungen sehe."

„Hä?" Robbie runzelte die Stirn.

„Schon in Ordnung", beruhigte Cale ihn. „Manchmal denke ich mir auch: *hä.*"

Tom schob Robbies Teller näher zu dem Jungen, bevor er sich an Cale wandte. „Arbeitest du immer noch als Kopfgeldjäger?"

„Manchmal. In letzter Zeit war ich in Colorado in der Gegend um Trinidad unterwegs. Das kühlere Wetter hat mir gefallen."

Das brachte alle zum Lachen.

Nach dem Essen räumten sie den Tisch ab und versammelten sich dann im Innenhof, wo Tom ein kleines Lagerfeuer in einer mit Steinen umgrenzten Mulde machte. Tess setzte sich Señor Walker gegenüber. Robbie und Molly Rose hatten sich wie zwei kleine Kätzchen auf der Suche nach Wärme an ihn gekuschelt. Ihre Schüchternheit gegenüber dem Fremden hatte sich offenbar verflüchtigt. Tom und Mary ließen sich zu ihrer Rechten nieder und Cabal zu ihrer Linken. Sie kraulte den Hund hinter den Ohren und wurde mit feuchten Schlabberzungenküssen belohnt.

„Vielleicht möchte uns Tess ja eine Geschichte erzählen", meinte Mary. „Sie stammt aus einer langen Reihe von *cuentistas*, von Geschichtenerzählerinnen." Dann fügte sie beinahe ehrfürchtig hinzu: „Die Bewahrerinnen alter Traditionen."

Tess durchforstete ihren Fundus nach etwas Passendem, während Cale sie erwartungsvoll anschaute. Oft gab sie einfach die

Geschichte wider, die ihr als Erstes in den Sinn kam. Auch wenn sie ihr nicht passend erschien, vertraute sie doch auf die Geister, dass sie ihr die richtige eingaben.

„Erzähl uns die von dem grünen Mann", bat Robbie.

Tess dachte kurz darüber nach. Das war eine von Hanks Lieblingsgeschichten, die sie schon als kleines Mädchen von ihrem *padre* gelernt hatte. Seit jeher betrachtete sie ihre Erzählfähigkeiten als etwas Besonderes, da sie nicht nur den Schatz ihres mexikanischen Erbes von ihrer *abuela* geschenkt bekommen hatte, sondern auch die Sagen ihres irischen *papás*.

„Na schön", antwortete sie. „Diese heißt *Sir Gawain und der Grüne Ritter*." Einen Moment lang wartete sie noch, bis alle es sich bequem gemacht hatten. „Am Silvesterabend versammelten sich König Artus' Ritter in Camelot, der berühmten Burg, auf der er lebte. Während sie gerade beim Festmahl saßen und Geschenke untereinander austauschten, ritt ein riesenhafter, grüner Ritter in den Saal und forderte die Runde heraus: Jeder am Hofe durfte ihn mit einem einzigen Schwerthieb niederschlagen, solange der Ritter diesen in einem Jahr und einem Tag erwidern durfte. Sir Gawain trat vor und akzeptierte die Herausforderung. Er war König Artus' Neffe und der jüngste seiner Ritter. Mit einem Hieb schlug Gawain dem Grünen Ritter den Kopf von den Schultern."

Tess lächelte, als Robbie aufgeregt nickte. Auf Señor Walkers Gesicht lag Belustigung. Sie richtete den Blick wieder auf das Feuer, um die Magie nicht zu verlieren. Das hatte ihre *abuela* ihr beigebracht. Eine Geschichte war nur dann eine Geschichte, wenn man ihr Leben einhauchte.

„Gawain war sich sicher, dass der Grüne Ritter tot war, doch das stimmte nicht. Der Ritter nahm seinen Kopf auf und erinnerte Sir Gawain daran, dass er sich mit ihm in einem Jahr und einem Tag an der Grünen Kapelle treffen musste. Dann ritt er von dannen. Als sich der Tag der Tage näherte, machte sich Sir Gawain auf, um die besagte Kapelle zu finden. Auf dem Weg dorthin musste er viele Schlachten schlagen und Abenteuer bestehen, doch schließlich gelangte er zu einer prächtigen Burg, wo er auf den Schlossherren Bercilak traf. Und ebenso Bercilaks wunderschöne Ehefrau."

„Wie hieß sie?", fragte Robbie. „Ich weiß es nicht mehr."

„Lady Bercilak."

„Das kann man sich leicht merken", sagte Mary. Molly Rose krabbelte auf ihren Schoß.

„Als Sir Gawain Lord und Lady Bercilak erzählte, dass er am Neujahrstag eine Verabredung an der Grünen Kapelle wahrnehmen musste", fuhr Tess fort, „lachte der Lord und erklärte Gawain, dass sich unweit der Burg eine Kapelle befand. Er lud Gawain ein, bis zu dem Treffen auf der Burg zu bleiben, und Gawain nahm das Angebot an. Am nächsten Tag trat Bercilak mit einem Handel an Gawain heran, bevor er zur Jagd aufbrach: Er wollte Gawain seine Beute übergeben, wenn Gawain ihm im Gegenzug überließ, was auch immer ihm der Zufall an diesem Tag bescherte."

Robbie kicherte. „Jetzt wird es lustig."

„Pscht, Robbie", flüsterte Mary. „Hör zu."

„Nachdem Lord Bercilak die Burg verlassen hatte, versuchte die Lady, sich von Gawain einen Kuss zu stehlen, doch er wies sie ab. Irgendwann ließ er doch zu, dass sie ihn küsste, aber nicht mehr. Lord Bercilak kehrte am Abend zurück und übergab Gawain das Reh, das er erlegt hatte, also tat Gawain dies ebenso mit seinen Errungenschaften des Tages."

Robbie prustete los.

„Was hat Lord Bercilak von Gawain bekommen?", fragte Tess ihn.

„Einen Kuss." Der Junge kugelte sich lachend am Boden, und die Erwachsenen stimmten mit ein.

„Das stimmt", erwiderte Tess. „Am nächsten Tag versuchte Lady Bercilak erneut, Gawain zu küssen, und schaffte es zweimal. Als der Lord mit einem Wildschwein zurückkehrte, das er Gawain überreichte, wurde er von diesem mit zwei Küssen belohnt."

Tess grinste, und Robbie musste noch mehr lachen.

„Am dritten Morgen kam Lady Bercilak erneut zu Gawain, aber anstatt Küsse wollte sie ihm einen goldenen Ring schenken, den Gawain jedoch ablehnte. Also bot sie ihm einen grünen Seidengürtel an, der seinen Träger vor allem Schaden schützte. Den akzeptierte Gawain, ebenso wie drei Küsse. An diesem Abend brachte Lord Bercilak ihm einen Fuchs, für den Gawain ihm drei Küsse gab. Den Gürtel behielt er jedoch für sich selbst. Als sich Gawain am nächsten Tag zur Grünen Kapelle aufmachte, trug er den Gürtel. Der Grüne Ritter wartete bereits mit einer scharfen Axt. Wie vereinbart, stand dem Ritter ein Vergeltungsschlag gegen Gawain zu, aber er schaffte es nicht, diesen zu enthaupten. Der Gürtel beschützte Gawain. Schließlich offenbarte der Grüne Ritter sich als niemand anderer als Lord Bercilak höchstselbst. Er berichtete Gawain, dass sein Abenteuer eine List von Morgan le Fay war, König Artus' intriganter Schwester.“

„Schwestern sind in-di-gand“, warf Robbie mit Blick auf Molly Rose ein, die ihm die Zunge herausstreckte.

„Gawain war beschämt, weil er seinen Teil des Handels nicht ganz eingehalten hatte, doch er und Bercilak trennten sich im Guten. Gawain kehrte nach Camelot zurück, immer noch mit dem Gürtel bekleidet, um seiner Scham Ausdruck zu verleihen, dass er sich nicht an die Regeln der Abmachung gehalten hatte. Fortan trugen alle Ritter der Tafelrunde eine grüne Schärpe, um Sir Gawains Abenteuer zu gedenken. Und so endet die Erzählung.“

„Das ist eine schöne Geschichte“, sagte Robbie. „Ich hätte mich an die Regeln gehalten.“

Tom zerstrubbelte die Haare seines Sohns. „Aber dann wärst du geköpft worden. Das würde mir nicht gefallen.“

„Er hat recht“, meinte Señor Walker. „Ein kluger Mann weiß, wann ihm jemand durch zu viele Regeln nur schaden will.“

„Heißt das, Mama will mir mit *ihren* vielen Regeln schaden?“

Das brachte alle zum Lachen.

Mary erhob sich. „Zeit fürs Bett.“

„Ich komme mit", erklärte Tom. „Evie hat vermutlich schon wieder Hunger."

„Willst du sie füttern?", neckte Mary ihn.

„Nein, aber ich bringe sie dir. Gute Nacht", verabschiedete Tom sich.

Señor Walker nickte.

„Gute Nacht, Cale", schloss Mary sich ihm an. „Gute Nacht, Tess."

Als Robbie und Molly sie umarmten, drückte Tess die beiden Kinder fest an sich. Das hier würde ihr Abschied voneinander sein. *„Buenas noches*, Sir Robbie und Lady Molly", flüsterte sie.

„Buenas noches, Lady Tess", erwiderte Robbie.

Tränen ließen Tess die Kehle eng werden. Die Familie ging ins Haus und ließ Tess mit Señor Walker alleine.

„Sie sind eine gute Geschichtenerzählerin", meinte er. „An diese kann ich mich erinnern. Hank hat sie immer gerne zum Besten gegeben."

„Zweifellos wegen der fragwürdigen Moral, die dabei eine Rolle spielt." Tess starrte ins Feuer, bis sie sich wieder gefangen hatte.

„Hank glaubte ans Überleben und hat dafür gerne Regeln gebrochen. Er fühlte sich in seinem Schattendasein wohl."

„Geht es Ihnen auch so?" Sie suchte Señor Walkers Blick und hielt ihn eisern fest. Wie sehr sie die Antwort auf ihre Frage interessierte, überraschte sie selbst.

Er musterte sie und schickte ihr damit einen Schauer über den Rücken. Cale Walker war anders als alle Männer, denen sie bislang begegnet war. Das spürte Tess bis ins Mark. In ihrem Bauch breitete sich ein Flattern aus, und es kam ihr so vor, als ziehe ein unsichtbares Band sie körperlich zu ihm hin. Aber genau das versetzte sie auch in höchste Alarmbereitschaft und sorgte dafür, dass sie sich genauso schnell vor ihm zurückzog.

Nie wieder würde sie zulassen, dass ihr ein Mann zu nahe kam. Den Preis dafür kannte sie nur zu gut.

„Manchmal", entgegnete Señor Walker, „ist die Welt nicht nur schwarz und weiß."

„Das weiß ich. Wie sieht nun Ihr Plan aus? Wie wollen Sie meinen Vater finden?" Natürlich wusste sie, dass er ihr nicht die Wahrheit sagen würde.

„Ich bin mir noch nicht sicher und werde wohl noch mal darüber schlafen. Wir können das gerne morgen ausführlich besprechen."

„Nun denn." Tess stützte sich beim Aufstehen auf ihren Gehstock. Urplötzlich war er an ihrer Seite und fasste sie am Arm, um sie zu stützen. „Ich komme schon zurecht", sagte sie. „Dann sehen wir uns also morgen früh?"

Kurz schien er mit sich zu ringen, doch dann war der Ausdruck auf seinem Gesicht auch schon wieder verschwunden. „Bis Morgen, Miss Carlisle."

Sie entfernte sich von ihm und seiner ruhigen, starken Ausstrahlung, wobei sie die Wärme seiner Berührung mit sich nahm.

Der Teufel soll diesen Mann holen.

Und alle anderen.

Tess würde Hank auch alleine finden.

Kapitel Drei

Cale verließ die Ranch der Simms' kurz vor Sonnenaufgang und lenkte Bo Richtung Westen. Zuerst wollte er nach Tucson reiten, um sich mit Proviant zu versorgen. Hoffentlich würde Tom den anderen seine plötzliche Abreise erklären – insbesondere Tess.

Unwillkürlich fragte er sich, was aus ihr werden würde. Er wusste, dass Hank sie liebte – sein Mentor hatte oft genug von ihr und ihrer Mutter Isabella gesprochen –, aber der Mann war nie in der Lage gewesen, sesshaft zu werden und lang genug an einem Ort zu bleiben, um seiner Familie die Stabilität zu geben, die sie verdiente.

Der Angriff auf Tess ging Cale nicht aus dem Sinn, und so listete er im Kopf einige der Männer auf, die ihm in seiner Zeit bei Hank über den Weg gelaufen waren: Jim Bennett, Walter Lange und natürlich Saul Miller. Miller – und Hanks Unvermögen, den Kerl unter Kontrolle zu halten – hatte Cale schließlich dazu bewegt, seinen Mentor zu verlassen, und er hatte es bisher nie bereut. Alle drei Männer waren brutal genug und könnten die Gewalttat an Tess begangen haben, aber wenn er sich für einen entscheiden müsste, würde er auf Saul setzen.

Innerlich verfluchte er Hank. Der Kerl hätte seine Tochter nie mit in die Wildnis nehmen oder sie in seiner Nähe behalten dürfen, wenn er seiner Arbeit nachging. Die Männer und Frauen, mit denen er dabei in Kontakt kam, hatten sie sicher viel zu oft in Gefahr gebracht.

Hank, du Bastard. Wie konntest du nur?

In Tucson machte Cale zunächst beim örtlichen Gemischtwarenhändler Halt und kaufte Mehl, Kaffee, Bohnen, Trockenfleisch, Dörrobst und Tabak. Er füllte seine beiden Wasserschläuche und die vier Feldflaschen mit Wasser auf und erstand zusätzlich einen Sack Hafer für Bo und einige Schachteln Munition für seine Winchester und die beiden Colts. Seit er von Texas aufgebrochen war, waren seine Vorräte stetig zusammengeschrumpft.

Allerdings fiel ihm erst danach auf, dass er nun zu viel Gepäck hatte, um es Bo aufzulasten, also machte er sich auf den Weg zur Mühle, die gleichzeitig einen Verkaufsstall betrieb, um ein Maultier zu erwerben. Nur eins der angebotenen Tiere war jung und stark genug für sein Vorhaben, ein freundlich aussehender, rotbraun gefärbter Wallach namens Moses. Seine langen Ohren zuckten aufmerksam über seinem klobigen Kopf, und als Cale ihm in die Augen schaute, gefiel ihm, was er dort sah.

Alle Geschäfte erledigt, verließ Cale die Stadt in Richtung Tubac, das ungefähr fünfzig Meilen südlich von Tucson lag. Moses marschierte, beladen mit den Vorräten und der Ausrüstung, zügig hinter ihm her, und wenn sie gut vorankamen und es keine Probleme gab, würde Cale wohl am nächsten Abend dort eintreffen.

Knapp zwei Meilen außerhalb von Tucson traf er auf einen Wagen, der mit einem Rad in einer Fahrrinne feststeckte. Wahrscheinlich war der Untergrund vor nicht allzu langer Zeit noch matschig gewesen und dann schnell abgetrocknet, wodurch sich das Rad festgefressen hatte. Daneben stand eine junge Frau, eine andere versuchte, den Wagen freizubekommen. Beim Näherkommen erkannte Cale, um wen es sich handelte.

Tess!

„Was machen Sie denn da?", wollte er wissen.

Tess warf ihm einen vernichtenden Blick über die Schulter zu, mühte sich aber weiter mit dem Rad ab. Ihr verkniffener Gesichtsausdruck passte zu ihrer konservativen Kleidung: ein karierter Rock mit Unterrock, die Säume reichten ihr bis über die bestiefelten Füße, und eine elfenbeinfarbene, bis zum Kinn zugeknöpfte Bluse mit langen Ärmeln. Ihre Haare hatte sie zu einem festen Zopf geflochten, im Nacken zusammengesteckt und auf ihrem Kopf thronte ein Hut mit breiter Krempe. Wenn er es nicht besser gewusst hätte, hätte er sie für eine Lehrerin gehalten.

Cale stieg vom Pferd und nickte der Frau zu, die sie aus einiger Entfernung beobachtete, bevor er das Einzige tat, was ihm im Moment einfiel. Er packte Tess unter den Armen und trug sie ein Stück vom Wagen weg.

„Das ist vergebene Liebesmüh", erklärte er. Sie betrachtete ihn voller Abscheu, doch Cale war sich nicht ganz sicher, ob der angewiderte Blick ihm oder dem widerspenstigen Rad galt.

Er holte das Seil, das an Bos Sattel hing, knotete es an den hölzernen Ring hinten am Wagen und zog das Gefährt mit seinem Pferd aus der Rinne.

„Oh, vielen Dank", sagte die junge Frau. „Mein Mann ist auf unserem Pferd zurück in die Stadt geritten, um Hilfe zu holen, aber er sollte bald wieder hier sein."

„Dann werden wir mit Ihnen warten", entgegnete Cale.

„Dafür wäre ich Ihnen natürlich sehr dankbar, aber das müssen Sie nicht."

„Kein Problem. Ich wollte mich sowieso mit Miss Carlisle unterhalten." Besagte Miss bedachte ihn jedoch nur mit einem trotzigen Blick.

Die andere Frau ging zu ihrem Wagen, und Cale wandte sich

Tess zu, die in einigem Abstand zu ihm auf ihren Gehstock gestützt stand.

„Was machen Sie hier draußen?", fragte er.

Sie schob das Kinn nach vorne. „Ich bin auf dem Weg nach Tubac."

„Was Sie nicht sagen."

„Sie und Tom sind offenbar der Meinung, dass Sie mich davon abhalten können, nach Hank zu suchen."

„Wir wollen Sie nur beschützen."

„Ich brauche keinen Schutz von einem Mann. Der hat mir auch früher schon nichts genützt, warum soll das jetzt anders sein?"

„Dann ist Ihnen also klar, dass diese Reise gefährlich werden könnte?"

Etwas in ihrem Blick veränderte sich. „Ich habe den Tod gesehen, Señor Walker. Es ist Zeit, nicht länger in Angst zu leben."

Ihr Eingeständnis ließ ihn stutzen. Cale verstand jetzt, was sie antrieb – eine Mischung aus Zorn, grimmiger Entschlossenheit und dem Wunsch nach Rache.

„Dann sollten wir gemeinsam reiten", sagte er. Nur so konnte er ein Auge auf sie haben.

„Das wollte ich von Anfang an. Sie und Tom haben die Regeln gestern eigenmächtig geändert."

„Mein Fehler."

„Wenigstens sehen Sie ihn ein", erwiderte Tess. „Das tun die meisten Männer nicht." Damit wandte sie sich ab, und sie warteten schweigend auf den Ehemann der Frau, der zwei Stunden später auftauchte. Anschließend nahmen Cale und Tess ihren Weg nach Tubac wieder auf.

Sie kamen zügig voran, und Tess war froh, dass Señor Walker nicht trödelte, gleichzeitig fühlte sie sich jedoch zutiefst erschöpft von der langen Zeit im Sattel. Sie war nicht an lange Ritte gewöhnt, zumindest nicht mehr, seit Hank sie verlassen hatte. Früher hatte sie nie verstanden, warum ihr *papá* von solcher Wanderlust geplagt wurde, bis sie ihn auf der Kopfgeldjagd begleitet hatte – und natürlich bei der Suche nach seinen ewigen Träumen von … Tja, von was wusste sie bis heute nicht.

Es war das erste Mal, dass sie sich so weit von zu Hause entfernte, seit sie Teil der Simms-Familie geworden war, um sich von dem Schrecken des Angriffs zu erholen, der sie beinahe zerstört hatte. Nur langsam hatte sie einen Hauch von innerem Gleichgewicht wiedergefunden, das sie durch die Tage brachte. Mary war wie eine Schwester für sie und brachte ihr eine Liebe entgegen, wie sie Tess nur von ihrer *abuela* gekannt hatte. Gerettet hatten sie letzten Endes jedoch die Kinder. Robbie und Molly Rose brachten ihr ein Stück von sich selbst zurück, ein kindliches Staunen und Freude an den kleinsten Dingen – einem Sternenhimmel, einer Matschschlacht im Regen, einem unschuldigen Kuss auf die Wange.

All das hatte sie jedoch hinter sich gelassen, und hier war sie nun – mitten im Nirgendwo mit einem Mann, den sie kaum kannte. Sie konnte nur hoffen, dass sie die richtige Entscheidung getroffen hatte. Dass sie am Ende dieser Reise verstehen würde, warum Hank sie verlassen und zwei Jahre lang nicht zurückgekehrt war. Und dass sie dann endlich wüsste, ob er sie noch lieb hatte.

Señor Walker zügelte sein Pferd und saß ab. „Ich schätze, dass wir noch einen Tagesritt von Tubac entfernt sind. Wir schlagen hier heute Nacht unser Lager auf."

Tess schaute sich um, während er sein Pferd und Maultier zu einer Felsgruppe führte. Die Landschaft war flach, trocken und öd. Aber sie hatte ihr ganzes Leben lang in dieser Region verbracht, weswegen sie die offene Weite nicht schreckte, sondern ihr sogar ein Gefühl der Freiheit vermittelte. Es war an der Zeit, dass sie ihren Weg in der Welt fand.

Wasser gab es hier keines. Früher am Tag hatten sie ihre

Schläuche und Feldflaschen an einem heruntergekommenen Handelsposten aufgefüllt.

Tess stieg vom Pferd und zuckte zusammen, als ihre Füße den Boden berührten. Ihre Muskeln waren schmerzhaft verspannt und schickten einen scharfen Stich durch ihr kaputtes Bein. Sie biss die Zähne zusammen, um keinen Laut von sich zu geben. Señor Walker sollte nicht denken, dass sie kein Durchhaltevermögen besaß. Rasch löste sie ihren Gehstock aus der Schlaufe am Sattel. Kurze Wege konnte sie auch ohne ihn zurücklegen, aber gerade tat ihr das Bein weh, sie würde ihn also brauchen.

Señor Walker nahm den Tieren Sattel und Zaumzeug ab, bevor er sie mithilfe eines kleinen Kupferkessels tränkte. Ihre Satteltaschen und den Beutel mit ihren Habseligkeiten trug Tess selbst und richtete damit ein Behelfslager ein, ehe sie trockenes Mesquite-Strauchwerk und Holz für ein Feuer sammelte. Als sie damit fertig war, waren ihre Reittiere gehobbelt und wirkten zufrieden.

„Ich kann das machen", meinte Señor Walker und nahm ihr das Feuerholz ab. „Warum ruhen Sie sich nicht ein bisschen aus?"

„Mir ist klar, dass ich in einigen Dingen eingeschränkt bin, Señor Walker, aber ich kann trotzdem meinen Teil beitragen."

Er stand so dicht vor ihr, dass das helle Blau seiner Augen sie in seinen Bann zog. Verlegen wendete Tess den Blick ab.

„Sie sind groß für eine Mexikanerin."

„Das liegt vermutlich an meinem irischen Erbe. Meine Mutter und meine Großmutter habe ich um ein ganzes Stück überragt."

Grinsend ging Señor Walker in die Knie, um das Holz zusammen mit den kleineren Stücken zum Anzünden aufzuschichten. Mit einem Streichholz entfachte er eine Flamme und blies sacht darauf, bis sie höher loderte. „Sie haben Hanks Augen."

„Das werte ich als Kompliment."

„Bei Ihnen sehen sie deutlich besser aus."

Verdrossenheit breitete sich in Tess aus, während sie ihn

beobachtete. Oder vielleicht auch Ungeduld, dessen war sie sich nicht sicher. Cale Walker war jünger, als sie erwartet hatte. Die Muskeln seiner breiten Schultern bewegten sich unter seinem Hemd, als er sich seine Ausrüstung holte. Er besaß den Gang eines Pumas, voller Eleganz und innerer Stärke. Wie sah sein Oberkörper wohl ohne das Hemd aus?

Dieser Gedanke riss Tess aus der Trance, die ihr den Verstand vernebelt hatte. Solche Gedanken über Männer kamen ihr nie, nicht seit dem Angriff ... und eigentlich davor auch nicht. Es stieß sie ab. Was Männer Frauen antaten, wie sie sie benutzten, wie sie sie verletzten – sie konnte sich nicht vorstellen, dass sie einen Mann je begehren oder sogar lieben konnte. Doch dann musste sie an Tom und Mary denken. Manchmal hatte sie beobachtet, wie Tom seine Frau mit einem Blick anschaute, der Tess den Atem stocken ließ. Voller Liebe und Sehnsucht und Lust. Das weckte ihre Neugierde, machte ihr zugleich aber auch Angst. Daher hatte sie jegliche Empfindung gegenüber den männlichen Vertretern ihrer Art tief in sich begraben, ebenso wie die Empfindungen ihres eigenen Körpers, die in ihr aufkeimten, während sie zur Frau heranwuchs.

„Ich weiß nicht, ob das Feuer ausreicht, um eine Mahlzeit für uns zu kochen", meinte Señor Walker.

„Ich habe Vorräte mitgebracht, die uns zumindest heute Abend versorgen werden." Auf ihren Stock gestützt hinkte Tess steifbeinig zu ihren Satteltaschen und setzte sich daneben. Mit Mühe versuchte sie, ein Seufzen zu unterdrücken, als sie ihren Gliedern endlich ein wenig Ruhe gönnen konnte. Das gesunde Bein zog sie an den Körper, ließ das andere jedoch ausgestreckt – später würde sie sich darum kümmern, aber um es anwinkeln zu können, musste sie die Muskeln erst eine Weile lang massieren.

„Pasteten und Käse." Sie wickelte beides aus dem Stofftuch, in dem sie es transportiert hatte, und reichte Cale die Hälfte. „Das hält sich ohnehin nicht länger als bis morgen, also sollten wir es heute aufbrauchen."

Als Señor Walker das Essen entgegennahm, fiel Tess auf, wie lang seine Finger waren. „Darüber beschwere ich mich sicher nicht."

„Ich habe Sie mal gesehen", fuhr Tess fort. „Als Sie bei Hank angefangen haben. Wir waren alle in Tucson, und er hatte Männer angeheuert, um einen *bandito* zu suchen, der auf dem Weg nach Phoenix war. Damals war ich zwölf."

Señor Walker lachte, aber er klang nicht sehr belustigt. „Das ist eine halbe Ewigkeit her. Woher wissen Sie, dass ich das war?"

Weil du mir damals schon wegen deiner besonderen Ausstrahlung aufgefallen bist. „Hank hat immer von Ihnen erzählt. Ich glaube, Sie waren sein *favorito* Protegé."

„Das ist ein hochtrabendes Wort für das, was Hank uns unerfahrenen Jungspunden geboten hat."

„So unerfahren waren Sie doch bestimmt nicht mehr. Wie alt waren Sie? Zwanzig? Einundzwanzig?"

„Ja. Frisch aus der Army entlassen. Ich wollte nicht nach Hause nach Texas, und die Arbeit, die Hank mir anbot, schien gut zu mir zu passen. Er war klüger als die meisten Männer."

Tess drehte den Kopf zur Seite. „Dem kann ich nicht zustimmen. Er war immer so stolz auf sein Bauchgefühl, das ihn nie im Stich gelassen hatte. Behauptete immer, dass er nur noch deswegen am Leben sei und dass es ihm bei der Kopfgeldjagd half." Sie senkte den Blick auf die Pastete in ihren Händen. „Aber er war nicht unfehlbar."

„Wollen Sie darüber sprechen, Tess?" Señor Walker hatte aufgegessen und schenkte ihr nun seine volle Aufmerksamkeit. „Tom hat mir erzählt, dass Sie angeschossen worden sind."

Tess riss erschrocken die Augen auf, und Panik breitete sich in ihrem Bauch aus.

Kennt er die ganze Geschichte?

„Sie können mir vertrauen", bekräftigte er.

Unfähig zu sprechen, schüttelte sie nur den Kopf. Hank hatte sie am Tag danach von der Vergewaltigung erzählt, und er hatte nichts Besseres zu tun gehabt, als sie bei Tom und Mary abzuladen und nicht mehr zurückzukommen. Mary hatte sie nur deshalb ins Vertrauen gezogen, weil sie befürchtete, schwanger zu sein. Gott sei Dank war ihr dieses Schicksal erspart geblieben. Dass Tom davon wusste und es möglicherweise Señor Walker erzählt hatte, machte sie wütend. Aber unter dem brennenden Zorn lauerte der eigentliche Übeltäter: Scham.

„Ich bin sehr müde." Sie legte die Pastete und den Käse weg und drehte sich mit dem Rücken zu Señor Walker, um zu schlafen. Tränen rannen ihr aus den Augenwinkeln und sie kniff die Lider fest zu, um jedes Quäntchen Schmerz zu unterdrücken, das aus ihr herausbrechen wollte.

Darin hatte sie bereits viel Übung.

Kapitel Vier

Cale führte Moses an seinem langen Seil neben sich, während er Bo auf den ausgetretenen Pfad nach Tubac lenkte und dabei über Tess nachdachte, die hinter ihm ritt. Zwei Jahre lang hatte er mit Hank Verbrecher gejagt, und während dieser Zeit war der Ire für ihn zu dem Vater geworden, den Cale sich immer gewünscht hatte. Sein eigener war seiner Aufgabe weiß Gott nie gerecht geworden.

Hank hatte zwar oft von Tess und Isabella erzählt, sie Cale aber nie vorgestellt. Die *abuela* Dolores hatte Cale jedoch einmal getroffen. Seine Tochter hatte Hank immer mit der Sonne verglichen und erzählt, dass sie ebenso naturverbunden war wie seine eigene, irische Mutter. Tess' Wissbegierigkeit und unersättliches Bedürfnis nach Geschichten hatten Hank fasziniert, ebenso wie ihr ungezügeltes Lachen, wenn er ihr von den wildesten Begebenheiten seiner Reisen erzählte.

Wo war dieses Mädchen geblieben?

Cale hätte es sich gestern Abend besser verkneifen sollen, den Angriff anzusprechen, aber es war ihm herausgerutscht, bevor er darüber nachdenken konnte. Zuvor musste er sich schon beherrschen, um ihr nicht alle Aufgaben beim Aufschlagen des

Lagers abzunehmen, als er sah, wie sehr sich Tess mit ihrem verletzten Bein abmühte, das nach den vielen Stunden im Sattel sicher schmerzte. Am liebsten hätte er ihr sein Wissen als Heiler angeboten – die Fähigkeiten, die er während seiner Zeit bei den Apachen erlernt hatte –, aber er spürte, dass sie das ablehnen würde.

Deshalb hatte Cale sich abgewandt, wenn sie das Gesicht verzog oder bei den einfachsten Dingen, wie eine Liegestatt für die Nacht herzurichten, Probleme hatte. Andernfalls wäre er wohl eingeschritten und hätte darauf bestanden, dass sie ihn das für sich tun ließ. Sie so zu bemuttern, würde ihr allerdings nicht helfen, dennoch war es schwierig gewesen, den Impuls zu unterdrücken.

Er schaute über die Schulter zu Tess. Noch immer trug sie ihre Lehrerinnenkleidung, aber zumindest hatte sie inzwischen die Ärmel bis zu den Ellenbogen aufgekrempelt. Jetzt im August war es brütend heiß. Den Hut hatte Tess sich tief in die Stirn gezogen und mit den Zugbändeln gesichert, doch ihre Haare hatten sich inzwischen aus dem Zopf gelöst, sie fielen ihr offen über den Rücken.

Auf dem Pferderücken schien ihr das Bein keine Schwierigkeiten zu bereiten, und Cale fragte sich unwillkürlich, ob sie die verbesserte Beweglichkeit genoss. Tess hielt sich aufrecht, und obwohl sie versuchte, ihre weiblichen Rundungen zu verstecken, waren sie nur allzu offensichtlich. Sie war kein zwölfjähriges Mädchen mehr.

Wie wäre es wohl gewesen, sie vor sechs Jahren kennenzulernen, bevor das Leben ihr so übel mitgespielt hatte? Nun zeigte sie der Welt lediglich ihre Entschlossenheit.

An diesem Abend entfachte Cale ein größeres Lagerfeuer, über dem sie Bohnen und Brot zubereiteten.

Tess nahm einen Schluck von dem dickflüssigen Kaffee und schnitt eine Grimasse. „Warum wollten Sie nicht mehr mit Hank arbeiten?"

Die Antwort darauf war kompliziert und einfach zugleich. Die genauen Umstände wieder aufleben zu lassen, hielt Cale für unnötig, da sie eine Seite von Hank offenbaren würden, die keine Tochter von ihrem Vater jemals kennenlernen sollte.

„Er ist losgezogen, um *Sie* zu holen", antwortete er deshalb. Das sollte wohl Grund genug sein.

„Aber Sie sind danach nicht mehr zurückgekommen."

„Ich hatte mich entschieden, andere Wege einzuschlagen."

„Warum?"

„Das ist eine lange Geschichte." Cale stocherte im Feuer herum, und der durchdringende Geruch des verbrennenden Mesquite erinnerte ihn an die Nächte, die er mit Hank in der Wildnis verbracht hatte. „Warum erzählen Sie mir nicht, was vor vier Jahren passiert ist?"

„Es gab ein Feuer", antwortete sie.

„Das weiß ich. Es stand im Telegramm, das Hank schließlich erreicht hat. Wie ist es passiert?"

„Hank hat meine Mutter erst geheiratet, als ich drei Jahre alt war. Er meinte, dass er erst nicht wusste, ob er sie überhaupt heiraten *durfte*, weil es Gesetze dagegen gab, aber *mamá* hat keine Ruhe gegeben. Zumindest hat er mir das so erzählt, und das glaube ich ihm auch, weil ich weiß, wie meine Mutter sein konnte. Also hat er sie schließlich geheiratet. Wie sich herausstellte, verbot kein Gesetz eine Ehe zwischen einem Amerikaner und einer Mexikanerin, aber den Leuten in der Stadt gefiel es trotzdem nicht. Und das ließen sie uns auch spüren. Manchmal frage ich mich, ob meine Mutter deshalb zu so einer verbitterten Frau wurde."

Tess stellte ihren Teller beiseite und strich ihren Rock glatt. „Sie hat zu viel getrunken", fuhr sie fort. „Schon immer, aber mit den Jahren lastete es immer schwerer auf ihr, dass Hank so oft fort war. Das Leben mit ihr war nicht einfach."

„Ich hatte nie die Gelegenheit, sie kennenzulernen", sagte Cale. „Es tut mir sehr leid, dass die beiden offenbar nicht gut miteinander ausgekommen sind." Aber er kannte Hank – er war stur, scharfsinnig, manchmal unversöhnlich – und konnte sich gut vorstellen, dass Isabella mit dieser Ehe ein hartes Los gewählt hatte.

„Ich hatte meine *abuela*", erklärte Tess. „Dolores Rios Campos war meine Beschützerin, meine Lehrerin und meine ..." Ihr versagte die Stimme.

„Ihre *abuela* habe ich einmal getroffen."

„Oh, wirklich?"

„Wir waren vor ein paar Jahren in Tucson einem Mann auf der Spur, der Mädchen entführte und in Mexiko verkaufte. Ihre *abuela* kam eines Abends mit Informationen über seinen Aufenthaltsort zu uns."

„Woher wusste sie das?"

„Ich bin mir nicht sicher. Sie hat fast nur mit Hank gesprochen, doch dann hat sie sich plötzlich auf mich konzentriert. Sie nannte mich *el puma*."

„Aber das muss gewesen sein, bevor Sie von dem Tier attackiert wurden."

„Ja. Seltsam."

Ein sehnsüchtiger Ausdruck huschte über Tess' Gesicht. „Manchmal stand sie mit einem Bein in der Anderswelt."

„Wie ist das mit dem Feuer passiert?", hakte Cale behutsam nach.

Tess zögerte, antwortete dann aber doch. „Isabella war sturzbetrunken und hat eine Kerze umgestoßen. Wir konnten uns kein Petroleum für Lampen leisten. Unsere kleine Hütte bestand aus Lehmziegeln, und der Rauch war zu dicht. Ich habe wirklich alles versucht, um sie zu retten ..."

Von einem Moment auf den anderen hatte sie alles verloren.

„Das tut mir sehr leid, Tess."

„Sie haben sich anscheinend mit Hank gestritten. Warum sind Sie also jetzt hier?", fragte sie in dem offensichtlichen Bestreben, das Thema zu wechseln. „Warum wollen Sie mir helfen?"

Cale starrte ins Feuer und fuhr sich mit den Fingern durch die kurzen Haare. „Unabhängig davon, wie unsere gemeinsame Zeit zu Ende gegangen ist, schulde ich Hank eine Menge. Als Mary diesen Brief an die Ryans geschickt und mich um Hilfe für Sie gebeten hat, erschien es mir nur richtig. Vielleicht ist es an der Zeit, dass Hank und ich Frieden schließen."

Als sein Blick ihren traf, erkannte er in ihren grünen Augen Hank, aber auch einen Hauch der Frau, die Tess Carlisle sein könnte. Nach den wenigen Tagen in ihrer Gesellschaft spürte Cale die Mauer, die sie um sich errichtet hatte, beinahe körperlich, aber von Zeit zu Zeit war da auch ein Anflug von Temperament, eine Leidenschaft für ihre Überzeugungen, die sich Bahn brechen wollte. Das machte ihn neugierig. Auf die echte Tess.

„Es ist auch Zeit, dass Hank und ich Frieden schließen", meinte sie.

***

AM DRITTEN TAG erreichten sie Tubac, eine ärmlich wirkende Siedlung aus Lehmhütten und Ruinen der spanischen Besatzung aus dem vorigen Jahrhundert. Am auffälligsten waren die großen, ehemaligen Verwaltungsgebäude, die inzwischen zunehmend verfielen. Der Ort lag etwas höher als das Umland, was die Temperaturen angenehm fallen ließ, und entlang des Flusses Santa Cruz wuchsen üppige Pappeln.

Cale hatte beinahe das Gefühl, als würde er sich mit Tess auf einer Vergnügungsreise befinden.

Er besorgte der jungen Frau ein Zimmer in einem Gästehaus, bezahlte für ein Bad und brachte danach ihre Pferde und das Maultier zum örtlichen Mietstall. Außerdem hoffte er, an die ein oder andere Information über Hanks Aufenthaltsort zu gelangen. Tess würde wütend auf ihn sein, wenn sie herausfand, dass er das ohne sie machte, aber die Reise verlangte ihren Tribut – die dunklen Ringe unter ihren Augen und die Tatsache, dass sie sich den ganzen Tag über das Bein gerieben hatte, waren Hinweis genug gewesen. Cale wollte, dass sie sich ausruhte, und zum Glück hatte sie auch keine Diskussion mit ihm angefangen.

Der Besuch der behelfsmäßigen Poststation, die sich in der hinteren Ecke eines Saloons befand, brachte jedoch keine neuen Erkenntnisse über Henry Worthington oder Carleton Perry. Also versuchte Cale es anderswo.

Ein paar gezielte Fragen führten ihn zu einer Baracke, deren Fußboden aus gestampftem Erdreich bestand und in der es nach verschwitzten Körpern stank. Schon jetzt am späten Nachmittag war die Kaschemme sehr gut besucht, vor allem von *Mexicanos*, die ihn misstrauisch beäugten.

Cale bestellte sich einen Bourbon und kippte den Fusel, der ihm stattdessen serviert wurde, in einem Zug hinunter, weil er keine Lust hatte, mit dem Mann zu diskutieren, der hinter der Holzplanken-Theke den Barkeeper spielte. Er sah sich im Raum um, froh über die Ablenkung nach der Zeit, die er alleine mit Tess verbracht hatte. Ihre emotionale Distanziertheit zerrte an seinen Nerven, auch wenn er sie durchaus verstand.

Und die Tatsache, dass ihm das überhaupt etwas ausmachte, ärgerte ihn noch mehr. Er musste sich nicht mit ihr anfreunden, um Hank zu finden. Das wusste er. Und er konnte sich verdammt noch mal auch unterkühlt und gefühllos geben.

Als Cale sein Glas abstellte, füllte der Barkeeper es gleich wieder auf. Auch den zweiten Whiskey leerte Cale rasch, während Tess ihn weiter in seinen Gedanken verfolgte. Die Anziehung, die er ihr gegenüber empfand, nagte an ihm wie ein Kojote, der sich den Fuß abbiss, um einer Falle zu entkommen. Er wollte die Frau gleichzeitig retten und vor ihr davonlaufen.

Während einer Pokerrunde, bei der er tiefer ins Glas schaute, als er es hätte tun sollen, erfuhr er den Namen eines Kerls, der womöglich wusste, wo er Worthington finden könnte. Es war bereits Nacht, als er endlich vor der Hütte des Manns am Stadtrand ankam. Er steuerte noch darauf zu, als er plötzlich das unverwechselbare Geräusch eines Gehstocks hinter sich vernahm. Cale fuhr herum.

„Was machen Sie denn hier?", fragte er Tess.

Außer Atem blieb sie vor ihm stehen. „Ich war auf der Suche nach Ihnen." Ihr gereizter Tonfall und ihre verengten Augen zeugten deutlich von ihrer Verärgerung, und plötzlich fühlte Cale sich wie ein Schuljunge, der von seiner Lehrerin bei etwas Verbotenem erwischt worden war. Rasch machte er einen Schritt von ihr weg, bevor sie den Alkohol in seinem Atem roch, doch es war bereits zu spät.

„Sind Sie betrunken?"

Tess kam auf ihn zu, und der Duft nach Rosenöl stieg ihm in die Nase. *Verdammt, sie riecht wirklich gut.* Trotz der schlechten Lichtverhältnisse konnte er sehen, dass ihre Augen vor Wut blitzten. Das gefiel ihm. Und er fand es ziemlich schwierig, ihren wundervollen Duft zu ignorieren, oder den Schwung ihrer vollen Lippen und die Anziehung, die ihre seidig glatte Haut auf ihn ausübte, wenn er den Blick über ihr Gesicht hinunter zu ihrem Hals wandern ließ und zu …

„Nur ein bisschen", gab er zu.

„Warum, um Himmels willen?"

„Ist nicht so einfach für einen Mann, mit einer Frau zu reisen."

Wie angewurzelt blieb sie stehen.

Verdammt noch mal. Das hätte er nicht sagen sollen.

„Hören Sie, Tess, so habe ich das nicht gemeint. Die letzten Tage waren einfach anstrengend."

Sie wich vor ihm zurück, und er versuchte, zu ignorieren, wie verführerisch ihr Haar aussah, das ihr in offenen Wellen über die Schultern fiel.

„Was machen Sie hier?" Tess deutete mit dem Kopf in Richtung der Hütte.

„Ich folge einer Spur zu Hank."

„Dann werde ich Ihnen helfen."

Darauf wusste Cale nichts zu sagen, also nickte er nur. Er ging zur Tür und klopfte.

Ein drahtiger, kleiner, älterer Mexikaner mit grau melierten Haaren öffnete. Tiefe Falten zeigten sich um seine Augen.

„Sind Sie Juan?"

„*Sí.*"

„Mein Name ist Cale Walker, und das ist Tess Carlisle."

Das ließ den Mann aufmerken, und er musterte Tess genauer. „Hanks Tochter?"

Er begann ein Gespräch auf Spanisch mit ihr.

„Würden Sie mir bitte übersetzen?", raunte Cale Tess zu.

„Er kann uns zeigen, wo er Henry Worthington vor ein paar Monaten in den Hügeln östlich von hier getroffen hat. Vielleicht ist Hank bei ihm, Juan ist sich nicht sicher."

Nach einem weiteren Wortwechsel fügte sie hinzu: „Geld will er keines dafür. Er sagt, dass Hank ihm früher einmal einen Gefallen getan hat und er seine Schuld nun bei seiner Tochter begleicht. Wir sollen uns morgen früh um Punkt sieben Uhr mit ihm am Mietstall treffen."

Juan warf noch etwas in seiner Muttersprache ein.

„Er sagt, lieber doch halb neun", übersetzte Tess. „Sie werden Ihren Rausch ausschlafen müssen."

„Ich bin nicht betrunken."

Tess warf Cale einen zweifelnden Blick zu und schüttelte Juan dann die Hand. „*Gracias.*"

Sie wandte sich zum Gehen, ihr Rock umspielte ihre Beine, während sie zügig die Straße hinabhinkte.

Cale nickte Juan zum Abschied zu und sprintete los, um sie einzuholen, wodurch ihm prompt schwindelig wurde. „Warten Sie auf mich, Tess."

Sie hielt inne. „Vielleicht sollte ich Ihnen meinen Stock ausleihen."

„Nein, es geht schon. Ich möchte nur nicht, dass Sie alleine weiterlaufen."

„Ich bin auch alleine hierhergekommen."

Cale ging neben ihr her, musste aber ziemlich viel Konzentration dafür aufwenden, geradeaus zu laufen. „Sie schließen wohl nicht so schnell Freundschaften, oder?"

„Mir war nicht klar, dass Sie so viel Wert auf eine Freundschaft zwischen uns legen."

„Ist nicht schön, wenn wir nicht miteinander auskommen."

„Wir kennen uns erst seit ein paar Tagen, Señor Walker."

„Moment mal." Lallte er etwa? Möglicherweise. „Sie müssen Cale zu mir sagen."

„Weil Sie mich Tess nennen?"

„Wie denn sonst? Miss Carlisle?"

„Das wäre angemessen, finden Sie nicht?"

Cale lachte. „Aber Sie und ich sind durch Hank praktisch verwandt."

Tess blieb stehen. „Dann betrachten Sie sich als meinen Bruder?"

Nie im Leben.

Wenigstens war er noch genug bei Sinnen, dass ihm dieser Gedanke nicht laut herausrutschte. Er hatte definitiv zu viel getrunken, was ihm nur selten passierte. Manchmal genoss er schon das ein oder andere Glas, aber eine gewisse Grenze überschritt er nie.

Plötzlich brandete heißes Verlangen nach ihr in ihm auf. Unfähig, seinen Blick von ihrem Gesicht loszureißen, war es ihm mit einem Mal wichtig, diese Grenze zwischen ihnen abzustecken. „Ich bin nicht Ihr Bruder, Tess."

Ihre Augen weiteten sich und sie öffnete den Mund, als wollte sie etwas sagen. Ihr kurzes Zögern bewies Cale, dass auch sie nicht immun gegen das war, was sich zwischen ihnen entwickelte.

Sie wusste, dass er sie begehrte.

Kapitel Fünf

Tess ritt neben Juan her, Cale folgte ihnen und führte das Maultier. Sie ließen Tubac hinter sich und gelangten zu einem Tal östlich der Stadt. Tess richtete ihren Hut, um ihre Augen vor der gleißend hellen Sonne zu schützen.

„Woher kennen Sie meinen Vater?", fragte sie Juan auf Spanisch.

„Der Ire hat mir einmal das Leben gerettet", antwortete der untersetzte Mexikaner und zeigte dabei seine schlechten Zähne. Er klammerte sich mit seinen kurzen Fingern an die Zügel seines Reittiers. „Ich wurde außerhalb der Stadt überfallen, und er hat mir geholfen."

Cale lenkte sein Pferd neben Tess', doch sie brachte es nicht über sich, ihn anzusehen. Nach dem gestrigen Abend lagen ihre Nerven noch immer blank, also ignorierte sie einfach die Tatsache, dass Cale sie so angesehen hatte, wie Tom manchmal Mary anschaute.

„Ich wusste nicht, dass Iren so zuschlagen können", fügte Juan hinzu.

„Das reicht", unterbrach Cale ihn.

Tess schaute stur nach vorne. „Sie müssen vor mir nicht

verstecken, was *mi padre* ist. Das weiß ich." Aus dem Augenwinkel bekam sie mit, wie Cale sich den Hut zurechtrückte.

„Tess, es wäre mir wirklich lieber, wenn Sie mich alleine nach Hank suchen lassen würden."

Nun wandte sie sich Cale doch zu, und ihr fiel auf, wie mitgenommen er aussah. „Sie sollten wirklich versuchen, nicht so viel zu trinken, wenn wir in einer Stadt sind."

„Darin stimme ich Ihnen zu." Ein Schmunzeln umspielte seine Mundwinkel, was ein leichtes Flattern in Tess' Magen auslöste.

„Ist es wirklich so anstrengend, mit mir zu reisen?", fragte sie, bevor sie sich eines Besseren besinnen konnte.

„Nein. Aber haben Sie irgendwelche besonderen Fähigkeiten, die uns unterwegs nützlich sein könnten?"

Das verschlug ihr glatt die Sprache. *Hält er mich für eine Prostituierte?*

„Können Sie schießen?", hakte er weiter nach. „Haben Sie eine Waffe? Oder vielleicht ein Messer?"

Tess' Empörung löste sich in Luft auf, als ihr bewusst wurde, dass sie Cales Worte falsch interpretiert hatte. „Ich war lange genug mit Hank unterwegs, um die ein oder andere Waffe abfeuern zu können. Ich besitze einen Sechs-Schuss-Remington." Der Revolver war sicher in ihrem Beutel verstaut.

„Vorder- oder Hinterlader?"

Sie gab sich alle Mühe, ihre Verärgerung nicht zu zeigen, schaffte es aber nicht. „Hinterlader."

„Haben Sie auch Munition?"

„Ja."

Es machte sie wütend, dass Cale offenbar davon ausging, sie hätte sich blindlings in diese Situation gestürzt. Tess wusste nur zu gut, welche Gefahren die Wildnis barg.

„Eine Frau mit einer Waffe ist nicht gut", meinte Juan. „Wenn sie wütend wird, kann sie dir deinen Pim…" Er verstummte. „Entschuldigen Sie bitte, Miss Theresa."

„Keine Ursache", erwiderte Tess. Sie hatte sich schon

unzählige Male vorgestellt, wie sie ihren Revolver auf diesen Körperteil von Saul Miller richtete.

„Dann sollte man wohl besser nie eine Frau mit einer Waffe verärgern", sagte Cale.

Tess erhaschte noch einen Blick auf sein Grinsen, bevor er den Kopf von ihr wegdrehte. Schnell schaute sie wieder geradeaus und tat so, als sei er gar nicht da.

Einige Stunden später zügelte Juan schließlich sein Pferd. „Hier habe ich den verrückten, alten Kauz zuletzt gesehen. Worthington. Der Ire war bei ihm."

Um sie herum gab es nichts als Wüste, trockene Sträucher und die Sonne, die auf sie niederbrannte.

„Wo?", wollte Tess wissen.

Juan zuckte die Schultern. „Mehr kann ich nicht für Sie tun. Der alte Mann war überzeugt, dass ihn Geister verfolgten, und der Ire mochte seinen *tiswin* ziemlich gern."

„Was ist das?"

„Schnaps", antwortete Cale.

„Warum überrascht es mich nicht, dass Sie das wissen?" Doch Tess bereute ihren scharfen Tonfall sofort wieder. Nervosität machte sich in ihr breit. War es ein Fehler gewesen, Juan zu vertrauen?

Ihr Blick huschte zu Cale, doch dessen unlesbare Miene verstärkte ihre Anspannung nur noch.

„Vielen Dank für Ihre Hilfe, Juan", meinte Cale. „Ab hier schaffen wir es alleine weiter."

Juan zögerte einen Moment. „Ich hoffe, dass Sie ihn finden. Es tut mir leid, dass es nicht mehr Hinweise gibt."

„So ist das eben, wenn man einen Geist jagt."

Der Mexikaner lachte. „Hier draußen gibt es *muchos espíritus*." Er wendete sein Pferd und hob die Hand zum Gruß, bevor er zurück in Richtung Tubac ritt. „*Adios, amigos.*" Kurze Zeit später war er hinter der nächsten Anhöhe verschwunden.

Tess seufzte. „Wie sollen wir hier je Hanks Spur aufnehmen?"

Cale schien auf einen Punkt weiter südlich konzentriert zu sein. „Im Moment ist das unser kleinstes Problem."

Aus Unbehagen wurde Furcht. „Was ist los?"

„Verhalten Sie sich ganz normal. Wir werden beobachtet."

„Von wem?"

„Ich vermute, von Juans *amigos*. Seine Geschichte war auch zu schön, um wahr zu sein."

„Warum sind Sie ihm dann hierher gefolgt?"

„Ich weiß es nicht genau, aber ich glaube ihm, dass er Hank kennt."

„Was sollen wir jetzt machen?" Tess unterdrückte das Bedürfnis, sich hektisch nach möglichen Gegnern umzusehen.

„Kommen Sie an Ihre Waffe?"

Tess ließ die Schultern sinken. „Sie ist ganz unten in meinem Beutel. Und nicht geladen."

Cale lenkte Bo näher an ihr Pferd heran, löste die Kordel ihres Beutels und reichte ihn Tess. Sie tastete nach dem Revolver und der Schachtel Munition. Nachdem sie beides herausgezogen hatte, nahm Cale ihr die Waffe und Patronen ab, überprüfte den Revolver und lud ihn mit geübten Handgriffen. Tess befestigte inzwischen wieder ihren Beutel, bevor Cale ihr die Waffe zurückgab.

„Halten Sie den Revolver griffbereit."

„Sollen wir uns verstecken?"

„Nein, ich habe eine Idee."

———

CALE ERRICHTETE in Windeseile ein Behelfslager und entfachte ein Feuer, nachdem er die Pferde und Moses gehobbelt hatte. Tess beobachtete ihn dabei skeptisch und angespannt, aber er ignorierte sie und bereitete sich auf ihre Besucher vor.

Zwei Reiter erschienen in einer Staubwolke am Horizont.

Tess bemerkte sie ebenfalls, als sie seinem Blick folgte. „Warum versuchen wir nicht, ihnen zu entkommen?", erkundigte sie sich.

„Könnte funktionieren. Oder auch nicht." Cale trat näher zu ihr. „Setzen Sie sich."

Sie starrte ihn nur an. „Warum?"

„Vertrauen Sie mir, Tess. Wenn wir vor ihnen fliehen, werden sie wahrscheinlich mit den Gewehren, die sie sicher dabeihaben, auf uns schießen."

Tess wurde blass um die Nase.

„Ich werde Sie fesseln", fuhr er fort.

„Was?"

„Nur locker und zum Schein. Wir haben nicht viel Zeit und die würde ich ungern mit Reden verschwenden."

Das Temperament, das Tess normalerweise so eisern unter Kontrolle hielt, zeigte sich für einen kurzen Augenblick, doch dann beherrschte sie sich und ließ sich zu Boden sinken, wobei sie nur das rechte Bein anwinkelte.

„Sie sollten mich das wirklich anschauen lassen", murmelte Cale, bevor er Tess an den Handgelenken fasste, sie ihr in den Schoß legte und dann mit einem Seil umwickelte, das er jedoch nicht verknotete. Ihren Remington-Revolver platzierte er auf ihrem Rock, dann zog er ihr den Hut vom Kopf und verdeckte damit die Waffe.

„Seien Sie still und überlassen Sie mir das Reden", wies er Tess an.

Als die beiden herannahenden Männer ihre Pferde in einigem Abstand zum Stehen brachten, richtete er sich wieder auf.

„Kann man euch helfen?", fragte Cale.

Die beiden wirkten trotz ihrer Bärte jung und recht abgerissen, auf ihrer Kleidung zeichneten sich Schweißflecken ab. An den Sätteln ihrer Pferde waren Gewehrholster befestigt, damit hatte er also recht gehabt, und zusätzlich trugen die Männer noch jeweils zwei Revolver.

„Sie und die Lady sind ganz schön weit von allem weg", meinte der Rechte und spuckte den Kautabak aus, den er bisher seitlich im Mund gehabt hatte. „Warum sind Sie allein hier draußen?"

„Nur auf der Durchreise."

„Ihre Frau?"

Cale nahm eine gespielt entspannte Körperhaltung ein, achtete jedoch darauf, dass seine Hände in der Nähe der Colts an seinen Hüften blieben. „Nein. Sie ist meine Gefangene."

„Was hat sie angestellt?" Tabak schien ehrlich interessiert an der Antwort.

„Ich glaube nicht, dass Sie das was angeht."

Tabak spuckte erneut aus. „Tja, sehn Sie, wir haben hier draußen eben das Sagen. Sie reiten durch unser Gebiet. Also müssen Sie was zahlen."

„Das bezweifle ich."

„Woll'n Sie uns beleidigen, Mister?"

„Ihnen gehört dieses Land nicht", erwiderte Cale. „Und das, was Sie hier machen, ist Erpressung."

„Sie können uns auch einfach das Mädchen geben, damit sind wir quitt und Sie zieh'n friedlich weiter. Wenn sie nur 'ne Gefangene ist, kümmert Sie's doch sicher nicht, was mit ihr passiert."

Cale schüttelte den Kopf. „Sie sind nicht besonders schlau, was? Sie ist eine *Apachen*-Gefangene, und ich bringe sie nach Fort Bowie, damit sie dort verhört werden kann. Der Stamm, aus dem wir sie mitgenommen haben, ist hinter uns her."

Tabak setzte sich aufrechter in den Sattel und schaute sich besorgt um.

„Nehmt sie ruhig mit", fuhr Cale fort. „Aber ich muss euch wohl nicht sagen, was die Apachen mit euch machen, wenn sie euch kriegen. Und sie *werden* euch kriegen."

„Was kümmert die ein mexikanisches Mädchen?"

„Sie ist eine von Geronimos Ehefrauen."

Das erschreckte Tabak sichtlich. „Nein, ist sie nicht. Das

denken Sie sich aus. Außerdem hab ich gehört, dass der kleine Mistkerl in San Carlos im Knast sitzt."

„Deswegen ist sie nicht weniger seine Ehefrau. Wenn ihr sie mitnehmt und in Mexiko verkauft, bringt euch das wahrscheinlich eine Menge unnötigen Ärger ein."

Tabak runzelte die Stirn, während er die veränderte Situation verarbeitete.

„Wir sollten uns aus dem Staub machen, Tobias", sagte der Mann neben ihm. „Juan kann uns irgendwann ein anderes Mädchen besorgen." Er rutschte unruhig im Sattel herum, was sich auf das Pferd übertrug, das nervös tänzelte. „Ich kann die Apachen nich' leiden", murmelte er. „Ist die Sache nicht wert."

Tabak brummte unzufrieden. „Hast wohl recht." Dann wandte er sich wieder an Cale. „Hoffe, dass Sie nicht skalpiert werden, bevor Sie nach Bowie kommen, Mister."

Die Männer wendeten ihre Pferde und machten sich in die gleiche Richtung davon, aus der sie gekommen waren.

Cale verharrte an Ort und Stelle, bis er sich sicher war, dass sie es sich nicht anders überlegten.

„Verlaufen alle Ihre Verhandlungen so glatt?", fragte Tess.

„Manchmal." Er hielt den Blick weiter auf die Staubwolke am Horizont gerichtet.

„Hank wäre nicht so geduldig gewesen."

„Ich weiß. Und solange man seine Waffe schneller zieht als der Gegner, ist das auch kein Problem. Aber eines Tages verlässt einen das Glück."

„Glauben Sie, dass Hank tot ist?"

Cale schaute auf sie hinunter. „Ehrliche Antwort? Ich denke, die Chancen stehen fifty-fifty. Es würde zumindest erklären, warum er nie Kontakt mit Ihnen aufgenommen hat."

„Aber was ist mit der Spur in Tubac? Sein Deckname ist in den letzten Monaten dort aufgetaucht."

„Jemand anderes könnte ihn benutzt haben."

„Warum?"

Cale zuckte die Schultern. „Das weiß ich nicht." Überzeugt, dass Tabak und sein Freund nicht wiederkamen, kniete er sich vor Tess und nahm ihr das Seil ab. „Sie haben sich wirklich gut gehalten." Einen Moment lang gestattete er sich, ihr in die grünen Augen zu schauen.

„Ich habe in meiner Zeit mit Hank gelernt, wann man besser den Mund hält. Meistens." Doch die Sache schien Tess mehr zuzusetzen, als sie zugeben wollte. Sie setzte sich den Hut wieder auf, sichtlich nicht gewillt, das Gespräch weiterzuführen, und schnappte sich ihren Remington.

Cale hatte das Gefühl, dass die letzte Bemerkung sich auf den Übergriff bezog, dessen Verletzungen sie bis heute beeinträchtigten. Aber er wusste auch, dass sie sich nur noch mehr verschließen würde, wenn er nachhakte. Also reichte er ihr nur die Hand und half ihr auf die Beine.

Bei Einbruch der Dunkelheit erreichten sie eine Schlucht, deren Anblick Tess erleichterte. Den ganzen Tag über hatten sie sich auf offenem Gelände bewegt, und nach dem Vorfall mit den beiden Männern, die sie hatten entführen wollen, war sie froh über diesen geschützten Lagerplatz, der ihr ein Gefühl der Sicherheit gab.

Der Beinahe-Überfall hatte sie bis ins Mark erschreckt, aber dennoch gelang es ihr, Haltung zu bewahren. Die Waffe, die griffbereit neben ihr lag, hatte ihr Selbstvertrauen eingeflößt. Sie hatte sich vorbereitet und wehrhaft gefühlt. Bei dem Übergriff von Saul hatte sie, neben dem Verlust ihrer Jungfräulichkeit – den sie nie sehr betrauert hatte, weil die Verletzungen viel tiefer gingen –, etwas wesentlich Essenzielleres verloren: die Stärke und Zuversicht, sich in der großen weiten Welt zu behaupten.

Heute hatte sie ein kleines Stück davon wiederbekommen.

Cale zügelte sein Pferd und stieg ab, was Tess ihm gleichtat.

Die Tiere reagierten nervös und versuchten, zurückzuweichen. So viel zum Gefühl der Sicherheit.

„Langsam, ganz ruhig", versuchte Cale seinen Hengst zu beschwichtigen.

Tess zuckte erschrocken zusammen, als plötzlich ein älteres Paar hinter einem Felsen hervortrat.

„Was wollt ihr hier?", rief die Frau ihnen zu und richtete eine Schrotflinte auf sie. Sie war schmuddelig und dünn, graue Haare quollen unter ihrem schmutzigen Hut hervor, doch ihre knochigen Finger hielten die Waffe in einem zielsicheren Griff, und ihr Blick wirkte wach und fest entschlossen.

„Ihr seid hier nicht willkommen", sagte der ebenso ungepflegt aussehende Mann, der wie die Frau ein wenig gebückt ging.

„Wir wussten nicht, dass Sie hier sind", erwiderte Cale, der immer noch versuchte, sein Pferd zu beruhigen.

Tess hatte es geschafft, Gideon zu beschwichtigen, und streichelte ihm nun über den Hals, während sie ihn am Zaumzeug festhielt und begütigende Laute von sich gab.

„Wir wollen Ihnen nichts Böses", fuhr Cale fort. „Wir brauchen nur einen Schlafplatz."

„Nicht hier. Verschwindet!" Die Frau schwenkte die Schrotflinte, um ihren Worten Nachdruck zu verleihen.

Doch Tess wollte diese Gelegenheit nicht verstreichen lassen, vielleicht einen Hinweis auf ihren *papá* zu erhalten. „Wir sind auf der Suche nach einem Mann namens Hank Carlisle."

Die Frau senkte die Schrotflinte. „Was woll'n Sie denn von ihm?"

„Er ist mein Vater."

„Na, da brat mir doch einer 'nen Storch", murmelte der alte Mann leise. Weder er noch die Frau wendeten den Blick von Tess ab. „Sie ist es, Mariah."

Kapitel Sechs

C ale umrundete Bo, um sich neben Tess zu stellen. „Kennen Sie Hank Carlisle?"

„Tue ich", antwortete der alte Mann.

Vielleicht war es ein bisschen weit hergeholt, aber nach dem, was er in Tubac gehört hatte, musste er einfach fragen: „Sie sind nicht zufällig Henry Worthington, oder?"

Der Mann legte den Kopf ein wenig schief, wahrscheinlich, um ihn besser zu hören. „Der bin ich."

„Mein Name ist Cale Walker und das ist Tess. Vielleicht könnten wir unser Nachtlager aufschlagen und uns ein wenig unterhalten?" Vielleicht würde das Mariah dazu bewegen, endlich die Schrotflinte wegzulegen.

„Das geht wohl in Ordnung", meinte Henry. „Komm, Mariah."

„Weiß nicht recht", entgegnete sie. „Wir haben schon mal den falschen Leuten vertraut."

„Ihr werdet uns nichts tun, oder?", erkundigte sich Henry.

„Nein, natürlich nicht", warf Tess ein. „Wir haben Vorräte dabei, die wir sehr gerne mit Ihnen teilen."

„Habt ihr Kaffee?", wollte Mariah wissen.

Tess nickte.

„Wir haben unseren letzte Woche verloren. Ihr könnt bleiben, wenn wir euren Rest bekommen."

Cale wäre es lieber gewesen, ihnen den Tabak zu überlassen, aber er stimmte dennoch zu. Mariah senkte die Waffe und wirkte mit einem Mal mehr wie ein Geist als wie eine alte Frau. Umso beeindruckter war Cale, dass sie das Gewehr so lange hatte halten können. Einen Moment lang fragte er sich, ob die *espíritus* ihm und Tess vielleicht einen Streich spielten.

Waren Henry und Mariah wirklich hier oder standen nur bleiche Abbilder vor ihnen, die sich ihrer bemächtigen wollten? Die Apachen glaubten daran, dass Geister nahe der Erde verweilen konnten, insbesondere kurz nach dem Tod eines Menschen. Cale beschloss, später besser noch einen kleinen Rundgang zu machen, nur um sicherzugehen, dass die Leichen der Worthingtons nicht irgendwo herumlagen. Am Himmel waren keine Aasgeier zu sehen, aber er musste wachsam bleiben.

Zusammen mit Tess lud er das Gepäck ab und kümmerte sich anschließend um die Pferde und Moses. Bald darauf saßen sie den Worthingtons gegenüber am Lagerfeuer. Wie sich herausstellte, stammte das Paar aus Ohio und war seit achtundvierzig Jahren verheiratet. Sie arbeiteten schon eine ganz Weile als Goldsucher, und die Wüstensonne hatte die Haut ihrer Gesichter gegerbt und runzlig gemacht. Cale war sich außerdem sicher, dass sie ihre Gehirne frittiert hatte.

„Wir verstecken uns meistens", erzählte Henry. „Damit die Apachen uns nich' finden. Aber wir seh'n sie. Man muss vorsichtig sein."

„Keine Fragen zum Gold", warf Mariah ein. „Dazu sagen wir euch nichts."

„Wann haben Sie Hank zuletzt gesehen?", erkundigte sich Cale und verschwieg bewusst Henrys vermeintliche Verbindung zum Decknamen des Iren.

Tess hatte den Tag über Bohnen in einem ihrer

Wasserschläuche eingeweicht, die sie nun zu einem würzig duftenden Eintopf verarbeitete, aber Henry brachte dennoch seinen eigenen Teller ans Lagerfeuer. darauf lag etwas, das verdächtig nach Eingeweiden aussah. Er bot Tess davon an, die jedoch ablehnte, und Cale schloss sich ihr an, wie es ihm die Vorsicht gemahnte. Einsiedler wie diese beiden konnten höchst unberechenbar sein.

„Wann war das noch mal?" Henry schaute fragend zu Mariah.

„Oh, keine Ahnung … Vor ein paar Wochen oder Monaten. Henry nimmt manchmal seine Post aus der Stadt mit und bewahrt sie für ihn auf."

„Wissen Sie, wo er jetzt gerade sein könnte?", hakte Tess weiter nach. „Hat er irgendwo ein Lager aufgeschlagen?"

„Weiß ich nicht", antwortete Henry. „So was erzählt uns Hank nie, aber er könnte in den Chiricahuas sein." Er begann, den blutigen Haufen auf seinem Teller mit einer verbogenen Gabel zu essen.

„Sind Sie sicher, dass Sie nichts von meinen Bohnen möchten, Henry?" Die Anspannung in Tess' Stimme verriet, wie sehr sie der Anblick ekelte. Auch Cale verging der Appetit ein wenig.

„Danke gern", meinte Henry. „Ich esse das hier nur erst auf."

„Sag's ihnen, Henry." Mariah stieß ihren Ehemann mit dem Ellenbogen an.

„Uns was sagen?", fragte Tess.

„Ich esse. Sag du's ihnen doch, Mariah", erwiderte er schmatzend und schob sich einen weiteren Batzen Innereien in den Mund.

Tess wandte sich ab und hielt sich eine Hand vor den Mund, sodass Cale schon die Befürchtung hatte, sie würde sich übergeben.

Die alte Frau musterte sie aus dunklen Augen. „Na schön. Wir sind keine schlechten Menschen. Aber der Fluch hat uns erwischt, und Hank ist dran schuld."

„Wovon sprechen Sie?", wollte Cale wissen.

„Hank hat's uns erzählt. Hat gesagt, dass er's von einem toten

Mann hat. Und jetzt haben wir's. Sind viele schlimme Sachen passiert seitdem."

„Zum Beispiel?"

„Unser bester Esel ist gestorben. Den isst Henry gerade."

Tess schnappte nach Luft und hielt sich erneut die Hand vor den Mund.

„'Ne Spinne hat mich ins Bein gebissen", fuhr Mariah fort. „Hab's eine ganze Zeit gar nicht mehr gespürt. Und dann ist da noch das gruslige Flüstern, das wir jede Nacht hören. Lässt einen kaum ein Auge zutun."

„Wartet mal, ich hab's!", unterbrach Henry sie. „Ich glaube, Hank könnte in Fort Bowie sein."

„Warum zum Teufel soll da jemand freiwillig hin?" Mariah schüttelte den Kopf. „Überall Soldaten. Sind eine echte Plage."

„Würden Sie sich mit der Kavallerie in der Nähe nicht sicherer fühlen?", erkundigte sich Cale.

„Die Army, Apachen, alles das Gleiche", erwiderte Mariah. „Alle wollen sie einen totschlagen."

Darauf wusste Cale nichts zu erwidern. Vielleicht sollten sie sich einfach schlafen legen. Henrys Tipp über Hanks Aufenthalt in Fort Bowie war vermutlich die beste Spur, die er von dem Eselfresser erwarten konnte.

Mariah konzentrierte sich wieder auf Tess. „Also, junge Dame. Sie müssen sich um diesen Fluch kümmern."

„Wie soll ich das anstellen?"

„Wenn Sie Hanks Tochter sind, können Sie das. Sie sind verwandt. Von seinem Blut."

Tess schaute hilfesuchend zu Cale, der sich prompt ein Lachen verkneifen musste.

„*Bien!* Ich werde den Fluch brechen." Ihr plötzlicher Meinungsumschwung überraschte Cale.

Rasch lehnte er sich näher zu ihr und flüsterte: „Was haben Sie vor?"

Entschlossenheit zeichnete sich auf Tess' Zügen ab, aber Cale merkte, dass sie noch immer gegen ihren Ekel über Henrys Essensvorlieben ankämpfte.

„Kennen Sie die alte Kunst des Geschichtenerzählens?", fragte sie schließlich Henry und Mariah.

„Schon irgendwie", sagte Mariah.

„Es ist schon lange bekannt, dass Geschichten eine ganz eigene Magie innewohnt, und wenn man sie erzählt, entfaltet sich diese Magie und umfängt die Zuhörer, die sich darauf einlassen. Lesen Sie in der Bibel?"

Diese Frage schien Mariah sprachlos zu machen. Ein echtes Wunder, dachte Cale bei sich, obwohl er noch nicht viel Zeit in der Gegenwart der verrückten Alten verbracht hatte.

„Wir können nich' lesen", gab Henry zu.

Tess nickte mitfühlend. „Nun, die Erzählungen in der Bibel tragen mit die mächtigste Magie in sich, die es gibt. Ich werde eine davon nutzen, um den Fluch von Ihnen beiden zu nehmen."

Henry und Mariah atmeten erleichtert auf und schlossen nickend die Augen.

„In dieser Geschichte geht es um die Versuchung des Jesus Christus", begann Tess. „Es kam eine Zeit, als er vom Heiligen Geist in die Wildnis geführt wurde. Das war eine Prüfung der Stärke seines Glaubens an Gott. Vierzig Tage und vierzig Nächte fastete er; Sie können sich sicher vorstellen, wie hungrig er gewesen sein muss."

Henry und Mariah lauschten fasziniert und nickten erneut. Vor Cales Augen schien Tess' Stimme sie −und auch ihn − einzuhüllen. Er genoss es, wie sie sich veränderte und gefühlvoller wurde, wenn sie erzählte, als wäre sie eine Schauspielerin. In diesem Moment wurde ihm bewusst, dass sie die Macht der Darbietung sehr wohl kannte.

„Der Teufel kam zu Jesus", fuhr sie fort, „und verlangte von ihm, Steine in Brot zu verwandeln. Aber Jesus sagte: ‚Der Mensch lebt nicht vom Brot allein, sondern von einem jeglichen Wort, das durch den Mund Gottes geht.' Der Teufel brachte Jesus zu einer heiligen Stadt, stellte ihn auf die Zinne des Tempels und forderte ihn auf, sich hinabzustürzen, da Gott und seine Engel ihn sicher nicht auf dem Boden aufschlagen lassen würden. Aber Jesus sagte: ,Du sollst Gott, deinen Herrn, nicht versuchen.' Danach führte der Teufel ihn auf einen hohen Berg und versprach ihm, dass alles, was er sah, ihm gehören könnte. Dafür musste er nur dem Teufel ewige Treue schwören. Jesus antwortete jedoch: ,Hebe dich weg von mir Satan! Denn es steht geschrieben: Du sollst anbeten Gott, deinen Herrn, und ihm allein dienen.' Der Teufel ließ ihn zurück und die Engel stießen vom Himmel herab, um ihn voller Liebe in die Arme zu schließen."

Tess verstummte, während sie die Geschichte nachwirken ließ.

„Das bricht den Fluch?", fragte Henry im Flüsterton.

Cale hätte beinahe gelächelt. Tess hatte es doch wirklich geschafft, die Angst vor dem Leibhaftigen an ihr Lagerfeuer zu holen.

„Der Fluch ist aufgehoben, weil ihr ihm keine Macht mehr gebt", erwiderte Tess leise. „Jesus hat dem Teufel widerstanden, und so konnte das Böse sich nie in ihm festsetzen. Wenn ihr es wie Jesus haltet, wird sich der Fluch auflösen, weil er keinen Halt mehr in euch findet."

Henry musterte sie stirnrunzelnd, gab dann aber einen Laut von sich, der auf vorsichtige Akzeptanz hindeutete.

„Das klingt viel zu einfach, Miss Carlisle." Mariah verschränkte ihre knochigen Finger und ließ die Knöchel knacksen. „Sind Sie sicher, dass das wirkt?"

„*Sí*, Señora Worthington. Es wird funktionieren. Ich habe schon früher Menschen von Flüchen befreit."

Mariah wirkte noch nicht ganz überzeugt, und Cale fragte sich, was der alten Frau wohl gerade durch den Kopf ging.

CALE LEGTE sich nahe der Pferde und Moses zum Schlafen nieder. Tess suchte sich einen Platz ein gutes Stück weit von ihm entfernt. Er spürte, dass sie auf Distanz zu ihm gehen wollte. Seine Bemerkung am gestrigen Abend war offensichtlich unwillkommen gewesen, also gab er sich mit der Gesellschaft der Tiere zufrieden.

Mitten in der Nacht erwachte er abrupt. Über ihm standen die Sterne deutlich sichtbar am Himmel, und er lauschte angestrengt. Jemand war in der Nähe.

Vorsichtig erhob er sich und griff nach einem seiner Colts. Ein Schemen schlich auf Tess zu. Eilig ging Cale dazwischen und hielt Mariah seine Waffe an den Kopf, als sie gerade mit einem Messer in der Hand zum Sprung ansetzte.

Die alte Frau stolperte, und Cale packte sie am Arm. Als sie sich gegen ihn wehrte, schubste er sie von Tess weg und hielt sie mit dem Revolver in Schach.

Tess regte sich.

„Ich habe noch nie auf eine Frau geschossen", sagte Cale. „Aber es gibt für alles ein erstes Mal."

„Was ist los?" Tess mühte sich auf die Beine und wich vor ihnen zurück.

Cale starrte Mariah finster an. „Ja, was ist hier los?"

Selbst in der Dunkelheit konnte er den Irrsinn im Blick der alten Frau erkennen. „Der Fluch is' gar nicht gebrochen. Das geht nur, wenn … sie stirbt." Sie spuckte den letzten Teil beinahe aus.

„Das denke ich nicht", entgegnete Cale und drängte sie mithilfe seiner Waffe noch ein Stück zurück. Zögerlich folgte sie seiner Bewegung.

„Ich will Ihnen nichts tun", sagte Cale. „Oder Henry. Aber wenn Sie Tess noch mal zu nahe kommen, werde ich Sie erschießen."

Mariah schaute ihn einen Moment lang schwer atmend an. „Sie wird der Fluch auch treffen", zischte sie, wandte sich dann um und kehrte zu ihrem eigenen Lager zurück.

Als Cale sich sicher war, dass keine Gefahr mehr drohte, wandte er sich Tess zu.

„Ich bin froh, dass Sie aufgewacht sind", flüsterte sie.

„Ja, ich auch." Am liebsten hätte er sie in die Arme genommen, aber er vermutete, dass ihr das nicht gefallen würde. „Vielleicht sollten Sie lieber bei mir schlafen."

Sofort verspannte sich sichtbar jeder Muskel in ihrem Körper.

„Ich glaube, es ist besser, wenn Sie *in meiner Nähe* schlafen", drückte er sich deutlicher aus, weil ihm ihre Angst ein schlechtes Gewissen bereitete.

Sie nickte. „Wenn ich überhaupt noch schlafen kann."

Cale bückte sich, um ihre Decken aufzuheben, während Tess zu ihrem Gehstock hinkte. Ihre Schlafstatt war schnell neben seiner bei den Pferden aufgeschlagen.

„Meine Geschichte hat wohl bei den beiden nicht gewirkt", bemerkte sie niedergeschlagen, während sie sich vorsichtig auf dem Boden niederließ.

„Hatten Sie das wirklich angenommen?" Cale lehnte sich im Sitzen gegen Bos Sattel, den er als Rückenstütze benutzte.

„*Sí*, das habe ich." Trotz der Dunkelheit spürt er, wie ihr Blick auf ihm ruhte. „Die richtige Geschichte kann den Blickwinkel eines Menschen verändern. Sie kann die Welt ebenso aus den Angeln heben wie ein Erdbeben. Hat Ihnen Ihre *madre* keine Geschichten erzählt, als Sie noch ein Kind waren?"

„Nicht, dass ich mich daran erinnere. Sie starb bei der Geburt meines jüngsten Bruders T.J., als ich sechs war."

„Das wusste ich nicht. Tut mir sehr leid."

„Das Leben mit meinem Pa war hart. Ich glaube nicht, dass sie viel Zeit für Hirngespinste hatte."

„Dann glauben Sie, dass ich in einer Fantasiewelt lebe, die ich mir geschaffen habe?"

„Nein, Tess, so habe ich das nicht gemeint. Ehrlich gesagt bin ich erstaunt, dass Sie so voller Hoffnung und Güte sind. Dieses

Land verlangt Frauen viel ab. Und Sie haben noch mehr als andere gelitten."

Tess lachte – nur kurz und nicht besonders laut –, was Cale gefiel. Er konnte sich vorstellen, dass sie das nicht oft tat, und es berührte ihn, dass er ihr diese Reaktion entlocken konnte.

„Jeder von uns hat die Wahl, welchen Dingen man wie viel Bedeutung im Leben beimisst", meinte sie. „*Mi abuela* sagte immer: ‚Wenn die Sonne untergeht, hat Gott die Tür für diesen Tag geschlossen. Er erwartet von dir, dass du bei Sonnenaufgang mit frischem, klarem Geist durch die nächste gehst.'"

„Das ist ein schönes Bild. Klingt, als wäre sie eine weise Frau gewesen."

„Das war sie. Und ihr Leben war auch nicht einfach. Sie hat sich als junges Mädchen ein eigenes Leben in Mexiko aufbauen müssen, ohne Ehemann, nachdem sie meine Mutter zur Welt brachte. Als Hank *mi madre* und mich 1862 aus Fronteras nach Tucson holte, kam *abuela* Dolores mit. Sie hätte nirgendwo anders hingehen können. Mir hat sie alles bedeutet. Meine Mutter konnte gelegentlich ein bisschen kalt sein, aber *mi abuela* war das nie."

Tess wischte sich über die Augen, und Cale wünschte, er könnte zu ihr gehen und sie trösten. Die junge Frau zog ihn auf so vielen Ebenen an, und damit wusste er nicht umzugehen. Mit jeder anderen hätte er ein wenig Spaß gehabt, um sie sich aus dem Kopf zu schlagen, aber das kam bei Tess nicht infrage.

„Glauben Sie, dass Mariah heute Nacht noch mal versuchen wird, mich zu erstechen?", fragte Tess unvermittelt.

„Nein, bestimmt nicht." Der Zorn war ihm sicher anzuhören. Die alte Frau musste verrückt sein, wenn sie glaubte, dass sie an Tess herankam. Seine spontane Bereitschaft, das Leben einer alten Dame zu beenden, erinnerte ihn an seine Zeit mit Hank, in der die Grenzen zwischen Recht und Unrecht nur allzu oft verschwommen waren.

„Mariah und Henry sind nicht ganz richtig im Oberstübchen", fügte er umgänglicher hinzu. „Mit Vernunft kommt man bei denen sicher nicht weiter, und ihren Aberglauben werden Sie auch nie überwinden, und das macht sie überaus gefährlich. Aber ich werde Sie beschützen, Tess, das verspreche ich."

„*Gracias.* Ich dachte davor wirklich, dass wir uns mehr Sorgen darum machen müssten, ob sie versuchen würden, Moses zu essen."

Die unbeabsichtigt sarkastische Bemerkung brachte Cale zum Lächeln.

„Viellcicht sollten wir direkt aufbrechen", schlug sie vor.

„Lassen Sie uns noch ein paar Stunden warten. Ich werde Wache halten, Sie können weiterschlafen."

Tess zupfte an ihrem Zopf herum. „Der einzige Mann, dem ich je Respekt entgegen gebracht habe, ist Tom Simms. Aber Sie haben meine Liste gerade um einen zweiten Platz erweitert."

Damit legte sie sich wieder hin, und Cale setzte sich so, dass er die Richtung im Blick hatte, in die Mariah verschwunden war. Er traute der alten Hexe nicht über den Weg, weswegen er die gesamte Umgebung im Auge behielt.

Sie respektiert mich.

In den letzten vier Jahren hatte er sein Bestes getan, um für mehr Gerechtigkeit in der Welt zu sorgen. Aber das lag so oft im Auge des Betrachters. Diese Lektion hatte er bei den Apachen gelernt. Tess dachte, dass sie Ansichten allein mit einer Geschichte ändern konnte, und Cale bewunderte ihre arglose Zuversicht und dass sie immer noch an das Gute glaubte, nach allem, was ihr angetan worden war.

Er selbst war weniger optimistisch. Unter den richtigen Umständen verhielt er sich nicht immer respektabel. In dieser Nacht war er zum Beispiel bereit, eine alte Frau zu erschießen, falls nötig.

Kapitel Sieben

Erschöpft vom Schlafmangel entschied Cale, dass sie nach Fort Bowie in den Chiricahua-Bergen reiten würden. Er und Tess hatten ihr Lager vor dem Morgengrauen abgebrochen, bevor sie noch einmal mit Mariah und Henry aneinandergeraten konnten. Entsprechend schnell war auch ihr Reisetempo, um möglichst viel Abstand zwischen sich und die wahnsinnigen Worthingtons zu bringen.

Nun ließ er Bo aber wieder langsamer gehen, und Tess lenkte Gideon neben ihn.

„Jetzt kann ich wohl eine gute Geschichte darüber erzählen, wie eine alte Frau versucht hat, mich umzubringen." Sie schenkte Cale ein flüchtiges Lächeln.

Ihre Offenheit und gelassene Ruhe an diesem Morgen gefielen ihm, aber noch immer saß ihm der Schrecken darüber in den Knochen, was hätte passieren *können*, wenn er nicht rechtzeitig wach geworden wäre.

„Würden Sie mir von der Zeit erzählen, als Sie sich von Hank getrennt und bei den Apachen gelebt haben?", bat sie.

Darüber musste Cale erst nachdenken. Er sprach nur äußerst selten davon.

„Warum sind Sie nicht zu Hank zurückgekehrt und haben weiter als Kopfgeldjäger gearbeitet?" So schnell ließ Tess nicht locker. „Er hat manchmal von Ihnen gesprochen. Ich glaube, er hat Sie vermisst, auch wenn er das so direkt nie gesagt hat."

„Ich war ziemlich schwer verletzt."

„Vom Angriff des Berglöwen. Die Geschichte ist mir bekannt. Ich habe sie Robbie und Molly Rose schon oft erzählt."

„Wie haben Sie davon erfahren?"

„Geschichten verbreiten sich in Windeseile", erwiderte Tess. „Aber von Hank habe ich sie nicht, wenn Sie sich das fragen. Ich war diejenige, die *ihm* davon erzählt hat. Mir wurde sie von einer Frau, die am Fuß des Dragoon-Gebirges lebte, zugetragen, und sie muss sie wiederum von einem Apachen haben."

„Was hat Hank gesagt, nachdem Sie ihm davon erzählt haben?"

Tess beugte sich nach vorne und tätschelte Gideon den Hals. „Er meinte, Sie wären *buile*. Das ist Gälisch für *loco*. Seiner Meinung nach sind Sie wahnsinnig. Und er nannte Sie einen … Hasenfuß."

Das überraschte Cale nicht, weswegen er nickte. Hank war weithin für seine Direktheit bekannt.

„Was denken Sie, Tess?"

„Ich halte Sie nicht für einen Feigling." In ihren grünen Augen stand Mitgefühl.

Sie hatte sich vorhin die langen, schwarzen Haare im Nacken zusammengebunden. Ihr dunkler Teint zeugte von ihrer mexikanischen Herkunft, während ihr kräftiger Körperbau sicher dem irischen Einfluss geschuldet war. Ihre Figur war die einer erwachsenen Frau, mit sanft geschwungenen, reizvollen Rundungen. Sie war ein echtes Juwel, ob sie es nun wusste oder nicht. Die Männer lagen ihr sicher zu Füßen.

„Erzählen Sie mir von diesem Esteban."

Erstaunen huschte über ihr Gesicht, dann schnitt sie jedoch eine Grimasse. „Da gibt es nichts zu berichten."

„Ist er ein Verehrer?"

„Nein." Ihr Stirnrunzeln vertiefte sich. „Er will nur nicht akzeptieren, dass er mir gleichgültig ist."

„Sie halten die Menschen um Sie herum gerne auf Abstand."

„Ist das ein Verbrechen?"

„Nein." Cale lachte. „Aber das Leben sollte nicht so hart für eine junge Frau sein. Was haben Sie vor, wenn das hier vorbei ist?"

„Ich weiß es noch nicht. Hank ist nie lange an einem Ort geblieben. Tatsächlich kann ich schlicht nirgendwohin. Ich habe mir überlegt, in den Orden der Schwestern St. Joseph of Carondelet in Tucson einzutreten."

Cale wusste nicht, was er sagen sollte, als er sich ausmalte, wie sie sich in Nonnentracht vor der Welt versteckte. Dann gewannen Neugierde und Mitgefühl aber die Oberhand. „Fühlen Sie sich wirklich von Gott berufen?"

Die Frage schien nun wiederum Tess zu überraschen. „Warum nicht? *Mi abuela* brachte mir die alte Kunst des Geschichtenerzählens bei, wie sie es von ihrer eigenen *madre* gelernt hat. Es ist ein Weg, Wissen zu verbreiten, die Schmerzen anderer zu lindern, es ist Balsam für die Seele. Das gibt mir aber weder ein Dach über dem Kopf noch Essen auf dem Tisch. Die Kinder, um die die Schwestern sich kümmern, würden meinem Leben einen Sinn geben. Nach dem Feuer haben mich die Nonnen aufgenommen, bis Hank kam. Und ich könnte trotzdem meinen Erzählschatz pflegen und erweitern."

„Sie dürfen nicht zulassen, dass die Taten eines einzelnen Mannes − gleich wie verabscheuungswürdig sie auch waren −, ihnen verwehren, was das Leben mit all seinen Höhen und Tiefen, mit Freud und Leid, zu bieten hat."

Tess' Kopf ruckte herum, und Cale wusste sofort, dass er mit der Erwähnung des Übergriffs eine Grenze überschritten hatte. Aber er wollte einfach nicht, dass sie sich deswegen vor dem Leben versteckte.

„Sie haben keine Ahnung, wovon Sie da reden", murmelte sie.

„Tess, wir alle brauchen manchmal Zeit, um uns zu erholen und unser inneres Gleichgewicht wiederzufinden. Ich habe dafür wohl die Zeit bei den Apachen genutzt. Aber Sie können sich nicht für immer vor der Welt verschließen. Das müssen Sie doch aus Ihren Geschichten gelernt haben."

„Nur weil Sie eine Meinung über mein Leben haben, hat diese nicht zwingend Auswirkungen darauf."

„Schön. Sie haben recht. Es steht mir nicht zu, Ihnen Vorschriften zu machen."

Warum stritten sie sich auf einmal? Plötzlich fühlte sich die Mauer, die sie zwischen ihnen errichtet hatte, so real an, als wäre sie aus Holz und Lehm gebaut.

Nun gut, dann würde er eben den Mund halten. Innerlich schäumte er jedoch vor Wut darüber, wie leichtfertig sie sich vom Leben abwandte. Er spürte das Feuer in ihr, die Leidenschaft, und er hatte beides schon gesehen, wenn auch nur kurz, als sie sich um Robbie und Molly Rose kümmerte und ihre Geschichten erzählte.

Sie gab sich selbst auf, und Cale wusste, dass er einen Weg finden musste, um das zu verhindern. Was würde sie wohl sagen, wenn er sie einfach um den Verstand küsste?

Tess beurteilte die Intimität zwischen Mann und Frau nach der Brutalität eines Individuums. Wenn sie sich versteckte, hatte dieser Mann sich ihr nicht nur einmal, sondern gleich in zweifacher Hinsicht aufgezwungen. Das würde Cale auf keinen Fall zulassen.

AN DIESEM ABEND fächelte Tess das Feuer ihrer Wut über Cales Bemerkungen noch weiter an. Solange es brannte, konnte sie sich damit rechtfertigen, dass sie so wenig wie möglich mit ihm zu tun haben wollte. Sie hatten sich in nordöstlicher Richtung gehalten, waren am erst kürzlich gegründeten Camp Huachuca vorbeigekommen und hatten eine heruntergekommene Stadt namens Turquoise am Fuß der Dragoon Mountains durchquert, wo die Pferde und das Maultier Futter und Wasser bekommen hatten. Für die Menschen gab es Kanincheneintopf mit Mais.

Müde von dem langen Tag freute Tess sich unwahrscheinlich auf ihre Schlafstatt. Ein Feuer gab es an diesem Abend nicht, sowohl aus Mangel an Brennmaterial als auch aus Sicherheitsgründen. Cale hatte etwas davon gemurmelt, dass sie die Aufmerksamkeit der Apachen ja nicht unbedingt auf sich ziehen mussten. Erst hatte Tess noch fragen wollen, was er in Turquoise in Erfahrung gebracht hatte, aber dann fehlte ihr doch die Energie dazu.

„Sie haben mich heute Morgen gefragt, warum ich mich von Hank getrennt habe", sagte Cale, der es sich unweit von ihr auf seinem eigenen Schlafplatz bequem machte.

Tess wusste, dass es sicherer war, wenn sie in seiner Nähe blieb, auch wenn sie noch immer nicht gut auf ihn zu sprechen war.

„Mit achtzehn Jahren bin ich zur Army gegangen", fuhr er fort. „Ich war in Fort Bowie stationiert."

Sie drehte sich zu ihm gewandt auf die Seite, da ihre Neugierde schließlich doch die Oberhand gewann.

„Ich war Soldat beim Zweiunddreißigsten Infanterie-Regiment, Kompanie D. Bei einem meiner ersten Einsätze sollten wir eine Postkutsche zurückholen, die auf ihrem Weg Richtung Osten etwa zehn Meilen vom Fort entfernt von den Apachen überfallen worden war. Außer den beiden Fahrern waren auch noch zwei Soldaten zum Schutz mitgeschickt worden. Bei der Kutsche fanden wir nur einen der Fahrer vor, der erschossen und skalpiert worden war, doch von den anderen drei Männern fehlte jede Spur. Zwei Tage später wurde ein weiterer Suchtrupp nach ihnen ausgesendet. Etwa acht Meilen vom Fort entfernt stießen wir auf eine *rancheria* der Apachen. Es gab Anzeichen, dass sie erst kürzlich genutzt worden war. Außerdem fanden wir die drei Männer, alle tot. Sie waren gefoltert worden. Der Arzt des Außenpostens hatte uns begleitet, und ich werde nie vergessen, was er zu uns gesagt hat, während er uns anwies, uns die

Leichen ganz genau anzuschauen. Er schärfte uns ein, uns niemals zu ergeben, denn dann würde uns das hier blühen. Wir sollten bis zum Schluss kämpfen, und wenn wir nicht entkommen konnten, sollten wir alles daran setzen, damit die Apachen uns töteten. Meine Sympathie für diese Leute war also nicht besonders groß. Während der folgenden drei Jahre bekam ich ihre Taten oft zu Gesicht und nicht selten an Männern, die ich kannte."

Das Mondlicht zeichnete die Wacholdersträucher und Agaven als schwarze Schatten um sie herum. In der Ferne war die Gebirgslinie der Chiricahua Mountains entlang des Horizonts zu sehen. Tess schaute wieder zu Cale, und ihr kam der Gedanke, dass er gut zu diesem wilden, harschen Ort passte.

„Warum haben Sie die Army verlassen?"

„Unser Kommandant, Captain Bernard, verfolgte Cochise und seine Krieger gnadenlos. Wir kämpften unzählige Male gegeneinander, aber achtzehn-einundsiebzig wollte Bernard einfach nicht aufgeben. Wir jagten Cochise im Winter Richtung Norden und erwischten ihn und seine Männer in den Pinal Mountains. Neun wurden getötet und etliche mehr verletzt – natürlich nicht Cochise selbst –, aber es war immer noch kein endgültiger Sieg. Danach verfolgten wir sie noch vierhundertfünfzig Meilen lang weiter, und schließlich hatte ich genug davon. Entlassungen wurden befürwortet, weil die Regierung immer versucht, Geld zu sparen, also bin ich freiwillig aus dem Dienst ausgeschieden."

Er starrte in den Himmel mit seinen unendlich vielen Lichtpunkten.

„Warum sind Sie dann Kopfgeldjäger geworden, wenn Sie der Jagd müde waren?"

„Es ist etwas anderes, wenn man sein eigener Herr ist, auch wenn Hank ein ebenso harter Zuchtmeister war wie jeder Kommandant, den ich vor ihm hatte. Aber irgendetwas an ihm hat mich fasziniert. Mit meinem eigenen Pa habe ich mich nie wirklich gut verstanden. Vielleicht sah ich in Hank einen Mann, den ich bewundern konnte."

Tess stützte den Kopf auf einer Hand auf. „Und, haben Sie das?", fragte sie leise.

„Eine Zeit lang ja. Dann bröckelte der Glanz allmählich. Hank ist überaus hartnäckig, und ich habe viel von ihm gelernt. Mehr als ich am Anfang gedacht hätte, immerhin hatte ich während meiner Stationierung in den Chiricahuas viel erlebt. Aber er hatte auch eine Seite an sich, die ich nicht wirklich geschätzt habe. Einige Aufträge haben wir allein erledigt, aber wir haben uns auch oft mit Saul Miller, Walt Lange und anderen zusammengetan."

Bei der Erwähnung von Millers Namen breitete sich Panik in Tess aus. Sie setzte sich auf und konzentrierte sich darauf, gleichmäßig weiter zu atmen, bis ihr das tatsächlich auch gelang.

Cale erzählte inzwischen weiter. „Hank entschied, dass wir nach Mexiko gehen sollten. Kurz zuvor waren Tausende von Indianern in Reservaten in der Gegend untergebracht worden, doch südlich der Grenze trieben sich Abtrünnige herum. Die *Mexicanos* hassten die Indianer noch mehr als die Amerikaner, weswegen sie ein Kopfgeld von einhundert Pesos pro Apachenskalp aussetzten. Mir gefiel dieser Plan nicht. Ich hatte mit eigenen Augen gesehen, wie stark und intelligent die Apachen waren, und wenn man in ihre Fänge geriet … nun, dann sollte man wirklich besser dafür sorgen, dass man vorher tot war. Ich war mir ziemlich sicher, dass wir vielleicht ein paar von ihnen erwischen würden, sie uns aber irgendwann erledigen."

Tess erholte sich noch von dem Schock, den die Panik in ihrem Körper ausgelöst hatte, und fühlte sich verletzlich und reizbar zugleich. „War das vor dem Feuer?"

Cale antwortete nicht sofort, sondern setzte sich ihr stattdessen gegenüber. Die Antwort kannte Tess bereits. Es hätte sie eigentlich nicht überraschen sollen, aber die alte Wunde meldete sich dennoch schmerzhaft zurück.

„Hank hatte ein paar Tage zuvor von dem Feuer erfahren",

meinte Cale. Das Mitgefühl war ihm deutlich anzuhören. „Aber unsere Route stand bereits, und er war fest entschlossen, den Auftrag durchzuziehen. Es tut mir leid, Tess."

„Das muss es nicht." Der erste Oktober, das Datum des Brands, würde für immer in ihr Gedächtnis eingebrannt sein, aber was direkt danach gekommen war, entzog sich großtenteils ihrer Erinnerung. Die Trauer über den Verlust ihrer Mutter und Großmutter hatte sie benebelt. Ihre Welt war eingestürzt, und nur durch die liebevolle Fürsorge der Nonnen hatte sie so etwas wie Frieden gefunden. Irgendwann war Hank gekommen, um sie abzuholen. „Was ist mit den Apachen passiert?", fragte sie kaum hörbar.

„Es war schlimm." Cales Stimme zitterte, und er rieb sich über den Nacken. „Ich habe einiges in meinem Leben getan, auf das ich nicht stolz bin, aber das steht ganz oben auf der Liste. Uns gelang ein Überraschungsangriff auf eine *rancheria*. Apachenkrieger, Frauen und Kinder …" Er verstummte.

„Sie müssen mir keine Einzelheiten beschreiben." Tess kannte genug Geschichten, um sich die Situation ausmalen zu können.

„Der Plan sah vor, nur die Männer zu töten, aber es war das blanke Chaos. Und Hank, Miller und Lange – sie machten keine Unterschiede. Ich hörte auf und zog mich zurück. Stritt mich mit Hank deswegen, aber manche Männer verlieren im Blutrausch jegliche Kontrolle …"

Tränen brannten in Tess'Augen. Sie blinzelte sie fort und betrachtete die Silhouette von Cale Walker, einem Mann, der sich auf einem schmalen Grat zwischen zwei Welten bewegte. Das musste schwer auf ihm lasten, aber er verbarg es gut. Plötzlich überkam Tess das starke Bedürfnis, die Hand nach ihm auszustrecken und ihn zu berühren, aber ihr Selbstschutzinstinkt – stur, trotzig und nicht bereit für Zugeständnisse – hielt sie wirkungsvoll davon ab.

„Als es vorbei war, sollten Lange und Miller die Skalps einsammeln. Sie taten noch mehr. Sie zerhackten die Leichen und schändeten sie. Das nannten sie Vergeltung für all die schrecklichen Dinge, die die Indianer im Lauf der Jahre Angloamerikanern und Mexikanern angetan hatten. Ich ahnte, wie sie sich fühlten. Ich hatte so oft gesehen, welches Leid Apachen anderen Menschen zufügten." Er räusperte sich, um die Heiserkeit aus seiner Stimme zu vertreiben. „Aber bei so etwas konnte und wollte ich nicht mitmachen. Ich habe es Hank erzählt, aber er wollte sich nicht einmischen und hinderte sie nicht daran. Deshalb bin ich auf der Stelle gegangen. Habe ihm gesagt, dass wir miteinander fertig sind. Ich bin gefühlt stundenlang durch die Dunkelheit geritten. Der Berglöwe kam wie aus dem Nichts, ich habe ihn nicht einmal gehört. Wahrscheinlich hat ihn der Geruch des Todes angezogen, der an mir haftete. Es war ein erbitterter Kampf, den mein Pferd nicht überlebt hat, und in diesem Moment war ich mir sicher, dass auch ich sterben würde. Doch dann bin ich in einem Apachenlager aufgewacht."

„Warum haben die Apachen Sie nicht umgebracht? Vor allem nach dem, was Sie und die anderen mit Hank zusammen ihnen angetan hatten?"

Cale schüttelte leicht den Kopf. „Das konnte ich mir auch nicht erklären. Ich bin davon ausgegangen, dass sie mich langsam töten wollten, mich erst foltern und dann zerstückeln würden. Schließlich hatte ich jeden Grund anzunehmen, dass sie über meine Beteiligung an dem Massaker Bescheid wussten."

„Haben sie das?"

„Dessen bin ich mir nicht sicher. Eine der alten Frauen hat sich für mich eingesetzt. Ihr Name war Cocheta. Aus irgendeinem Grund hat sie sich um mich gekümmert. Später, nachdem ich mich erholt und wir Vertrauen zueinander aufgebaut hatten, erzählte sie mir, dass ich vom Berglöwen gezeichnet worden war. Sie sagte, ich wäre beinahe gestorben und sie wüsste, dass ich ihrem Volk schlimme Dinge angetan hatte, aber wenn jemand an die Schwelle zum Tod tritt und davon zurückkehrt, sei das ein untrügliches, gutes Zeichen."

Er hielt kurz inne, ehe er fortfuhr. „Es ist schwer zu erklären, aber es fühlte sich wie eine zweite Chance an, die Gelegenheit, Erlösung für meine Seele zu finden. Ich war Hank wie ein Welpe gefolgt, hatte sein Lob gierig aufgesogen und wollte mehr davon, aber währenddessen war ich zu einem Menschen geworden, auf den ich nicht stolz war."

Wieder traten Tess Tränen in die Augen. Sie hatte ebenso sehr nach Hanks Aufmerksamkeit gehungert wie Cale.

„Die Apachen nahmen mich auf. Warum sie mir meine Taten vergeben haben, habe ich nie verstanden, aber während meiner Zeit bei ihnen veränderte ich mich, was mir den Beinamen *Change of Heart* – Sinneswandler – einbrachte. Cocheta war eine Medizinfrau, sie erzählte mir, dass sie selbst eine Gezeichnete sei, weil sie vom Blitz getroffen worden war. Und sie lehrte mich ihre Kunst. An meine eigene Mutter kann ich mich zwar kaum erinnern, aber Cocheta war so was wie eine Mutter für mich."

Tess winkelte das rechte Bein an, um das Ziehen in ihrem anderen zu lindern. „Wie ist diese Einweisung in die Medizinkunst abgelaufen?"

„Die Apachen glauben an die Macht des Geistes. Diese Kräfte können auf verschiedenste Weise erworben werden, das ist sehr individuell. Ich habe zwar auch Gebete und Zeremonien erlernt, aber die Rituale, durch die ich meine Geisteskraft stärke, musste ich mir selbst erarbeiten. Schwitzbäder, Fasten und Zeiten des Alleinseins gehören für die Apachen dazu."

„Funktioniert es?" Tess fragte sich unwillkürlich, ob er ihr vielleicht helfen konnte – und das nicht nur bei ihrem Bein. Konnte er irgendwie die Angst vertreiben, die sich so hartnäckig in ihr eingenistet hatte?

„Ich war zunächst auch skeptisch, schließlich war ich vollkommen anders erzogen worden. Aber dann wurde ich Zeuge von Heilungen, für die es keine rationale Erklärung gab. Und die Apachen haben mir dabei geholfen, die Kluft zu schließen, die meinen Verstand von meinem Herzen getrennt hat."

Cales Worte, seine tiefe Stimme, berührten etwas tief Vergrabenes in Tess. Irgendwo im Dunkel der Nacht kläfften ein paar Kojoten und jagten ihr damit einen Schauer über den Rücken.

„Warum sind Sie gegangen?"

„Ich war keiner von ihnen und würde es auch nie ganz sein. Außerdem wollte ich mein Leben zurück. Cochise war gerade gestorben und mit ihm auch der Zusammenhalt der Apachen. Die Männer führten immer noch Überfälle aus. Das Militär von Mexiko und den Vereinigten Staaten jagte sie weiterhin. Ich half, wo ich konnte – nicht bei den Überfällen, aber ich ging auf die Jagd und trieb mit den Weißen in der Gegend für sie Handel. Irgendwann verließ ich das Arizona-Territorium jedoch ganz und ging nach Colorado."

„Warum dorthin?"

„Ortswechsel. Ab und an habe ich noch ein Kopfgeld eingetrieben, aber dabei niemanden mehr umgebracht. Hauptsächlich habe ich mich mit Rancharbeit in der Gegend um Trinidad durchgeschlagen. Dann entschied ich mich, nach Texas zurückzukehren und mit meinem Pa Frieden zu schließen. Aber das ist eine andere Geschichte."

„Haben Sie da erfahren, dass Marys Schwester auch Ihre ist?"

Cale lächelte, und Tess erkannte, dass er für die Veränderung in seiner Familienkonstellation nicht undankbar war.

„Ja", bestätigte er. „Mollys Gegenwart hat meinen Pa zugänglicher gemacht. Er konnte wirklich ein harter Hund sein. Ich verstehe inzwischen besser, warum meine Ma so früh von uns gegangen ist. Vielleicht kann sie jetzt in Frieden ruhen."

„Weil Sie ihr vergeben haben." Das Bedürfnis, ihrem *padre* zu verzeihen, brannte auch in ihrem Herzen, zusammen mit dem Wunsch nach der Wahrheit.

„Ja."

„Aber schließlich sind Sie doch hierher zurückgekommen. Warum?"

Cale streckte sich und ließ die Schultern kreisen. „Neugierde vermutlich. Ich würde Hank gerne wiedersehen. Er hat mir ein paarmal den Hintern gerettet, und ich schulde ihm Hilfe, wenn er in Schwierigkeiten steckt. Und diese Schuld schließt seine Tochter mit ein."

„Ich bin froh, dass Sie gekommen sind, nachdem Mary Ihnen meine Bitte übermittelt hat. Sie hatten gute Gründe, es nicht zu tun."

„Etwas hat mich hergeführt. Egal, was wir aufdecken werden, Tess, ich helfe Ihnen dabei, ein Zuhause zu finden."

Später, als der Schlaf sich ihrer langsam bemächtigte, erfüllten Gedanken an ein Heim ihren Verstand.

Mi casa.

DIE HELLE SCHEIBE der Sonne versank bereits im Westen am Horizont, als Cale und Tess Fort Bowie erreichten. Er sprach kurz mit dem Soldaten im Wachhäuschen und erfuhr, dass Reed Fitzgerald, ein alter Kamerad, inzwischen Kommandant des Stützpunkts war.

Auf dem großen, abschüssigen Exerzierplatz tummelten sich neben einigen Männern und hispanischen Frauen auch einige Apachen – Männer, Frauen und Kinder.

Cale hatte beim Bau vieler Gebäude geholfen, auch der lang gezogenen Baracke der Infanterie. Die Kavalleriepferde und Packmaultiere waren in Ställen untergebracht, und den Soldaten standen mehrere Truppenküchen zur Verfügung, in denen es auch einen Bäcker und einen Metzger gab. Annehmlichkeiten wie frisches Brot und Fleisch hielten die Moral innerhalb der Truppen aufrecht.

Jenseits des Plateaus, auf dem sich die neue Siedlung befand, sah man die Gebäude des alten Fort Bowie. Der Soldat hatte ihm erklärt, dass dort nun die verheirateten Offiziere und der Gemischtwarenhändler untergebracht waren.

Als sie sich der Schreibstube des Adjutanten näherten, bemerkte Cale, wie etliche Männer Tess nachschauten. Er stieg vom Pferd, band ihre Tiere am dafür vorgesehenen Balken fest und umfing dann Tess am Bund des karierten Rocks, den sie schon seit Tagen trug, um ihr von Gideons Rücken zu helfen. Sie schien verwirrt, warum er auf einmal so beflissen mit ihr umging, aber Cale wollte sicherstellen, dass die anwesenden Männer davon ausgingen, dass sie zu ihm gehörte.

„Ich kann alleine vom Pferd steigen", meinte sie.

„Und ich habe gesehen, wie Sie das Gesicht verzogen, weil Sie wohl Schmerzen im Bein haben. Ich versuche nur, zu helfen." Ja, das war eine gute Ausrede. Er löste den Gehstock vom Sattel und reichte ihn Tess.

„Macht Sie die Nähe zur Army plötzlich zum Gentleman?"

„Ich bin immer ein Gentleman." Er tippte kurz an seine Hutkrempe und gab ihr dann den Weg frei. Nach dem Gespräch am gestrigen Abend waren die Mauern, die Tess errichtet hatte, nicht mehr ganz so dick. Den ganzen Tag über war sie schweigsam gewesen, aber Cale merkte durchaus, dass sie etwas netter zu ihm war. Er hoffte, dass es ihr nichts ausmachte, wenn er das entsprechend zurückgab.

Reed Fitzgerald öffnete breit grinsend die Tür. Dunkle, buschige Augenbrauen und ein dichter Vollbart rahmten sein rundes, rosiges Gesicht ein. Er hatte sich kaum verändert, seit Cale ihn das letzte Mal gesehen hatte.

„Cale Walker", begrüßte er sie herzlich. „Ist das schön, dich zu sehen."

Cale lächelte und umarmte den alten Freund. „Dich hätte ich hier nicht als Kommandanten erwartet."

„Warum sollte ich freiwillig im Presidio in San Francisco bleiben, wenn ich über diesen paradiesischen Ort herrschen kann?"

Sie lösten sich wieder voneinander, und Cale legte Tess eine Hand auf den Rücken, wovor sie erfreulicherweise nicht zurückzuckte. „Das ist Tess Carlisle. Tess, Captain Reed Fitzgerald."

„*El placer de conocerte*", erwiderte sie.

Fitz schüttelte ihr die Hand. „Señorita Carlisle, *es un placer*. Bitte nennen Sie mich Fitz." Er schaute wieder zu Cale. „Was führt euch hierher?"

„Wir sind auf der Suche nach Tess' Vater Hank Carlisle." Zögerlich nahm Cale seine Hand wieder weg. „Hast du vielleicht mitbekommen, ob er sich in der Gegend aufhält?"

Fitz überlegte einen Moment. „Da klingelt nichts bei mir, aber ich kann die letzten Patrouillen fragen, ob sie etwas über ihn gehört haben."

„Das wäre großartig."

„Ihr müsst erschöpft sein. Bleibt ihr über Nacht? Meine Frau lebt hier, und sie wird mir sicher den Hintern versohlen, wenn ich ihr nicht die Gelegenheit gebe, mit einer Geschlechtsgenossin zu Abend zu essen."

Tess lächelte, und Cale wusste, dass sie sicher froh wäre, nicht auf hartem Boden schlafen zu müssen. Die zusätzliche Sicherheit, die das Fort bot, würde auch ihm eine ruhige Nacht ermöglichen.

„Wir bleiben sehr gerne", antwortete er.

„Ich lasse euch vom Quartiermeister zu den Gästeunterkünften bringen." Fitz stutzte kurz. „Seid ihr verheiratet?"

„Nein", antwortete Cale. „Aber gar keine schlechte Idee, nicht wahr, Tess?"

Sie schaute ihn aus zusammengekniffenen Augen finster an, doch Cale grinste nur, als ihm die Röte auffiel, die sich auf ihren Wangen ausbreitete.

„Oh, meine Frau würde sich sicher gerne über Hochzeitsvorbereitungen unterhalten."

„Wir werden bestimmt nicht heiraten", entgegnete Tess.

Fitz zog eine buschige Augenbraue nach oben. „Vielleicht sollte ich euch Turteltauben ein gemeinsames Quartier geben, damit ihr das unter euch ausmachen könnt."

„Wir sind keine Turteltauben." Tess' Tonfall wurde hörbar schärfer, aber Cale merkte, dass sie sich vor Fitz noch zurückhielt.

„Nun, in diesem Fall bringe ich Sie in meinem Haus bei meiner Frau unter", meinte dieser. „Hier sind so viele Männer unterwegs, da wäre alles andere nicht schicklich. Sie sind eine hübsche Frau, Miss Carlisle. Falls Sie jemand belästigt, sagen Sie mir bitte sofort Bescheid, ja?"

„Niemand wird sie belästigen." Cales Belustigung über den vorherigen Wortwechsel schwand.

„*Gracias*, Captain Fitzgerald."

„Keine Ursache."

Nachdem das geklärt war, sah Cale sie erst zum Abendessen wieder.

Kapitel Acht

Kitty Louise Fitzgerald war eine stämmige, freundlich wirkende Frau, die Tess auf Anhieb mochte. Das alte, aus Lehmziegeln gebaute Haus, das sie zusammen mit ihrem Mann bewohnte, befand sich etwa eine Viertelmeile außerhalb des Forts. Der Innenbereich wurde von einer Trennwand aus Holz in einen Wohnraum mit einem bequem aussehenden Sofa und einem Sessel auf der einen Seite und einem Schlafraum mit Bett auf der anderen Seite unterteilt. In einer Ecke stand ein Kanonenofen, gegenüber befand sich ein Waschbecken. Kitty besaß keine eigene Küche, aber da das Militär für die Verpflegung sorgte, war das auch nicht notwendig. Dennoch hatten die Fitzgeralds einen Tisch aufgestellt, an dem sie offenbar Kaffee oder Tee tranken, wie der Kessel auf dem Ofen bewies.

„Macht es Ihnen etwas aus, so weit weg von einer Stadt zu wohnen?", fragte Tess, während sie es sich auf der Couch gemütlich machte.

Kitty lachte. Ihre braunen Haare hatte sie zu einem Knoten im Nacken geschlungen, und ihre blau-grünen Augen funkelten lebhaft. Sie trug ein sauberes, weißes Baumwollkleid, dessen Ärmel sie bis zu den Ellenbogen aufgekrempelt hatte. Obwohl das Fort mitten in den Bergen lag, war es zu dieser Jahreszeit sehr heiß. Tess wurde unwillkürlich bewusst, wie schmutzig ihre eigene Kleidung war, vor allem ihre Unterwäsche.

„Mir gefällt es", antwortete Kitty und setzte sich neben Tess. „Tatsächlich gleicht das Fort einer kleinen Stadt." Sie goss ihnen Tee aus einer Keramikkanne ein und reichte eine gefüllte Tasse an Tess. „Und ich bin froh, dass Reed nicht so weit weg ist." Ein sehnsüchtiger Ausdruck huschte über ihr Gesicht. „Gibt es jemanden, dem Ihr Herz gehört, Tess?"

Ein Bild von Cale schoss ihr durch den Kopf. „Nein."

„Nun, ich vermute, dass Sie während Ihres Aufenthalts hier mehr als einen Verehrer haben werden. Woher kennen Sie und Cale sich?"

„Er ist ein Freund meines *padre* und hilft mir bei der Suche nach ihm. Wie lange kennen Sie Cale schon?"

„Nicht so lange wie Reed. Sie waren vor ein paar Jahren hier zusammen stationiert. Damals war Reed noch Lieutenant und Cale ein einfacher Soldat. Reed hat ihn immer in den höchsten Tönen gelobt. Als Cale schließlich aus Mexiko zurückkam, nachdem er bei den Apachen gelebt hat, war Reed derjenige, der ihn aufgestöbert hat."

„Wusste denn jeder hier in Fort Bowie, dass Cale Zeit bei den Apachen verbracht hatte?"

Kitty wurde ernst. „Natürlich gab es Gerüchte, aber ich war zu dem Zeitpunkt nicht hier. Reed wusste nicht, was er von der Sache halten sollte, aber er hat es nie an die große Glocke gehängt, dass er Cale danach wiedergesehen hat."

„Warum nicht?"

„Weil es in der Army viele gibt, die die Apachen bis aufs Blut hassen. Ihre Arbeit besteht darin, die Indianer in Reservaten unterzubringen – oder zu töten. Überfälle gibt es trotzdem weiterhin. Cale balanciert auf einem schmalen Grat, über den aber nur Gott allein richten darf."

„Was halten Sie von den Apachen?"

„Ich kenne viele", meinte Kitty. „Die meisten sind nette Menschen, manche sogar verängstigt. Sie versuchen, zu überleben und ihre Kinder aufzuziehen. Ich habe immer versucht, ihnen den christlichen Weg aufzuzeigen und ihnen zu vermitteln, dass Gott all seine Kinder liebt, und dass sie Trost darin finden, wenn sie sich ihm zuwenden. Aber es sind immer die Männer, die für Ärger sorgen."

Etwas in ihrem Blick ließ Tess sich fragen, ob Kitty die Unruhen auf beiden Seiten wohl auch so unerträglich fand. Hier im Südwesten des Arizona-Territoriums gab es wohl niemanden, der nicht auf die eine oder andere Weise Opfer der Apachenüberfälle geworden war.

Tom und Mary hatten bereits zwei – und Tess den zweiten mit ihnen – nur aus zwei Gründen überlebt: Tom hatte Tess, Mary, Robbie und Molly Rose in einem schmalen Kellerraum mit Falltür versteckt, von dessen Existenz niemand außer ihnen wusste, und er war bereit gewesen, den Männern Pferde und Whiskey zu überlassen. Zum Glück war ihnen genug Zeit geblieben, um sich zu verstecken, bevor die Krieger sich der Ranch näherten, was sie auch im Fall von Toms Tod geschützt hätte.

„Ich habe Apachen bei unserer Ankunft hier gesehen", merkte Tess an.

„Ja. Sie kommen her, wenn sie genug von allem haben und ihnen die Nahrung ausgeht. Dafür müssen sie zustimmen, im San-Carlos-Reservat zu leben. Manche der Männer arbeiten als Kundschafter für die Army, aber wie Sie sich sicher vorstellen können, machen sie sich damit bei ihren Brüdern unbeliebt. Ich weiß nicht, wie Reed das alles zusammenhält. Was ist richtig und was ist falsch? Wir kennen das große Ganze nicht. Aber Reed ist für die Sicherheit von Siedlern und Bergarbeitern, Postkutschen und natürlich dem Postdienst in dieser Region verantwortlich. Alle, die aus dem Osten Richtung Kalifornien wollen, müssen hier durch. Deswegen lauern die Apachen den Leuten gerne in Hinterhalten auf."

„Haben Sie Angst um Ihr Leben?"

Darüber dachte Kitty einen Moment lang nach. „Nein, eigentlich nicht. Dank der Garnison fühle ich mich hier sicher. Und Reed hat mir beigebracht, wie ich mich verteidigen kann. Wenn der Tag kommt, werde ich mit Freude gehen und den Rest der Ewigkeit mit meinem geliebten, heiligen Vater verbringen. Aber lassen Sie uns doch über etwas Schöneres sprechen. Wir könnten Ihre Wäsche waschen. Ich habe zwar ein wenig mehr auf den Rippen als Sie, aber ich habe ein paar Kleider in meiner Truhe, die Ihnen passen könnten. Sie haben meiner Schwester Charlotte gehört, bevor sie ihre Kinder bekommen hat. Inzwischen hat sie so viele, dass ich nicht mal alle Namen zusammenbringe."

„*Gracias.* Haben Sie und der Captain Kinder?"

Kitty lächelte, aber es erreichte ihre Augen nicht. Sie tätschelte Tess die Hand. „Hatten wir. Einen kleinen Jungen namens William. Er ist vor ein paar Jahren gestorben, Gott hab ihn selig."

Tess griff nach Kittys Hand. „*Lo siento mucho.*" Sie spürte den Schmerz der Frau, und doch war sie so fröhlich an einem Ort, an dem es sicher nur wenig Vergnügen und glückliche Zeiten gab.

„Er ist hier begraben", fuhr Kitty fort. „Es gibt einen kleinen Friedhof auf der anderen Seite. Dort liegen viele gute Soldaten neben meinem kleinen William."

Und jetzt wurde Tess auch klar, warum Kitty hierblieb. Eine Mutter ertrug es nicht, von ihrem Kind getrennt zu sein, selbst im Tod.

„Aber genug davon." Kitty stand auf. „Ich suche Ihnen etwas zum Anziehen heraus, und dann kümmere ich mich um Ihre Wäsche. Ich kann mir vorstellen, dass Sie vorm Abendessen gerne etwas ausruhen würden."

„Vielen Dank, Kitty. Ich weiß Ihre Freundlichkeit wirklich zu schätzen."

CALE UND FITZ sprachen mit mehreren Männern, die in den letzten Wochen die Gegend ausgekundschaftet hatten. Dadurch erfuhr Cale, dass man um Henry und Mariah einen großen Bogen machte, weil Gerüchte besagten, dass sie einmal einen Mann gegessen hatten, der ihnen über den Weg gelaufen war, und das konnte Cale sich durchaus vorstellen. Zweimal war angeblich auch ein Mann gesehen worden, auf den Hanks Beschreibung passte: hochgewachsen mit roten Haaren und irischem Akzent. Beim ersten Mal war der betreffende Soldat allein unterwegs gewesen und einem Mann mit zwei Maultieren und einem Pferd begegnet. Der Fremde transportierte ein bisschen Plunder, billigen Schmuck, Töpfe und seltsamen Indianerkram. Sie hatten zusammen ein Stück Hirschfleisch gegessen, dann war der Kundschafter weitergezogen, weil aus dem Mann nur unverständliches Zeug herauszubekommen war und er sich beim Sprechen fortwährend im Kreis zu drehen schien.

Die zweite Sichtung war vor sechs Monaten während eines Scharmützels zwischen der Army und einer Gruppe Apachen in den Dragoons gewesen. Hank schien mit ihnen geritten zu sein, doch als alles vorbei war, war er nirgends zu finden.

Es dämmerte bereits, als Cale und Fitz zu den Unterkünften der Offiziere gingen. Dort stand Kitty mit ein paar Kavalleriesoldaten zusammen, und in der Gruppe entdeckte Cale auch Tess.

Sie trug ein dunkles Kleid, das die Kurven betonte, die bisher nur zu erahnen gewesen waren. Ihr locker aufgestecktes Haar umrahmte ihr ovales Gesicht, und trotz ihres Unbehagens – das für Cale offensichtlich war, wahrscheinlich für die anderen aber nicht, weil sie es gut verbarg – lächelte sie. Mit einem Schlag wurde ihm wieder bewusst, wie schön sie war. Tess war vorher schon eine attraktive Frau gewesen, aber jetzt … nun, jetzt machte sie es ihm unmöglich, den Blick abzuwenden.

Sie war atemberaubend.

Im Moment stand Tess an einen Felsen gelehnt, den Gehstock

in Griffweite. Als Cale und Fitz sich der Gruppe näherten, lächelte sie strahlend, und Cale genoss die Aufmerksamkeit sehr, auch wenn sie nur kurz währte.

„Mein Lieber", sagte Kitty zu ihrem Ehemann, „es gibt keinen Grund, warum wir Tess für uns allein behalten sollten."

Fitz nickte nachsichtig. Cale schob sich zwischen den Männern hindurch, von denen viele noch ziemlich jung waren, und stellte sich neben Tess. „Lassen Sie der Dame eine Verschnaufpause, Gentlemen."

Auf eine Geste von Fitz hin zerstreuten die Anwesenden sich.

„Sollen wir zum Abendessen hineingehen?", fragte Kitty.

Cale bot Tess seinen Arm und half ihr, sich wieder aufzurichten, nachdem sie ihren Stock wieder an sich genommen hatte. „Sie sehen heute Abend bezaubernd aus."

Sie blinzelte ihn beinahe schüchtern an. *Gracias.* Das Kleid ist von Kitty."

Cale zog eine Augenbraue nach oben, denn Kitty war wesentlich fülliger als Tess. Dass sie ihre Hand in seiner Ellenbeuge beließ und sie nicht wegzog, freute ihn ungemein.

„Ich weiß, was Sie denken", flüsterte Tess. „Es gehörte ihrer Schwester."

Cale grinste. Er schätzte den Moment der Kameradschaft zwischen ihnen sehr.

Sie aßen im Haus der Fitzgeralds an dem gemütlichen Tisch. Das Essen wurde ihnen von zwei Soldaten aus der Truppenküche gebracht – Steaks, Kartoffeln, frisches Sauerteigbrot mit Butter und einen Apfelkuchen zum Nachtisch. Sowohl Cale als auch Tess griffen reichlich zu und genossen die warme Mahlzeit. Und Cale ließ sich gerne auf den neuesten Stand über die Begebenheiten des Forts bringen.

MIT VOLLEM BAUCH lehnte Tess sich entspannt neben Cale ins Polster der Couch zurück. Dass sie sich so wohl fühlte, hatte weniger mit den Fitzgeralds zu tun, die sie sehr mochte, sondern eher mit dem Mann neben ihr.

Die Kavalleristen, die sie früher am Abend umringt hatten, waren sehr erpicht darauf gewesen, ihr Geschichten von den Apachen zu erzählen – wie sie sie zurückdrängten, sie aufspürten und dabei manchmal auch Menschen starben. Tess hatte ihr Bestes getan, um höflich zu bleiben, weil sie Kittys Gastfreundschaft nicht damit quittieren wollte, dass sie schroff zu Captain Fitzgeralds Männern war. Aber die Erzählungen waren durchweg unnötig grausig gewesen. Nach dem Gespräch mit Cale am gestrigen Abend erfüllte sie der Krieg mit den Apachen mit einer Trauer, die allen Beteiligten galt.

Dazu kam, dass die jungen Männer ganz offensichtlich mit ihr schäkerten, was ihr unangenehm war. Wenn sie in irgendeiner Form Interesse signalisierte, wenn die Männer ihre Aufmerksamkeit und Höflichkeit missverstanden, würden sie das dann zum Anlass nehmen, sie zu einem späteren Zeitpunkt abzupassen, sie unter Druck zu setzen, kein Nein als Antwort gelten zu lassen? Tess' Herz begann bei diesem Gedanken zu rasen, während sie weiterhin versuchte, ihre gelassene Fassade aufrechtzuerhalten.

Dann war Cale zusammen mit Captain Fitzgerald aufgetaucht, und unerwartet hatte sich Erleichterung in Tess ausgebreitet. Cale trat neben sie, und zum ersten Mal seit Langem war ihr die Nähe eines Mannes willkommen. Bei ihm fühlte sie sich beschützt und geborgen.

Cale lehnte sich nach hinten und streckte einen Arm aus, um ihn auf dem hölzernen Rahmen des Sofas abzulegen, während er einen Schluck von seinem Whiskey nahm. Tess hatte das alkoholische Angebot abgelehnt, fragte sich nun aber, ob sie diese Entscheidung noch einmal überdenken sollte, weil ihr Bein wieder wehtat. Vorsichtig verlagerte sie ihr Gewicht, um den Schmerz zu lindern.

„Nehmen Sie etwas dagegen?", erkundigte sich Cale.

„Sie meinen Laudanum? Nein. Man kann kein gesundes Leben führen, wenn man ständig im Delirium ist."

„Was ist denn mit Ihrem Bein passiert, Liebes?", wollte Kitty wissen.

Tess schwieg einen Moment, doch die Frau war den ganzen Tag über so um sie bemüht gewesen, dass sie jetzt nicht harsch zu ihr sein konnte. „Ich wurde vor zwei Jahren angeschossen. Es ist nicht gut verheilt."

„Oh, Tess, das tut mir so leid. Wer tut denn bitte so etwas?"

Das hatte Tess noch nie jemandem erzählt, nicht einmal Tom und Mary. Aber vielleicht war es an der Zeit, dass sie damit aufhörte, ihren Peiniger aus Angst zu schützen. Sie holte tief Luft. „Sein Name ist Saul Miller."

Cale fuhr zu ihr herum, doch Tess hielt den Blick stur geradeaus gerichtet.

„Saul Miller?", wiederholte Reed. „Den kenne ich. Er war vor ein paar Monaten hier in der Gegend. Ist mit drei Männern vorbeigekommen, auf die ein Kopfgeld ausgesetzt war. Er brauchte frische Pferde, aber wir hatten keine zur Verfügung."

Cale erhob sich und kippte den Rest seines Drinks hinunter. „Dieser elende Bastard", murmelte er mehr zu sich selbst. Er tigerte auf und ab und rieb sich dabei über den Nacken. „Warum haben Sie mir das nicht gesagt, Tess?"

„Was spielt es schon für eine Rolle?" Ihre Blicke kreuzten sich. *Er weiß es.* Tom musste ihm nicht nur von der Schießerei erzählt haben, sondern auch von der Vergewaltigung. Scham wallte in Tess auf.

„Es spielt sehr wohl eine Rolle." Cale wirkte mit einem Mal fuchsteufelswild und beinahe abwesend. So hatte sie auch ihren *padre* schon erlebt. Und es stieß sie ab. Sie wollte nichts mit der Gewalt zu tun haben, die Männer in sich trugen.

Wie hielt es Kitty hier draußen mit all diesen Kerlen bloß aus, die so oft mit ihren niederen Instinkten konfrontiert wurden und deren primitive Brutalität sich jederzeit Bahn brechen und, wie Tess fürchtete, sich gegen sie richten konnte? Hatte Kitty keine Angst davor?

Cale wandte sich zornig an Captain Fitzgerald. „Weißt du, wo er ist, Fitz? Wo er hingegangen sein könnte?"

„Nein, tut mir leid. Kennst du ihn?"

„Er hat sich vor ein paar Jahren immer mal wieder mit Hank zusammengetan. Ja, ich kenne ihn." Er hielt inne und blieb hinter Tess stehen. Seine Anspannung übertrug sich auf die Atmosphäre im Raum. „Warum zum Teufel hat Hank den überhaupt in Ihre Nähe gelassen?", fragte er leise.

Tess spürte seinen Blick auf sich ruhen.

„Was geschehen ist, ist geschehen", erwiderte sie und merkte, wie sie sich innerlich wieder verschloss. Alte Gewohnheiten legte man nur schwer ab. Damals war es die einzige Möglichkeit gewesen, zu überleben, und nun war es der einzige Weg, wie sie der Scham entfliehen konnte.

„Waren Sie damit mal bei einem Arzt, Tess?", erkundigte Kitty sich. „Bei einem guten, meine ich. Vielleicht gibt es ja die Möglichkeit, noch etwas für Ihr Bein zu tun. Haben Sie oft Schmerzen?"

„Ich habe gelernt, damit zu leben. Für einen Arzt fehlt mir das Geld."

„Wir haben einen Feldarzt, aber er befindet sich im Moment nicht im Fort", warf Captain Fitzgerald ein. „Falls Sie bei seiner Rückkehr noch hier sind, kann er sich das gerne mal ansehen. Möchten Sie in der Zwischenzeit nicht doch einen Whiskey? Ein bisschen Alkohol schadet sicher nicht; mir hilft es manchmal beim Einschlafen."

„Reed hat einige Verletzungen und Narben", fügte Kitty hinzu.

Das Gewicht von dieser Enthüllung lastete schwer auf Tess,

und sie fühlte sich plötzlich erschöpft. „Also gut, ich trinke ein Glas mit."

Captain Fitzgerald erhob sich, goss ihr Whiskey ein und reichte ihr das Glas. Tess nippte daran und musste prompt husten, doch sie schluckte den Whiskey hinunter. Hauptsache, sie musste nicht mit Cale reden, schon gar nicht vor den beiden anderen.

„Kitty, wie wäre es, wenn du mich zu den Baracken begleitest und mir hilfst, mich dort einzurichten", schlug der Captain vor.

„Gerne."

Fitzgerald und Cale würden in einem der Räume schlafen, die normalerweise die Sergeants bewohnten, und Tess würde das Bett mit Kitty hier im Haus teilen.

Das Paar ging, und Tess spürte allmählich, wie der Alkohol sie innerlich wärmte. Seufzend ließ sie die Schultern nach unten sacken. Cale schlenderte zu der gegenüberliegenden Seite des Raums.

„Sie müssen diese Bürde nicht allein tragen", meinte er. Als Tess aufsah, erkannte sie die eiserne Entschlossenheit in seinem Blick, aber auch Mitgefühl, das sie nicht erwartet hätte.

„Ich habe niemanden, mit dem ich sie teilen könnte."

„Sie haben mich."

„Wir kennen uns doch gar nicht richtig."

„Ist das Ihr einziges Argument?"

Darauf wusste sie nichts zu sagen.

Cale kam zu ihr, ging vor Tess in die Knie und nahm ihre rechte Hand zwischen seine. Und so sehr sie die Wärme seiner Berührung auch genoss, machte sich doch wieder Panik in ihr breit, und sie musste gegen ihren Fluchtinstinkt ankämpfen.

Das hatte er wohl bemerkt. „Seien Sie versichert, ich werde Ihnen nichts tun, ich will Ihnen helfen. Wissen Sie, wie man sich selbst verteidigt?"

„Nur ein wenig."

„Dann werde ich es Ihnen beibringen."

Tess nickte stumm, während ihr Tränen in die Augen stiegen und ihr die Kehle eng werden ließen.

„Und wenn Sie etwas über mich wissen wollen, fragen Sie einfach."

Sie nickte erneut. Trotz ihrer Angst würde sie wirklich gerne mehr über ihn erfahren. Aber nach dem Eingeständnis von Sauls Tat fühlte sie sich aufgewühlt, und der Whiskey tat sein Übriges, weshalb sie dieser Neugierde an diesem Abend nicht mehr nachgeben wollte.

„Sie sollten sich ausruhen." Cale stand auf und zog sie auf die Füße, wobei er immer noch ihre Hand festhielt, auch, als er sich nach vorne lehnte.

Tess erstarrte und erwartete, dass er sie küssen würde, doch er griff nur nach dem Gehstock, den er ihr anschließend reichte.

Enttäuschung rang mit Erleichterung in ihr um die Vorherrschaft.

„Hank ist seiner Pflicht, Sie zu beschützen, nicht gut nachgekommen. Das wird mir nicht passieren, Tess."

Seine blauen Augen faszinierten Tess so sehr, dass sie sich einen Moment lang erlaubte, ihm zu glauben und darauf zu hoffen und davon zu träumen, dass es einen Mann gab, der sie und ihre Wünsche nicht mit Füßen treten würde. Bei dem sie sich sicher fühlen konnte.

Eine Träne rann ihr über die Wange und wurde von Cale zärtlich mit einem Daumen weggewischt. Seine Finger fühlten sich warm auf ihrer Wange an, und er hielt noch immer ihre Hand. Kurz drückte er ihre Finger, dann gab er sie frei und verließ das Haus.

Tess blieb auf ihren Stock gestützt, wo sie war. Cales Zurückhaltung rührte etwas tief in ihr an. Sie spürte die Anziehung zwischen ihnen, und ein Teil von ihr wollte, dass er sie berührte, aber gleichzeitig wollte sie auf Abstand gehen.

Es war noch zu früh. Sie war noch nicht bereit.

Vielleicht würde sie nie dazu in der Lage sein, einen Mann in ihrem Leben zu akzeptieren und mit ihm intim zu werden. Deswegen war sie zu dem Schluss gekommen, dass sie in einem Nonnenkloster wohl am besten aufgehoben war.

War Cale wirklich so anders als beispielsweise Esteban? Der junge, großspurige Mexikaner hatte sie nie schlecht behandelt. Aber sie war unzählige Male vor seiner Berührung zurückgezuckt. Wenn sie darüber nachdachte, war es schon verwunderlich, dass er nicht früher aufgegeben hatte. Es musste ein gewaltiger Schlag für das Ego eines Mannes sein, wenn eine Frau seine Berührung kaum ertragen konnte.

Doch obwohl ihre Reaktion auf Cale anfangs ganz ähnlich ausgefallen war, hatte er ihr Zeit gegeben und sie mit seiner Art für sich eingenommen, weshalb ihr seine Berührung nicht unangenehm war. Ein winziger Funke Zuversicht breitete sich in Tess' Herz aus.

Und plötzlich hörte sie die Stimme ihrer *abuela*, die ihr ins Ohr flüsterte: *Sie haben versucht, uns zu begraben. Doch sie wussten nicht, dass wir Samenkörner sind.* Das war ein altes, mexikanisches Sprichwort, das ihre Großmutter oft benutzt hatte.

Vielleicht steckte ja doch noch etwas von der alten Tess in ihr. Dieses junge Mädchen voller verrückter Ideen, Neugierde und Staunen machte sich gerade bemerkbar. *Ich bin immer noch da. Saul Miller hat mich nicht gänzlich zerstört.*

Angelockt von Cale Walker wollte diese jüngere Version von Tess nun aus ihrem Versteck kommen.

Sie wollte Freiheit.

Kapitel Neun

Den nächsten Morgen verbrachte Cale damit, die Soldaten über Saul Miller auszufragen. Das half ihm, seinen wachsenden Zorn auf einem erträglichen Niveau zu halten – gerade so. Viel fand er zwar nicht heraus, aber es war klar, dass Saul sich oft in den Dragoon Mountains, etwa fünfzig Meilen südwestlich von Fort Bowie, herumtrieb.

Cale entschied sich, dass er Miller zur Strecke bringen würde, sobald diese Sache mit Hank erledigt war. Der Kerl würde bereuen, je Hand an Tess gelegt zu haben. Und die Genugtuung, die ihm diese Vorstellung bereitete, half, Cales Wut zu besänftigen.

Er machte sich auf die Suche nach Tess und fand sie schließlich zusammen mit Kitty im Handelsposten des Forts. Heute trug sie ein einfaches, pastellfarbenes Baumwollkleid und ihre Haare waren zu einem Zopf geflochten. Sie und Kitty bewunderten gerade die Auslage auf einem Tisch.

Kitty lächelte ihn strahlend an. „Guten Morgen, Cale."

Auch Tess schenkte ihm ein Lächeln. Das fand er verdammt schön, und die Anspannung löste sich ein wenig aus seinen Schultern.

„Was machen die Damen denn gerade?", fragte er beim Näherkommen.

„Es gibt frische Äpfel", antwortete Kitty. „Da muss ich einfach zugreifen."

„Kann ich mir Tess eine Weile ausleihen?"

„Natürlich, aber ich würde mich freuen, wenn wir alle zusammen zu Mittag essen."

„Wir werden da sein." Cale geleitete Tess mit einer Hand auf ihrem Rücken aus dem Gebäude. „Wie geht es Ihnen heute?"

„*Muy bien.*" Sie löste sich von ihm, ging aber weiter neben ihm her.

„Ich habe mir gedacht, dass wir ein paar Tage hierbleiben sollten. Das gibt uns Gelegenheit zum Ausruhen und um unser weiteres Vorgehen zu planen."

„Um Hank zu finden?"

„Unter anderem."

„Meinen Sie damit Saul?"

„Tess, ich möchte nicht, dass Sie auch nur einen weiteren Gedanken an diesen Mann verschwenden. Ich werde ihn zur Rechenschaft ziehen. Das verspreche ich Ihnen."

Sie blieb stehen und sah ihm fest in die Augen. „Bringen Sie sich bitte nicht für mich in Gefahr. Das ist es nicht wert."

„Ich kann ihm wesentlich mehr entgegensetzen als Sie."

Das verursachte ihr sichtlich Unbehagen.

„Sie müssen sich für absolut nichts schämen", fügte Cale hinzu.

Tess verlagerte ihr Gewicht aufs andere Bein und verbarg ihren Blick unter der Krempe ihres Huts.

„Was denken Sie gerade?", fragte Cale leise.

Einen Moment lang glaubte er schon, sie würde sich ihm anvertrauen, aber dann fegte sie alle Hoffnung mit einem einzigen Wort vom Tisch.

„*Nada.*" Als sie ihm wieder in die Augen schaute, war die Mauer um sie herum stark wie eh und je.

Cale akzeptierte die Abfuhr, aber das würde ihn nicht abhalten.

Unzählige Male hätte er die Gelegenheit gehabt, Saul Miller aufzuhalten, aber er hatte es nicht getan, obwohl der Mann die Grenze von Gerechtigkeit zu Brutalität so leichtfertig überschritt, als wäre das völlig normal. Dass er sich Tess aufgezwungen hatte, war mehr als ein einmaliger Angriff. Die Erinnerung daran verfolgte und belastete sie noch immer, und Cale musste einen Weg finden, um diese Last zu lindern.

„Ich würde Ihnen gerne beibringen, wie Sie sich verteidigen können. Wo ist Ihr Remington?"

„Bei meinen Sachen. Ich hole ihn."

Cale wartete vor dem Haus der Fitzgeralds, während sie den Revolver von drinnen holte. Dann führte er sie an den Rand des Forts zu einem Gelände, auf dem die Infanterie Schießübungen durchführte.

Er ließ Tess den Remington laden und entladen und war zufrieden mit ihrem Wissensstand. Sie war außerdem keine schlechte Schützin, wofür er Hank wohl danken konnte.

Danach zeigte Cale ihr, wie man mit seiner Winchester umging, und sie übte damit eine Weile.

„Jetzt zeige ich Ihnen, was Sie tun können, wenn Sie jemand überwältigen will", meinte Cale.

Unter ihrem Hut glänzte ihr Gesicht schweißnass. Es war beinahe Mittag, und sie hatten noch keine Pause gemacht. Aber das war wichtig.

„Sie sind eine hochgewachsene Frau, das gibt Ihnen einen Vorteil."

„Was ist mit meinem Bein?"

„Das spielt keine Rolle, Tess. Sie können lernen, sich trotzdem zu wehren."

Cale stellte sich ihr gegenüber. „Wenn ein Mann Sie angreifen will", fuhr er fort und packte sie an den Oberarmen, „ziehen Sie ein Knie an und rammen Sie es ihm zwischen die Beine."

Sie nickte, wirkte aber weiterhin unsicher.

„Versuchen Sie es."

„Aber …"

„Tun Sie so als ob, ziehen Sie das Knie aber rasch nach oben."

Tess tat, wie ihr geheißen, und nutzte dazu das rechte Bein – ihr gesundes. Mit dem Rock war das gar nicht so einfach.

„Gut", lobte Cale. „Sobald er Sie loslässt, rennen Sie weg."

„Aber ich kann nicht rennen."

„Darum kümmern wir uns später."

Er schnappte sich ihre Hand und drückte sie gegen seine Nase. „Wenn Sie an sein Gesicht herankommen, verpassen Sie ihm einen Schlag mit dem Handballen auf die Nase." Danach drehte er Tess an den Schultern herum, sodass sie mit dem Rücken zu ihm stand, und legte die Arme um sie.

Ihr Körper verspannte sich. Selbst bei ihm reagierte sie wie ein verängstigtes Tier, was ihm bewies, wie tief ihre Furcht saß. „Wenn Sie ein Mann so festhält, versuchen Sie, ihn an einem Finger zu packen und biegen Sie diesen so kräftig nach hinten, wie Sie können", murmelte er an ihrem Ohr und ignorierte dabei, dass ihre Haare ihn an den Lippen kitzelten.

Tess war vollkommen erstarrt, ihr Atem ging in flachen, schnellen Zügen. Am Rande bemerkte er, dass seine Arme sich gegen ihre Brüste drückten. Er spürte, wie ihre Panik stieg.

„Tun Sie es, Tess."

Sie grapschte blind nach seinen Händen und riss seinen rechten kleinen Finger mit einem Ruck nach hinten. Mit einem Aufschrei gab Cale sie frei.

Tess fuhr zu ihm herum. „*Lo siento.*"

Vorsichtig beugte und streckte er den Finger, um den Schmerz zu mildern. „Nein, nein, alles gut." Er lachte. „Genau das sollten Sie tun."

Sie atmete tief durch, doch die Erschöpfung und Besorgnis waren ihr deutlich anzusehen.

„Ich weiß, dass das viel auf einmal ist", sagte Cale. „Aber das ist wichtig. Und jetzt zum Wegrennen."

Doch Tess schüttelte bereits den Kopf.

„Tess, Kitty hat recht. Hat sich jemals ein Arzt Ihr Bein angesehen?"

„Tom und Mary haben einen gerufen, der die Kugel entfernt hat."

„Haben Sie je versucht, die Muskeln zu dehnen und zu stärken? Wahrscheinlich ist das Bein über die Zeit steifer geworden, weil Sie es kaum benutzen."

„Es tut weh", gab sie leise zurück und lehnte sich auf ihren Gehstock.

„Ich habe da ein paar Dinge, die Ihnen vielleicht helfen könnten."

„Was denn?"

„Weidenrindentee gegen die Schmerzen und ein Öl aus Eicheln. Ich habe mitbekommen, dass Sie die Muskeln massieren. Machen Sie das jeden Abend mit dem Öl, darin sind heilende Wirkstoffe enthalten."

„Woher wissen Sie das alles?"

„Die Apachen haben mir viel Nützliches beigebracht, und ich habe noch hier und da ein paar Sachen aufgeschnappt. Ich würde Ihnen gerne mit Ihrem Bein helfen, aber dazu muss ich es mir ansehen." Cale hob abwehrend die Hände, als Tess ihn ängstlich anstarrte. „Ich weiß. Es ist zu viel, und das verstehe ich. Deswegen gebe ich Ihnen das Öl, damit Sie sich selbst damit einreiben können. Versuchen Sie, jeden Tag ein wenig ohne den Stock zu laufen, und steigern Sie die Dauer langsam."

Ihr Blick richtete sich auf den Horizont.

„Wenn Sie sich aber irgendwann in meiner Nähe sicher genug fühlen und möchten, dass ich mir die Verletzung anschaue, werde ich das tun. Aber erst, wenn Sie bereit dazu sind."

Das schien zu ihr durchzudringen. In ihrem Blick lag so viel Traurigkeit. Wenn er eins bei den Apachen gelernt hatte, dann dass der Geist sich nicht immer an den Körper gebunden fühlte. Tess kämpfte darum, ihren bei sich zu behalten, aber Cale spürte auch, dass sich manchmal kleine Fragmente davon lösten.

Er konnte nachvollziehen, warum. Seitdem sich seine und Hanks Wege getrennt hatten und er von dem Berglöwen angegriffen worden war, suchte Cale nach einer Richtung in seinem Leben. Er hatte durchaus Sinnstiftendes gefunden, aber der wahre Grund, warum er nach Arizona zurückgekehrt war – und sich bereit erklärt hatte, Tess zu helfen –, lag darin, dass er mit Hank endlich seinen Frieden machen wollte.

Der Geist strebte nach Ganzheit. Fand er sie nicht, konnte es passieren, dass die Seele sich gegen sich selbst wendete und die nagenden Zweifel allmählich den Verstand und die Lebensfreude auffraßen.

Tess brauchte Antworten.

Kapitel Zehn

Als Tess in das Haus der Fitzgeralds trat, gab Kitty einen mitfühlenden Laut von sich und brachte sie ins Bett. „Sie sehen aus, als könnten Sie ein bisschen Ruhe gebrauchen. Ich bringe Ihnen eine Tasse Tee, und dann sollten Sie ein Nickerchen machen. Sorgen Sie sich nicht ums Mittagessen, ich sichere Ihnen etwas für nachher." Kitty umrundete den Raumtrenner, kehrte jedoch kurz darauf mit einem Tablett zurück, auf dem die Teekanne und eine Tasse standen.

„Sie sind so nett", meinte Tess. „Ich weiß nicht, womit ich Ihre Gastfreundschaft verdient habe."

„Oh, ist Ihnen das wirklich nicht bewusst, Liebes?" Kitty griff nach ihren Händen. „Die Wege von Seelen kreuzen sich, weil der Herrgott es so möchte. Wer sind wir, dass wir das infrage stellen? Mein Weg hat mich hierher, an diesen Ort geführt, und ich weiß, Gott erwartet von mir, dass ich mein Bestes tue, um mich um die Menschen in meiner Umgebung zu kümmern. Sie sind wie eine verletzte Amsel, und wenn ich Ihr Herz ein wenig mehr heilen kann, ist das Lohn genug für mich."

O Amsel, lass dein Lied erklingen!, hörte Tess die Stimme ihres Vaters.

„Vielen Dank, Kitty."

Kitty ließ sie alleine. Tess legte ihren Gehstock beiseite und setzte sich auf die Kante des mit einem Quilt abgedeckten Betts. Sie goss sich eine Tasse Tee ein und gönnte sich ein paar Schlucke, bevor sie den Öl-Tiegel aus der Tasche zog. Cale hatte ihr außerdem ein kleines Päckchen mit Kräutern gegeben, die sie in heißem Wasser ziehen lassen sollte, aber für den Moment würde sie bei dem Tee bleiben, den Kitty ihr gebracht hatte. Cales Mischung konnte sie auch später noch zubereiten.

Tess blickte nachdenklich auf ihr verletztes Bein. Es schmerzte fast immer, nur der Schlaf brachte Erlösung. Aber selbst dann weckte sie das Pochen, wenn sie sich umdrehte. Irgendwie hatte sie gelernt, damit zu leben, doch es gab Tage, an denen sie morgens weinte, weil sie die Endgültigkeit der Behinderung nicht aushielt, weil sie wusste, dass sie für immer bleiben würde. Tess war von Haus aus niemand, der sich im Selbstmitleid suhlte – so hatte ihre *abuela* sie nicht erzogen –, und die Verzweiflung ihrer Mutter hatte sie gelehrt, dass man dadurch keine Lösungen fand. Die erreichte man nur, wenn man nach vorn blickte und weitermachte. Also strebte Tess immer genau danach.

Aber vielleicht hatten Kitty und Cale recht. Vielleicht könnte ein guter Arzt die Schmerzen lindern, unter denen sie täglich litt. Ihr Herz und ihre Seele würde er wohl nicht heilen können, aber möglicherweise verbesserte die Behandlung ihre körperliche Verfassung. Was Cale über Bewegung und Übungen gesagt hatte, war durchaus nachvollziehbar.

Schon seit so langer Zeit suchte Tess Trost in ihren Geschichten und hoffte darauf, in den Worten Heilung zu finden. In den Erzählungen obsiegte das Gute, die Helden überwanden sämtliche Hindernisse und wurden am Ende mit Glück belohnt. Die großen und kleinen Abenteuer ließen die Geheimnisse des Universums erahnen, und die eigene Rolle im großen Ganzen war immer viel bedeutender, als man zunächst gedacht hatte. Daran hatte sie sich mit aller Macht geklammert.

Ihr Leben musste einfach einen Sinn haben.

Tess löste die Schnürung ihrer Stiefel und zog sich Schuhe und Strümpfe aus. Dann rutschte sie auf dem Bett nach hinten und raffte ihren Rock und Unterrock bis zur Taille hoch, bevor sie ihre Unterwäsche so weit über das linke Bein nach oben schob, wie es ging. Ihr Blick fiel auf ihr verformtes Knie, in dem die Kugel gesteckt hatte. Nachdem der Arzt sie entfernt hatte, war der Knochen nicht richtig zusammengewachsen. Cale glaubte, dass sie eines Tages wieder rennen könnte, aber das bezweifelte Tess.

Er weiß nicht, wie es aussieht. Er hat mein Bein noch nicht gesehen.

Teile des Muskels fehlten, und die Haut war vom Zusammennähen der Wunde und Sauls Schlägen völlig vernarbt. Tränen strömten ihr über die Wangen, als sie den Tiegel öffnete und die Fingerspitzen ins Öl tauchte, das sie anschließend kräftig auf der unebenen Haut verteilte. Schniefend rieb sie immer fester darüber, während die Muskelkrämpfe schlimmer wurden.

Tess stellte sich vor, wie Cale ihr Bein untersuchte, es anfasste, und das Gefühl der Scham in ihr verstärkte sich noch. Sie wünschte sich so sehr eine Wunderheilung.

Niedergeschlagen stellte sie den Tiegel auf dem Nachttisch ab, richtete ihre Kleidung und legte sich von tiefen, verzweifelten Schluchzern geschüttelt auf dem Bett zurück.

Ihre *madre* kam ihr wieder in den Sinn, so gebrochen und verbittert von den Jahren des Wartens auf Hanks Rückkehr und der Liebe zu einem Mann, der ihr nicht genug Aufmerksamkeit schenkte. Aber Hank hatte Tess ebenso behandelt. Sie spürte den Hunger nach seiner Liebe in ihrem Herzen, wünschte sich, dass er sich um sie sorgte und kümmerte. Doch als er sie schließlich zu sich genommen hatte, brachte er sie in seine eigene, gefährliche Welt, was sie beinahe das Leben gekostet hätte. Danach hatte er sie Tom und Mary übergeben und sie erneut verlassen.

Die einzige Stabilität in Tess' Leben hatte ihr *abuela* Dolores gegeben. Sie hatte ihre Großmutter von Herzen geliebt und trauerte immer noch um sie und darum, dass ihnen nur eine kurze gemeinsame Zeit gewährt worden war. Natürlich schmerzte auch der Verlust ihrer *madre*, aber gleichzeitig war Tess auch erfüllt von einer Bitterkeit, die sie beinahe auf der Zunge schmecken konnte. Ihre *madre* hatte durch ihren Egoismus auch Tess' *abuela* mit in den Tod gerissen.

¿Por qué la madre?

Durch das Feuer, das ihr kleines Haus vernichtet hatte, war Tess im Prinzip zur Waise geworden. Über die Jahre hatte Hank immer mal wieder versucht, ihr ein Vater zu sein, doch ebenso oft war er auch daran gescheitert.

Jetzt war sie hier, jagte ihm nach und versuchte schon wieder, seine Liebe zu gewinnen. Tess wischte sich über die feuchten, geschwollenen Augen. Was hatte sie sich dabei nur gedacht? Vielleicht sollte sie einfach gehen und Cale alleine weitersuchen lassen.

Nein. Hank wird sich anhören, was ich ihm zu sagen habe.

Trotz der Scham, trotz der Schmerzen würde sie weitermachen. Und daran würde sie wachsen, nicht nur körperlich stärker werden, sondern auch im Geiste.

Sie würde zur Heldin ihrer eigenen Geschichte werden.

CALE SAß ZUSAMMEN mit Fitz in dessen Schreibstube. Kitty hatte sich für das Mittagessen entschuldigt und ruhte sich während Tess' Nickerchen ebenfalls etwas aus, daher hatte Fitz ihn um Rat bei einem Problem gebeten, mit dem die Army gerade zu kämpfen hatte.

„Die Apachen begehen immer noch Überfälle." Fitz lehnte sich in seinem Stuhl zurück. „Wir dachten wirklich, dass die Lage sich endlich beruhigen würde, nachdem Cochises Söhne Taza und Naiche letzten Sommer nach San Carlos übergesiedelt sind. Selbst Apachen, die sich dagegen sträubten, konnten in ein Reservat in Ojo Caliente in New Mexico umgesiedelt werden. Aber damit blieben noch immer über vierhundert von den Mistkerlen übrig, und niemand weiß, wo sie sich aufhalten. Die Indianerverwaltung will sich nicht mehr um sie kümmern, also dürfen wir sie jetzt als Feind betrachten und auch so behandeln."

„Wie wurde Geronimo geschnappt?"

„Als John Clum – einer der besten Indianeragenten aller Zeiten – sich letztes Jahr mit den Chiricahua getroffen hat, musste er die einzelnen Verbände davon überzeugen, umzusiedeln. Das gefiel ihnen nicht. Sie genossen die Freiheit, die sie im Chiricahua-Reservat hatten, was eigentlich gar kein richtiges Reservat war, wenn du mich fragst. Die Apachen hatten viel zu viel Spielraum, überquerten immer noch die Grenze und plünderten weiter. Mexiko war außer sich und das zu Recht. Also hat Clum ihnen klargemacht, dass es beschlossene Sache war und sie nach San Carlos gehen mussten. Chief Juh war anwesend, aber Geronimo hat für ihn gesprochen, da er stottert. Juh stimmte zu, doch das war eine Lüge. In der folgenden Nacht sind Hunderte von ihnen entkommen. Sie haben ihre eigenen Hunde erwürgt, damit die sie nicht durch Bellen verrieten. Also musste Clum Geronimo erwischen, um nicht dumm dazustehen. Er stellte ihm eine Falle in Ojo Caliente, und die schnappte zu. Anfang des Jahres hat er Geronimo in Ketten nach San Carlos geschickt." Fitz schüttelte den Kopf. „Aber da draußen sind noch genug andere Apachen. Die kleinen Mistkerle sind unglaublich dreist. Letztens gab es einen Überfall bei Sonoita. Die Apachen haben Vieh und Pferde von einer Ranch gestohlen und dann einen Jungen namens Douglas entführt. Sein Onkel Sid Haverly ist außer sich und will ihn natürlich zurück. Das verstehe ich ja, aber du kannst dir sicher vorstellen, vor welche Probleme mich das stellt. Wenn du irgendjemanden kennst, der in diesem Fall helfen könnte, wäre ich dir wirklich dankbar, Cale."

Cale dachte einen Moment lang nach. „Es ist drei Jahre her, seit ich bei Mohan und seinen Leuten war. Schwer zu sagen, wo sie gerade sind."

„Das stimmt. Diese Verbände tun sich zu oft zusammen und trennen sich dann wieder, da fällt es schwer, den Überblick zu behalten."

„Wann wurde der Junge entführt?"

„Vor zwei Wochen."

„Er könnte bereits weiterverkauft worden sein."

„Das ist mir klar. Ich habe schon Leute darauf angesetzt. Wie lange wirst du bleiben?"

„Ein paar Tage. Die Ruhe wird Tess guttun. Ich helfe dir sehr gerne, wenn ich kann, aber du weißt, wie schnell so etwas den Bach runtergehen kann."

Fitz seufzte. „Nur zu gut."

„Der Junge ist wahrscheinlich noch am Leben."

„Du hast nie viel über deine Zeit bei den Apachen erzählt, Cale. Gilt deine Loyalität jetzt beiden Seiten zu gleichen Teilen?"

Cale lächelte humorlos. „Freundschaften sind für mich inzwischen wichtiger. Und du kannst nicht leugnen, dass es unter den Apachen auch gute Menschen gibt."

Fitz rutschte ein wenig auf seinem Stuhl herum und lachte heiser auf. „Ja, das stimmt, aber ich bin es so leid, mich mit den anderen herumzuschlagen."

Kapitel Elf

Tess schloss sich Kitty, Fitz und Cale an, um im Speisesaal der Offiziere am Abendessen teilzunehmen. Captain Fitzgerald setzte sich an den Kopf der kleinen Tafel, seine Frau zu seiner Linken und Tess und Cale zu seiner Rechten. Die Offiziere warteten geduldig – standen stramm, die Augen unbewegt geradeaus gerichtet –, bis ihr Kommandant und seine Gäste saßen, ehe sie selbst in einer koordinierten Aktion gleichzeitig ihre Plätze einnahmen.

Tess unterdrückte ein Lächeln. Diese Disziplin war beeindruckend, aber sie konnte nicht darüber hinwegtäuschen, wie sehr die Männer sich auf das dampfende, duftende Essen freuten, das auf Platten und in Töpfen auf einem Nebentisch wartete.

Während der Mahlzeit wurde nicht viel gesprochen, bis einer der Offiziere Cale zunickte. „Mr Walker, ich habe gehört, dass Sie mit der *Medal of Honor* ausgezeichnet wurden?"

„Ihnen wurde eine Ehrenmedaille verliehen?", fragte Tess überrascht.

Fitz brach sich ein Stück Sauerteigbrot ab und wischte damit die Reste des Hirschgulaschs aus seiner Schüssel auf. „Oh ja, die hat er bekommen."

Seelenruhig goss Cale sich noch eine Tasse starken Kaffee ein, doch Tess lehnte mit einem Wink ab, als er auch ihr nachschenken wollte. Da er jedoch keine Anstalten machte, auf ihre Frage zu antworten, wandte sie sich schließlich erneut dem Captain zu. „Wie kam es dazu?"

Die anderen Männer am Tisch und Kitty lauschten ebenfalls interessiert.

„Der Einsatz nannte sich Rocky-Mesa-Feldzug", erklärte Fitz. „Ich war nicht dabei, aber da Cale es offenbar vorzieht, sich in Schweigen zu hüllen, übernehme ich heute Abend die Rolle des Geschichtenerzählers." Er warf Tess einen fragenden Blick zu. „Sofern Ihnen das nichts ausmacht, meine Liebe."

„Keineswegs."

„1869 wurde am Rand der Dragoons eine Postkutsche überfallen, in der sich John Stone, der Präsident der *Apache Pass Mine*, befand. Cochise und sein Kriegerverband töteten ihn, den Fahrer und die vier Soldaten aus Fort Bowie, die als Eskorte mitgeschickt worden waren. Dabei beließen sie es jedoch nicht, sondern zogen weiter und stahlen Rinder, die gerade von Texas nach Kalifornien getrieben wurden. Sie töteten dabei einen weiteren Mann, doch ein anderer konnte entkommen und schaffte es bis hierher ins Fort. Daraufhin nahm eine Einheit die Verfolgung auf. Cochise wusste, dass es ihm nicht gelingen würde, die Grenze nach Mexiko zu passieren, daher floh er in die Chiricahua-Berge bis hinauf zum Rucker Canyon. Dort hast du dich der Einheit angeschlossen, oder Cale?"

„Ja." Cale lehnte sich auf seinem Stuhl zurück und ließ die Arme auf dem Tisch ruhen.

„Soweit ich mich erinnere, hat Captain Bernard den Angriff geleitet. Ich konnte den Mann nie besonders gut leiden."

„Da bist du nicht der Einzige", murmelte Cale.

„Im Rucker Canyon wachsen viele Zedern, und weiter oben gibt es einen breiten Felsvorsprung", fuhr Fitz fort. „Normalerweise nutzten die Apachen nur Pfeil und Bogen und Speere, aber inzwischen waren sie an Schusswaffen gekommen. Trotz der Positionierung von Scharfschützen auf einem nahe gelegenen Hügel gelang es den Soldaten nicht, an sie heranzukommen. Es war kalt und regnerisch, und die Scharmützel gingen über eine Woche lang. Cale und die anderen Männer versuchten, das Plateau einzunehmen, wurden jedoch von den zähen Kriegern zurückgedrängt. Bernard war aggressiv, und es wird gemunkelt, dass er seine Soldaten ohne Rücksicht auf Verluste ins Gefecht schickte. Ist das wahr, Cale?"

„Es ist immer einfacher, eine Situation im Nachhinein zu beurteilen. Ich mochte Bernard nicht, aber er befahl den Rückzug, als ihm klar wurde, dass wir keine Chance auf einen Sieg hatten."

„Ich weiß, dass gute Männer in diesen Tagen ihr Leben verloren haben. Bernard empfahl die Verleihung von einunddreißig Ehrenmedaillen, weil die Männer ungeachtet des hohen Risikos immer wieder versuchten, die Hochebene einzunehmen, und Cale war verdientermaßen einer der Empfänger."

Tess schaute Cale von der Seite an. „Woher nimmt man so viel Mut?", wollte sie leise wissen.

„Das ist kein Mut, Tess. Ich hatte unglaubliche Angst. Als zwei der Kameraden mit Kopfschüssen getötet wurden, waren einige von uns wild entschlossen, ihre Leichen nicht zurückzulassen. Die Apachen hätten sie sonst verstümmelt."

„Ist es Ihnen gelungen?"

Cale schüttelte den Kopf. „Nein, letzten Endes war es zu gefährlich."

„Und jetzt ist Cochise tot", ergänzte Fitz.

Tess hatte in Tucson davon gehört, dass der berüchtigte Anführer der Apachen vor rund drei Jahren ums Leben gekommen war. „Sie müssen alle froh gewesen sein, als Sie von seinem Tod erfahren haben."

Fitz lehnte sich zurück, weil ein Soldat an den Tisch gekommen war, um sein benutztes Geschirr abzuräumen. „Ich hatte die Hoffnung, dass der Apachenterror damit enden würde. Cochise hatte sich für das Wohl seiner Leute um Frieden bemüht. Dafür zolle ich ihm Respekt. Hast du ihn mal kennengelernt, Cale?"

Cale nickte. „Er war klug und pragmatisch. Kein Mann, der sich in die Enge treiben ließ."

„Nein, das stimmt."

Die Gespräche wandten sich alltäglicheren Vorkommnissen im Fort zu, aber nach dieser Geschichte und der Rolle, die Cale darin spielte, hatte Tess das absurde Bedürfnis, nach seiner Hand zu greifen und sie fest zu drücken.

„Haben Sie das Öl schon benutzt?", fragte er zu ihr gebeugt.

Tess nickte.

Cale grinste. „Dachte ich mir doch, dass Sie danach riechen."

Ihre Wangen wurden heiß, doch die Neckerei fühlte sich nicht unangenehm an. Tess wurde immer mehr bewusst, dass sie sich darauf freute, Zeit mit Cale zu verbringen. Seine Gegenwart schreckte außerdem andere Männer davor ab, ihr zu viel Aufmerksamkeit zu schenken. Natürlich hielt Tess sich selbst nicht für so unglaublich unwiderstehlich, aber sie war eben eine der wenigen Frauen im Fort, und Kitty nahm den Soldaten gegenüber definitiv eine mütterliche Rolle ein. Bei Cale fühlte Tess sich sicher.

Als der Abend sich dem Ende zuneigte, half ihr Cale auf ihr Pferd und führte es zurück zum Haus der Fitzgeralds. Der Mond tauchte die umliegenden Hügel in silbernes Licht.

Am Anbindebalken hob er Tess aus dem Sattel, reichte ihr den Gehstock und machte dann einen Schritt nach hinten. Es gefiel ihr, dass er den Abstand zu ihr wahrte.

„Haben Sie eine bequeme Unterkunft?", fragte er.

„*Sí*, aber Kitty schnarcht. Nur ein bisschen", fügte sie hastig hinzu, weil sie nicht undankbar klingen wollte.

„Wenn es Sie tröstet: Fitz auch."

Tess lachte. „Dann passen die beiden ja hervorragend zusammen." Sie trat mit Cale auf die Veranda.

„Was halten Sie von der Situation mit den Apachen?", fragte sie über die Schulter hinweg.

„Sie ist ziemlich komplex."

Sie drehte sich zu ihm um. Das Licht aus den Fenstern der Offiziershäuser warf einen warmen Schein auf sein Gesicht. „Glauben Sie, dass der Stamm, bei dem Sie waren, in eins der Reservate gezogen ist?"

Cale stützte sich mit einem Arm an einem der Holzbalken ab. „Das weiß ich nicht, aber wenn ich raten müsste, würde ich eher auf Nein tippen."

„Die Army wird sie nicht schützen."

„Ich weiß."

Selbst im Halbdunkel konnte Tess sehen, wie seine Kiefermuskeln sich anspannten. „Machen Sie sich Sorgen deswegen?"

„Manchmal."

Sie strich sich eine lose Haarsträhne hinters Ohr. „Sie müssen ihnen sehr nahegestanden haben."

„Einigen, ja. Aber zu Hank hatte ich früher auch ein enges Verhältnis. Die Zeit verändert vieles."

„Waren Sie je verheiratet?" Ihr ging plötzlich auf, dass es bei den Apachen vielleicht eine Frau für ihn gegeben hatte. Das würde auch erklären, warum er so lange bei ihnen geblieben war.

„Nein. Nicht einmal annähernd."

Ihre Erleichterung über diese Aussage überraschte Tess selbst. Als sich danach jedoch Schweigen zwischen ihnen ausbreitete, platzte sie heraus: „Soll ich Ihnen eine *historia* erzählen?"

„Gerne, das wäre schön."

Tess setzte sich in den Schaukelstuhl, der in einer Ecke stand, und legte den Gehstock neben sich auf den Boden. Sie konnte sich gut vorstellen, wie Kitty sich hier an heißen Sommernachmittagen die Zeit vertrieb. Gäbe es die Gefahr durch Plünderungen und Überfälle nicht, könnte man sich die Chiricahua-Berge gut als Erholungsziel vorstellen. Tess spürte der Natur um sich herum nach, deren Präsenz sie umfing. Cale setzte sich in den zweiten Sessel, streckte die langen Beine vor sich aus und verschränkte die Arme vor der Brust.

Einen Moment lang betrachtete Tess den dunklen Nachthimmel und die Hügel in der Ferne, bevor sie zum Sprechen ansetzte. „Einst gab es *un lobo* – einen Wolf –, der in den Bergen Mexikos lebte. Er war sehr gerissen und kümmerte sich gut um sein Rudel. Die Menschen in der Umgebung hörten ihn nachts oft zusammen mit den anderen Wölfen in den Bergen heulen. Aber man erzählte sich, dass dieser Wolf ihr Anführer war, größer und stärker als alle anderen. Immer mehr Menschen siedelten sich in der Gegend an und nahmen damit auch mehr Raum ein. Sie bauten Häuser und bejagten das Wild. Wenig später fanden die Wölfe kaum noch Beute. Dadurch kamen sie den Heimen der Menschen immer näher, und schon bald fielen ihnen die ersten Nutztiere zum Opfer. Also wurde ein Kopfgeld auf den Anführer ausgesetzt. Sie nannten ihn *Gran Uno*, den Großen. Fallen wurden aufgestellt, doch sie blieben jede Nacht leer. So ging das wochenlang. Das Kopfgeld erhöhte sich, Jäger kamen von nah und fern herbei. Einer war besonders bestrebt, *Gran Uno* zur Strecke zu bringen. Er legte raffiniertere Fallen aus, versteckte sie gut und gab sich größte Mühe, alle menschlichen Spuren zu verwischen. Dennoch tappte *Gran Uno* in keine einzige. Der Jäger betrachtete das als Herausforderung, und er war wild entschlossen, den Wettstreit zu gewinnen. Eines Nachts entdeckte er etwas Interessantes: kleinere Pfotenabdrücke, die sich in der Nähe der Orte befanden, wo *Gran Uno* gesichtet worden war. Der Jäger vermutete, dass sie einer Wölfin gehören könnten, vielleicht *Gran Unos* Gefährtin. Deshalb entschied er sich, statt dem Alphawolf nachzustellen, eine Falle für das Weibchen aufzubauen. Sie war nicht so weise wie ihr Gefährte, und schon bald darauf hatte der Jäger sie erwischt. Im Licht des Vollmonds traten er und ein paar andere Männer auf die Lichtung, wo eine wunderschöne, silbergraue Wölfin sich verzweifelt heulend gegen die vier Fallen wehrte, in die ihre Pfoten geraten waren. Der Jäger war so berauscht von seinem Fang, dass er nur wenig Mitgefühl für das Weibchen übrig hatte. In der Ferne sah er schließlich den Großen. *Gran Uno* heulte sehnsüchtig nach seiner Gefährtin, aber er wusste, dass er sich fernhalten musste. Der Jäger schlang ein Seil um den Hals des Weibchens und brach ihr mit einem kräftigen Ruck das Genick. *Gran Unos* Trauer war groß, und er heulte viele Nächte danach um sie. Die unendliche Gram des Wolfs rührte am Herzen des Jägers, doch er war immer noch entschlossen, ihn zu fassen. Die silberne Wölfin war der Schlüssel dazu. Er nutzte ihren Geruch als Köder in den Fallen, und schließlich konnte er *Gran Uno* in eine davon locken. Doch als Jäger und Alphawolf sich schließlich gegenüberstanden und ihre Blicke sich trafen, war der Mann sehr bewegt von der Gelassenheit des Tieres und seiner Weigerung, sich ihm zu beugen. Er brachte es nicht über sich, den Wolf zu töten, also fesselte er ihn, legte ihm einen Maulkorb an und brachte ihn zu Pferd zurück ins Dorf. Dort wurde das Tier angekettet. Im Laufe der Nacht hauchte *Gran Uno* sein Leben aus, und der Jäger wusste, dass er an gebrochenem Herzen gestorben war. Von diesem Moment an konnte er nicht länger seiner Arbeit nachgehen, er konnte nichts mehr töten, wie es zuvor sein Geschäft gewesen war. Das Wissen um den Tod des Wolfes und die Tatsache, dass er der großen Liebe von *Gran Uno* das Leben genommen hatte, zerstörte etwas in ihm selbst. Doch durch die Scherben seines zerbrochenen Herzens drang ein Licht in seine Seele. Er wurde zum Freund der Wölfe und schwor, ihnen fortan zu helfen."

Tess verstummte. Diese Erzählung machte sie immer traurig. Warum hatte sie ausgerechnet diese Geschichte mit Cale geteilt? Vielleicht, weil darin von Wiedergutmachung die Rede war.

„Das ist eine gute Geschichte, Tess", meinte Cale leise.

„Der Jäger erinnert mich an Männer wie Sie und Hank."

„Wir haben alle Dinge getan, auf die wir nicht stolz sind. Halten Sie mich noch immer für derart skrupellos?"

„Nein." Diese Überzeugung spürte sie tief in sich. „Aber Hank ist es, nicht wahr?"

Cales Schweigen war Antwort genug.

„*Dios* vergibt einem Menschen seine Sünden, sofern er aufrichtig bereut", sagte Tess.

„Ich bezweifle, dass Sie zu den Sündern zählen."

Sie konnte ihn nicht ansehen. „Was, wenn ich Ihnen erzähle, dass ich an dem Übergriff selbst schuld war?"

„Sie können mir erzählen, was immer Sie möchten, aber Sie werden mich nie davon überzeugen, dass Sie verdient haben, was Saul Ihnen angetan hat."

Tess atmete noch einmal tief durch und redete dann weiter, bevor sie es sich anders überlegen konnte. „Nachdem ich eine Weile mit Hank durch die Gegend gezogen bin, verstand ich, dass das, was er und die anderen Männer taten, nicht immer … gesetzestreu war. Er versuchte, mich davon abzuschirmen, und wollte mich ein paarmal zu meiner eigenen Sicherheit zurücklassen. Aber letzten Endes konnte Hank seine wahre Natur nicht verbergen." Der bittere Unterton in ihrer Stimme überraschte Tess. Sie hatte glauben wollen, dass ihr *padre* ein guter Mann war, dass er mit seiner Arbeit der Gerechtigkeit Genüge tat. Doch er verhielt sich nicht immer ehrenhaft.

„Kannten Sie Jim Bennett?", fragte sie Cale.

„Ja. Er arbeitete öfter mit Hank zusammen, aber bei dem Apachen-Massaker war er nicht dabei. Irgendwann davor habe ich ihn zuletzt gesehen."

„Unglücklicherweise werden Sie ihn auch nie wiedersehen. Sie haben ihn umgebracht."

„Warum?" Die Kälte in Cales Stimme jagte ihr einen Schauer über den Rücken.

„Ein paar Monate zuvor gab es einen Zwischenfall an der texanisch-mexikanischen Grenze, bei dem eine Handvoll mexikanischer *putas* getötet worden war. Ich bin mir nicht sicher, ob es Hank, Saul oder Walt war, aber sie kamen alle davon. Die

Gesetzesvertreter schert es nicht besonders, wenn eine Hure erschossen wird. In diesem Fall geriet jedoch ein US-Marshal ins Kreuzfeuer und erlag später seinen Verletzungen. Die Kugel, die die Ärzte aus ihm herausholten, passte zu einem alten Colt Paterson, wie Saul ihn trug. Das war zwar kein stichhaltiger Beweis, aber er wurde nervös – zweifellos, weil er tatsächlich schuldig war. Er lenkte die Aufmerksamkeit von sich ab, indem er den Revolver einer Frau unterschob, einer anderen *puta*, glaube ich. Durch eine Verkettung unglücklicher Umstände wurde sie für die Tat gehängt. Das war zu viel für Jim."

„War sie seine Geliebte?"

„Ich denke schon", antwortete Tess. „Ich hatte Jim immer gemocht. Von allen war er der Netteste."

Cale beugte sich nach vorne und stützte sich mit den Ellenbogen auf den Knien ab. „Jim war kein schlechter Kerl."

„Er muss eine ganze Weile mit der Trauer und Wut gekämpft haben, doch schließlich entschied er sich dazu, sie alle zu verpfeifen. Irgendwie hat Saul das herausgefunden. Wir waren gerade in Tucson, und ich habe ihn und Walt dabei belauscht, wie sie einen Plan geschmiedet haben. Sie dachten, ich schlafe. Ich konnte nicht einfach tatenlos dabei zusehen, wie sie ihn ermorden."

Langsam schaukelte Tess mit dem Stuhl vor und zuruck, im gleichen Rhythmus wie ihr Herzschlag. Sie klammerte sich an die Armlehnen, und ein schmerzhaftes Ziehen machte sich in ihrem kaputten Bein breit.

„Was haben Sie getan?", wollte Cale wissen.

„Ich nahm mir eins der Pferde und ritt los. Jim hielt sich außerhalb der Stadt versteckt. Ich wollte ihn warnen."

Cale schaute sie so eindringlich an, dass sie unwillkürlich in der Schaukelbewegung innehielt. „Das war unglaublich gefährlich."

„Ich frage mich, ob Jim vielleicht noch am Leben wäre, wenn ich ihn nicht aufgesucht hätte." Sie schüttelte den Kopf. „Keine Ahnung."

„Was ist passiert?"

„Saul und Walt kamen hereingestürmt und haben uns erwischt. Saul beschuldigte mich sofort des Verrats und behauptete, dass ich Jim verführen wollte. Dann ging alles so schnell, jemand zog seine Waffe, Schüsse fielen … und Jim war tot. Ich weiß bis heute nicht, wer von den beiden ihn erwischt hat. Und dann hat Saul darauf bestanden, dass ich bestraft werden muss. Walt hat sich mit ihm gestritten, aber Saul behauptete, Hank hätte gewusst, dass ich zu Jim reiten würde, und dass er Saul beauftragt hatte, die Situation nach seinem Ermessen zu regeln."

„Tess." Cale griff überraschend mitfühlend nach ihrer Hand.

„Vielleicht hätte ich mich einfach nicht einmischen sollen. Möglicherweise war Jim ja gar nicht so anständig, wie ich dachte. Ich habe sie verraten, nicht wahr? Hank wollte offensichtlich, dass ich bestraft werde."

„Warum zum Teufel wollen Sie ihn finden?" Die Muskeln seiner Wangen arbeiteten, als er die Worte zwischen zusammengepressten Zähnen hervorquetschte. Er drückte ihre Hand fester, und plötzlich hatte Tess das Gefühl, als würde er sich an ihr festklammern, um nicht zu ertrinken.

„Weil ich es verdiene zu erfahren, warum er zugelassen hat, dass Saul mich derart verletzt." Tränen stiegen ihr in die Augen, doch sie konnte sie nicht aufhalten. „Und ich frage mich, ob er vielleicht nicht wiedergekommen ist, weil er meinen Anblick nicht erträgt. Ich möchte ihm sagen, dass ich ihm verzeihe."

Cales Puls pochte sichtbar an seinem Hals, und jeder seiner Atemzüge war deutlich hörbar. „Das verdient er nicht, Tess."

„Jeder verdient eine zweite Chance. Der Jäger hat *Gran Unos* Gefährtin etwas Schreckliches angetan, doch letzten Endes widmete er sein Leben der Wiedergutmachung."

Cale sprang angespannt von seinem Stuhl auf und fuhr sich mit der Hand durch die Haare. „Das ist nur eine verdammte Geschichte, nicht das echte Leben." Er schlug mit der flachen Hand gegen den Anbindebalken, was Gideon erschreckte.

„Sie haben unrecht." Tess zitterte am ganzen Körper, und ohne Vorwarnung kochte Wut in ihr hoch. „Geschichten sind realer als die fahle Existenz, in der wir uns bewegen. Ich werde Hank nicht aufgeben. Ich werde nicht zulassen, dass er sich in dem Glauben verliert, er sei ein schlechter Mensch geworden. Ich kann ihm helfen, sich zu verändern. Genau wie die Apachen Sie verändert haben."

Cale lachte humorlos auf und schüttelte den Kopf. „Sie sind zu gut für ihn. Zu gut für uns alle."

„Da liegen Sie falsch. Wenn ich nicht versuche, Hank zu helfen, bin ich kein Stück besser als er."

Sie musste versuchen, die Seele ihres *padre* zu retten.

„Tess, Sie waren schon immer ein besserer Mensch als Hank. Wenn Sie mir nur eins glauben, dann das."

In Cales Stimme schwang so viel Überzeugung mit, dass Tess keine schmeichelnde Lüge dahinter vermuten konnte. Noch nie hatte sie jemand derart verteidigt und *trotz* ihrer Taten an sie geglaubt. Das kratzte an den Selbstzweifeln, die sie seit so langer Zeit mit sich herumtrug, wenn auch nur ein wenig. Cale fühlte sich nicht von ihr abgestoßen. Stattdessen sah er sie an, erkannte ihr wahres Ich, und es schreckte ihn nicht ab.

Fühlte es sich so an, Stärke durch die Hand Gottes zu empfangen? Denn Cale war mit Sicherheit wie eine Brücke, die zwei Welten miteinander verband.

Kapitel Zwölf

Tess' Enthüllungen verfolgten Cale in der Nacht und ließen ihn kaum schlafen. Hank hatte sich oft auf der Grenze zwischen Justiz und Selbstjustiz bewegt, und auch deswegen waren sie immer wieder aneinandergeraten. Aber warum hatte er nicht auf Tess besser aufgepasst? Warum hatte er sie bei sich behalten und der Zwielichtigkeit und Schlechtigkeit ausgesetzt, der man unweigerlich begegnete, wenn man sich zwischen Gesetzeshütern und Gesetzesbrechern bewegte?

Wie konnte Hank nur zulassen, dass Saul *die Situation regelte*? Er wusste doch, was für eine Art Mann Miller war. Dass Tess überlebt hatte, war ein Zeugnis ihres starken Willens. Und jetzt suchte sie nach dem Vater, der das nicht verdient hatte – so viel Vergebung ging über Cales Verstand. Seinem eigenen Pa gegenüber war er dazu nie fähig gewesen.

Das durchdringende, warnende Stakkato eines Horns riss Cale aus dem Schlaf. Mit einem Satz sprang er von der Pritsche auf.

„Was ist los?", fragte er Fitz, der an ihm vorbeirannte.

„Apachen im Anmarsch."

Hastig zog Cale sich an und legte seinen Revolvergürtel um. Nachdem er seinen Stetson aufgesetzt hatte, eilte er zu den Ställen, wo ein Soldat Bo bereits sattelte. Cale schloss sich den etwa zwanzig Männern an, die sich zu Pferde auf dem Platz sammelten.

Wie schon zu Cales Zeit in Fort Bowie trug das Regiment eine Mischung verschiedener Uniformen. Die meisten waren in Arbeitskleidung angetreten – einfache Tuniken aus Segeltuch, in denen sie gewöhnlich die Pferde striegelten. Die langen Enden der Uniform hatten sie in die Hose gesteckt, der ehemals weiße Stoff war mit Staub, Ruß und Dreck eingefärbt worden, damit die Männer in der Wüstenumgebung weniger auffielen. Andere trugen dunkelblaue oder graue Hemden mit doppelter Knopfreihe und trotz der bevorstehenden Tageshitze hatten sich einige Soldaten ihre dunklen Uniformjacken mit den vier goldenen Knöpfen übergeworfen. Auch bei den Kopfbedeckungen war alles von simplen Kappen über Feldmützen bis hin zu Hüten mit eingekürzter Krempe dabei. Einheitlich sah anders aus.

Fitz gab das Signal, das Fort zu verlassen.

Im Galopp ritt die Einheit nach Süden in die Chiricahua-Berge hinein und folgte dabei ausgetretenen Pfaden, die Cale gut kannte. Er fühlte sich wie ein Puma, der sein Revier abschritt. Als Fitz die Truppe nach zwei Meilen anhalten ließ, war das der potenziellen Falle geschuldet, die in der schmalen Schlucht vor ihnen lauerte – ein perfekter Ort für Apachen, um sie einen nach dem anderen von oben auszuschalten.

Cale lenkte Bo neben Fitz, der durch ein Fernrohr spähte.

„Verdammt, das ist Daniels, einer meiner Männer", sagte Fitz. „Er ist vor fünf Tagen verschwunden. Wir haben nach ihm gesucht, dachten aber eigentlich, dass er entweder tot oder desertiert ist. Das passiert schon mal." Er reichte das Fernrohr an Cale weiter.

Durch das Vergrößerungsglas sah Cale einen Mann weiter hinten in der Schlucht am Boden liegen. Bei ihm waren zwei Apachen, aber in der Nähe hielten sich sicher noch mehr auf.

„Den einen kenne ich", meinte Cale. „Lass mich gehen."

„Sie werden etwas als Gegenleistung verlangen. Wenn sie dich nicht gleich umbringen."

„Was hast du anzubieten?"

„Zwei ihrer Jungen, die wir beim Pferdestehlen erwischt haben."

„Würde erklären, warum sie sich Daniels geschnappt haben."

„Sehr wahrscheinlich", erwiderte Fitz. „Sag ihnen, dass ich die beiden bei Einbruch der Abenddämmerung freilasse, wenn sie Daniels gehen lassen. Informationen über den Jungen aus Sonoita wären gut. Arthurs und Manchester, ihr begleitet ihn. Und Lehi." Er deutete auf ihren Apachenkundschafter. „Er kann für dich übersetzen, falls deine Apachen-Sprachkenntnisse eingerostet sind."

„Und mein Spanisch?"

„Du solltest dich dringend von Tess unterrichten lassen."

Der Vorschlag besaß einen gewissen Reiz. Zeit mit Tess zu verbringen war inzwischen eine seiner liebsten Beschäftigungen. Aber im Moment lastete die Realität schwer auf seinen Schultern. Das Risiko bestand, dass er nicht zurückkehren würde. „Kümmerst du dich um sie?", fragte er.

„Darauf hast du mein Wort, aber das wird nicht nötig sein. Sei vorsichtig, mein Freund."

Cale setzte sich im Sattel aufrechter und rückte seinen Hut zurecht. An seinen Hüften spürte er das vertraute Gewicht seiner Colts. Er zog die Winchester aus dem Sattelholster und legte sie sich quer über die Oberschenkel, bevor er Bo antraben ließ.

Als er sich dem zusammengesunkenen Daniels näherte, zügelte er Bo auf Schritttempo. Die beiden Infanteristen und der Kundschafter blieben hinter ihm. Cale hielt Ausschau nach Bewegung in den Büschen. Die beiden Apachen zu Pferde zeigten sich, und Cale brachte Bo zum Stehen.

Er begrüßte den Krieger zur Linken mit einem Nicken. „Jack." Der junge Mann hieß Jackrabbit; während seiner Zeit bei den

Apachen war Cale nie besonders gut mit ihm ausgekommen. Inzwischen war Jack noch ein Stück gewachsen und muskulöser geworden. Er trug ein blaues Stück Stoff als Stirnband, und seine glatten, schwarze Haare fielen ihm offen über die breiten Schultern. Sein Blick zeugte davon, dass er immer noch verschlagen war.

„Sinneswandler", entgegnete Jack. „Es ist lange her."

„Dein Englisch ist besser geworden."

Jack antwortete in Apache, Cale hatte jedoch Mühe, ihn zu verstehen. Seine Kenntnisse ihrer Sprache waren tatsächlich ziemlich eingerostet.

„Aber du bist kein Apache mehr." Auf Cales Schweigen hatte Jack wieder zu Cales Muttersprache gewechselt und lachte nun abfällig. „Und dein Name passt immer noch zu dir. Verkaufst du deine Treue an den Meistbietenden, wie eine Frau, die die Beine für Geld breitmacht?"

„Wie geht es Mohan?" Der Chief des Verbands hatte Cales Anwesenheit zuerst nur zähneknirschend akzeptiert, doch über die Zeit hinweg hatte sich eine Freundschaft zwischen ihnen entwickelt.

„Er ist vorsichtig." Jack musterte ihn aus verengten Augen, und die Enttäuschung war ihm deutlich anzumerken. „Also habe ich ihn und seine friedliebenden Ansichten verlassen. Ich reite jetzt meinen eigenen Weg."

„Was willst du?", fragte Cale und warf Daniels einen Blick zu. Der Mann wirkte zwar mitgenommen, war aber bei Bewusstsein. Anschließend machte er eine Bestandsaufnahme der Waffen der Apache – Speere, Kriegsbeile, Pfeil und Bogen und beide trugen einen Revolver im Bund ihrer Kniehosen. Sie machten nicht den Eindruck, als seien sie auf einen Kampf aus, was Cale ein wenig die Anspannung nahm. Allerdings gab es immer noch das Problem der anderen Krieger. Cale wusste, dass sie sich versteckten und warteten, während sie ihre Gewehre auf ihn und seine Begleiter richteten.

„Wir wollen unsere Jungen zurück", erklärte Jack. „Dafür bekommt ihr den Feigling."

„Abgemacht."

„Bekomme ich dein Wort darauf?"

Cales Schweigen war Antwort genug.

„So sei es." Jack nickte in Daniels' Richtung.

Arthurs und Manchester stiegen ab und halfen dem Verletzten auf die Beine. Man hatte ihm sicher mehrfach ins Gesicht geschlagen, bis er blutete. Die Soldaten brachten ihn zu den Pferden und zogen mit ihm ab. Cale dagegen blieb, wo er war. Der Apachenkundschafter Lehi hielt sich immer noch hinter ihm, trotz der hasserfüllten Blicke, die Jacks Kumpan ihm zuwarf.

Eines hatte Cale in seiner Zeit bei der Army und danach bei den Apachen gelernt: Sie waren keine Feiglinge. Diese Menschen kämpften bis zum Schluss und standen zu ihren Idealen, selbst im Angesicht scheinbar unüberwindbarer Widrigkeiten. Das respektierte Cale zutiefst, aber gleichzeitig war ihm auch klar, dass er sie nie unterschätzen durfte.

„In der Gegend um Sonoita wurde ein Junge entführt", meinte er. „Sein Onkel will ihn zurück. Weißt du etwas darüber?"

Jack grinste, und sein Blick huschte kurz zu einer felsigen Böschung zu seiner Rechten. Die Bewegung war flüchtig, aber damit wusste Cale nun, wo die Gewehrschützen sich verschanzt hatten.

„Und warum sollte ich dir helfen?", fragte Jack.

„Wir haben *zwei* eurer Jungen. Du hast mir nur einen weißen Mann zurückgegeben. Du schuldest uns noch einen."

Abwägend schwieg Jack einen Moment lang und sagte dann: „Aber ich habe dich. Und wenn ich dich leben lasse, sind wir in unserem Handel quitt."

„Du weißt, dass ich nicht dein Feind bin", erwiderte Cale. „Ich bin mit den Geistern der Apachen gereist. Noch heute trage ich *hadintin* bei mir." Manchmal hängte er sich den Lederbeutel mit den heiligen Pollen um den Hals, meist verstaute er ihn aber in einer seiner Satteltaschen. In der Eile heute Morgen hatte er ihn im Fort liegen lassen, und nun konnte er nur hoffen, dass Jack keinen Beweis einforderte.

Der junge Krieger seufzte tief. „Cocheta war fest von deiner Verbindung zu unserem Volk überzeugt." Er schüttelte den Kopf. „Aber es fällt schwer, einem *pindah* zu vertrauen, wo so viele uns schon betrogen haben."

„Cocheta war gnädig", entgegnete Cale. „Und Gnade vergisst man nicht so leicht." Die alte Apachenfrau hatte ihm nicht nur ein-, sondern gleich zweimal das Leben gerettet. Sie hatte ihn nach der Attacke des Berglöwen gesund gepflegt und ihn später vor ihrem Stamm beschützt, indem sie stur auf seiner Verbindung zu etwas Größerem als dieser Welt bestand, was der Tierangriff ihrer Meinung nach bewies.

„Sie hat sich für dich eingesetzt, als der Ire kam", sagte Jack.

„Hank?" Panik stieg in ihm auf. War sein Mentor etwa zurückgekehrt, um noch mehr Apachen abzuschlachten? Sein Magen zog sich schmerzhaft zusammen. Am liebsten würde er nicht fragen, wollte es nicht wissen, aber das wäre feige. Und im Schatten der Feigheit zu leben, konnte die Seele eines Mannes zerfressen. Ungeachtet des Schmerzes wollte Cale eine Existenz im Licht für sich.

„Ist Mohans Verband noch am Leben?", fragte er heiser.

„Ja."

Cale atmete aus und versuchte, seine überwältigende Erleichterung zu verbergen, schaffte es aber nicht.

„Du machst dir Sorgen um sie?", wollte Jack wissen.

„Ist das so schwer zu glauben?"

„Der Ire hat immer wieder von dir gesprochen."

„Weißt du, wo er ist?"

„Warum?"

„Ich habe seine Tochter bei mir. Sie sucht nach ihm."

Jack schwieg einen Moment. „Er ist in den Dragoons."

„Ich danke dir."

„Die Jungen?" Jack wollte eine definitive Antwort.

„Sie werden bei Sonnenuntergang freigelassen, darauf hast du mein Wort. Du kannst deine Schützen abziehen."

Der Apache nickte. „Ich werde mich nach eurem Jungen umhören."

„Auch dafür bin ich dir dankbar."

„So voller Dankbarkeit warst du nicht, während du bei unserem Volk gelebt hast."

„Natürlich war ich das. Bei meiner Ankunft war ich so gut wie tot."

Das schien Jack anzuerkennen. „Vielleicht bist du noch immer tot. Vielleicht bist du zurückgekommen, um deinen Apachengeist zu finden. Er ruft immer noch nach dir."

In Jacks Worten steckte viel Wahres, das Cale nicht leugnen konnte.

ERNEUT SCHAUTE TESS zum Eingang des Forts, der von der Veranda der Fitzgeralds aus, wo sie allein saß und ein Glas Limonade trank, gerade so einzusehen war. Ihre Anspannung war stetig gestiegen, seit sie am Morgen erfahren hatte, dass Cale eine Einheit begleitete, um einigen Apachen entgegenzureiten.

Kitty trat auf die Veranda.

„Wie halten Sie das aus?", fragte Tess sie und sah von ihrer Tennyson-Lektüre auf. Sie hatte sowieso nur vorgegeben zu lesen.

„Sie meinen, zu warten, während die Männer ihre Arbeit tun?" Kitty stemmte die Hände in die rundlichen Hüften. „Das ist hier Alltag, Tess. Ich könnte in der Stadt leben, weit weg von den Gefahren hier draußen, aber dann würde ich nie Zeit mit Reed verbringen. Und er könnte trotzdem sterben. Wenn Gott unser Herr bei uns anklopft, gibt es nicht viel zu erwidern. Ich werde die gemeinsame Zeit mit meinem Ehemann nicht verschwenden. Und ich kümmere mich um die Männer hier, backe ihnen Kuchen zu ihrem Geburtstag, halte ihre Hand und kühle ihnen die Stirn, wenn sie verletzt sind. Dienstag- und Donnerstagabend lese ich ihnen sogar vor." Ihr Gesichtsausdruck hellte sich auf, und sie wurde wieder zu der Kitty, die Tess kannte. „Ich habe gehört, dass Sie Geschichten erzählen. Würden Sie das heute Abend machen? Für die Männer? Das würde ihnen mit Sicherheit gefallen. Und Sie sind auch viel hübscher anzusehen als ich."

Nervosität erfasste Tess – sie hatte keinerlei Übung darin, vor so vielen Menschen zu sprechen.

„Schauen Sie nicht so ängstlich, Tessie. Ich bin ja bei ihnen. Es wird alles gut gehen." Kitty tätschelte ihr die Schulter.

„Ich kann es wohl versuchen. Lassen Sie mich *una buena historia* finden."

In diesem Moment kehrte ein Reitertrupp zurück, und Tess entdeckte unter den Männern auch Cale. Seine hochgewachsene Gestalt war auf Bos Rücken leicht auszumachen, auch, weil er keine Uniform trug, vor allem aber, weil dieser Mann überall auffiel. Tess beherrschte sich und rannte nicht sofort zu ihm hinüber, was ihr mit ihrem Bein sowieso schwergefallen wäre.

Etwas später kam Cale zu ihr.

„Ist alles in Ordnung?", erkundigte sich Tess.

„Ja."

„Ich war … besorgt." Trotzdem blieb sie im Schaukelstuhl sitzen.

„Das war unnötig. Ich kann auf mich aufpassen."

Innerlich stimmte sie ihm zu.

„Es gibt eine neue Spur zu Hank", fügte Cale hinzu. „Wir sollten morgen bei Sonnenaufgang aufbrechen."

„Wohin?"

„In die Dragoons. Hank ist bei den Apachen."

Am Abend saß Tess umringt von Männern in einer Ecke des Speisesaals. Einige standen, andere saßen, Kitty hatte neben Fitz zu ihrer Linken Platz genommen, während Cale nicht weit entfernt an einem Pfosten lehnte. Der Vollmond stand bereits hoch am Himmel, und durchs Fenster konnte Tess den Exerzierplatz sehen.

Sie versuchte, ihr rasendes Herz zu beruhigen, und strich sich den Rock glatt. Es half auch nicht, dass sie sich für eine Geschichte entschieden hatte, die von ihrem *padre* stammte. Tess holte noch einmal tief Luft und schob dann die Gedanken an ihn beiseite.

„Vor langer Zeit zogen tapfere Wikinger aus, um Irland zu erobern. Dort lebte ein Junge namens Brian, ein Krieger vom Clan der Dál Cais. Er war der Sohn eines Herrschers, des Königs von Munster. Damals war Brians Bruder Mahon König. Doch Brian hütete ein Geheimnis – eine Wahrsagerin hatte ihm offenbart, dass er selbst eines Tages der mächtigste König Irlands werden würde. Brian saß mit einem Speer in der Hand auf seinem Pferd und lauschte den Schlachtrufen. Die Wikinger griffen an, und Brian wartete ängstlich auf das Zusammentreffen. So viele Wikinger waren gekommen – zu viele –, und Brian konnte seinen Bruder Mahon im Schlachtgetümmel nicht ausmachen. Die Wikinger waren stark, und sie trieben die Verteidiger zu den Toren ihrer Festung zurück, bevor sie die Siedlung schließlich überrannten. Im Morgengrauen offenbarte sich der schreckliche Ausgang der Schlacht in seinem ganzen Ausmaß. Viele Häuser waren zerstört und Brians Mutter getötet worden. Erschüttert ging Brian zu seinem Bruder und sprach zuerst zögerlich, doch dann erfüllt von zunehmender Selbstsicherheit: ‚Ich schwöre hier und heute, dass ich den Tod meiner Mutter rächen und nicht eher ruhen werde, bis die Nordmänner für immer aus Irland vertrieben sind!‘

Mahon erkannte, dass sein Bruder sich trotz seiner jungen Jahre verändert hatte. Die Tragödie des gestrigen Tages hatte ihn zu einem Mann gemacht, der von kaltem Zorn erfüllt war. ‚Mutig gesprochen, mein Bruder. Wir werden Seite an Seite kämpfen.‘

Die Jahre verstrichen, und sie kämpften zahlreiche Schlachten.

Brian wuchs zu einem großen, kräftigen Mann heran, der sogar Mahon überragte. Eines Tages schlug Mahon einen Friedensvertrag mit den Wikingern vor. Sie waren so stark, und er wollte nicht, dass noch mehr seiner Landsleute ihr Leben ließen.

Doch Brians Hass brannte noch immer lichterloh. Er würde den Wikingern den Tod seiner Mutter nie vergeben. Deswegen verließ er Mahon und nahm viele Männer mit. Brian war inzwischen ein gewiefter Kriegsherr, doch er wartete auf den richtigen Zeitpunkt, um die Wikinger erneut anzugreifen.

Schließlich kam es in Munster zu einer großen Schlacht zwischen Iren und Wikingern, die von einem Mann namens Ivar angeführt wurden. Brians Bruder Mahon wurde dabei getötet. Sobald Brian zum König von Munster gekrönt worden war, forderte er Ivar zum Zweikampf heraus und besiegte ihn. Nun war Brian der Herrscher über fast ganz Irland, wie die Wahrsagerin es ihm prophezeit hatte.

Doch ein Mann widersetzte sich dem Treueschwur: Malachy, der König von Meath. Er war genauso stur wie Brian, doch schließlich einigten sich die beiden Männer auf einen Waffenstillstand, und Malachy unterstützte Brian in seinem Machtanspruch. Im Jahr 1002 wurde Brian Bóruma zum Hochkönig von Irland gekrönt."

Damit ließ Tess die Geschichte ausklingen, ließ sie ankommen, sich in Verstand und Herzen der Zuhörer festsetzen. Ihre *abuela* hatte immer betont, dass das Schweigen ebenso wichtig war wie das Erzählen.

Die Geschichte verlässt deinen Mund und fliegt zu denen, die dir zuhören. Du musst ihr Gelegenheit zum Landen geben. Tess erinnerte sich noch gut an die Ehrfurcht, die sie empfunden hatte, wenn ihre *abuela* eine Geschichte erzählte. So gut wie ihre Großmutter würde sie die Fähigkeit wohl nie meistern, aber sie würde es dennoch weiter versuchen. Auch dadurch ehrte sie das Andenken an Dolores Rios Campos und ihre Überzeugungen.

„*Brava*, Tess!" Kitty klatschte begeistert.

Die Männer verließen ihre Plätze, und einige kamen zu Tess, um sich zu bedanken, wodurch sie Cale aus den Augen verlor. Die Soldaten waren allesamt beflissen und respektvoll, und Tess musste zugeben, dass sie sich mit einigen sogar gerne unterhielt. Vielleicht schaffte sie es ja doch wieder, Männer in ihr Leben zu lassen.

Als der Abend sich dem Ende zuneigte, trat schließlich auch Cale neben sie und fasste sie am Ellenbogen. Bildete Tess sich das nur ein, oder machten die Männer wirklich einen großen Bogen um Cale?

Auf dem Weg nach draußen zu Gideon achtete Cale darauf, seine Schritte ihren langsameren anzupassen. Wie immer stieg Tess von der falschen Seite auf, da ihr rechtes Bein leichter Halt im Steigbügel fand. Cale fasste sie um die Taille und half ihr mit zusätzlichem Schwung aufs Pferd. Er selbst legte den Weg zum Haus der Fitzgeralds zu Fuß zurück.

„Die Männer sind ziemlich schnell verschwunden, nachdem Sie bei mir aufgetaucht sind", merkte Tess an. „Haben die Angst vor Ihnen?"

„Wenn sie klug sind, ja."

„Warum?"

„Sie wissen, dass sie erst an mir vorbeimüssen, um an Sie heranzukommen."

Das überraschte Tess dann doch. „Sie waren alle sehr höflich, ich habe mich nicht bedroht gefühlt."

„Sie wollen Ihnen nichts tun, Tess. Ich kann mir gut vorstellen, dass einige Ihnen gerne den Hof machen würden."

„Machen Sie Frauen den Hof?"

„Ich glaube nicht, dass ich mich dabei besonders gut anstellen würde, aber für die richtige Dame würde ich mich ins Zeug legen." Trotz der schlechten Lichtverhältnisse sah Tess die Belustigung auf Cales Zügen.

Wärme durchflutete sie vom Kopf bis zu den Zehen, doch die Empfindung war nicht unangenehm. Cale bedeutete ihr etwas, das konnte sie nicht leugnen. Mit dieser Erkenntnis kam jedoch auch ein Anflug von Panik, der ihr den Brustkorb enger werden ließ.

Cale sah über die Schulter zu ihr hoch. „Hat Hank Ihnen diese Geschichte erzählt?"

Das war eine gute Gelegenheit, sich von der Angst abzulenken, die Tess einfach nicht unter Kontrolle brachte. „Ja. Er hat oft von Irland erzählt. Meiner Meinung nach ist er nie darüber hinweggekommen, dass er es in jungen Jahren verlassen musste."

„Es erinnert mich an den Kampf der Apachen um ihr Heimatland. Es ist ein nie enden wollendes Dilemma."

„Das stimmt wohl."

„Sie sind sehr redegewandt, Tess. Die Männer hingen praktisch an Ihren Lippen."

„Sie auch?"

„Ich kann nicht behaupten, dass ich gegen Ihren Charme immun bin."

Tess schluckte, um den Kloß in ihrer Kehle zu vertreiben, und ihr Herz hämmerte wie verrückt. Plötzlich wollte sie nur noch weg. Und gleichzeitig wünschte sie sich nichts mehr, als die Angst loszuwerden.

Bei ihrem Ziel angekommen ließ Cale das Pferd anhalten und hob Tess aus dem Sattel, um sie dann vorsichtig auf dem Boden abzusetzen.

„Ich würde morgen gerne so früh wie möglich aufbrechen", meinte er und ließ seine Hände noch einen Moment lang an ihrer Taille liegen, bevor er sie wieder freigab.

„Ich werde bereit sein", murmelte Tess. Rasch lief sie an ihm vorbei und betrat die Veranda der Fitzgeralds. Nur das Geräusch ihres Gehstocks auf dem Holz füllte die Stille zwischen ihnen.

„Tess."

Seine Stimme ließ sie mitten in der Bewegung innehalten, und sie drehte sich um.

„Sie könnten hierbleiben. Das wäre sicherer, als mit mir in die

Dragoons zu reiten. Dort könnte es vor Apachen nur so wimmeln, und es lauern auch noch andere Gefahren."

Bist du eine Gefahr für mich?

„Ich verstehe."

Da er keinen Hut trug, beschien das Mondlicht sein Gesicht, und seine blauen Augen zogen Tess unwiderstehlich an. Er war wirklich ein sehr attraktiver Mann. Das Verlangen nach ihm ließ ihr den Atem stocken.

„Wie geht es dem Bein?", erkundigte Cale sich.

„Ich habe das Öl, das Sie mir gegeben haben, ein paarmal benutzt und bin eine Weile ohne Stock gelaufen. Durch den Tee habe ich besser geschlafen, ich werde Sie also nicht aufhalten."

„Dann sollten Sie sich besser noch einmal ordentlich ausruhen."

„Sie ebenso."

Er schien zu zögern.

Wie würde es sich anfühlen, ihn zu küssen? Sofort schlug ihr Herz noch einen Takt schneller.

Cale wandte sich jedoch mit einem Nicken und Gideon am Zügel zum Gehen und verschwand in Richtung der Ställe. Deutete sein langsames Tempo darauf hin, dass er lieber bleiben würde? *Wollte* Tess, dass er blieb?

Sie ging ins Haus der Fitzgeralds.

Kurze Zeit später traf auch Kitty ein. „Ich habe gehört, dass Sie und Cale uns morgen früh verlassen. Ich kann Ihnen helfen, Vorräte und Ihre Kleidung zu verpacken, wenn Sie möchten."

„Vielen Dank. Wie kann ich Ihnen das je vergelten, Kitty?"

„Ach, Unsinn." Sie machte eine wegwerfende Handbewegung. „Kümmern Sie sich einfach gut um Cale, ja?"

„Wie meinen Sie das?"

„Sie sind diesem Mann sehr wichtig, und ich befürchte, dass er unnötige Risiken eingehen könnte, damit Sie mit Ihrer Vergangenheit abschließen können."

Ein Flattern breitete sich in Tess' Magen aus, doch dann drängte sich ihr eine neue Sorge auf.

Was, wenn Cale wirklich etwas zustieß?

Kapitel Dreizehn

Cale lenkte Bo Richtung Westen, sodass sie die aufgehende Sonne im Rücken hatten. Moses trottete brav mit Ausrüstung, Proviant und Wasser beladen hinter ihm her, während Tess mit Gideon neben ihm ritt. Die Nachhut bildeten Private Mathison und Private Dunlap – zwei Infanteristen, die Fitz ihnen bis zu den Bergen an die Seite gestellt hatte. Beide waren mit Springfield-Gewehren und von der Regierung ausgegebenen Colt-Single-Action-Army-Revolvern ausgestattet, doch Cale vermutete, dass sie sicher auch noch ein oder zwei Messer am Körper trugen.

Ihre kleine Gruppe folgte einem gut sichtbaren Weg, der aus den Chiricahua-Bergen hinaus auf eine weite Ebene führte und von den Postreitern, den Butterfield-Postkutschen und Versorgungstrecks für Fort Bowie genutzt wurde. Die beiden Soldaten verfielen in Schweigen und konzentrierten sich voll und ganz auf den Schutz von Cale und Tess.

Eine Weile lang legten sie ein straffes Tempo vor, bevor sie es wieder verlangsamten, um ihre Pferde zu schonen.

Das ließ Cale zu viel Zeit zum Grübeln. Über Tess. Es gefiel ihm nicht, sie hier draußen zu wissen, wo hinter jeder Ecke Apachen lauern konnten und es nicht sicher für sie war. Auch

Hank ging ihm immer wieder durch den Kopf. Das, was Tess ihm über ihren Vater und Saul erzählt hatte, drehte Cale den Magen um. Er hatte immer gewusst, dass Hank herzlos sein konnte, aber ... gegenüber seiner eigenen Tochter? Angewidert und desillusioniert versuchte Cale mit aller Macht, seinen Rachedurst zu unterdrücken.

Dieses starke Verlangen nach Rache hatte er schon einmal erlebt, damals in der Army, beim Kampf gegen die Apachen. Es war leicht, so leicht gewesen, sie zu hassen, sie kaltblütig zu töten und keinerlei Reue dabei zu verspüren. Immerhin hatten sie dasselbe auch vielen von Cales Kameraden angetan. Letzten Endes hatte sich jedoch nach unzähligen gnadenlosen Verfolgungsjagden – und dem von Bernard geleiteten Feldzug – sein Gewissen gemeldet. Sie stellten den Apachen nach, als wären sie Hunde, und für Cale hatte die Vergeltung ihren Reiz verloren. Die meisten Opfer waren Frauen und Kinder gewesen. Sich Hank anzuschließen, kam ihm im Kopf und im Herzen so vor, als würde er damit begangenes Unrecht ausgleichen und Gerechtigkeit herstellen. Und wieder war das Böse, das es aufzuhalten galt, ganz klar definiert gewesen.

Doch dann gab es erneut ein Apachen-Massaker. Und unerwartete Vergebung seitens der Menschen, deren Leben er zuvor hatte zerstören wollen.

Mohans Stammesverband wusste, dass er bei Feldzügen gegen die Apachen beteiligt gewesen war. Vielleicht wussten sie sogar von seiner Mitschuld an den Taten in der Blutnacht, vor der Trennung von Hank. Aber aus für Cale nicht nachvollziehbaren Gründen hatten sie ihn dennoch nicht umgebracht. Nach dem Angriff des Berglöwen war er dem Tod nahe gewesen, und auch wenn Cocheta dieses Ereignis als gutes Omen wertete, glaubte Cale nicht, dass er nur deshalb noch am Leben war.

Sie nannten ihn *Change of Heart*, Sinneswandler, manchmal auch recht abfällig, aber für ihn selbst war es eine Form von Wiedergutmachung. Mohans Gruppe hatte etwas in Cale hervorgelockt – ein Stück von dem Jungen, der er einst gewesen war – und es ihm zurückgegeben. Dieses Geschenk war von unschätzbarem Wert für Cale, und noch heute verstand er nicht, was damals eigentlich passiert war.

Jetzt wurde sein Hass auf Hank – und Saul – von diesem jungen Cale gedämpft, der weiter in ihm lebte, der ein besserer Mensch sein wollte, der vergeben konnte und dem vergeben wurde. Darin waren er und Tess gleicher Meinung, und sie rangen beide damit.

Cale warf ihr einen Seitenblick zu. Sie mochte Geschichten von Liebe, Trauer und Verrat, beschützte ihr eigenes Herz jedoch sorgsam. Von Zeit zu Zeit erhaschte er einen Funken des Feuers, der Leidenschaft, wenn sie ihn ansah, und er konnte nur hoffen, dass diese ihm galt. Sicher war er sich jedoch nicht.

Fühlte er sich deswegen so von ihr angezogen? Wollte er ihre Aufmerksamkeit nur, um sich zu beweisen, dass er sie erringen konnte? Solche Spiele hatte es schon bei anderen Frauen gegeben, doch Cale hatte stets rasch das Interesse an ihnen verloren. Tess war anders.

„Würden Sie mir von Ihrer Familie erzählen, Cale?"

„Was wollen Sie denn wissen?", fragte er zurück, froh über die Ablenkung.

„Sind Sie in Texas aufgewachsen?"

„Teilweise. Mein Pa ist mit uns aus Virginia dorthin gezogen, als ich fünfzehn war. Ich hatte ja schon erwähnt, dass meine Ma vor dem Bürgerkrieg bei der Geburt meines jüngsten Bruders gestorben ist."

„Wie viele Geschwister haben Sie denn?"

„Zwei. Joey und T.J."

„Und jetzt haben Sie auch noch eine Schwester."

„Ja." Cale rückte sich den Hut zurecht. Dass sein Pa eine Liebschaft gehabt hatte, sollte ihn eigentlich nicht überraschen, aber die Eröffnung war dennoch schockierend gewesen. „Mein alter Herr war ein schwieriger Mensch. Ist es immer noch. Auch deswegen habe ich Hank wohl eine Zeit lang als Vaterersatz betrachtet."

„Wir alle wollen geliebt und verstanden werden. Vor allem von unseren Familien."

„Sofern sie dazu in der Lage sind." Sein Blick schweifte in die Ferne, zu den Bergen, auf die sie sich zubewegten.

Die Dragoons ragten aus der Wüste empor wie die Zähne eines Kojoten. Sie bestanden hauptsächlich aus steilen Felswänden und tiefen Schluchten, aber Cale erinnerte sich auch an ihre Schönheit: Pinyon-Kiefern, erfrischende Bachläufe und hohes Moskitogras. Ihm schoss ein Bild von sich und Tess durch den Kopf, wie sie nebeneinander im Schatten lagen und sie ihn anlächelte …

„Cale, ich habe mich gefragt … na ja, ich wollte fragen …" Tess zögerte sichtlich.

„Ich werde Ihnen schon nicht den Kopf abreißen, Tess."

„Sie haben so viel Zeit bei den Apachen verbracht. Waren Sie einer der Männer, der … nun, manchmal lassen Männer sich mit Frauen ein … Wie Hank mit *mi madre*."

„Nein. Ich hatte keine Geliebte bei den Apachen. Ihre Frauen lassen sich nicht mit *gringos* ein, sie glauben, dass wir Krankheiten übertragen."

„Was? Oh."

Auf ihrem Gesicht breitete sich eine entzückende Röte aus, und Cale unterdrückte ein Grinsen. Inzwischen sah sie auch nicht mehr ganz so zugeknöpft aus, sondern trug zu ihrem üblichen, karierten Rock eine Bluse mit leichtem Rundhalsausschnitt. Auch ihr Zopf war nicht so streng geflochten, was Cale an den Augenblick erinnerte, als er sie zum ersten Mal in der Scheune der Simms' gesehen hatte: offen, freundlich und richtiggehend glücklich.

„Die Apachen sind fleißig und freundlich", fuhr er fort. „Und außerdem sehr abergläubisch. Ein guter Rat: Sprechen Sie nicht über Eulen, wenn wir ihnen begegnen."

„Warum?"

„Ihre Angst vor den Vögeln ist so groß, dass man sie ihnen mit nichts ausreden kann. *Búú* werden als irdische Präsenz der bösartigen Toten betrachtet."

„Gut zu wissen." Tess schwieg eine ganze Weile, bevor sie fragte: „Wie hat Sie der Berglöwe erwischt?"

Cale warf einen Blick über die Schulter, um nach Moses zu sehen. Das Maultier war erstaunlich folgsam, er hätte mehr Sturheit von ihm erwartet.

„Nachdem ich Hank und die anderen zurückgelassen hatte, ritt ich einen Tag lang am Rand der Sierra Madre entlang." Sauls Namen erwähnte er mit Absicht nicht, weil er nicht wollte, dass der Kerl zwischen ihn und Tess trat. „Ich hatte das Gefühl, beobachtet zu werden, dachte aber eher an Apachen. In der darauffolgenden Nacht schlief ich nicht viel, muss aber irgendwann tiefer eingedöst sein. Mein Pferd wurde unruhig. Wach wurde ich, als die Raubkatze es angriff. Ich schoss im Dunkeln in die Luft, damit ich das Pferd nicht verletzte, aber das machte den Berglöwen noch aggressiver. Er muss krank gewesen sein, seine Angriffslust war nicht normal. Letzten Endes blieb ich schwer verletzt zurück."

„Man sieht Ihnen nicht an, ob Sie bleibende Wunden davon getragen haben", meinte Tess. „Sie haben keine Narben im Gesicht."

„Erinnern Sie mich nachher daran, Ihnen meine Schulter zu zeigen. *El león* hat meinen rechten Arm beinahe zerfetzt. Es hat eine ganze Weile gedauert, bis ich wieder geradeaus schießen konnte."

„Wie wurde die Verletzung versorgt?"

„Die Apachen nutzen gerne Schwitzbäder, die sie mit Kräutern kombinieren. Außerdem habe ich den Arm jeden Tag so lange benutzt und Schießübungen gemacht, bis ich so erschöpft war, dass ich die Waffe nicht mehr halten konnte. Sie sollten Ihr Bein nicht aufgeben, Tess."

„Würde mir ein Schwitzbad helfen?"

„Ja, vielleicht. Ich brauche ungefähr einen Tag, um ein

entsprechendes Zelt aufzubauen. Oder ich könnte Ihnen eines bauen, wenn wir zurück in Tucson sind."

„Wohin werden Sie gehen, wenn wir hier fertig sind?"

„Ich werde wohl nach Texas zurückkehren. Mein alter Herr wird langsam genau das: alt."

„Und dort wollen Sie sich niederlassen?"

„Ist möglicherweise an der Zeit dafür."

„Wenn Ihr Pa nicht wäre, wo würden Sie dann leben wollen?"

„Ich hätte kein Problem damit, wieder nach Colorado zu ziehen. Waren Sie schon mal da?"

Tess nickte. „Ja, während meiner Zeit mit Hank. Er hat mich mit nach Denver genommen, das war ganz schön überwältigend. Ich glaube, die Berge wären mir lieber."

„Ja, mir auch."

Unverhofft schoss ihm ein Bild von ihm und Tess in einer Hütte in den Rockies durch den Kopf. Er stellte sich ein kleines Mädchen vor, das der Frau neben ihm ähnlich sah, und Tess' weichen Körper nachts in seinem Bett. Rasch wandte er den Blick ab.

Mit Tess Carlisle unterwegs zu sein, war ein unerwartet zweischneidiger Segen.

Bis zum Sonnenuntergang hatten sie es zu den östlichen Ausläufern der Dragoons geschafft und schlugen dort ihr Lager auf. Die Soldaten verabschiedeten sich; sie wollten noch ein Stück weiter, bevor sie sich einen Platz für die Nacht suchten. Am nächsten Tag würden sie dann weiter nach Tucson reiten, um dort einen Auftrag für die Army zu erledigen.

Tess war froh, dass sie ihr Tagespensum erfüllt hatten, die brennende Sonne und der Ritt hatten sie müde gemacht. Zweimal war sie auf Cales Geheiß abgestiegen und ohne ihren Stock ein Stück zu Fuß gegangen, um ihr Bein zu kräftigen. Mit jedem Mal konnte sie ein wenig länger laufen, bevor das schmerzhafte Pochen einsetzte. Vielleicht hatte er ja wirklich recht, und sie würde es schaffen, das Bein zukünftig mehr belasten zu können.

Cale versorgte die Pferde und Moses auf einer kleinen Grasfläche, die den heißen Tag im Schatten eines knorrigen Mesquitebaums überlebt hatte. Währenddessen kochte Tess einen Eintopf aus Steckrüben und geräuchertem Hirschfleisch, den sie über dem Lagerfeuer zubereitete.

Nach dem Essen kümmerten sie sich um das Geschirr, bevor Tess sich entschuldigte und hinter den Mesquitebüschen verschwand, um sich ein bisschen Privatsphäre zu verschaffen. Dabei verzichtete sie wieder auf ihren Gehstock. Nachdem sie sich erleichtert hatte, hielt sie einen Moment lang inne, um den beinahe vollen Mond zu betrachten, der hell am sternenübersäten Himmel stand.

Die Pferde schnaubten, und sie entschied sich, ihnen einen kurzen Besuch abzustatten. Gideon begrüßte sie freudig mit einem Stupsen, und Bo tat es ihm zu Tess' Überraschung gleich. Gerne verteilte sie ein paar Streicheleinheiten an die beiden Jungs, doch als sie sich Moses zuwenden wollte, ließ er sie eiskalt abblitzen und stieß sie mit dem Kopf fort, was sie zum Lächeln brachte.

„Das respektiere ich", flüsterte sie.

Auf dem Weg zurück zu Cale und dem Lagerfeuer stolperte sie über einen Stein. Sie landete auf der linken Seite und prallte mit dem Bein hart gegen einen Felsbrocken, was ihr einen Schrei entlockte, der wiederum Cale innerhalb von Sekunden auf den Plan rief.

„Was ist passiert?", wollte er wissen. „Ich habe mir schon Sorgen gemacht, weil Sie so lange weg waren."

„Nichts." Tess hasste es, Schwäche eingestehen zu müssen, und versuchte deshalb, seine Hände abzuwehren und alleine wieder auf die Beine zu kommen. Ihr linkes Bein gab unter ihr jedoch nach. Rasch fing Cale sie auf, bevor sie erneut stürzen konnte. „Ich bin nur hingefallen, das ist alles. Das wird schon wieder, ich brauche nur einen Moment."

Cale hob sie auf die Arme und trug sie zurück zum Feuer, wo er Tess auf ihrer Liegestatt absetzte und vor ihr in die Knie ging. „Tess, darf ich mir das mal anschauen?"

Panik ergriff von ihr Besitz. „Nein."

„Wovor haben Sie Angst? Dass ich so etwas Entsetzliches noch nie gesehen habe?"

Tess' Kehle wurde so eng, dass sie nicht antworten konnte.

Cale legte seine Weste ab und knöpfte sein blaues Baumwollhemd auf, was sie nur noch mehr in Aufregung versetzte.

„Was … was machen Sie …"

„Ich zeige Ihnen *meine* Narben."

„Oh." In Tess' Brust schlugen zwei Herzen. Auf der einen Seite brachte jegliche Annäherung eines Mannes, die auch nur im entferntesten sexuell zu werten war, ihr Herz zum Rasen und löste einen unbezwingbaren Fluchtinstinkt in ihr aus. Auf der anderen Seite war sie manchmal auch ein winziges bisschen neugierig darauf, wie es mit einem Mann sein könnte, dem sie etwas bedeutete. Ob das Zusammensein mit ihm vielleicht eine verborgene Magie auslöste. Tess kannte so viele Geschichten über das wilde, leidenschaftliche Verlangen zwischen Mann und Frau, über tiefe Liebe, die die Welt verändern konnte. Doch durfte sie diesen Erzählungen Glauben schenken? Wie fühlte es sich wohl an, einen Mann wie Cale zu lieben?

Schließlich zog sich Cale das Hemd über den Kopf und setzte sich so, dass Tess ihn besser sehen konnte. Ihr Blick fiel auf seine rechte Schulter, deren Haut uneben und von zahlreichen Narben durchzogen war, die sich wie bei einem Spinnennetz kreuzten. Auch auf seiner Brust und seinen Rippen zeigten sich die Spuren des Angriffs als haarlose Linien. Cale drehte den Oberkörper so, dass Tess die Stelle knapp oberhalb seines Hosenbunds entdeckte, an der die Haut wulstig zusammengewachsen war.

„Der Kampf muss furchtbar gewesen sein", wisperte sie, erschrocken von dem Anblick, der sich ihr bot. „Haben Sie Schmerzen?"

„Manchmal, aber es ist eher die Erinnerung an das, was einmal war."

Tess nickte verstehend. „Wurden die Muskeln verletzt?"

„An einigen Stellen. Ich kann den Arm nicht komplett bewegen."

„Wie schießen Sie dann?"

„Ist nicht mehr so schlimm. Inzwischen benutze ich oft den linken Arm für alltägliche Dinge."

Tess schluckte ihre Vorbehalte hinunter und zog Rock und Unterrock hoch. Den Blick gesenkt, weil sie Cale nicht in die Augen schauen konnte, schob sie das Bein ihrer Unterhose nach oben. Den Strumpf rollte sie bis zum Schaft ihres Stiefels nach unten, damit sich Cale ihr Bein anschauen konnte.

Er rutschte ein wenig dichter an sie heran und legte ihr eine seiner großen Hände auf die Wade, was Tess automatisch zurückzucken ließ.

„Ganz ruhig." Cale betrachtete die Verletzung im Feuerschein.

Tess versuchte, sich ihr Unwohlsein nicht anmerken zu lassen, doch sie begann, am ganzen Körper zu zittern. Also konzentrierte sie sich auf seine breiten Schultern, auf den feinen Schweißfilm auf seinen muskulösen Armen. Trotz der Entstellung war er offensichtlich ein starker Mann. Das verunsicherte sie, zog sie jedoch gleichzeitig auch an.

Als Cale nun auch noch die zweite Hand hinzunahm, breitete sich die Wärme seiner Berührung über ihre Haut aus. Ihr Zittern verstärkte sich, während er die längst verheilte Wunde vorsichtig abtastete; Tess schlug das Herz bis zum Hals, und das Atmen fiel ihr schwer.

Plötzlich sah Cale auf, und ihre Blicke trafen sich. Mit der Traurigkeit, die Tess in seinen Augen entdeckte, hätte sie nie gerechnet.

„Ich werde Ihnen nicht wehtun, Tess." Vorsichtig zog er ihren Strumpf und die restlichen Stoffschichten wieder an Ort und Stelle und rückte danach ein Stück von ihr ab, um sich sein Hemd wieder anzuziehen.

Ganz langsam fiel die Anspannung von ihr ab und ließ tiefe Erschöpfung zurück. „Ich weiß." Doch die Worte gingen ihr nur schwer über die Lippen.

„So schlimm sieht Ihr Bein gar nicht aus." Mithilfe eines Stocks schürte Cale das Lagerfeuer.

Tess versuchte, die Tränen zurückzuhalten, doch eine entkam und rann ihr über die Wange. Glücklicherweise tat Cale, als würde er es nicht bemerken.

„Die Verletzung ging deutlich tiefer als die Wunde am Bein", murmelte Tess heiser.

Nun schaute Cale sie doch an, aber sie hielt den Blick fest auf die Flammen gerichtet.

„Auch davon können Sie sich erholen."

„Wie?" Tess ließ den Kopf hängen, und ihr entwich ein Schluchzen, bevor sie es aufhalten konnte.

„Wovon träumen Sie?"

Stirnrunzelnd wischte sie sich die Tränen weg. „Ich weiß nicht recht, was Sie damit meinen."

„Wovon träumen Sie normalerweise, wenn Sie schlafen?"

„Von *mi abuela*." Tess winkelte vorsichtig ihr linkes Bein an. Es schmerzte, aber manchmal konnte sie durch die veränderte Position das Pochen lindern. „Sehr oft sogar. Und von Hank. Diese Träume sind meistens wütend, besser gesagt, *ich* bin wütend. Da werde ich dann ziemlich ungemütlich. Und ich träume von … Saul. Das hasse ich, und ich versuche, die Erinnerungen daran zu verdrängen."

„Die Apachen glauben, dass Träume mehr als Geschichten sind, die unser Kopf nachts erfindet", sagte Cale. „Viele andere Indianer – und ein paar *gringos* – sind derselben Ansicht. Manchmal können wir in unseren Träumen mit etwas Frieden schließen, obwohl es uns in der realen Welt nicht möglich ist."

„Wie soll das funktionieren?"

„Wenn Sie Miller das nächste Mal in einem Traum sehen, versuchen Sie, sich anders zu verhalten, als Sie es normalerweise tun würden. Versuchen Sie, entschiedener aufzutreten. Wehren Sie sich vielleicht."

Heißer Zorn kochte in Tess hoch. „Ich habe mich gewehrt."

„Nein, so meinte ich das nicht." Er hob beschwichtigend eine Hand. „Tut mir leid, ich wollte Ihnen nichts unterstellen. Ich will damit nur sagen, dass Sie damit versuchen können, das Ende des Traums zu verändern."

„Aber wie soll mir das helfen? Dreht es die Zeit zurück? Löscht es das Erlebnis aus?"

„Nein, natürlich nicht. Aber es wird Ihren Geist heilen." Cale sah ihr fest in die Augen. „Das braucht Zeit, aber es kann klappen."

„Hat Ihnen das geholfen?"

„Ja." Er rieb sich über den Nacken und stellte seufzend ein Bein auf, um sich mit einem Arm darauf abzustützen. „Aber manche Wunden sitzen tief. Man muss sie Schicht für Schicht freilegen, wie bei einer Zwiebel. Ich arbeite immer noch an meinen und gebe gerne zu, dass die Reue und Scham nie ganz verschwinden. Aber die Erinnerung schmerzt nicht mehr so sehr wie früher. Wie lange wollen Sie noch leiden?", fuhr er in mitfühlendem Ton fort. „Monate? Jahre? Sie sind achtzehn Jahre alt, Tess. Eine schöne, junge Frau mit einem verletzten Bein, die darüber nachdenkt, in ein Kloster einzutreten, damit Sie kein Mann je mehr anfasst. Wenn Sie den ehrlichen Wunsch danach verspüren, ist das Ihr gutes Recht. Aber lassen Sie sich von diesem Bastard nicht das ganze Leben rauben. Lassen Sie ihn bei Ihren Entscheidungen nicht mitbestimmen. Und mit Bastard meine ich nicht nur Saul, sondern auch Hank."

„Bei Ihnen klingt das, als wäre es unglaublich leicht."

„Natürlich ist es das nicht. Das Leben ist manchmal beschissen." Er schüttelte den Kopf. „Entschuldigen Sie den

Ausdruck, aber es macht mich traurig, wenn Sie sich zusammenkauern wie ein verängstigtes Tier."

Und prompt schämte Tess sich für ihr Zittern vorhin.

Cale rutschte zu ihr hinüber und packte sie an den Schultern. „Sie können das überwinden. Nicht jeder Mann möchte Ihnen etwas antun." Er umfasste ihr Gesicht mit beiden Händen.

Tess wusste, dass er sie küssen wollte. Und sie wollte es auch, aber die Angst ließ sich dennoch nicht unterdrücken, also schloss sie die Augen.

„Mach weiter", flüsterte sie.

Es überraschte sie, dass er ihre Lippen nur zart berührte. Sanft küsste er sie und vertiefte die Liebkosung sehr behutsam. Für Tess fühlte es sich unglaublich zärtlich an, zärtlicher als sie es sich je hätte vorstellen können. Doch sie bebte am ganzen Körper, und ihr hektischer Atem machte es ihr schwer, zur Ruhe zu kommen, um ihren ersten echten Kuss zu genießen.

Sie spürte, wie Cale näher heranrückte und vor ihr niederkniete, doch sie hielt die Augen auch dann noch geschlossen, als er mit dem Daumen über ihre Unterlippe fuhr und mit der Nase über ihre Wange strich.

„Sieh mich an, Tess." Sein Tonfall war ruhig und freundlich.

Sie öffnete die Augen. Cales Gesicht war ihrem so nah, und er betrachtete sie schmunzelnd. Seine Hand lag immer noch an ihrer Wange, sonst berührten sie sich nicht.

In seinen blauen Augen erkannte Tess Verlangen, aber er hielt sich zurück, als er sie erneut küsste. Seine Bartstoppeln kratzten über ihre Haut, obwohl er sich täglich rasierte. Er schmeckte nach Kaffee und Eintopf, was ihr gefiel, und eine immer stärker werdende Sehnsucht breitete sich in ihr aus, als der Kuss stürmischer wurde.

Schließlich löste sich Cale von ihr, doch Tess wollte nicht, dass dieses wundervolle Gefühl bereits endete. Sie beugte sich vor und küsste nun ihn. Nur zu gern ging er darauf ein, und seine Lippen verschmolzen erneut mit ihren. Unwillkürlich umfasste Tess seine

Handgelenke, weil sie ihn berühren wollte, aber gleichzeitig zögerte, sich auf mehr einzulassen.

Der Kuss wurde zunehmend leidenschaftlicher, und als Tess den Mund öffnete, strich Cales Zunge flüchtig hinein, worauf sie vor Schreck erstarrte.

Er zog sich zurück.

„Mach dir keine Sorgen", sagte er. „Du bestimmst das Tempo. Und du kannst mir jederzeit sagen, wenn ich aufhören soll."

Wie gerne würde Tess ihm das glauben. „Warum gibst du dich mit mir ab, wo andere Frauen es dir wesentlich leichter machen würden?"

„Keine von denen ist du", erwiderte Cale lächelnd und lehnte sich nach hinten.

Darauf wusste Tess nichts zu sagen. Meinte er das ernst? Spielte es denn eine Rolle, wenn es ihm nicht ernst war? Vielleicht konnte sie wirklich wieder lernen, Vertrauen zu fassen, um dann zu entscheiden, ob das Leben in einem Kloster der richtige Lebensweg für sie war.

Cale übte die gleiche Anziehung auf sie aus wie die Magie einer Geschichte, die Hoffnung zwischen den Zeilen vermittelte, durch unausgesprochene Worte. Tess schmeckte ihn noch immer auf ihren Lippen, und in ihr regten sich Gefühle, die nichts mit Panik zu tun hatten.

„Ich habe etwas, das gegen die Schmerzen in deinem Bein helfen könnte."

Tess beobachtete Cale, wie er zwei faustgroße Steine mithilfe eines Stocks aus dem Feuer zog und sie in einen leeren Getreidesack legte. Damit kam er zu ihr herüber, ging vor ihr in die Knie, und Tess fragte sich, ob er sie wohl noch einmal küssen würde.

„Ich möchte das gerne auf dein Knie legen", erklärte er. „Und dann solltest du versuchen, ein bisschen zu schlafen. Die Wärme hilft dabei, die Muskeln zu entspannen."

Sie nickte knapp, als er offensichtlich ihre Erlaubnis abwartete.

Cale schob ihre Röcke nach oben und wickelte den Sack mit den heißen Steinen um ihr linkes Bein. Tess machte es sich auf ihrer Liegestatt bequem, während er das Bündel an der richtigen Stelle platzierte. Anschließend zog er ihr die Röcke wieder nach unten und deckte Tess zu.

Seinen Satteltaschen entnahm er einen einfachen Wildlederbeutel, öffnete den Verschluss und tauchte einen Finger in die gelbe Substanz im Inneren.

„Mund auf", wies er Tess an.

„Was ist das?"

„*Ha-dintin*. Pollen von Binsen, Mais und anderen Pflanzen, die den Apachen heilig sind. Er soll auch bei Heilungsprozessen helfen."

Tess erlaubte ihm, ihr etwas davon auf die Zunge zu geben. Das klumpige Pulver hinterließ einen süßlichen Geschmack in ihrem Mund.

Cale gab ihr einen Kuss auf die Stirn, doch Tess schnappte sich seine Hand, damit er blieb. Aus einem Impuls heraus hob sie den Kopf, bis sich ihre Lippen wieder trafen. Immer noch drohte die Angst, sie zu überwältigen, aber Tess wollte Cale auch zeigen, dass seine Liebkosungen willkommen waren.

„Ich hätte schon früher an die heißen Steine denken sollen", murmelte er an ihrem Mund.

„*Gracias*", flüsterte Tess zurück.

„Schlaf gut, Tess. Lass mich deine Schatten vertreiben."

In dieser Nacht schlief Cale neben ihr, und sie war dankbar für seine Nähe.

Kapitel Vierzehn

Kurz vor Sonnenaufgang erwachte Cale und schaute als Erstes nach den Pferden und Moses, bevor er das Feuer neu entfachte und Kaffee aufsetzte. Tess schlief noch friedlich in ihre Decke gewickelt, weswegen er sich so leise wie möglich bewegte. Als der Himmel sich zunehmend heller färbte und Cale ihre Züge deutlicher sehen konnte, wurde ihm bewusst, dass er froh war, wieder allein mit ihr zu sein.

Wenn sie doch nur die Suche nach Hank überspringen und stattdessen gleich nach Colorado aufbrechen und den Herbst in einer Hütte in den Bergen verbringen könnten, weit weg von anderen Menschen. Ein einfaches Leben mit Tess ... das war eine erstaunlich erstrebenswerte Vorstellung.

Es waren noch Reste des Eintopfes vom vorherigen Abend übrig, die Cale nun aufwärmte. Während er wartete, nahm er seinen *ha-dintin* zur Hand und pustete eine Prise Pollen der aufgehenden Sonne entgegen.

Leise sprach er das entsprechende Gebet: „*Gun-ju-le, chigo-na-ay, si-chi-zi, gun-ju-le, inzayu, ijanale.*"

Er würdigte den Anbruch des neuen Tages, hängte sich dann

den Lederbeutel um den Hals und verstaute ihn unter seinem Hemd, bevor er seine Weste zuknöpfte.

„Was bedeuten diese Worte?", fragte Tess, die offenbar aufgewacht war.

„Sei gut, oh Sonne, sei gut."

„Machst du das jeden Morgen?"

Cale nickte und goss ihr eine Tasse Kaffee ein, die er ihr brachte. Tess setzte sich auf, und er ließ sich neben ihr nieder.

„*Gracias.*" Sie nahm einen Schluck von dem heißen Gebräu.

„Gut geschlafen?"

„*Sí.* Überraschend gut."

„Muss an meinen magischen Küssen gelegen haben."

Ein kleines Lächeln umspielte Tess' Mundwinkel, und Cale gefiel, was er sah – ihre weichen Züge, ihr schläfriger Blick, in dem sich noch nicht die Schatten der Angst spiegelten, die sonst so oft in ihren Augen lag.

„Vielleicht sind manche Küsse wirklich etwas Besonderes", gab sie schließlich zu.

„Du siehst am frühen Morgen sehr hübsch aus", murmelte Cale.

„Das muss am *ha-dintin* liegen. *Mi abuela* begrüßte jeden Morgen mit: *Gracias, Papito Dios, por el milagro de un otro dia de la vida.*"

„Danke, lieber Gott, für das Wunder eines weiteren Lebenstages", übersetzte Cale.

„*Muy bien.*"

„Ich versuche, mein Spanisch zu verbessern."

„Offensichtlich erfolgreich."

Ihre heisere Stimme umfing Cale und weckte einen Hunger in ihm, der nichts mit dem Wunsch nach Essen zu tun hatte. Also küsste er Tess, und als sie ihm nicht auswich, legte er ihr eine Hand an den Hinterkopf und ließ die Liebkosung feuriger werden. Wie schön wäre es, sie sanft nach hinten zu schieben und ihren Körper langsam und sehr bewusst zu erkunden, doch Cale war nicht dumm. Das wäre sicher zu viel für sie.

Tess' Reaktion war jedoch nicht mehr so schüchtern wie am gestrigen Abend, und das gab ihm Hoffnung. Er küsste sie auf die Wangen und widmete sich dann noch einmal ihrem Mund, als wäre er eine süße Quelle inmitten einer Oase in der Wüste. Vorsichtig schob er die Finger in ihre Haare und strich über ihren Hals.

Sie erstarrte.

„Alles gut, Tess." Cale streifte mit dem Daumen über ihre Lippen. „Wir sollten den Rest vom Eintopf essen. Trink deinen Kaffee, bevor er kalt wird."

Ein Blick in ihre Augen zeigte Cale, dass die Schatten der Angst wieder die Oberhand gewannen.

„Wenn du mich weiter so oft küsst, bin ich zu abgelenkt, um zu packen", neckte er sie.

Tess schmiegte sich an ihn, und er spürte, wie sie sich etwas entspannte.

Nach dem Frühstück beluden sie ihre Tiere und lenkten die Pferde dann auf einen Pfad, der in die Berge führte.

„Cale?"

Er drehte sich in Bos Sattel zu ihr um.

„Du bist doch so etwas wie ein *chamán* … Was denkst du, wie all das hier enden wird?"

„Meinst du in Bezug auf Hank oder uns?"

„Beides."

Cale schaute wieder zu den Bergen, auf die sie gerade zuritten. „Ich denke, dass Neugier der Katze Tod ist. Will heißen, Hank nachzujagen mag dir nicht unbedingt Frieden bringen." Mit einer knappen Bewegung lenkte er Bo näher an Gideon heran. „Was uns angeht: Ich hoffe, dass du uns eine Chance gibst." Er nahm seinen Hut ab, um sich zu einem kurzen Kuss zu Tess hinüberzubeugen. Das brachte ihm ein kleines, liebevolles Lächeln ein, wie sie es vermutlich noch keinem Mann vor ihm geschenkt hatte. Diese Reaktion freute ihn ungemein.

„Wie geduldig bist du?", fragte sie.

„Ich möchte es versuchen, Tess. Das kann ich dir anbieten."

„Dann bekommst du noch einen Kuss."

Grinsend nahm er das Angebot an und dehnte den Kuss aus, bis Bo einen Schritt zur Seite machte und die Berührung ihrer Lippen damit unterbrach.

„Wir sollten los", meinte Cale.

Der staubige Weg in die Dragoons führte an den Ruinen der verlassenen *Dragoon Springs Station* vorbei. Cale vermutete, dass die Plünderungen durch die Apachen eine Erhaltung der Postkutschenstation unmöglich gemacht hatten.

Nachdem sie die erste Anhöhe hinter sich gebracht hatten, fiel das Terrain in eine Schlucht mit dichter Vegetation und Eichen ab. Über ihren Köpfen ragten Überhänge und Felswände aus Granit auf.

Seit seiner Zeit in der Army hatte Cale diese Gegend nicht mehr betreten. Die Erinnerung an zermürbende Verfolgungsjagden, gepaart mit dem Gewicht ständiger Angst, war bittersüß. Unwillkürlich fragte er sich, wie viele Apachen sich hier wohl noch aufhielten. Doch da waren sicher auch noch andere Menschen – Militär-Kundschafter, Goldsucher und weiter südlich Mormonensiedler. Cales Magen krampfte sich nicht zusammen, was in der Vergangenheit oft ein Zeichen für bevorstehende Gefahr gewesen war, doch er hielt die Augen nach Anzeichen offen, dass hier kürzlich jemand durchgekommen war. Ein verloschenes Lagerfeuer und Hufabdrücke deuteten auf Reiter irgendwo vor ihnen hin.

Nichts davon erwähnte er Tess gegenüber, aber am Nachmittag ließ er sie im Schatten einer Zypresse zurück, damit sie sich etwas ausruhen konnte, während er vorausritt, um die Gegend auszukundschaften. Eine Viertelmeile weiter bewahrheitete sich seine Vermutung: In der Ferne erkannte er zwei Männer, einen Weißen und einen Apachen, die ihre Pferde an einem Bachlauf tränkten. Und der *gringo* war niemand anderes als Hanks alter Weggefährte Walt Lange.

Kapitel Fünfzehn

Cale zog die Winchester aus dem Sattelholster und legte sie sich quer über die Oberschenkel. Zwar hatte er nicht die Absicht, die Waffe zu benutzen – insbesondere auf die kurze Distanz –, aber die Geste würde ihm wohl ausreichend Respekt verschaffen. Er lenkte Bo zu den beiden Männern hinüber.

Als Walt ihn entdeckte, zog er umgehend den Revolver aus dem Holster an seiner Hüfte.

„Ganz ruhig, Walt!", rief Cale ihm zu und zügelte Bo.

Walt riss überrascht die Augen auf. „Cale Walker? Ich werd nicht mehr! Was machst du denn hier draußen?"

„Das könnte ich dich auch fragen."

Walt steckte die Waffe weg. Er hatte sich kaum verändert, war immer noch groß und schlaksig, und sein unehrliches Grinsen entblößte die Lücke, wo ihm ein Vorderzahn fehlte. Seine struppigen, von Grau durchzogenen, braunen Haare waren schulterlang, und er trug einen dichten, grauen Vollbart. „Wie lang ist das jetzt her?"

„Müssen wohl vier Jahre sein."

Walt warf dem Apachen neben sich einen Seitenblick zu. „Das ist One Ear."

Der Mann nickte Cale zu. Seine glatten, schwarzen Haare trug er kurz geschnitten, wahrscheinlich um nach Art seines Volks den Tod eines Familienmitglieds zu betrauern.

„Wie sein Name sagt, hat er nur ein Ohr", fügte Walt erklärend hinzu.

One Ear schaute Cale unverwandt an. „Ich habe von dir gehört. Du hast bei den Nednhi gelebt. Man nennt dich Sinneswandler."

„Das stimmt", bestätigte Cale. „Kennst du den Stamm?"

Der Apache nickte, sagte aber nichts weiter dazu.

„Warum setzt du dich nicht zu uns, und wir reden ein bisschen?", fragte Walt.

„Sehr gern." Cale steckte das Gewehr zurück ins Holster und stieg vom Pferd, bevor er Bo zu einer kleinen Grasfläche in der Nähe führte.

Walt schüttelte Cale die Hand, während One Ear in Richtung der Pferde verschwand.

Ohne Umschweife kam Cale zum Punkt. „Wo ist Hank?"

Walt ließ sich auf einer kleinen Erhöhung am Bachufer nieder und holte ein Stück Trockenfleisch aus seinem Proviant. Als er Cale davon anbot, lehnte dieser ab und blieb neben ihm stehen.

„Weiß ich nicht", antwortete Walt. „Hab ihn eine Weile lang nicht gesehen, aber dann hat er mir einen Brief geschickt und mich gefragt, ob ich hier in der Gegend mit ihm nach Gold suchen will." Er riss ein Stück Trockenfleisch mit den Zähnen ab und kaute darauf herum. „Ist wohl ein glücklicher Zufall, dass wir uns hier treffen. Vielleicht kannst du mir ja helfen, ihn zu finden. Weißt du, wo er ist?"

„Nein."

„Hast du wirklich bei den Apachen gelebt?"

„Ja."

„Verdammt, wie war's denn so? Haben sie dich gefoltert? Hattest du keine Todesangst?"

„Du bist gerade mit einem Apachen unterwegs. Was denkst du denn?"

„One Ear ist eine Ratte, wie die meisten von ihnen."

„Ich bezweifle, dass er deine Meinung schätzt."

Walt lachte. „Kann sein. Er liest Fährten für mich. Hab seine Frau gerettet, die von ein paar Goldsuchern erwischt wurde. Er schuldet mir was."

„Ich wusste gar nicht, dass du so heldenhaft sein kannst, wo allem, wenn es um Indianerfrauen geht."

„Männer können sich verändern."

Ja, vielleicht.

Cale kam der Gedanke, dass Lange vielleicht mehr über Hanks Aufenthaltsort wusste, und überlegte, ob es besser wäre, sich mit dem Mann zusammenzutun. Wie würde Tess eine Begegnung mit ihm aufnehmen?

Eine Antwort auf diese Frage würde er wohl in Kürze bekommen.

„Frau kommt", meldete sich One Ear aus einiger Entfernung zu Wort.

Cale schaute über eine Schulter nach hinten und entdeckte Tess, die auf Gideon mit Moses am Seil auf sie zugeritten kam. Ihr Gesichtsausdruck war wie versteinert. Mit Sicherheit hatte sie Walt erkannt.

Rasch erhob er sich, bemerkte aber im gleichen Augenblick, dass Walt eine Hand auf dem Revolver an seiner Hüfte ruhen ließ. Cale behielt sowohl ihn als auch One Ear im Blick. Wenn Lange auch nur den Versuch unternahm, seine Waffe zu ziehen, würde er ihn ungespitzt in den Boden rammen.

„Gehört die zu dir?", erkundigte sich Walt.

„Ja", antwortete Cale.

„Kommt mir irgendwie bekannt vor."

Cale wartete, bis Tess ihr Pferd in einigem Abstand zum Halten brachte.

Walt schnaubte ungläubig. „Tess?"

Wortlos starrte sie ihn an.

„Ich hab dich für tot gehalten." Walt wirkte wie vor den Kopf geschlagen und machte einen Schritt in ihre Richtung.

„Wie kommst du darauf?" Tess' Stimme klang vollkommen emotionslos, was Walt wie angewurzelt stehen bleiben ließ.

„Weil du dabei warst, als Saul mich misshandelt hat?", fragte sie, ohne den Blick von ihm abzuwenden.

„Ich war nicht da", warf Walt rasch ein.

„Du warst vor dem Haus, oder?" Sie spießte ihn praktisch mit Blicken auf. „Und du hast nichts getan, um ihn aufzuhalten."

Walt schaute sich hektisch um, als würde er nach einem Fluchtweg suchen.

Cale versuchte gar nicht erst, die mörderische Wut zu verbergen, die in ihm aufstieg. „Stimmt das, Walt?"

„Hör zu, es ist vorbei. Saul ist tot. Wir können das alles hinter uns lassen."

Das überraschte Tess sichtlich.

„Wann ist Saul gestorben?", wollte Cale wissen.

Walt trat unruhig von einem Bein aufs andere. „Vor zwei Jahren, als das mit Tess war."

Das ergab keinen Sinn. Fitz hatte Saul vor nicht allzu langer Zeit gesehen. „Hast du ihn umgebracht?"

Das verneinte Walt mit einem Kopfschütteln. „Ich weiß nicht genau, was passiert ist. Wollte nicht warten, um es herauszufinden. Aber du kannst beruhigt sein, Tess. Saul hat bekommen, was er verdient."

Da war Cale sich nicht so sicher. Er entschied, dass es besser war, wenn sie noch etwas mehr Zeit mit Walt Lange verbrachten.

———

Tess saß neben Cale am Bach, und gegenüber von Walter Lange. Es war ein Schock für sie gewesen, als sie den Mann erkannte, mit dem Cale sich unterhielt, doch sie hatte sich eisern beherrscht, um sich keine Gefühle anmerken zu lassen. Walt Lange hatte ihr nie etwas getan, war ihr außer mit einigen ekelhaft lüsternen Kommentaren nie zu nahe getreten, aber in der Nacht, in der Saul sich ihr aufgezwungen hatte, hatte er auch keinen Finger gerührt, um den Mann aufzuhalten.

Und nun behauptete er, dass Saul Miller tot war.

Das Wissen hätte ihr Erleichterung verschaffen sollen, aber stattdessen war alles in ihr wie taub.

„Ich kann immer noch nicht glauben, dass du noch lebst", sagte Walt.

„Ich war dem Tod nie nahe", erwiderte Tess, aber das stimmte nicht ganz. Es gab eine Zeit, kurz nachdem Hank sie bei Tom und Mary abgeliefert hatte, in der sie nur im Bett lag – so krank und kraftlos, dass sie sich nicht einmal um ihre einfachsten, körperlichen Bedürfnisse kümmern konnte. Damals hatte sie sich von der Welt zurückgezogen und einen Weg gesucht, um bei ihrer *madre* und *abuela* sein zu können. Doch die beiden hatten sie zurück in die Welt der Lebenden gescheucht.

„Wo ist Hank?", fragte sie.

„Weiß ich nicht. Hab Cale gerade erzählt, dass ich ihn auch suche."

Erst jetzt bemerkte Tess den Apachen, der ein Stück weiter herumlungerte, und fragte sich, ob sie und Cale hier wohl sicher waren.

„Wenn ihr wollt", fuhr Walt fort, „könnt ihr beide mitkommen, und wir suchen zusammen nach Hank."

Wenn Walt sie für tot gehalten hatte, dann Hank vielleicht auch? War er deswegen nie zurückgekommen? Tess warf Cale einen fragenden Blick zu. Sollten sie es wirklich wagen, sich mit Lange zusammenzutun?

Cale nickte knapp. Sie wusste, was er dachte: dass sie wahrscheinlich mehr Erfolg bei der Suche nach Hank hatten, wenn sie sich Walt anschlossen. Es gab keinen Grund, diese Gelegenheit verstreichen zu lassen. Und Lange würde ihnen vermutlich nichts tun. Oder?

„Na schön", meinte Cale. „Tun wir uns zusammen."

„Gut. Wir lassen die Pferde noch mal trinken und reiten dann los." Walt erhob sich und ging hinüber zu One Ear und den Pferden.

„Hältst du das für eine gute Idee?", wollte Tess leise von Cale wissen.

„Nicht unbedingt, aber er könnte eine echte Spur zu Hank haben. Wenn du dich umentscheidest, können wir uns jederzeit wieder von ihm trennen."

„Ich traue ihm nicht. Aber du hast recht, es könnte uns helfen. Glaubst du, es ist von Nutzen, dass wir einen Apachen dabeihaben, wenn wir auf andere Indianer treffen?"

„Schwer zu sagen, aber ich möchte, dass du ab sofort hinter mir bleibst."

Tess nickte zustimmend.

Kapitel Sechzehn

Als sie am Abend ihr Lager aufschlugen, war Cale froh, dass Tess in seiner Nähe blieb. Die mangelnde Privatsphäre hinderte sie an Zärtlichkeiten, und einen Moment lang erwog er tatsächlich, die beiden Männer in die Wildnis davonzujagen.

Walt setzte sich ihnen gegenüber an das prasselnde Lagerfeuer und gestikulierte in Tess' Richtung. „Was ist mit deinem Bein los?"

„Eine alte Verletzung", entgegnete sie und schaufelte sich einen Löffel Getreidebrei in den Mund. Mehr gab es nicht zum Abendessen.

„Als du mit Hank unterwegs warst, hattest du die noch nicht. Haben die Apachen dich erwischt?" Walt schoss einen giftigen Blick zu One Ear ab, der den Kopf hob, um Tess anzusehen.

„*Gringos* können genauso gefährlich sein wie Apachen", antwortete Tess.

One Ear nickte und widmete sich wieder seiner Mahlzeit.

„Du hast echt was verpasst, nachdem du weggegangen bist, Cale", meinte Walt. „Hank hat die kleine Tess mit auf die Jagd genommen. Bist dabei ganz schön erwachsen geworden, was?"

„*Sí*", stimmte sie zu, doch Cale bemerkte die Zurückhaltung in ihrem Tonfall.

„Kann ja nicht so schlimm gewesen sein mit Saul. Immerhin lebst du noch, oder?" Er lachte und entblößte damit wieder einmal seine Zahnlücke.

Tess wurde stocksteif, und Cale hätte Walt am liebsten eine verpasst.

„Um ehrlich zu sein", quetschte er zwischen zusammengebissenen Zähnen hervor, „wundert es mich, dass *du* noch lebst."

One Ear schnaubte belustigt.

„Ja, tja, muss wohl einen Schutzengel haben."

„Oder einen *demonio*", murmelte Tess und schob das Essen mit ihrem Löffel auf dem Teller herum.

One Ear beobachtete sie mit einem Funkeln in den Augen, das Cale nicht gefiel. Walt hatte die Ehefrau des Mannes erwähnt, aber davon hatten Apachen oft mehr als eine. Cale hatte nicht die Absicht, ihn näher an Tess heranzulassen.

„Was hast du in den letzten Jahren so gemacht, Walt?" Cale bemühte sich um Gelassenheit, doch Lange wurde umgehend ernst. Er erkannte eine Bedrohung, wenn er sie sah.

„Nachdem du den Schwanz eingekniffen und aus Mexiko abgehauen bist, hat Hank sich Tess ans Bein gebunden, und wir sind durch die Territorien gezogen. Arizona und New Mexico, manchmal auch in Texas."

Cale bemerkte, wie Walt die Einzelheiten des Auftrags in der Sierra Madre umschiffte. Sehr weise, das Massaker an den Apachen vor einem Angehörigen des Volkes zu verschweigen.

Scham stieg wieder einmal in ihm auf. Dass die Apachenmänner, die sie dort zusammengetrieben hatten, selbst unaussprechliche Gräueltaten vollbracht hatten, bezweifelte er keinen Moment, doch ihre Ermordung fühlte sich nicht wie ein Sieg an. Er selbst hatte zwar nicht die Hand gegen Frauen und Kinder erhoben, doch er hatte Hank, Walt und Saul auch nicht daran gehindert. Genau das hätte er tun sollten. Normalerweise verharrte er nicht bei den Fehlern, die er in seinem Leben begangen hatte, doch für diesen Schandfleck würde er sich noch im nächsten Leben verantworten müssen.

Cale legte etwas Brennholz nach. „Was ist in der Nacht geschehen, als Tess von Saul angegriffen wurde?"

Die Anspannung, die Tess ausstrahlte, war beinahe greifbar.

Walt kratzte sich über die Bartstoppeln. „Ach, weißt du, so eine Nacht vergisst man lieber."

„Ich will wissen, was da passiert ist." So schnell ließ Cale nicht locker.

„Na schön, aber das verlässt dieses Lagerfeuer nicht, hört ihr?", gab Walt mit einem Schnaufen nach.

Cale warf One Ear einen Blick zu.

„Der spricht unsere Sprache nicht gut", versicherte ihm Walt.

Das bezweifelte Cale, aber sie wurden den Apachen jetzt auch nicht los.

„Ihr wolltet Jim Bennett um die Ecke bringen."

Walt schien eine Erkenntnis zu kommen. „Hat dir wohl Tess erzählt. Jim wollte uns verraten. Das war nicht richtig."

„Er muss seine Gründe gehabt haben."

„Kann sein."

„Wessen Idee war es, ihn umzubringen?"

„Willst du wem die Schuld geben? Tja, dann war's hauptsächlich Saul. Was soll ich denn sonst sagen?"

„Ja, was sonst?!"

Walt lachte wissend. „Nur damit das klar ist: Hank war dagegen."

„Wer hat ihn erschossen?"

„Weiß ich echt nicht. Wir haben ihm einen Haufen Kugeln verpasst", erklärte Walt schulterzuckend.

„Warum wollte Saul, dass Tess bestraft wird?"

Walt schaute kurz zu ihr. „Die Kleine war da, als wir ankamen. War schon sehr verdächtig. Ich hab einfach gedacht, dass Saul ihr ein bisschen Angst einjagt oder so."

„Wo warst du, während es passiert ist?"

„In der Scheune. Hab zu viel getrunken. Als ich am nächsten Morgen wach wurde, hab ich Saul mit einer Kugel im Kopf im Haus gefunden. Und Jims Leiche war auch noch da."

„Wo war Tess?"

„Weg."

„Wer hat dann Saul getötet?"

Walt zögerte. „Weiß ich nicht. Ich glaub, das warst du, Tess." Er schaute ihr direkt in die Augen.

„Du mieser Dreckskerl", erwiderte Cale eiskalt.

„Weißt du's denn? Frag sie."

„Ich habe Saul Miller nicht erschossen", verteidigte Tess sich. „Bist du ganz sicher, dass er nicht mehr lebt?"

„Tja, irgendwer hat auf ihn geschossen. Er sah ziemlich tot aus, und ich war's nicht."

„Wie viel hast du getrunken?", fragte Cale.

„Ich weiß, was du denkst, aber so voll war ich nicht. Das wüsste ich noch."

„Hast du die Leichen gemeldet?"

Walt leckte sich über die Lippen und schmatzte ein paarmal. „Nee. Bin weggeritten und hab nie zurückgeschaut. Ich bin nicht dumm, Cale. Ich nehm sicher nicht zwei Morde auf meine Kappe, für die ich nichts kann."

„Das bleibt abzuwarten. Dann hast du Hank also in den letzten zwei Jahren nicht gesehen?"

„Nein, ich hab mich versteckt. Vor zwei Monaten hab ich dann von ihm gehört. Er hat mir geschrieben, dass ich herkommen soll und er seinen Schatz mit mir teilt. Wollte wohl die alten Zeiten noch mal aufleben lassen."

„Hank hat dir gesagt, dass du herkommen sollst?", fragte Tess. „Dann weißt du also doch, wo er ist?"

„Nicht genau. Aber mit euch könnte es leichter werden. Er ist bestimmt froh, sein kleines Mädchen wiederzusehen." Walt bohrte sich mit einem Holzspan zwischen den Zähnen herum. „Ist schon spät. Wir sollten uns aufs Ohr hauen."

„Du solltest dein Bein ein bisschen bewegen", meinte Cale zu Tess. „Ich begleite dich." Er stand auf und half ihr auf die Füße, schnappte sich dann sein Waffenholster, um es sich über die Schulter zu legen und so die Revolver in Griffweite zu haben.

„Verlauft euch da draußen nicht, ihr zwei", rief Walt ihnen hinterher.

Cale stützte Tess ein wenig, obwohl sie den Gehstock benutzte. Er musste sie einfach anfassen. Als sie außer Hörweite waren, blieb er stehen.

„Glaubst du ihm?", fragte Tess. „Dass Saul tot ist?"

„Ich weiß nicht recht."

„Fitz hat gesagt, dass er in Bowie war. Könnte er sich geirrt haben?"

„Wäre schon möglich. Du hast nach seinem Übergriff nicht mitbekommen, dass ihn jemand erschossen hat?"

„Nein. Ich erinnere mich nur noch, dass Hank mich am nächsten Tag zu Tom und Mary gebracht hat."

„Dann muss Hank es gewesen sein."

Tess schien eine Erkenntnis zu kommen. „Glaubst du, dass er am Ende doch noch versucht hat, mich zu beschützen?"

Die Hinweise deuteten durchaus darauf hin, aber Cale wollte nicht, dass Tess' Hoffnungen erneut enttäuscht wurden. „Vielleicht. Vielleicht aber auch nicht. Du solltest ihm nicht gleich vergeben, nur aufgrund von dem, was Walt Lange von sich gibt."

Tess ließ die Schultern sinken, und Cale machte einen Schritt auf sie zu, wartete dann aber, um zu sehen, ob sie es zuließ. Als sie keine Anstalten machte, ihn abzuwehren, fasste er sie sanft an den Oberarmen und gab ihr einen Kuss auf die Stirn, bevor er sie in die Arme nahm und fest an seine Brust drückte. Sie fühlte sich so gut an, aber er wusste auch, dass sie sich bei der kleinsten falschen Bewegung sofort wieder von ihm losmachen könnte.

„Ich möchte, dass du heute wieder neben mir schläfst", meinte er. „Mir gefällt nicht, wie One Ear dich anschaut."

Tess hob den Kopf. „Dann habe ich mir das nicht eingebildet?"

„Nein." Cale strich mit dem Daumen über ihre Wange. So gerne würde er sie küssen, aber das war nicht der richtige Ort dafür. Außerdem kniffen seine Hosen auch so schon zunehmend unangenehmer. Wenn er sich an ihrem süßen Geschmack labte, würde er nicht aufhören wollen. Sich Zeit zu nehmen, war bei Tess entscheidend, um ihr allmählich die Ängste zu nehmen und ihr zu zeigen, wie schön es zwischen ihnen wirklich sein konnte. Die Sache zu überstürzen, würde alles ruinieren.

„Stört es dich?", flüsterte Tess, den Blick fest auf sein Hemd gerichtet. „Dass ich nicht mehr unberührt bin."

Cale legte ihr einen Finger unters Kinn und brachte sie sanft dazu, ihm in die Augen zu sehen. „Nein. Nicht eine Sekunde lang." Er gestattete sich einen liebevollen, keuschen Kuss.

„Du bist anders als die meisten Männer."

„Schön, dass dir das aufgefallen ist", neckte er sie. Dann wurde er jedoch wieder ernst. „Pass in Walts Gegenwart auf dich auf. Ich traue ihm nicht."

AM NÄCHSTEN TAG verließen sie das Tal und erklommen in der unerbittlichen Hitze einen Bergkamm. Pinyon-Kiefern und Wacholder spendeten Deckung und gelegentlich auch etwas Schatten, aber Tess nickte immer wieder im Sattel ein. Wie besprochen ritt sie hinter Cale, Walt und One Ear waren vor ihm.

Plötzlich durchbrachen Schüsse die Stille. Gideon bäumte sich erschrocken auf, und Tess stürzte hart zu Boden. Das Pferd fuhr herum und hätte sie beinahe mit einem Huf erwischt, hätte sie sich nicht gerade noch rechtzeitig herumgerollt. Hastig robbte sie weiter zur Seite, um dem stampfenden Tier zu entgehen, wodurch sie ohne Vorwarnung die Böschung der Anhöhe hinunterstürzte. Verzweifelt versuchte Tess, ihren Rutsch zu verlangsamen, aber der Abhang war zu steil.

Mehrfach prallte sie gegen Steine und Büsche. Staub füllte

ihren Mund und drang ihr in die Augen. Panisch suchte sie nach Halt, doch vergebens. Auf einmal war da ein Felsvorsprung, Tess segelte durch die Luft und landete schmerzhaft hart. Sie brauchte einen Augenblick, bis ihr bewusst wurde, dass sie sich nicht mehr bewegte.

Keuchend auf der Seite liegend sah sie im ersten Moment nur Zweige und Pinienzapfen. Fieberhaft versuchte sie, einen klaren Gedanken zu fassen, doch in ihrem Kopf herrschte Chaos.

Irgendwann schien ihr Verstand seinen Dienst wieder aufzunehmen.

Ich muss aufstehen.

Angst überrollte sie. Sicher konnte sie diesen Sturz nicht ohne schwerwiegende Verletzungen überstanden haben. Sie schloss die Augen.

Ich will es nicht wissen.

Ihre Erinnerung präsentierte ihr ein ähnliches Bild, nachdem Saul sie verletzt und blutend auf dem Boden in der Hütte zurückgelassen hatte.

Ich bin jetzt stärker. Ich schaffe das.

Tess stemmte sich ächzend in eine sitzende Position hoch. Jeder Atemzug tat weh. Vorsichtig betastete sie ihren Brustkorb, nahm die Hand jedoch schnell wieder weg. Möglicherweise hatte sie sich ein paar Rippen gebrochen. Innerlich bereitete sie sich auf das Schlimmste vor, während sie ihren Rock nach oben zog und prompt gegen die Übelkeit ankämpfen musste, die ihr den Magen umdrehte. Ihre Unterwäsche war auf der linken Seite mit Blutflecken übersät, und sie erkannte, dass ihr Bein noch verdrehter als sonst aussah.

In diesem Moment traf sie der Schmerz wie ein Hammerschlag, und Tess entwich ein gequälter Aufschrei. Ihr Bein war mit Sicherheit gebrochen.

Was, wenn ich nie wieder laufen kann?

Sie schluchzte laut auf.

Nein. Das war keine Option. Sie hatte schon Schlimmeres überlebt. Sie würde es wieder schaffen.

Irgendwo im Gebüsch knackste es, und Tess erstarrte. Da bewegte sich etwas zwischen den Bäumen.

„Ich hab was geseh'n." Eine Frauenstimme, die Tess bekannt vorkam.

Wer?

„Da ist eine Frau", meldete sich ein Mann zu Wort.

Henry und Mariah Worthington tauchten in Tess' Blickfeld auf. Panisch versuchte sie, zumindest mit dem rechten Bein aufzustehen, doch sie brach vor Schmerzen gleich wieder zusammen. Das Paar kam auf sie zu.

„Na, das ist ja ein Ding", meinte Mariah und musterte Tess mit kalter Berechnung.

„Bitte, tun Sie mir nichts", flehte Tess.

Mariah schüttelte den Kopf. „Sie seh'n sowieso schon nicht gut aus."

Tess kämpfte gegen die Dunkelheit an, die ihr Sichtfeld immer weiter zusammenschrumpfen ließ. Die blanke Angst hielt sie fest im Griff. Wenn sie ohnmächtig wurde, würden Henry und Mariah sie vielleicht umbringen.

Aber sosehr sie es auch versuchte, sie konnte die Augen nicht offen halten.

Tess erwachte mit einem Ruck. Sie lag auf einem Bett in einem Raum, der gerade eben groß genug für die schmale Schlafstatt und einen Nachttisch war. Ihr Kopf schmerzte, und ihr verletztes Bein pochte. Als sie es bewegen wollte, bemerkte sie die Schiene, die es gerade hielt. Sie leckte sich über die Lippen, aber ihr Mund war staubtrocken.

Aus dem Augenwinkel entdeckte sie ein Glas Wasser auf dem

Nachttisch. Sie griff danach und trank so gierig, dass ihr die Flüssigkeit seitlich die Wangen hinunterlief.

„Ich will zu ihr!"

Cale. Seine Stimme drang von außerhalb des Zimmers zu ihr herein.

„Cale." Tess war so heiser, dass sie kaum einen Ton herausbrachte. Sie versuchte es noch einmal: „Cale."

Die Tür öffnete sich, und er kam zu ihr ans Bett. „Gott sei Dank habe ich dich gefunden." Cale griff nach ihrer Hand.

„Wo bin ich?"

„In Vern Blights Hütte."

„Wer?"

„Er lebt hier in den Dragoons."

„Die Worthingtons waren da." Tess wollte aus dem Bett aufstehen, aber Cale drückte sie vorsichtig wieder nach unten.

„Es ist alles gut", versicherte er ihr. „Sie haben dich gefunden und hierher gebracht."

„Ich war mir sicher, dass mein letztes Stündlein geschlagen hat."

„Offenbar war Mariah der gleichen Ansicht, aber Henry hat sie davon abgebracht. Sie wussten, dass Blight hier lebt, und haben dich mitgenommen. War wohl besser, dass du bewusstlos warst, weil sie nicht sehr zimperlich mit dir umgegangen sein dürften."

„Wer hat mein Bein gerichtet?"

„Blight, denke ich. Zumindest hat er das gesagt."

Durch die offene Tür drangen Sonnenstrahlen in den kleinen Raum und erhellten die Wand über Tess. „Was ist passiert?"

„Wir sind in einen Hinterhalt geraten. Gideon hat gescheut und dich abgeworfen."

Nun war Tess es, die nach seiner Hand fasste. „Du bist nicht verletzt, oder?"

Cales Blick veränderte sich, wurde weicher. „Alles in Ordnung." Er beugte sich über sie und gab ihr einen Kuss auf die Stirn.

Tess legte ihm eine Hand an die Wange und genoss die Berührung, doch viel zu schnell löste er sich wieder von ihr. „Die Pferde und Moses?"

„Habe ich in einem Tal wiedergefunden. Ihnen geht es auch gut."

Sie atmete erleichtert auf. „Gut. Was ist mit Lange und One Ear?"

Cale stützte sich auf dem linken Arm ab. „Das weiß ich nicht. Ich habe sie verloren", antwortete er ernst. „Nachdem ich nicht mehr unter Beschuss war, konnte ich deine Fährte nachverfolgen. Inzwischen hatten dich die Worthingtons schon hierhergebracht. Ich bin ihnen gefolgt."

Erschrocken riss Tess die Augen auf. „Sind wir hier sicher?"

„So sicher, wie es im Moment wohl möglich ist. Blight war schon hier, als es die Postkutschenstation in Dragoon Springs noch gab. Die Apachen scheinen ihn in Ruhe zu lassen. Tatsächlich lebt hier sogar ein Apachenpaar und kümmert sich um sein Land."

„Sind Henry und Mariah noch da?"

Cale schnitt eine Grimasse. „Unglücklicherweise ja."

Einen Moment lang starrte Tess zu der grob gezimmerten Decke hinauf. „Mein Bein ..."

„Darf ich mir das ansehen?"

Tess schaute ihm fest in die Augen und nickte dann. Nachdem Cale die Decke weggezogen hatte, nahm er die Schiene und das Bein genau in Augenschein, bevor er es wieder einpackte.

„Es ist schlimm, oder?" Ob sie seine Einschätzung wirklich hören wollte, wusste sie nicht so recht.

„Tatsächlich könnte dein Bein jetzt sogar besser zusammenheilen. Blight hat es gerader gerichtet, als es vorher war."

„Wirklich? Ist er Arzt?"

„Nein, aber Henry meinte, dass er schon einige gebrochene Beine bei Tieren versorgt hat und dass er beinahe magische

Fähigkeiten besitzt. Er hält wohl nichts davon, verletzte Kreaturen einfach zu erschießen."

„Dann habe ich also ein Pferdebein, wenn es geheilt ist?" Sie versuchte, über ihren eigenen Witz zu lachen, aber ihr Brustkorb schmerzte zu sehr.

„Kann schon sein. Darf ich mir deine Rippen ansehen?"

Zögerlich zwang Tess sich zum Nicken.

Cale schob vorsichtig die Decke zur Seite und tastete ihre linken Rippenbögen durch das dünne Nachthemd ab, das ihr jemand – wahrscheinlich Vern Blight – angezogen hatte. Dann deckte er sie wieder zu.

„Er hat dir einen Stützverband angelegt, das sollte förderlich für die Heilung sein. Es tut mir so leid, dass ich dir nicht helfen konnte. Ich besitze kein großes Gottvertrauen, aber gestern hattest du einen Schutzengel, der über dich gewacht hat. Ohne Blight hätte das ganz anders für dich ausgehen können."

„Ich bin schon einen ganzen Tag lang hier?", fragte Tess überrascht.

„Ja."

„Was hast du jetzt vor?"

Cale griff erneut nach ihrer Hand. „Du kannst nicht reisen, also sitzen wir hier wohl für eine Weile fest."

Tess nahm sich einen Moment Zeit, das zu durchdenken. „Suchst du ohne mich weiter nach Hank?"

„Könnte ich." Er hielt den Blick fest auf sie gerichtet. „Werde ich aber nicht."

Erleichtert, dass Cale sie nicht allein hier zurücklassen würde, versprach sie: „Ich werde alles tun, damit es mir bald besser geht."

Dieses Mal küsste er sie auf den Mund, und in Tess stieg Dankbarkeit auf, dass ihm nichts zugestoßen war, gepaart mit einer unglaublichen Freude darüber, dass er sie nicht einfach verlassen hatte. Sie erwiderte den Kuss, kam Cales Lippen mit ihren entgegen und legte die Hände an seine Wangen, um ihn an sich zu ziehen.

„Danke, dass du mich nicht zurückgelassen hast", flüsterte sie.

„Ich habe eine Heidenangst ausgestanden, als ich dich nach dem Angriff nicht finden konnte." Erneut trafen sich ihre Lippen. „Ich werde mal sehen, ob ich dir etwas zu essen besorgen kann."

Nachdem Cale den Raum verlassen hatte, strich Tess sich mit den Fingerspitzen über die Lippen und spürte seinem Geschmack nach. Für den Augenblick reichte das, aber irgendwann würde er mehr von ihr wollen. Und obwohl sie ihre wachsende Vertrautheit mit ihm genoss, fragte sie sich doch, ob sie sich jemals wohl genug fühlen würde, um sich auf mehr einzulassen und ihn und das, was sich gerade zwischen ihnen entwickelte, vollends zu erforschen – ohne den Schrecken, der jedes Mal unkontrollierbar von ihr Besitz ergriff.

Sie würde es so gerne glauben. Denn sie begehrte Cale, wollte bei ihm liegen, mit ihm schlafen, wie eine Frau mit ihrem Mann. Aber was, wenn Saul ihr das für immer unmöglich gemacht hatte? Was, wenn sie dabei statt Cale immer wieder Saul vor Augen hätte und die Angst, die er tief in ihren Körper und ihre Seele gegraben hatte?

Kapitel Siebzehn

Cale trat hinaus auf die schmale Veranda. Vern Blights Haus war zwar nicht besonders groß, aber überraschend gepflegt und passte sich perfekt in den kleinen Eichenhain ein. Frisches Wasser lieferte ein nahe gelegener Bachlauf, und ein Stück weiter hatte der Mann eine stabil aussehende Scheune samt Korral errichtet. Blight hielt sich eine ganze Reihe an Tieren – ein paar Pferde, Ziegen, Schafe und Schweine. Die Geräuschkulisse ließ Cale vermuten, dass es in der Scheune noch weitere gab. Außerdem entdeckte er neben dem Haus einen Garten von respektabler Größe. Das Apachenpaar lebte in einem Wigwam in der Nähe des Wassers.

Beeindruckend, dass Blight sich fürs Bleiben entschieden hatte, nachdem die Postkutschenstation aufgegeben worden war. Ursprünglich hatte der Mann davon gelebt, die Butterfield Stage Company mit Proviant und Pferden zu versorgen, doch dann hatte es ihm hier wohl so gut gefallen, dass er auch ohne dieses sichere Einkommen blieb. Er hatte erzählt, dass er Handel mit den Apachen trieb, was ihm eine wohlwollende Beziehung zu ihnen sicherte.

Cale sah sich nach den Worthingtons um, doch Blight hatte

ihm zuvor schon mitgeteilt, dass sie ihr Lager weiter oben in der Schlucht aufgeschlagen hatten. Kurz überlegte er, ob er nach den beiden sehen sollte, falls sich ihre Angreifer noch irgendwo herumtrieben, aber dann entschied er, dass die beiden auf sich selbst aufpassen mussten. Auf gar keinen Fall würde er Tess schutzlos zurücklassen.

Ihr Bein war schwer verletzt, was es ihr für einige Zeit unmöglich machen würde, sich zu bewegen. Auch ihr Gesicht war mit Blutergüssen übersät, und auf der Stirn hatte sie eine tiefe Platzwunde davongetragen. Dennoch war Cale mehr als erleichtert.

Sie hat es überlebt.

Als er sich endlich aus der Schießerei hatte zurückziehen können, hatte er ihren Sturz bemerkt, und seine Sorge wandelte sich zur Verzweiflung, weil er sie nicht finden konnte. Dann entdeckte er jedoch diese Oase, die sich wie ein Stück vom Paradies in eine Baumgruppe schmiegte. Und Vern Blight hatte sie ohne Zögern bei sich aufgenommen. Auch das gab ihm das Gefühl, dass der Mann keine bösen Absichten hegte.

In diesem Augenblick verließ Blight die Scheune und kam auf Cale zu. Die Sonne stand hoch am Himmel, der ältere Mann wirkte verschwitzt. Er nahm seinen Schlapphut ab und wischte sich mit dem Unterarm über die Stirn. Blight war untersetzt und o-beinig, was darauf hindeutete, dass er im Lauf seines Lebens viel Zeit im Sattel verbracht hatte.

„Wie geht's ihr?"

„Gut, dank Ihnen. Sie waren ihre Rettung, aber es wird einige Zeit brauchen, bis sie wieder auf den Beinen ist."

„Kein Problem. Aber ich hab kein zweites Bett. Sind Sie verheiratet?"

„Nein, aber ich kann auf dem Boden schlafen, das macht mir nichts aus. Ich bleibe in ihrer Nähe, falls sie etwas braucht."

„*Wollen* Sie sie heiraten?" Blight grinste verschmitzt.

Das brachte Cale zum Lachen. „Vielleicht. Haben Sie eine Ehefrau?"

„Nein. Vor langer Zeit mal, aber sie ist abgehauen. Hat gemeint, dass sie hier allein in den Bergen durchdreht. Für manche Leute ist das wohl nichts. Ich hab meine Tiere, und die mag ich deutlich lieber, also bleib ich bei ihnen in der Scheune. Die laufen nicht weg. Sterben nur manchmal."

„Herzlichen Dank. Wenn ich Ihnen hier irgendwie zur Hand gehen kann, lassen Sie es mich gerne wissen."

Blight zog eine Augenbraue nach oben. „Hm. Zu tun gibt es hier immer was. Sie sind viel größer und kräftiger als ich."

„Wie ergeht es Ihnen mit den Apachen hier in der Gegend?"

Das entlockte Blight ein Schnaufen. „Tja, es ist so." Er schob sich das Stück Kautabak in die andere Wange und drehte den Kopf, um auszuspucken. „Ich lass sie in Ruhe, und die lassen mich in Ruhe. Ich helfe Ihnen und dem Mädchen gern, aber aushorchen lass ich mich nicht, wenn Sie verstehen, was ich meine."

„Tue ich. Loyalität ist ein bewundernswerter Charakterzug und dazu einer, der Sie vermutlich all die Jahre am Leben gehalten hat. Haben Sie aber vielleicht was von einem Iren namens Hank Carlisle gehört?"

Blight lachte laut auf. „Der alte Knabe hat einen Sprung in der Schüssel." Er zuckte die Schultern. „Kann Ihnen aber nicht sagen, wo er ist. Waren Sie schon mal in den Dragoons?"

Cale nickte.

„Dann wissen Sie ja, dass die Schatten tief sind und der Wind einem Stimmen einflüstert. Hier hatte Cochise sich verschanzt. Die Leute erzählen sich, dass seine Krieger seinen Körper nach seinem Tod gelb, schwarz und zinnoberrot bemalt und ihn in einer Felsspalte bestattet haben. Keiner weiß wo, und die, die es wissen, reden nicht darüber. In diesen Schluchten gibt es viele Geister, und man kommt leicht vom Weg ab." Er spuckte erneut aus. „Wollen Sie das Mädchen mitnehmen, wenn es ihr besser geht?"

Auch das bestätigte Cale mit einem Nicken.

„Haben Sie Apachenblut in sich?", fragte Blight.

„In gewisser Weise."

Blight lächelte. „Dann werden Sie wohl klarkommen."

Als Tess das nächste Mal erwachte, wünschte sie sich umgehend, wieder einzuschlafen. Ihr Bein pulsierte quälend. Cale kam mit einer Lampe in der Hand herein.

„Die Schmerzen sind schlimm", sagte sie.

„Das habe ich mir gedacht. Ich habe zwar auch andere Mittel, aber wenn es so stark ist, solltest du Laudanum nehmen."

Tess fehlte es an Kraft, um dagegen zu protestieren. Nachdem Cale die Lampe auf dem Nachttisch abgestellt hatte, holte er die Medizin aus einer seiner Satteltaschen und flößte Tess einen Löffel der bitteren Flüssigkeit ein. Dann reichte er ihr eine Tasse Wasser zum Nachspülen, doch Tess nahm nur ein paar kleine Schlucke, denn sie plagte noch ein anderes, dringendes Problem.

„Cale." Sie wandte beschämt den Blick ab. „Ich brauche Hilfe bei … einem persönlichen Bedürfnis."

„Es gibt ein Plumpsklo, aber ich glaube nicht, dass du es dorthin schaffst." Rasch zog er einen Nachttopf unter dem Bett hervor.

Beschämt schloss Tess die Augen. „Ich fürchte, du wirst mir helfen müssen."

Die Hände in die Hüften gestemmt richtete Cale sich auf. „Kein Problem."

Starke Hände zogen Tess in die Senkrechte, wodurch ihr prompt schwindelig wurde.

„Tut mir leid", murmelte Cale dicht an ihrem Ohr.

Sie biss die Zähne zusammen, weil die Bewegungen ihr Schmerzen verursachten, aber auch, weil die Situation unendlich peinlich war. Ein Blick nach unten zeigte ihr, wie dürftig sie bekleidet war, und durch den offenen Kragen des leichten Nachthemds konnte sie ihre Brüste sehen.

Schlimmer geht es kaum.

Cales Gesichtsausdruck verriet Tess, dass er das Gleiche gesehen hatte wie sie.

„Mach dir keine Sorgen, Tess. Ich werde sicher nicht über dich herfallen. Wenn du dich auf die Bettkante setzt, kann ich dir den Nachttopf unterschieben."

Sie nickte bloß, weil sie kein Wort hervorbrachte.

Mach einfach, dann ist es schnell vorbei, wies sie sich zurecht.

Nachdem sie sich erleichtert hatte, half Cale ihr zurück ins Bett und verließ anschließend das Zimmer, um den Nachttopf zu leeren. Bis er zurückkam, hatte sich Tess' Atem endlich wieder beruhigt, auch wenn ihr Herz immer noch viel zu schnell hämmerte.

Er schob die Porzellanschüssel zurück unters Bett. „Sind die Schmerzen schlimmer geworden?"

„Nein", antwortete Tess, konnte ihm dabei aber nicht in die Augen sehen. „Ich wünschte nur, du würdest mich nicht so sehen."

„Du bist ein Mensch, Tess. Und als diesen nehme ich dich wahr."

„Aber … ich kann mir vorstellen … dass du Frauen lieber in … attraktiverem Zustand um dich hast."

„Falls du befürchtest, dass deine körperlichen Bedürfnisse mich abschrecken, dann hast du wirklich keine Ahnung, wer du bist."

Überrascht schaute sie Cale nun doch in die Augen. Er stand am Fußende, eine Hand auf den Bettpfosten gestützt, und sah sie im warmen Schein der Lampe unverwandt an.

„Tess Carlisle, du bist die faszinierendste Frau, die ich je getroffen habe. Du bist stark und intelligent, leidenschaftlich und einnehmend. Ich weiß, dass du das wegen deines Beins anders siehst, aber du bist anmutig und schön bei allem, was du tust. Du versteckst dich, aber dein wahres Wesen, dieses helle Licht, das dir von Natur aus innewohnt, scheint trotzdem immer wieder durch.

Ich weiß, dass du Selbstzweifel hast, aber ich wünschte wirklich, du könntest dich durch meine Augen sehen. Ich habe schon mit einigen Frauen Bekanntschaft gemacht – nicht mit vielen auf die Art, die du vielleicht im Kopf hast –, aber noch nie mit jemandem wie dir. Zweifellos werden Männer dich umschwärmen, sobald du dich selbst und deinen Weg im Leben wiedergefunden hast. Sie können gar nicht anders. Und falls dir immer noch unklar ist, wie ich über dich denke, sage ich es dir gerne ganz direkt. Du hast mich bezaubert, und du bist die schönste Frau, die ich je kennengelernt habe."

Er machte einen Schritt von Bett weg. „Ich will keinen Druck auf dich ausüben, aber du sollst wissen, dass ich dich begehre. Von dem Moment an, als ich dich zum ersten Mal gesehen habe. Aber ich werde dich nicht drängen. Du hast ein Recht darauf, deinen Lebensweg für dich zu wählen und mit wem du ihn gehen möchtest." Cale grinste. „Aber ich hoffe darauf, dass deine Pläne mich möglicherweise einschließen."

Damit ging er hinaus und schloss die Tür hinter sich, während Tess ihm nur verblüfft nachschaute. Noch nie hatte jemand so mit ihr gesprochen, als wäre sie für ihn das Wichtigste auf der Welt, ein wertvoller Schatz, den man mit äußerster Vorsicht behandeln musste.

Hatte Cale das wirklich ernst gemeint? Bedeutete sie ihm so viel?

Doch seine Worte entzündeten nicht nur das Verlangen in ihr, ihren Körper mit seinem zu vereinigen – sie reichten tiefer. Tess' Seele erwachte wieder zum Leben, und das Eis um ihr tot geglaubtes Herz begann zu schmelzen.

Schließlich setzte die Wirkung des Laudanums ein und hüllte sie mit einem benebelten, wohligen Gefühl ein. Die Wärme von Cales Nähe kam der Sonne Arizonas gleich und machte sie, zum ersten Mal seit langer Zeit, wieder glücklich.

Tess erwachte durch das Klappern von Geschirr in Vern Blights winziger Kochnische. Die Tür zum Schlafzimmer war nur angelehnt, weswegen sie sich räusperte, um sich bemerkbar zu machen.

„Oh gut", begrüßte sie der Hausbesitzer und öffnete die Tür ein Stück weiter. „Sie sind wach."

„Ja. Vielen Dank, dass Sie mich bei sich aufgenommen haben, Mr Blight."

Blights gedrungene Statur und breite Schultern wurden von hinten von der Sonne angestrahlt. „Keine Ursache. Ich hab nichts gegen ein bisschen Gesellschaft. Wie geht's dem Bein?"

„Tut ziemlich weh."

Die Falten in seinem Gesicht vertieften sich. „Ein paar Schluck Feuerwasser könnten dagegen helfen. Möchten Sie was? Oder vielleicht *tiswin*?"

„Apachen-Schnaps? Nein. Vielleicht später."

Blight nickte. „Ihr Bein wurde beim ersten Mal nicht anständig gerichtet, oder? Sie waren schon mal verletzt?"

„*Sí*. Cale hat gemeint, dass Sie mir vielleicht dabei geholfen hätten, wieder besser laufen zu können."

„Hab vielleicht ein bisschen hart zugepackt beim Einrenken, aber so wie das ausgesehen hat, war's notwendig. Zum Glück waren Sie echt weg, sonst hätte ich das gar nicht erst versucht. Sie sind eine von den Starken."

„Das ist sehr nett von Ihnen." Auf einmal hörte sie ein Geräusch aus dem Nebenraum, das nach dem Flügelschlagen eines Vogels klang. „Hat sich ein Tier ins Haus verirrt?"

„Nein. Ich zeige es Ihnen." Blight verschwand kurz und kam mit einem Behelfskäfig aus Metall zurück. Darinnen flatterte ein dunkelbrauner Vogel aufgeregt herum.

Tess stemmte sich in eine sitzende Position hoch. Das war zwar nicht angenehm, aber sie wollte auch nicht den ganzen Tag lang herumliegen. Rasch steckte sie die Decke über ihrer Brust fest, um ihre Blöße unter dem dünnen Nachthemd zu verstecken, und betrachtete dann den Käfig genauer.

„Er ist wunderschön", meinte sie. „Ist er verletzt?"

„Ja." Blight stellte den Käfig auf der Bettkante ab, und Tess hielt ihn fest, damit er nicht abrutschte. „Er ist eine sie, und sie ist eine Amsel. Hab sie vor ein paar Tagen gefunden, konnte nicht mehr fliegen."

„Woher wissen Sie, dass es eine sie ist?"

„Einfach so. Hatte schon immer ein Händchen für Tiere."

„Was haben Sie mit ihr vor?" Tess beobachtete, wie der Vogel sich beruhigte, und bewunderte seine schwarzen Augen, in denen so viel Weisheit stand.

„Na, sieh mal einer an." Blight lachte leise. „Ich glaube, sie mag Sie. Hatte so ein Gefühl, dass Sie sich gut verstehen würden. Und was ich mit ihr mache: Sie hat sich den Flügel verletzt, ein bisschen wie Sie mit Ihrem Bein. Wenn ich sie im Auge behalte, erholt sie sich vielleicht wieder. Wollen Sie mir helfen?"

Tess lächelte und konnte den Blick nicht von dem glänzenden, dunklen Gefieder abwenden. „Ja, sehr gerne."

„Am besten ist es für sie, so viel Zeit wie möglich draußen zu verbringen. Was übrigens auch für Sie gilt. Sie könnten sich für eine Weile auf die Veranda setzen."

„Ich warte wohl lieber, bis Cale wieder hier ist." Er konnte sie nach draußen tragen. Das wäre viel einfacher, als sich mit dem Gehstock abzumühen, zumindest für den Moment. Zu viel Bewegung ließ den Schmerz wieder aufflammen.

Unwillkürlich fragte sie sich, ob die Amsel sich wohl vor der Berührung von Menschen fürchtete und alles dafür tun würde, sie zu vermeiden. Das konnte Tess durchaus nachvollziehen. Aber sie ließ Cales Nähe immer mehr zu, in dem Wissen, dass sie dabei vor nichts Angst zu haben brauchte und auch nichts Schlimmes folgen würde.

„Ich lass sie hier bei Ihnen." Blight schnappte sich einen Hocker, den er neben das Bett stellte und dann den Käfig darauf platzierte, dicht genug, dass Tess den Vogel beobachten konnte. „Ich will sie wieder freilassen, wenn es ihr besser geht, aber wenn Sie ihr einen Namen geben wollen, ist das schon in Ordnung. Ich mach's normal nicht, weil man dann zu sehr dran hängt, aber …" Blight schüttelte den Kopf. „Da ist etwas zwischen Ihnen und dem Tier. Ich glaube, Sie haben eine Verbindung zueinander." Damit verließ er das Haus.

Tess betrachtete den Vogel. Das Weibchen war so schön mit ihrem dunklen, schimmernden Gefieder. Einer ihrer Flügel hing ein wenig mehr herab, als er sollte, aber andere äußere Verletzungen sah Tess nicht. Bewegen konnte sie ihn wohl noch, aber in diesem Zustand war sie leichte Beute für Raubtiere.

Vielleicht ähneln wir uns wirklich.

Die Amsel duckte sich nicht und versuchte auch nicht, zu entkommen. Stattdessen beobachtete sie Tess durch die Gitterstäbe, die ihrem Schutz dienten. Aber irgendwann würde dieser Schutz zu einem Gefängnis werden.

Wir können nicht ewig in unseren Käfigen bleiben, nicht wahr?

Sie bewunderte die Tapferkeit, die diesem kleinen Geschöpf innewohnte.

O Amsel, lass dein Lied erklingen!

Hank liebte Rezitate von Tennyson.

Sie fragen nicht nach dem Warum, denn im Tod erstrahlt ihr Heldentum.

Der Vogel saß ganz still in seinem schützenden Gefängnis. Tess musste endlich loslassen und wieder anfangen, zu leben. Kein Selbstmitleid mehr wegen ihres Beins oder der Misshandlung. Ab sofort würde sie Cale nicht mehr auf Abstand halten.

„Ich werde dich *el amore* nennen."

Liebe.

Kapitel Achtzehn

Den ganzen Morgen über kundschaftete Cale die Umgebung aus. Er kehrte zu der Stelle zurück, an der ihnen aufgelauert worden war, doch die Spuren, die sich wild über den Boden verteilten, machten es ihm schwer zu deuten, was mit Lange und One Ear geschehen war. Leichen fand er allerdings keine, was darauf hinwies, dass sie noch am Leben waren. Cale konnte jedoch nicht riskieren, sie zu verfolgen, da er bei Tess bleiben musste, bis sie genesen war. Dann konnten sie gemeinsam entscheiden, ob sie die Suche nach Hank fortsetzen würden. Je näher er Tess kam, desto stärker wurde das Bedürfnis, alleine weiterzureiten.

Mit einem Strauß Wildblumen, den er unterwegs gepflückt hatte, kehrte er schließlich zu Blights Hütte zurück. Er war nie sonderlich romantisch veranlagt gewesen, hatte aber den Impuls verspürt, Tess etwas Gutes zu tun. Er fand sie im Bett sitzend vor, wie sie eine Amsel in einem Käfig beobachtete.

„Was ist das denn?", erkundigte er sich.

„Sie ist verletzt, und Mr Blight kümmert sich um sie. Er meinte, ich darf ihr helfen."

Als Cale näher kam, gab der Vogel einen nervösen Laut von sich und bewegte sich unruhig.

„Schsch, Amado", beruhigte Tess ihn. „*El no te hará daño.*" *Er wird dir nichts tun.*

Cale nahm es als positives Zeichen, dass Tess ihn nicht mehr als Bedrohung betrachtete. Er präsentierte den Blumenstrauß, den er bislang hinter dem Rücken versteckt gehalten hatte. Das beinahe ehrfürchtige Erstaunen auf ihrem Gesicht verriet ihm, dass Tess noch nie zuvor so ein Geschenk bekommen hatte.

„Sie sind wunderschön", meinte sie, als sie den Strauß entgegennahm. „*Gracias.*"

„Ich dachte mir, dass sie dir vielleicht gefallen."

Tess schnupperte sich durch die roten und gelben Blüten, bevor sie Cale ein strahlendes Lächeln schenkte. Das ließ in ihm die erstaunte Frage aufsteigen, wohin die bisherige Tess verschwunden war.

„Ich hatte gehofft, dass du bald zurückkommst", sagte sie. „Würdest du mich auf die Veranda tragen, damit ich eine Weile draußen sitzen kann?"

„Natürlich."

Tess schob die Decke beiseite. Sie trug noch immer das Nachthemd, das Blight irgendwoher gezaubert hatte. Der dünne Stoff verbarg die Rundung ihrer verführerischen Brüste nur mangelhaft. Dass Blight sie entkleidet haben musste, verdrängte Cale lieber rasch, da der Mann nur hatte helfen wollen und ihr damit wahrscheinlich sogar das Leben gerettet hatte.

Und er verdrängte den Gedanken an die Einblicke, die er in den vergangenen beiden Tagen zweimal bekommen hatte. Seine Lust war hier vollkommen fehl am Platz, solange Tess solche Schmerzen hatte.

Aber gerade veränderte sich etwas Grundlegendes zwischen ihnen.

Cale hob Tess vorsichtig hoch und brachte sie auf die Veranda.

„Du riechst gut", murmelte er.

„Mr Blight hat mir Rosenwasser gebracht, und ich konnte mich waschen. Mir ist noch nie ein Mann begegnet, der so häuslich ist."

Mit einem Mal verspürte Cale das Bedürfnis, mit den Lippen über ihren Hals zu streichen, doch er unterdrückte das Verlangen und setzte Tess in dem alten Schaukelstuhl ab, wobei er einen netten Ausblick auf ihr Dekolleté bekam.

Verdammt.

Kurz hielt er inne, und ihre Gesichter waren sich sehr nahe. Tess ließ ihre Hände auf seinen Schultern ruhen.

„Für eine Schwerverletzte bist du viel zu verführerisch."

Sie strich ihm über die stoppelige Wange. „Findest du, dass das ein Nachteil für mich ist?"

„Ach nein. Ich denke, es ist genau andersherum."

„Was schätzt du an einer Frau besonders, Cale?"

„Lass es. So fangen wir gar nicht erst an. Ich will, dass du ganz du selbst bist. Und nur damit du es weißt: Ich mag alles an dir."

„Warum?"

„Wenn ich das mal wüsste", neckte er Tess. „Wie es aussieht, muss ich dich wohl länger auf Händen tragen."

Stirnrunzelnd gab sie Cale einen kleinen Schubs. Der grinste nur und küsste sie, bis sie lachte. „Warte kurz."

Wenig später kehrte Cale mit einer Decke und einer leeren Blechdose zurück, in die er die Blumen stellte, die Tess auf der Veranda abgelegt hatte. Er füllte die Dose mit Wasser aus der Regentonne auf und stellte sie neben Tess. Auf ihrer anderen Seite platzierte er einen Holzstuhl mit Armlehnen.

Tess hob die Decke an, die er ihr auf den Schoß gelegt hatte. „Für die ist es ein bisschen zu warm."

Cale machte es sich auf dem Stuhl bequem. „Du bringst mich noch ins Grab, Tess. Du bist so hübsch, dass ich bald meinen eigenen Namen nicht mehr weiß, wenn du dich nicht bedeckst."

Ein zufriedenes Lächeln stahl sich auf ihre Lippen, und Cale musste feststellen, dass ihn das weitaus mehr befriedigte, als das Bett mit ihr zu teilen.

Wobei es auch nett wäre, das Bett mit ihr zu teilen.

Er war schließlich auch nur ein Mann.

„Was ist mit Amado?", wollte Tess wissen.

„Ach stimmt." Cale ging noch einmal ins Schlafzimmer zurück und holte den Vogelkäfig, den er in Tess' Sichtfeld platzierte, bevor er sich wieder setzte.

„Ich könnte dir eine Geschichte erzählen", bot sie ihm an.

„Sehr gerne." Cale suchte sich einen trockenen Grashalm, den er sich in den Mund steckte.

„Möchtest du eine bestimmte hören?"

„Ich darf mir was aussuchen?" Darüber musste er einen Moment lang nachdenken. „Als ich noch ein kleiner Junge war, hat meine Mama mir manchmal von den Tieren erzählt, die hier im Westen leben und die es in Virginia nicht gab. Mein Lieblingstier ist der Kojote. Er ist ein Überlebenskünstler und außerdem wirklich schlau. Das hat mir irgendwie gefallen."

„Das ist nachvollziehbar." Tess zog sich ihren etwas unordentlichen Zopf nach vorne über die Schulter; ihre Wangen waren noch immer leicht gerötet.

Auch wenn Cale sie gerne einfach nur anschaute, versuchte er, es möglichst unauffällig zu machen. „Vielleicht kannst du mir ja eine Geschichte von einer Amsel erzählen. Ich frage mich, was Amado wohl zu berichten hätte, wenn man ihr nur genau zuhören würde."

„Manchmal frage ich mich schon, ob du von dieser Welt bist, Cale."

Ihre Worte rührten etwas in ihm an. Er war so lange durch die Lande gezogen. Seine Ma hatte früher immer gesagt, dass er wahrscheinlich die ganze Welt bereist haben würde, bevor er dreißig wurde. Das hatte er zwar nicht geschafft, aber sie war einer der wenigen Menschen gewesen, die ihn wirklich verstanden.

„Das könnte ich genauso gut über dich sagen." Cale genoss das Spiel des Sonnenlichts auf ihren rosigen Lippen. Ihre grünen Augen schienen mit der Sonne um die Wette zu strahlen.

„Ich kenne eine Erzählung über einen Kojoten und ein paar Eidechsen, die angeblich von den Navajo stammt." Sie hielt kurz inne und besann sich auf ihre Erzählerinnenstimme. „Kojote beobachtete gerne andere. Er war von Natur aus neugierig. Eines Tages bemerkte er eine Gruppe Eidechsen, die ein Spiel spielten. Er ging zu ihnen hinüber, doch sie taten, als würden sie ihn nicht bemerken. Das ärgerte ihn, weil er es hasste, ignoriert zu werden. Er kam noch näher. ‚Was spielt ihr da?‘, fragte er."

Cale lehnte sich auf seinem Stuhl zurück und verfolgte aufmerksam, wie Tess' Stimmlage sich veränderte, als würde sie ein Portal zu einer anderen Zeit und einem anderen Ort öffnen.

„‚Wir nennen es rutschen‘, antwortete eine der Eidechsen‘", fuhr Tess fort. „Sie wechselten sich dabei ab, auf einem flachen Stein einen Hügel hinunterzurutschen. Unten angekommen trugen sie den Stein wieder hinauf zur Spitze.

‚Ich würde gerne mitspielen‘, meinte Kojote.

‚Oh nein‘, protestierte die Eidechse. ‚Das geht nicht. Das würdest du nicht überleben.‘

Kojote glaubte ihr nicht – tatsächlich war er sich ziemlich sicher, dass er den besten Rutscher aller Zeiten abgeben würde. Er bestand darauf, dass sie ihm einen Versuch gewährten. Die Eidechsen stimmten schließlich zu, warnten ihn aber nachdrücklich, dass er nur auf dem kleinen Stein rutschen durfte und nicht auf einem größeren. Er willigte ein, war aber fest entschlossen, auch den größeren auszuprobieren.

Die Eidechsen schoben den kleinen Stein zum Abhang und hielten ihn dort fest, während Kojote darauf kletterte. Dann schubsten sie ihn an, und hinab ging die Fahrt. Unten angekommen war er sehr zufrieden mit sich, dass er es geschafft hatte, und hielt sich sogar für geschickter als die Eidechsen. Also brachte er den kleinen Stein wieder nach oben und wollte nun auf dem größeren rutschen.

Nach einiger Diskussion ließen die Eidechsen ihn gewähren, da es Kojotes Entscheidung war, wenn er sich unbedingt umbringen wollte. Sie richteten ihm den großen Stein her, und erneut sauste Kojote den Hügel hinab. Doch auf einmal prallte der Stein gegen einen anderen, und Kojote segelte hoch durch die Luft. Voller Angst musste er erkennen, dass er in großen Schwierigkeiten steckte. ‚Die Eidechsen hatten recht", dachte er. ‚Ich werde sterben.'

Er schlug hart auf dem Boden auf und wähnte sich schon in Sicherheit, doch dann sah er den großen Stein auf sich zukommen. Verzweifelt erkannte er, dass er nun wirklich sterben würde.

Von der Spitze des Hügels aus beobachteten die Eidechsen, wie Kojote von dem großen Stein getroffen und unter ihm zermalmt wurde. Das tat ihnen nicht leid, immerhin hatten sie ihn eindringlich vor diesem Schicksal gewarnt. Allerdings fragten sie sich, was sie nun tun sollten. Kojote wegzuschaffen, würde schwierig werden, weil er im Vergleich zu ihnen riesig war. Natürlich könnten sie ihn einfach dort liegen lassen, aber er blockierte ihr spaßiges Spiel. Daher einigten sie sich darauf, ihn wieder zum Leben zu erwecken. Sie stellten sich im Kreis um Kojotes lebloses Körper herum auf, wirkten einen Zauber, den nur sie kannten, und ließen ihn wiederauferstehen.

Die älteste Eidechse sprach: ‚Nun geh hin und lebe weiter. Aber halte dich in Zukunft von Eidechsenspielen fern. Wir wollen nicht, dass du noch einmal stirbst.' Also rannte Kojote davon, froh, wieder am Leben zu sein."

Tess verstummte, und eine Weile genossen sie die Stille des Nachmittags.

„Kojote wollte doch nur auch ein bisschen Spaß haben", merkte Cale an, ohne den Grashalm aus dem Mund zu nehmen.

„Vielleicht sollte man dafür aber lieber bei seiner eigenen Art bleiben", sinnierte Tess.

„Wunder geschehen. Die Eidechsen haben ihn immerhin gerettet."

Tess lächelte ihn an und schaukelte ein wenig mit dem Stuhl vor und zurück. „Glaubst du an Wunder?"

„Ich denke, dass wir manchmal Hilfe bekommen, wenn wir sie

am wenigsten erwarten", erwiderte Cale nach einem Augenblick des Nachdenkens.

„Wie bei deiner Halbschwester Molly? Sie hat bei den Comanchen gelebt. Das muss schwer für sie gewesen sein. Manche würden ihre Rückkehr wohl als Wunder betrachten."

„Sie ist stark, und sie erinnert mich sehr an dich. Ich glaube, du würdest sie mögen."

„Hoffentlich lerne ich sie eines Tages kennen."

Cale griff nach ihrer rechten Hand. „Wenn du damit fragst, ob ich dich irgendwann mit nach Texas nehme, lautet die Antwort ja."

Tess ließ den Kopf an der Rückenlehne des Schaukelstuhls ruhen. „Sag nichts, was du nicht so meinst." Sie klang jedoch nicht, als würde sie ihn ausschimpfen, sondern als hätte sie Erfahrung mit gebrochenen Versprechen.

„Das tue ich nicht."

Cale verschränkte ihre Finger miteinander, und so saßen sie einträchtig zusammen, während der Bach vorüberplätscherte, Amado an den Gitterstäben pickte und die Bäume sich in der leichten Brise wiegten.

Kapitel Neunzehn

Die nächsten beiden Wochen verbrachte Tess damit, sich auszuruhen, Tennyson zu lesen und sich um Amado zu kümmern. Vern Blight sah regelmäßig nach ihr, und Cale blieb immer in ihrer Nähe. Obwohl er sich immer mal wieder einen Kuss stahl und Tess jeden einzelnen sehnsüchtig erwartete und erwiderte, gab er sich offenbar große Mühe, die Leidenschaft zwischen ihnen in Schach zu halten. Jeden Abend saßen sie nach dem Essen, oft auch zusammen mit Vern, auf der Veranda und betrachteten die Sterne, während Tess eine Geschichte erzählte.

Der alte Mann sprach wenig über die Apachen und Männer, die seines Wissens in den Dragoons lebten, unterhielt sie aber dafür mit Anekdoten über die Tiere, die er im Lauf der Jahre gerettet hatte. Einige davon fügte Tess ihrem ganz persönlichen Erzählungsschatz hinzu.

Das Apachenpaar, das auf Verns Land lebte, hielt sich von ihnen fern. Vern nannte den Mann Nitis und die Frau Smita, richtig vorgestellt wurden sie Tess und Cale aber nicht. Nachdem Cale die Vermutung geäußert hatte, dass das Paar ihnen nicht vertraute, versuchte Tess nicht weiter, Kontakt zu ihnen aufzubauen. Manchmal konnte sie die beiden beobachten, wie sie sich um den Gemüsegarten und die Tiere in der Scheune kümmerten, achtete aber darauf, dass sich ihre Wege nicht kreuzten.

Der Schmerz war inzwischen einigermaßen erträglich, und sie war froh, dass sie die Laudanumdosis nach und nach verringern konnte. Die Schiene hinterließ rote Druckstellen, und ihre Haut juckte wie verrückt, aber sie merkte, wie ihr Bein heilte. Mit jedem Tag fühlte es sich besser an.

Cale hatte ihr ein paar Krücken gefertigt, mit deren Hilfe sie sich alleine fortbewegen konnte, und sie genoss die daraus entstandene Freiheit. Manchmal nahm sie Amado in ihrem Käfig mit zum Bach und setzte sich ans Ufer, um dort auf Cale zu warten, wenn er jagen oder kundschaften ging, weil sie sich auf seine Rückkehr freute.

Nachts träumte sie häufig von ihm, davon ihn zu küssen und noch mehr zu tun. Am Morgen wachte sie voller Begehren und in dem Wissen auf, dass er im Nebenzimmer auf dem Fußboden schlief. Alles, was sie tun müsste, wäre nach ihm zu rufen, damit er zu ihr kam, sie in die Arme nahm und das Bett mit ihr teilte.

Bisher war er immer respektvoll mit ihr umgegangen, aber außer nachts waren sie selten miteinander alleine. Der erste Schritt musste von Tess ausgehen, doch in der Stille der dunklen Stunden zögerte sie jedes Mal.

Was, wenn ich erstarre oder – noch schlimmer – mich vor Panik wie ein wildes Tier gebärde?

Diese Vorstellung ließ sich einfach nicht abschütteln. Sie wollte Cale nicht enttäuschen und sich selbst nicht lächerlich machen.

Inzwischen brauchte sie nur noch eine Krücke, um das Haus zu umrunden. Vern war vor zwei Tagen in die Berge verschwunden. Warum, hatte er nicht gesagt, aber Cale tippte auf eine Goldsuche. Tess hatte es erstaunt, dass Vern ihr und Cale nach so kurzer Zeit schon vertraute, doch Vern war in seiner Antwort sehr direkt gewesen.

„Meine Tiere mögen euch", hatte er erklärt. „Das reicht mir.

Nitis und Smita lassen euch zufrieden, wenn ihr sie auch in Ruhe lasst."

Tess sah nach dem kleinen Gemüsegarten, in dem unter anderem Mais, Kürbisse, Karotten und Kartoffeln wuchsen. Smita kümmerte sich liebevoll täglich darum. Ein paar Steckrüben für einen Eintopf waren rasch geerntet, und mit etwas Glück brachte Cale ihnen Kaninchen mit. Er sollte bald zurückkehren.

Plötzlich gab Amado einen Warnlaut von sich. Der Vogel befand sich in seinem Käfig auf der Veranda. Tess sah sich um, bemerkte jedoch nichts Ungewöhnliches und strich sich ein paar schwarze Strähnen aus dem Gesicht. Sie grub weiter mit einer kleinen Schaufel nach dem Wurzelgemüse, doch Amado zwitscherte erneut aufgeregt.

Anspannung kroch Tess in die Glieder, als sie sich ihre Krücke schnappte und zur Veranda hinkte. Dort erstarrte sie mitten in der Bewegung.

Nur ein paar Meter von ihr entfernt stand ein Kojote. Das Raubtier war offensichtlich auf Amado aus. Kein Wunder, dass der Vogel sich so aufregte.

Der Kojote war abgemagert, und sein struppiges, weiß-braun-gestromtes Fell zeugte ebenfalls von seinem Hunger. Seine gelben Augen blieben auf sie fixiert, und die Angst, die sich nun in Tess breitmachte, kam ihr wie eine alte Bekannte vor. Doch sie blieb standhaft und rührte sich nicht von der Stelle.

Schließlich gab der Kojote auf, drehte sich um und verschwand im Unterholz.

Ein Glücksgefühl durchströmte Tess, und sie feierte innerlich diesen kleinen Sieg. Dann brachte sie jedoch vorsorglich den Käfig nach drinnen, falls der Kojote es sich noch einmal anders überlegte.

Von draußen ertönte das Hufklappern eines sich nähernden Pferdes, doch Tess spürte sofort, dass etwas nicht stimmte. Schnell schloss sie die Tür und beobachtete durchs Fenster den näher kommenden Reiter.

Es war nicht Cale.

Der Mann zügelte sein Reittier vor dem Haus.

Panik und Fassungslosigkeit durchfuhren Tess wie ein Blitz.

Saul Miller.

Mit einem kleinen Satz wich Tess vom Fenster zurück.

Die Augen fest zusammengekniffen suchte sie verzweifelt nach einer Erklärung. Vielleicht hatte sie sich geirrt. Walt Lange hatte gesagt, dass er tot war. Bestimmt hatte sie sich die Ähnlichkeit nur eingebildet.

Vorsichtig warf sie einen weiteren Blick auf den Mann, seine kräftige Statur, die verschlagenen Augen und die Pockennarben im Gesicht.

Er ist es.

Mit dem Rücken gegen die Tür gelehnt stützte Tess sich schwer auf die Krücke und betete, dass Miller sie nicht gesehen hatte.

Schritte auf der Veranda. Dann ein Hämmern an der Tür, das Tess durchschüttelte.

„Vern, bist du da?"

Sie hielt den Atem an und wünschte sich nichts sehnlicher, als unsichtbar zu sein.

Noch ein heftiges Klopfen an der Tür. Nach einem langen Moment der Stille fluchte Miller unterdrückt, dann entfernten sich seine schweren Schritte. Als Tess endlich hörte, wie sich sein Pferd vom Haus entfernte, rang sie keuchend nach Luft.

Lange konnte sie sich nicht rühren, in ihrem Kopf herrschte das blanke Chaos und sie zitterte am ganzen Körper. Irgendwann sank sie gequält schluchzend zu Boden.

CALE FAND Tess schlafend unter dem Bett. Er hatte sie schon überall gesucht, und seine Sorge war immer größer geworden, als er zwar eine ihrer Krücken im Schlafzimmer gefunden hatte, aber keinen Hinweis auf Tess.

Erleichterung breitete sich in ihm aus, doch im gleichen Moment wurde ihm auch bewusst, dass zumindest ein Teil der Fortschritte, die sie in den letzten beiden Wochen durch das friedvolle Leben in Verns Haus gemacht hatte, zunichte war. Tess hatte sich unter dem niedrigen Gestell aus Holz und Seilen so weit wie möglich nach hinten an die Wand gedrängt. Sogar der Nachttopf stand noch vor ihr. Ihr Gesicht war aufgequollen, und auf ihren Wangen zeigten sich Tränenspuren.

„Tess." Vorsichtig streckte Cale eine Hand nach ihr aus, und sie rührte sich ein wenig. „Liebes, was machst du denn da unten?" Er schob den Nachttopf beiseite und zog sie unter dem Bett hervor, immer darauf bedacht, ihrem geschienten Bein nicht zu schaden. Als sie schließlich auf der Bettkante saß, bemerkte Cale, dass ihre braune Bluse und der karierte Rock ganz schmutzig waren und ihr schwarzes Haar sich aus dem Flechtzopf gelöst hatte.

Sichtlich benommen wischte Tess sich übers Gesicht und schaute sich um.

„Warum warst du unter dem Bett?"

Sie schaute Cale in die Augen und sofort flossen die Tränen wieder. „Ich habe Saul gesehen."

„Wie meinst du das?"

„Er ist noch am Leben. Ich habe ihn gesehen. Hier."

„Bist du dir sicher?"

Tess nickte. „Zuerst habe ich es auch für einen Irrtum gehalten, aber dann habe ich noch einmal genauer hingesehen. Er war es." Sie hielt kurz inne, um tief Luft zu holen. „Glaubst du mir?"

„Natürlich glaube ich dir. Ich hatte ja selbst Zweifel an Langes Aussage. Aber warum sollte Saul ausgerechnet hierher kommen?"

„Er wollte zu Vern. Als ihm niemand die Tür aufgemacht hat, ist er wieder weggeritten."

Bisher war Cale jeden Tag in der Umgebung unterwegs gewesen, auch um zu jagen. Er hatte sich jedoch nie allzu weit von der Hütte entfernt. Unterwegs hatte er Spuren von Apachen entdeckt, aber keine Hinweise auf Hank oder Lange. Und jetzt tauchte auf einmal Saul hier auf. Seltsam, dass sie sich offensichtlich alle in der gleichen Gegend aufhielten, sich aber nie über den Weg gelaufen waren. Suchte Miller ebenfalls nach Hank?

„Bist du dir sicher, dass er dich nicht bemerkt hat?", fragte er.

„*Sí.*"

Cale zog Tess mit dem rechten Arm an seine Brust, vergrub die Finger in ihren Haaren und küsste sie auf die Stirn. Sofort schlang sie die Arme um ihn.

„Wann war er hier?"

„Irgendwann vorhin."

Wenn er direkt losritt, könnte er Miller vielleicht noch einholen. Ihn schnappen und zurück nach Tucson schleifen, wo er für den Mord an Jim Bennett und den Übergriff auf Tess vor Gericht gestellt werden konnte. Aber in dem Wissen, dass sie dafür wahrscheinlich die Vergewaltigung in allen Einzelheiten schildern musste, spielte er mit dem Gedanken, Saul einfach umzubringen und seine Leiche den Geiern zu überlassen. Dann könnte Tess ihre Vergangenheit ein für alle Mal hinter sich lassen. Aber damit wäre Cale kein Stück besser als das, wozu Saul geworden war: ein brutaler Tyrann.

Tess hob den Kopf und schaute ihn an. „Was ist los? Willst du ihm hinterher?"

„Ich denke darüber nach."

„Dann komme ich mit."

„Das geht nicht. Dein Bein ist noch nicht ausgeheilt."

„Es wird mit jedem Tag besser. Ich denke, wir können die Schiene abmachen."

Cale gab ihr einen Kuss, zügelte sich jedoch wie schon in den vergangenen beiden Wochen. Inzwischen schätzte er die Vorfreude und das Warten sogar und genoss es, seiner Lust nur durch die Berührung ihrer Lippen nachzugeben.

„Du möchtest, dass ich hierbleibe, oder?", fragte Tess.

Cale lehnte seine Stirn gegen ihre. „Nein. Ich denke, dass du hier auch nicht sicherer bist als bei mir. Von den Apachen geht keine unmittelbare Bedrohung aus, und mein Gefühl sagt mir, dass der Hinterhalt eher One Ear als uns gegolten hat. Aber ich will nicht, dass du noch mehr Schmerzen erleiden musst, Tess."

„Dann hilf mir, die Schiene abzulegen. Wir werden sehen, wie es mir ohne geht."

Kapitel Zwanzig

Die Schiene loszuwerden, war eine Erleichterung für Tess. Sie kratzte sich und massierte die Stellen, an die sie nicht mehr herangekommen war, seit Vern ihr die Holzteile angelegt hatte. Cale brachte die Latten nach draußen und kehrte dann zu ihr zurück, um den Heilungsprozess im Licht der Lampe zu beurteilen.

„Kratz nicht so viel", meinte er, als er sich am Fußende aufs Bett setzte.

Frustriert stemmte Tess beide Handflächen gegen die Bettdecke. Cale legte die Finger auf ihr Knie und den Oberschenkel. Unwillkürlich ging ihr Atem schneller, und seine Berührung verursachte ihr eine Gänsehaut – nicht nur auf ihrem Bein.

Die Nacht war bereits herangebrochen, und sie waren allein, so richtig allein. Vern war fort und würde wohl nicht so schnell wiederkehren, und das Apachenpaar kam nie zur Hütte.

Tess' Mund wurde staubtrocken.

Besser, sie konzentrierte sich auf die Verletzung, die hoffentlich besser verheilt war als zuvor, statt auf Cales maskuline

Anziehungskraft. Mit einem tiefen Luftholen versuchte sie, sich zu beruhigen.

Cales Blick ruckte nach oben, und die Sehnsucht stand deutlich in seinen Augen zu lesen. Tess vergaß erst das Ausatmen, doch dann entwich ihr die Luft in einem schlagartigen Seufzen.

„Sieht nicht schlecht aus", meinte Cale leise. „Wie fühlt es sich an?"

„Gut." Sie schaute nicht weg und wusste, dass er verstand, was sie damit eigentlich meinte.

„Bist du dir sicher?", hakte er nach.

Das Herz hämmerte wie wild in ihrer Brust. „Hoffentlich bist du nicht enttäuscht."

„Das ist gar nicht möglich." Cale rückte ein Stückchen näher zu ihr heran. „Möchtest du erst ein paar Schritte gehen?"

„Das kann ich später auch noch."

Ein Lächeln umspielte seine Mundwinkel, und er strich ihr sacht ein paar Haarsträhnen aus dem Gesicht. Dann suchte er ihre Lippen mit seinen, worauf Tess die Arme um seinen Nacken schlang und ihn dichter an sich zog. Sie klammerte sich an ihn, als seine Zunge den Weg in ihren Mund fand. Seine Küsse waren ihr inzwischen vertraut, aber sie fand sie immer noch aufregend. So an ihn geschmiegt konnte sie seine Lust spüren, sein Verlangen nach ihr, das er nach wie vor unter Kontrolle hielt, und es entfachte ihr eigenes Begehren.

Angst wollte sie keine haben, und nach der Erschöpfung, die der Panik nach dem Wiedersehen mit Saul gefolgt war, sehnte sie sich nach nichts mehr, als Lust zu empfinden, sich lebendig zu fühlen. Und sie wollte dieses Gefühl mit Cale erleben.

Im Bruchteil einer Sekunde wurden ihre Küsse stürmischer, und Cale drängte sie sanft nach hinten aufs Bett, bevor er sich neben ihr ausstreckte. Sein Mund eroberte ihren so hungrig, dass sie sich Cale unwillkürlich entgegenbog, bis sie seine Erregung an ihrer Hüfte spürte. Langsam ließ er eine Hand weiter nach unten gleiten, strich erst nur sacht über eine ihrer Brüste und umfasste sie dann. In Tess' Körper loderte der Wunsch nach mehr auf.

Cale stützte sich über ihr auf und ließ seinen Mund über ihren Hals tiefer nach unten wandern. Sie zerrte an seinem Hemd, bis er es sich endlich über den Kopf zog. Die Knöpfe ihrer Bluse öffnete Tess selbst, doch Cale half ihr beim Ausziehen. Kurz stand er auf und streifte ihr den Rock über die Beine nach unten, bevor er ihr behilflich war, das Unterkleid abzulegen. Jetzt trug sie nur noch ihre lange Unterhose.

Mit ein paar schnellen Handgriffen wurde Cale seine Stiefel los und dann seine Hosen. Die Laterne hatten sie bislang nicht ausgemacht, und Tess fragte sich, ob sie wohl so aussah, wie eine Dame aussehen sollte, wenn sie halb nackt vor dem Mann lag, mit dem sie gleich das Bett teilen würde.

Sie versuchte, die Muskeln und harten Linien von Cales sehnigem Körper nicht anzustarren, oder die alten Narben, die sich auf seiner Haut abzeichneten. Sie machten ihn nur noch attraktiver, und Tess hoffte, dass er das Gleiche für sie empfand. Cale kniete sich ans Fußende des Betts und schob die Finger unter den Bund ihrer Unterhose, um sie langsam nach unten zu streifen und Tess somit komplett zu entblößen.

Dann beugte er sich nach vorne und verteilte eine Spur kleiner Küsse auf Tess' verletztem Bein, wobei er auch die verformten Stellen nicht aussparte. Seine Finger streichelten ihre Hüften, während er den Mund über ihren Bauch nach oben zu ihren Brüsten gleiten ließ.

Tess schloss die Augen und verlor sich in den Empfindungen. Nie hätte sie gedacht, dass es sich so anfühlen könnte, und die Sehnsucht ballte sich immer weiter in ihrem Inneren zusammen.

Cales Lippen kehrten zu ihrem Mund zurück, und als er sich dieses Mal über ihr aufstützte, spürte sie seine Erregung. Auch ihr Hals, ihr Kinn und ihre Wangen wurden mit Küssen bedacht, und als er sich langsam auf ihr bewegte, spreizte Tess ein wenig die

Beine, um ihm mehr Zugang zu gewähren. Leicht veränderte er den Winkel seiner Hüften, doch dann schien Cale zu zögern.

Tess schob die Beine weiter auseinander, gab ihm so die Erlaubnis zum Weitermachen. Langsam drang er in sie ein, doch sie verspannte sich sofort, als die Erinnerungen zurückkehrten, an den Moment, als dieser Akt nicht aus Zärtlichkeit oder Verlangen geboren war.

Cale sah ihr in die Augen. „Ist alles gut, Tess?"

Sie biss sich auf die Unterlippe und schloss die Augen. „*Lo siento.*"

Eigentlich hatte sie erwartet, dass er nun weitermachte, doch er hielt weiter inne, und liebkoste nur ihre Lippen mit seinen. „Wir können es auch auf andere Weise tun."

„Wie meinst du das?" Jetzt wagte sie doch einen Blick. Sie wünschte sich nichts mehr, als die Art Frau zu sein, die vollendete Befriedigung in Cales Armen finden konnte. Sicher hatte er schon bei Frauen gelegen, die sich ihm ohne Hemmungen und voller Sinnlichkeit hingaben.

„Ich muss nicht in dir sein, um dir Lust zu bereiten."

„Ist das schön für dich?"

Das entlockte ihm ein leises Lachen. „Es geht hier nicht nur um mich." Er rutschte von ihr herunter und griff hinüber zum Nachttisch, um die Lampe auszudrehen.

Kurz darauf fühlte Tess seinen Mund an ihrer Wange und ihrem Ohr, während sich seine linke Hand einen Weg von ihrer Brust zu ihrem Bauch und weiter hinunter suchte. Seine Fingerspitzen berührten sie zwischen den Beinen, und Tess schnappte nach Luft. Die Dunkelheit nahm ihr etwas von der Scham, und sie lebte nur noch für die Gefühle, die seine Liebkosungen in ihr hervorriefen und dabei jeglichen klaren Gedanken aus ihrem Kopf vertrieben. Sein Mund fand erneut ihren, und Tess klammerte sich an Cales Nacken und Schultern fest, während sie sich wie wild an seiner Hand rieb und sich dem Rausch der Sinne ergab.

Sie lösten die Lippen voneinander, und Tess rang nach Atem. Langsam schwebte sie von ihrem Höhepunkt wieder zurück zur Erde. Kaum zu glauben, was da gerade mit ihrem Körper passiert war.

„*Maravilloso*", flüsterte sie. „Aber was ist mit dir?"

„Alles in Ordnung. Ich muss nur an etwas anderes als an deinen *maravilloso* Körper denken." Cale schmiegte sich seitlich an sie.

Doch Tess wollte ihm gerne zurückgeben, was er ihr geschenkt hatte, und küsste ihn daher hemmungslos.

„Tess", murmelte er an ihren Lippen. „Du raubst mir noch das letzte bisschen Beherrschung."

„Dann gib sie auf. Es ist in Ordnung. Bitte versuch es noch einmal." Bevor er etwas erwidern konnte, drückte sie ihren Mund auf seinen und zog Cale auf sich. Dieses Mal öffnete sie die Beine weiter für ihn und kam ihm entgegen.

Mit einem Stoß versank er in ihr. Tess fühlte seine Länge, die noch mehr Verlangen in ihr weckte, doch die Verbindung zwischen ihnen ging über das rein Körperliche hinaus. Zuvor, als sie noch nicht vereint gewesen waren, hatte sie etwas Wichtiges vermisst.

Als er sich dieses Mal in ihr bewegte, berührte er ganz andere Stellen in ihr, doch sie merkte auch, dass er sich weiterhin zurückhielt. Also schlang Tess die Beine um seine Hüften und gab sich der Dunkelheit, der puren Lust des Augenblicks hin, weil sie verzweifelt nach allem gierte, was sein Körper ihr versprach. Cales Lippen eroberten ihre in einem leidenschaftlichen Kuss, und sie fand erneut ihre Erfüllung. Er hielt sie so fest umfangen, dass sie bis in die Zehenspitzen fühlte, wie sehr er sie brauchte.

Tränen rannen Tess über die Wangen, und sie klammerte sich mit aller Macht an Cale, während die Anspannung langsam aus ihren Gliedern wich. Zärtlich liebkoste sein Mund ihre Lippen, und er wischte mit dem Daumen die feuchten Spuren von ihren Wangen.

„Ich wusste nicht, dass es so sein kann", raunte sie.

„Ich auch nicht."

Tess regte sich im Lauf der Nacht in Cales Armen, die er von hinten um sie gelegt hatte. Noch immer nackt drängte sich ihre Kehrseite an seinen Schritt. Sie spürte Cales Lippen, die über ihren Hals streiften, und klammerte sich an seinem linken Unterarm fest, während er mit der anderen Hand ihre Brüste, den Bauch und die Hüften erkundete, bevor er sie zwischen ihre Beine schob. Und wieder entfachte er ein Feuer in ihr, ließ sie vor nie gekannter Lust beinahe den Verstand verlieren.

Er drang nicht in sie ein, sondern verwöhnte sie nur mit seinen Händen. Und in ihrem leidenschaftlichen Austausch fühlte Tess sich so sinnlich, so befreit und erleichtert, dass Cale sie begehrte – und das nicht zu knapp, sondern mit einer unablässigen Begierde wie jede seiner Berührungen, jedes Streicheln und jedes Stöhnen bewies, das ihm entwich. Er konnte kaum die Finger von ihr lassen und weckte damit eine zutiefst weibliche Antwort in ihr.

Tess wollte seine Zärtlichkeiten erwidern.

Rasch drehte sie sich zu ihm um und küsste ihn ohne Umschweife auf den Mund. Hungrig und in die Intimität der Dunkelheit gehüllt, wagte sie es, ihn so anzufassen, wie er es bei ihr getan hatte. Seine Schultermuskeln verspannten sich, als sie ihn schließlich zu sich führte, und Cale stützte sich über ihr ab, um sich mit einem Stoß in ihr zu versenken. Sie bewegten sich in dem uralten Rhythmus, und Tess existierte nur noch in dem Bewusstsein ihres Verlangens nach Cale und seines Verlangens nach ihr. Alles andere war bedeutungslos.

Sie schliefen wieder ein. Als Tess das nächste Mal die Augen öffnete, drangen die ersten Strahlen des heranbrechenden Morgens in die Hütte. Cale schlummerte noch friedlich neben ihr, eine Hand ruhte auf Tess' Hüfte. Der Duft ihrer nächtlichen

Aktivitäten ergänzte ihre tiefe Befriedigung, und sie schwelgte in dem Moment. Zum ersten Mal seit Langem hatte sie wieder echte Hoffnung, die Vergangenheit ein für alle Mal hinter sich lassen zu können.

Aber noch fehlte etwas.

Mein Bein.

Cale hatte sie so gründlich abgelenkt, dass sie weder ihn noch das Bett verlassen hatte, nachdem sie erst einmal nackt gewesen war. Ihr Bein hatte sich zwischendurch immer mal leicht bemerkbar gemacht, aber nicht stark wehgetan.

Vorsichtig löste Tess sich von Cale und setzte sich auf die Bettkante. Über ihrem linken Knie bildete sich noch immer eine Wulst, aber selbst in dieser Position konnte sie es jetzt anwinkeln.

Bueno.

Ihr Blick glitt über ihre nackte Haut, die hier und da Spuren ihres nächtlichen Liebesspiels aufwies. Ihre dunklen Haare fielen ihr offen über die Schultern, und ein Gefühl tiefen Glücks ergriff von ihr Besitz. Tess bückte sich und hob ihr Unterkleid vom Boden auf, um es überzustreifen.

Dann atmete sie einmal ganz bewusst aus und stand mit einer fließenden Bewegung auf, wobei sie das Gewicht zunächst auf ihrem gesunden rechten Bein beließ. Ganz vorsichtig verlagerte sie es immer mehr nach links. Die Muskeln waren steif, und es fühlte sich nicht sehr angenehm an, aber das Bein knickte auch nicht unter ihr weg. Kein scharfer Schmerz, nur ein dumpfes Ziehen im Bereich um ihr Knie.

Langsam ging Tess ins Nebenzimmer, wo ihr Blick auf Amados Käfig fiel. Der Vogel beobachtete jede ihrer Bewegungen.

In den vergangenen Wochen hatte sich auch der Zustand von Amados Flügel verbessert. So wie früher vor der Verletzung würde er zwar wohl nie wieder sein, aber Tess wusste, dass es nun an der Zeit war, die gefiederte Freundin ziehen zu lassen, um ihr die Möglichkeit zu geben, ihre Genesung zu genießen. Tess nahm den

Käfig und trug ihn hinaus auf die Veranda, wo sie ihn auf dem Stuhl abstellte, den sonst Cale gerne benutzte. Sie öffnete die kleine Tür und trat einen Schritt zurück.

„Alles Gute, Amado."

Die Amsel hüpfte auf den Rand der Öffnung, hielt dann jedoch einen Moment inne. Das konnte Tess verstehen. Die allgegenwärtige Sehnsucht nach der Freiheit bedeutete nicht, dass man sofort losstürzte, sobald man sie endlich wiedererlangte. War sie echt? Durfte man ihr vertrauen?

„*Vamos, ahora*", murmelte Tess leise.

Amado breitete die Flügel aus und flog davon, nur um sich auf einem der Pfosten des Korrals niederzulassen. Dort drehte sie den Kopf von einer Seite zur anderen, als würde sie zu Tess zurückschauen.

Lächelnd machte Tess ein paar Schritte von der Veranda herunter, sodass ihre bloßen Füße in Kontakt mit *Madre Tierra* kamen. Als sie sich dem Holzzaun näherte, tauchte auf einmal Smita, die Apachin, mit einem Korb nasser Wäsche aus Richtung des Bachs auf. Sie lächelte Tess breit an, was kleine Fältchen auf ihrem runden Gesicht erscheinen ließ.

Die Frau hatte offensichtlich keine Angst von ihr. Vielleicht hatte ihr Ehemann sie angewiesen, sich von den *gringos* in Verns Hütte fernzuhalten, weil er vom Schlimmsten ausging. Das konnte Tess ihnen nicht verdenken, wenn man bedachte, was den Apachen über die Jahre angetan worden war.

Aber Smita wusste wohl auch, dass sie von Tess nichts zu befürchten hatte.

„*Se baila con la muerte*", meinte sie auf Spanisch. „*Pero ahora usted es un ángel.*"

Du hast mit dem Tod getanzt, aber nun bist du ein Engel.

Mehr musste sie nicht sagen, sie verstanden einander auch so, den tiefen Schmerz und die Narben, aber auch den Anfang eines neuen Lebens.

„*Sí*", erwiderte Tess.

Amado schwang sich in die Lüfte und stieg immer höher. Sie ließ die Sicherheit der kleinen Farm für die Wildnis jenseits ihrer Grenzen zurück.

Kapitel Einundzwanzig

Cale lenkte Bo auf einen Pfad, der in etwa parallel zu dem verlief, auf dem er, Tess, Lange und One Ear vor ein paar Wochen überfallen worden waren. Saul Millers Fährte war nach wie vor gut zu erkennen, und er schien allein unterwegs zu sein, doch Cale fragte sich, ob er sich vielleicht mit jemandem treffen wollte. Eventuell Lange.

Die Sonne brannte vom wolkenlosen Himmel auf ihn und Tess herunter, als sie den überwucherten Weg verließen und den Bergpfad immer höher erklommen. In der Ferne tauchten Felsformationen aus Granit auf, und große Yuccapalmen sprossen mit ihren schwertartigen Blättern überall aus dem Boden. Moses trottete folgsam an einem kurzen Seil hinter Bo her, und Tess folgte ihnen auf Gideon. Trotz allem, was noch vor ihnen lag, war Cale glücklicher denn je. Und so zufrieden, wie er es noch nie in Gesellschaft einer Frau gewesen war.

Das lag allein an Tess. Während des Heilungsprozesses ihres Beins hatte Cale sein Verlangen nach ihr eisern unter Kontrolle gehalten und stattdessen den Schatz ihrer Intelligenz, Empathie und Schönheit entdeckt. Ihr Lächeln faszinierte ihn ungemein, und wenn sie lachte, hielt Cale in dem inne, was er gerade tat, um dem Laut zu lauschen.

Aber gestern Nacht, als der Damm zwischen ihnen gebrochen war, hatte er sich einfach nicht mehr zurückhalten können. Tess ging ihm unter die Haut und erfüllte ihn wie das Blut in seinen Adern, ohne das er nicht leben konnte. Ihre Bereitschaft, sich ihm derart vertrauensvoll zu öffnen, beschämte ihn beinahe und weckte ein nie da gewesenes Feuer in ihm.

Sich mit ihr zu vereinigen und sich in ihr zu ergießen, hatte er allerdings nicht vorgehabt. Er wollte nicht, dass sie sein Kind unter dem Herzen trug – zumindest noch nicht. Aber dieser Vorsatz hatte sich in Luft aufgelöst, nicht nur ein-, sondern gleich zweimal. Ab sofort musste er das besser handhaben. Er hoffte nur, dass er dazu fähig war.

Das Bild, wie sie neben dem Korral im Licht der aufgehenden Sonne stand, hatte sich in sein Gedächtnis gebrannt. Ihre dunklen Haare fielen ihr verführerisch über den dünnen Stoff des Unterkleids und umschmeichelten die weiblichen Rundungen, mit denen er sich in der vergangenen Nacht sehr vertraut gemacht hatte. Als die Amsel schließlich mit kräftigen Flügelschlägen in die Freiheit abhob, hatte Tess ihr mit so viel Ehrfurcht nachgeschaut. Und sie stand dabei auf *beiden* Beinen. Smita hatte sich in ihrer Nähe aufgehalten, und Cale hatte gespürt, dass die beiden Frauen etwas Besonderes miteinander geteilt hatten.

In diesem Moment war Tess genau die Frau gewesen, von der er immer gewusst hatte, dass sie in ihr steckte. Stolz erfüllte ihn bei dem Anblick, ebenso wie das Bedürfnis, zu ihr zu gehen. Er würde bei ihr bleiben, solange sie ihn haben wollte, und wenn sie wirklich schwanger geworden war, würde er sie heiraten. Wenn sie denn einwilligte. Niemals würde er ihre Flügel beschneiden, wie es die Männer in ihrem Leben vor ihm getan hatten.

Unwillkürlich kam ihm seine eigene Mutter in den Sinn. Cale war erst sechs Jahre alt gewesen, als sie im Kindbett gestorben war.

Sein Herz sehnte sich oft nach ihr, und er wünschte, dass sie Tess kennenlernen könnte. War sie seinem Pa je so wichtig gewesen, wie eine Frau es von ihrem Ehemann erwarten durfte? War sie vielleicht nicht nur wegen der Komplikationen bei der Geburt gestorben, sondern auch an gebrochenem Herzen? Ihm wurde bewusst, dass er noch nie darüber nachgedacht hatte, wie das Leben wohl für sie gewesen war.

Während seiner Kindheit war sein Vater, Davis Walker, meist ein übellauniger Kerl gewesen und Cale und seine Brüder eine wilde Meute. Zugegebenermaßen stand Cale keinem von ihnen besonders nahe. Es war ihm leichtgefallen und wie ein Segen vorgekommen, sich mit achtzehn Jahren bei der Army zu verpflichten. In den darauffolgenden Jahren hatte ihn der Weg nur ein paarmal nach Hause geführt.

Würde es seine Mutter Loretta schmerzen, wenn sie wüsste, dass ihre Familie auseinandergebrochen war?

Vor einiger Zeit war Cale zurückgekehrt, kurz nachdem Molly Hart von den Toten auferstanden war, doch er hatte es kaum erwarten können, wieder aufs Pferd zu steigen, und Marys Brief mit der Bitte um Hilfe war ihm gerade recht gekommen.

Jetzt lag jedoch ganz klar vor ihm, was er zu tun hatte: nach Texas reisen. Und er hoffte, dass Tess ihn begleiten würde.

Der Pfad führte sie in ein Tal hinab und zu einem schmalen Bachlauf, an dem sie die Tiere tränkten.

Cale stieg vom Pferd und half Tess aus dem Sattel. „Soll ich dir deine Krücken geben?" Er hatte sie für alle Fälle an Moses' Packtaschen verstaut.

„Nein, nur meinen Gehstock."

Einen Augenblick lang spielte er mit Tess' Zopf, die andere Hand ließ er an ihrer Taille ruhen. Ob er sie wohl überzeugen könnte, sich ihm im Schatten hinzugeben, bis sie beide nicht mehr wussten, welchen Tag sie gerade zählten? Sacht schob er ihren Hut nach hinten, und sie tat es ihm mit seinem gleich, bevor sich ihre Lippen zu einem Kuss trafen.

„Vielleicht sollten wir einfach bis in alle Ewigkeit in Verns Hütte bleiben", murmelte Cale, als sie kurz Luft holen mussten.

Tess ignorierte seinen Vorschlag, nestelte aber an seinen Hemdknöpfen.

Lachend wich Cale einen Schritt zurück. „Fang gar nicht erst so an, sonst kommen wir hier heute nicht mehr weg."

Die Enttäuschung auf ihrem Gesicht und ihre geröteten Wangen gefielen ihm sehr und erregten ihn mehr, als gut für ihn war. Statt seinem Verlangen jedoch nachzugeben, zog er Tess' Gehstock aus der Schlaufe an ihrem Sattel und reichte ihn an sie weiter, nahm dann ihre freie Hand und ging mit ihr zum Wasser.

Auf einmal raschelte es im Gebüsch, und sofort war seine Lust wie weggeblasen. Da er Tess nicht beunruhigen wollte, behauptete Cale, ihnen etwas zu essen aus den Packtaschen des Maultiers zu holen. Allerdings ging er den Weg zurück, den sie gekommen waren, und schlug dann einen Bogen zur anderen Seite des Rinnsals.

Mit einem seiner Colts in der Hand schlich er sich vorsichtig an das Gebüsch heran. Dort kauerte eine Gestalt und beobachtete offensichtlich Tess und die Pferde.

Der Mann trug ein dunkles Hemd mit Weste und einen Lendenschurz mit Beinkleidern. Seine langen, schwarzen Haare hielt er mit einem roten Stück Stoff zurück, und bewaffnet war er mit Pfeil und Bogen.

Apache.

Cale wartete geduldig. Wenn er den Mann erschreckte, könnte er Tess in Gefahr bringen. Außerdem wollte er den Apachen nicht verletzen, wenn dieser ihm keinen Grund dazu gab. Er war vermutlich nur ein Kundschafter und würde vielleicht einfach wieder abziehen, ohne sich ihnen zu zeigen.

Die Minuten verstrichen, doch als der Krieger sich schließlich von Tess abwandte, erkannte Cale ihn.

Bipin.

Cale handelte schnell, denn er wusste, dass Bipin ihn

möglicherweise für einen Feind halten würde. Blitzschnell packte er den Apachen von hinten, doch der junge Mann wand sich aus seinem Griff und verpasste Cale einen Faustschlag gegen den Kiefer. Das saß, und Bipin nutzte die Gelegenheit, um Cale zu Boden zu ringen, den Arm zu einem weiteren Hieb erhoben.

„*Dah! Dah!* Bipin, ich bin es, Cale. *Anáyidle'i bijíí.* Ich bin es, Sinneswandler.“

Der junge Mann hielt in der Bewegung inne.

„Nicht bewegen!“, brüllte Tess, die ein paar Meter weiter Position bezogen hatte und Cales Winchester auf den Apachen richtete.

„Alles in Ordnung, Tess. Ich kenne ihn.“

„Er hat dich geschlagen.“

Bipin erhob sich und ließ auch Cale aufstehen.

„Ich habe ihn überrascht“, erklärte er und musterte sein Gegenüber.

Tess senkte langsam den Gewehrlauf.

Bipin grinste. „Tut mir leid, Sinneswandler. Ich hab dich nicht erkannt.“

„Du bist stark geworden“, meinte Cale, und sie reichten sich die Hand. „Es ist schön, dich wohlauf zu sehen.“

„Dich ebenso. Cocheta wird sich über deinen Besuch freuen.“

„Das hier ist Tess Carlisle.“

Sie kam leicht hinkend näher und schüttelte Bipin die Hand. Ihre Stiefel und der Saum ihres Rocks waren schmutzig, weil sie offenbar den Bach durchquert hatte.

Bipin warf einen fragenden Blick auf ihr Bein. „Bist du verletzt?“

„Nicht mehr.“

„Deine Frau?“, fragte Bipin daraufhin Cale.

„*Ha'aa.*“

Tess wirkte nicht sehr erfreut. „Lachst du mich gerade aus?“

„Nein. Vielleicht sollte ich dir ein bisschen Apache beibringen.“

Bipins Grinsen wurde noch breiter. „Ihr kommt mit?“

„*Ha'aa*", wiederholte Cale.

Als Tess ihn mit hochgezogener Augenbraue anschaute, gab er ihr einen flüchtigen Kuss auf die Wange.

„Cocheta erzählt immer noch Geschichten von dir", meinte Bipin. „Sie wird sich freuen, dich zu sehen, aber sie wird fragen zu dem Mädchen."

„Tess ist kein Mädchen mehr, und Cocheta wird sie mögen. Tess bringt ihr Geschichten mit."

„Muss eine gute Geschichte sein, um Cocheta glücklich zu machen." Er musterte Tess erneut. „Kannst du gute Geschichten erzählen?"

Tess schwieg einen Moment nachdenklich. „Ja. Aber sie wird mir ebenso ihre Magie beweisen müssen."

Bipin lachte laut auf. „Sinneswandler hat eine gute Frau."

Es war bereits dunkel, als sie mit Bipin das Lager der Apachen erreichten. Tess hegte Befürchtungen, dass man sie vielleicht nicht mit so offenen Armen empfangen würde, wie Cale annahm. Das Zusammentreffen mit Bipin war zwar gut ausgegangen, hatte sie aber in Alarmbereitschaft versetzt. Als sie gemerkt hatte, dass Cale in Gefahr schwebte, hatte sie ohne zu zögern nach dem Gewehr gegriffen und war ihm zu Hilfe geeilt.

Ich bin gerannt.

Diese Tatsache verblüffte sie auch Stunden später noch. Die schmerzhaften Stiche, die durch ihr Bein gejagt waren, hatte sie nicht vergessen, aber sie war einfach losgesprintet. Das hatte sie seit Millers Übergriff nicht mehr getan. Und Cale war in Sicherheit.

Beides hob ihre Stimmung beträchtlich, die jedoch von Sorge wieder gedämpft wurde, als sie schließlich an ein Wäldchen neben einem kleinen Fluss gelangten, in dem es von Apachen nur so wimmelte.

Mehr als ein Dutzend Wigwams – Holzpfähle, die zu einem

umgedrehten U geformt und mit Tierhäuten bespannt worden waren – bildeten die *rancheria* der Apachen. Frauen kümmerten sich an Feuerstellen um das Essen, Männer schlenderten zwischen den Behausungen umher und Kinder rannten kreuz und quer durch das Lager.

Als ihre Ankunft bemerkt wurde, schienen alle Bewohner ihre aktuellen Tätigkeiten einzustellen, und Bipin rief etwas in der Apachensprache. Eine ältere Frau kam auf sie zu. Sie war klein und ein bisschen krummbucklig, doch ihre Augen schauten sie sehr wach an. Ihr ergrautes Haar war oberhalb der Schultern gerade abgeschnitten worden, und die bunten Farben ihrer Kleidung deuteten auf mexikanische Wurzeln hin. Cale stieg vom Pferd und ging ihr entgegen, um sie vorsichtig zu umarmen. Die Frau erwiderte die Geste deutlich kräftiger. Das musste Cocheta sein.

Während Cale ein paar Worte auf Apache mit ihr wechselte, beobachteten die anderen Stammesmitglieder die beiden neugierig. Es war offensichtlich, dass sie Cale nicht als Bedrohung betrachteten.

Schließlich kam er zu Tess und haf ihr von Gideons Rücken, um sie dann zu der alten Frau zu geleiten.

„Tess, das ist Cocheta. Sie spricht unsere Sprache nicht gut, aber sie versteht ein bisschen Spanisch."

„*Es un placer conocerte*", begrüßte Tess Cocheta ein wenig nervös, weil sie die Frau um ein gutes Stück überragte.

Cocheta nickte ihr zu, doch das Lächeln war von ihrem Gesicht verschwunden, und sie musterte Tess mit scharfem Blick von oben bis unten, was ihr das Gefühl gab, als wäre sie ein Kind, das Anerkennung sucht.

Die Frau schüttelte ihr die Hand, sprach jedoch in Apache mit ihr, woraufhin Tess fragend zu Cale schaute, damit er übersetzte.

„Sie sagt, dass du schön wie der Nachthimmel bist und sie den Tag vorhergesehen hat, an dem eine Frau, der der Geist der Amsel innewohnt, Sinneswandler zu ihr zurückbringt."

Der Hinweis auf die Amsel überraschte Tess zutiefst, nachdem

Amado ja bereits auf und davon war. Doch Cochetas Augen erinnerten sie an die ihrer *abuela* und die Weisheit, die diese besessen hatte. Sie hatte Tess gelehrt, dass die Welt zwei Seiten besaß – eine, die die meisten Menschen sahen, und eine weitere, zu der nur eine Handvoll Zugang besaß. Cocheta war eine der wenigen, die beide wahrnahm.

Die Frau redete weiter, und die rhythmische Satzmelodie ließ etwas tief in Tess anklingen, das Wurzeln nahekam, die sich tief in den Erdboden erstreckten. An diesem besonderen Punkt zwischen dem Diesseits und dem Jenseits wartete ein Quell des Wissens in einer Reichhaltigkeit auf sie, die weit über die Vorstellungen der Menschen hinausging.

Tess' Herz schlug schneller, als sie das Funkeln in Cales Augen entdeckte. „Sie sagt, dass du wie der Lauf des Mondes bist, hell und leuchtend, und dann wieder dunkel und verhüllt", fuhr er fort. „Sie mag dich." Das brachte ihn zum Lächeln, und das Verlangen in seinem Blick entfachte ihr eigenes vollkommen unvermutet.

Sie wünschte, sie wäre allein mit ihm. Stattdessen wurde sie von einer Gruppe Frauen mitgenommen. Rasch schaute sie über die Schulter noch einmal zu Cale und fragte sich, wann sie ihn wohl das nächste Mal wiedersehen würde.

CALE SAß MIT MOHAN, dem Anführer des Nednhi-Stamms der Chiricahua-Apachen, und Tyee, dem alten Medizinmann, zusammen, der Cale während seines Aufenthalts bei ihnen unterrichtet hatte. Außerdem waren noch einige der jüngeren Männer anwesend, darunter auch Bipin, der Cales Sprache am besten beherrschte. Cale konnte sich auf Apache ausreichend verständigen, aber ein Übersetzer war immer willkommen. Viele der Apachen sprachen Spanisch, doch selbst nach den Wochen mit Tess hatte Cale die Sprache nach wie vor nicht gut gemeistert.

Daher war er froh über Bipins Hilfe bei dem Gespräch.

„Cocheta hat von deiner Rückkehr gesprochen, aber wir wussten nicht, wann das sein wird", meinte Mohan, auf dessen Gesicht sich mehr Fältchen zeigten, als Cale in Erinnerung hatte. Der Mann war noch nicht alt, aber der ermattete Ausdruck in seinen Augen zeugte von den Strapazen des Nomadenlebens.

„Ich wusste selbst bis vor Kurzem nicht, dass ich kommen würde", erwiderte Cale. „Wie ergeht es euch hier?"

„Jackrabbit hat den Stamm verlassen und viele Männer mitgenommen. Er denkt, wir handeln den Weißen gegenüber nicht entschlossen genug. Er wählt den Angriff. Wir wollen keinen Krieg. Zu viele werden dabei sterben. Aber die Armee der *pindah* steht nicht still."

Cale nickte.

„Was weißt du darüber, Sinneswandler?", erkundigte sich Mohan.

„Ich wünschte, ich hätte bessere Kunde, aber der Army wurde erlaubt, Apachen anzugreifen, wenn sie Menschen überfallen und töten. Warum geht ihr nicht in eins der Reservate?"

Mohans Schultern sackten nach unten, als würde ein schweres Gewicht auf ihnen lasten. „Wir hören viele üble Geschichten. Das Land ist trocken, nichts wächst dort. Das Wasser macht die Menschen krank."

Das konnte Cale nachvollziehen, und er wünschte, er hätte eine Lösung für das Problem. „Warum seid ihr in den Dragoons? Wäre es in Mexiko nicht sicherer?"

Mohan schüttelte den Kopf. „Mexiko ist ebenso gefährlich. Wir verbringen hier die heißen Monate. Und warum bist du hier, Sinneswandler? Können wir dir vertrauen?"

„Ja. Ich bin auf der Suche nach einem Mann, Hank Carlisle, und mir wurde gesagt, dass er sich in diesen Bergen aufhält." Da Mohan der Name nichts zu sagen schien, fügte Cale noch hinzu: „Der Ire."

„Es gibt einen, den man so nennt. Er lebt auf dem Pass weiter östlich. Am besten, man meidet ihn. Er ist nicht bei Verstand."

Cale dachte über Mohans Worte nach. So etwas hatte er schon vermutet. Und es bestätigte ihn in dem Vorhaben, ohne Tess nach Hank weiterzusuchen. Lieber wollte er erst wissen, in welchem Zustand der Mann sich befand, bevor er sie zu ihm ließ, denn wenn Hank vorhatte, sie wieder zu verletzen, würde Cale alles daran setzen, ihn von ihr fernzuhalten.

„Ich muss mit ihm sprechen", sagte Cale. „Kann mich jemand bei Sonnenaufgang begleiten?"

„Nimm Bipin mit. Er weiß, wo der Mann ist."

„Aber ich werde Tess hierlassen müssen. Und sie darf nicht wissen, wohin ich gegangen bin."

Mohan nickte.

Neben Cale machte sich nun Tyee bemerkbar, und Cale klopfte dem alten Apachen sanft die Schulter. „Es ist schön, dich zu sehen."

Der Alte grinste und umfasste Cales Oberarm mit knotigen Fingern. Er sprach in Apache, und Bipin übersetzte.

„Er sagt, dass du gut aussiehst. Er hat oft an dich gedacht. Du trägst noch immer das Zeichen des Pumas. Du nutzt noch immer die Schatten der Nacht."

„Ich freue mich sehr, dich wiederzusehen, Old One", entgegnete Cale lächelnd.

Tyee sprach weiter.

„Er sagt", fuhr Bipin fort, „dass die Frau, die du mitgebracht hat, eine Seherin ist. Sie sieht die Welt, wie sie wirklich ist, und nicht, wie sie gesehen werden will."

Aussagen wie diese war Cale von Tyee gewohnt – er hatte sie während seiner Genesung vom Angriff des Berglöwen oft gehört, und auch später, als er von dem alten Mann darin unterrichtet wurde, wie er die heilenden Energien lenken konnte. Cale wusste, dass Tess etwas Besonderes war; dennoch überraschte es ihn, dass Tyee sofort zum gleichen Schluss kam. Sie waren sich bislang nicht einmal vorgestellt worden.

„Sie ist anders als andere", gab er zu.

Bipin gab das weiter, und Tyee lachte. „Du hast Frau für dich gefunden."

„Ja, gut möglich."

Kapitel Zweiundzwanzig

Als Tess am nächsten Morgen erwachte, wurde sie von Lenna, einem jungen Apachenmädchen mit hellbraunen Augen und langem, schwarzem Haar, begrüßt. Dem Aussehen nach war sie etwa vierzehn Jahre alt, sie trug eine Baumwollbluse mit passendem Rock und kniehohen Mokassins. Schon am Abend zuvor hatte sie Tess begleitet und war dabei eine große Hilfe gewesen, weil sie ein wenig übersetzen konnte.

Tess war es nicht recht gewesen, von Cale getrennt zu werden und mit Lenna und deren Familie in ihrer Behausung zu schlafen. Calc war nur kurz vorbeigekommen, um nach ihr zu sehen, hatte ihr einen Kuss gegeben und sich dann anderswo einen Schlafplatz gesucht.

Ihr Bein schmerzte an diesem Morgen mehr als gewöhnlich, weswegen sie sich stärker auf ihren Gehstock stützen musste, als sie den Wigwam verließ. Ein kurzer Rundumblick zeigte Tess, dass das Lager langsam zum Leben erwachte. Kräftig gebaute Apachinnen schürten Kochfeuer, holten Wasser in Kalebassen und Eimern vom nahe gelegenen Fluss, und von überall hörte man Gesprächsfetzen, während Essensdüfte durch die Luft waberten.

„Wo ist Cale?", fragte Tess.

Lenna eilte davon, kehrte jedoch kurz darauf zurück. „Er ist fort. Sie sagen, er ist Hirsch jagen mit Bipin."

„Oh", erwiderte Tess enttäuscht. Er hätte sich wenigstens verabschieden können, dachte sie, doch im gleichen Moment schimpfte sie sich dafür, dass sie so empfindlich reagierte. Diese Leute waren allem Anschein nach gute Freunde von Cale. Natürlich wollte er gerne Zeit mit ihnen verbringen, um Neuigkeiten auszutauschen oder ihnen vielleicht auch bei Arbeiten zu helfen.

„Cocheta will nachher mit dir sprechen", meinte Lenna.

Die alte Frau hatte Tess am gestrigen Abend zwar eingehend gemustert, dann aber erklärt, dass sie sicher müde sei und sich ausruhen sollte. Dass ihr eine eingehende Befragung bevorstand, war Tess jedoch klar.

Lenna lächelte, was sie Tess nur noch sympathischer machte als ohnehin schon. „Aber zuerst essen wir."

Zum Frühstück gab es leckeres, dick gebackenes Fladenbrot namens *chigustei* mit Maisbrei.

Zu Pferde führte Bipin Cale weiter in die Berge hinein. Einige Stunden nach ihrem Aufbruch hielt er an und deutete auf etwas vor ihnen, das nach einer Lagerstätte aussah.

„Ich gehe nicht", erklärte Bipin. „Wir mögen den Iren nicht."

„Ich verstehe. Zurück finde ich alleine."

Bipin nickte. „Wir sehen uns am Abend."

„Sag Tess …" Aber Cale wusste nicht recht, was Bipin ihr ausrichten sollte.

„Ich sage ihr, dass du noch jagst."

Cale runzelte die Stirn. Dann müsste er mit einem erlegten Tier zurückkehren, was er wohl nicht schaffen würde. „Sag ihr einfach, dass ich die Gegend erkunde."

Bipin stimmte zu und wendete sein Pferd.

Nachdem Cale die Winchester aus dem Holster gezogen hatte, lenkte er Bo durch das dichte Unterholz, zügelte ihn anschließend wieder, stieg ab und hobbelte ihn. Vorsichtig näherte er sich den Überresten eines Lagerfeuers und einem Zelt aus Segeltuch. Drum herum lagen Pfannen, Töpfe, Satteltaschen, Wasserbehälter und ein paar Körbe verstreut.

Plötzlich durchbrach das Klicken einer Waffe, die entsichert wurde, die Stille, und Cale erstarrte. Von links hielt ihm jemand den Lauf eines Revolvers an den Kopf.

„Ich würd an deiner Stelle nicht mal zucken."

„Hank, ich bin es – Cale."

Der Revolverlauf schwankte leicht, und Cale wagte einen Blick nach links. Der Mann, der neben ihm stand, war schmutzig und wirkte ungepflegt, aber die grünen Augen, die er unter der Krempe des alten Stetsons sah, hätte er überall wiedererkannt. Tess hatte die gleiche Augenfarbe.

Hank starrte perplex zurück und nahm die Waffe runter. „Cale? Das gibt's doch nicht. Was in Gottes Namen machst du denn hier?"

Nun wandte sich Cale seinem ehemaligen Mentor und Freund ganz zu.

„Ich suche nach dir", erklärte er. „War ganz schön schwierig, dich ausfindig zu machen."

Hank lachte genauso herzhaft wie früher und umarmte ihn fest. „Ist das schön, dich zu sehen, Junge."

Überrumpelt erwiderte Cale die Geste. Er wünschte, dass ihr Wiedersehen unter glücklicheren Umständen stattfinden könnte, aber er war immer noch wütend auf Hank und froh, dass er ohne Tess hergekommen war.

Als der ältere Mann einen Schritt von ihm weg machte, wurde offensichtlich, wie sehr er sich verändert hatte. Hank war schon immer schlank gewesen, was seiner Kraft jedoch keinen Abbruch getan hatte. Jetzt wirkte er geradezu ausgemergelt. Die weißen Bartstoppeln und das Grau, das seine roten Haare beinahe vollständig erobert hatte, ließen ihn beinahe wie einen Geist aussehen.

„Diese Berge flüstern zu viel", sagte Hank. „Weiß nicht, wie lange ich das noch aushalte. Komm mit." Er schob Cale in Richtung der erkalteten Feuerstelle. „Setzen wir uns und reden. Ich mach uns Kaffee."

Cale nahm auf einer umgedrehten Holzkiste Platz, während Hank ein Feuer mit Mesquiteholz entfachte und eine verbeulte Kaffeekanne in die Flammen stellte.

„Wo hast du dich in den letzten Jahren herumgetrieben?", erkundigte sich Hank. „War nicht schön, wie wir auseinandergegangen sind."

Für den Moment beschloss Cale, freundschaftlich zu bleiben – zumindest bis er Hanks geistigen Gesundheitszustand abschätzen konnte. „Ich bin aus Texas hergekommen."

„Hab gehört, dass du 'ne Weile bei den Rothäuten warst." Hank schüttelte den Kopf. „Du bist der, den sie Sinneswandler nennen, manchmal auch Berglöwe. Du weißt, dass sie hier sind? Deine Apachenfamilie."

„Ja, weiß ich."

„Bist du deswegen da? Um sie zu besuchen?"

Cale wandte den Blick gen Himmel, als eine Windböe die Wipfel der umstehenden Pinyon-Kiefern in Bewegung versetzte. „Nein. Ich habe nach dir gesucht. Tess macht sich Sorgen um dich."

„Tessie? Hat sie dich geschickt?"

Er nickte, gab aber nicht preis, dass Tess ihn begleitet hatte. „Warum hast du sie nie besucht?"

Hank angelte die Kaffeekanne mithilfe eines Lappens aus dem Feuer und goss die dickflüssige Brühe in zwei Blechtassen, die auch schon bessere Tage gesehen hatten. Eine davon reichte er Cale. „Sie ist ohne mich besser dran."

„Das sieht sie anders. Warum bist du hier in den Dragoons?"

„Mochte die Gegend schon immer."

„Das ist doch Unsinn. Du hast die Apachen nie leiden können."

Hank lachte, doch in seine Augen war ein gerissener Ausdruck getreten, der Cale noch wachsamer werden ließ. Von außen betrachtet sah Hank wie ein Verrückter aus, der durch die Berge streifte, aber das stimmte keineswegs.

„Bist du auf der Jagd nach Gold, Hank? Bist du deswegen hier?"

Sein Gegenüber schwieg einen Moment und stützte die Ellenbogen auf den Knien auf. Die Kiste, auf der er saß, ächzte unter der Bewegung, als er sich nach vorne lehnte. „Was wenn ja?"

„Hast du die Kopfgeldjagd an den Nagel gehängt?"

„Ich werd auch nicht jünger, Kleiner. Und du weißt, dass diese Berge vielversprechend sind."

Der Wind rauschte im Wald, der sie umgab, und Cale drückte sich den Hut etwas fester auf den Kopf. „Möglich. Warum hast du Lange herkommen lassen?"

„Walt? Hab ich nicht."

„Er ist hier und behauptet, dass du ihm einen Brief geschickt hast", meinte Cale, nachdem er einen Schluck von dem widerwärtigen Gebräu in seiner Tasse genommen hatte.

Hank schüttelte den Kopf. „Hab Walt seit über zwei Jahren nicht mehr gesehen. Mit unserer Gruppe bin ich fertig. Alte Geschichte. Hat nichts mit dir zu tun. Ging um mein kleines Mädchen." Er musterte Cale eingehend. „Hast du sie gesehen?"

„Ja."

„Wie geht's ihr so?"

Sie ist die schönste Frau, die ich kenne. Sie ist leidenschaftlich und rastlos und voller Angst und sehnt sich nach wie vor nach der Liebe ihres Vaters.

„Sie ist stark, Hank."

Er nickte, schien jedoch mit den Gedanken woanders zu sein. „Ist sie schon verheiratet?"

„Nein."

„Sollte sie so schnell wie möglich nachholen."

„Warum?"

„Ist besser, wenn sie einen Ehemann hat, bevor ihre Schönheit verblasst."

„Ich bezweifle, dass das je passieren wird."

„Dass sie hässlich wird oder einen Mann findet?" Hank zog eine Augenbraue nach oben, doch irgendetwas schien Cale verraten zu haben. „Dir ist es auch aufgefallen, oder? Ist sie wirklich so hübsch?"

Darauf antwortete Cale nicht.

„Sollte mich nicht überraschen. Ihre Mama war auch 'ne Schönheit, hat mich mit ihrem Aussehen verzaubert." Er verstummte für einen Moment gedankenverloren. „Manchmal träume ich noch von Isabella. Sie sagt mir, dass ich mich um unsere Teresa kümmern soll, also versuche ich das."

„Du suchst hier also nach Gold, und was dann? Willst du es Tess geben, um dich auf diese Weise um sie zu kümmern?"

„So was in der Art."

„Dann beantworte mir eine Frage: Warum hast du zugelassen, dass Saul sie verletzt?"

Mit einem Mal wurde Hank leichenblass und fuhr zurück. „Sie hat's dir erzählt?" Seine Stimme war so leise, dass Cale ihn kaum verstand.

„Du bist ein echter Mistkerl", entgegnete er. „Nach der Sache mit den Apachen unten in Mexiko habe ich das Vertrauen in dich verloren. Für mich warst du immer ein Mann, zu dem ich aufgesehen habe, ein Mann, den ich respektiert habe. Selbst danach wollte etwas in mir weiter daran glauben, dass noch etwas Gutes und Gerechtes in dir steckt. Ein kleiner Teil von mir hat immer an dich geglaubt. Aber als Tess mir erzählt hat, was in jener Nacht passiert ist, war es damit endgültig vorbei."

Hank starrte ins Feuer. „Warum hat sie's dir erzählt? Du kennst sie doch gar nicht."

„Inzwischen schon. Und ich verstehe wirklich nicht warum, aber sie will dich sehen."

Erschrocken ruckte Hanks Kopf nach oben. „Sie ist hier?"

Cale nickte nur knapp.

„Wo?"

„Im Moment in Mohans Lager. Hast du sie für tot gehalten?"

„Nein", antwortete Hank mit einem Kopfschütteln. „Aber ich habe das Gerücht verbreitet. War sicherer für sie."

„Hätte Saul sonst nach ihr gesucht?"

„War zu erwarten. Aber ich hab mich um ihn gekümmert."

Cale wusste recht genau, was Hank damit andeuten wollte, fragte aber dennoch: „Wie meinst du das?"

„Saul beguckt sich die Radieschen von unten nach dem, was er meiner Tessie angetan hat. Hab ihm eine Kugel in den Kopf verpasst."

„Saul ist noch am Leben", ließ Cale die Bombe platzen und schob seinen Hut in den Nacken. Er musste sich schwer beherrschen, um seiner Wut und seiner Enttäuschung nicht freien Lauf zu lassen.

Erschrocken riss Hank die Augen auf. „Das ist nicht möglich."

„Tess hat ihn vor zwei Tagen nördlich von hier gesehen."

„Unmöglich."

„Bist du dir sicher, dass du getroffen hast?", fragte Cale.

„Todsicher, Kleiner." Hank stellte seine Kaffeetasse ab und griff nach einer Glasflasche, zog den Korken heraus und nahm einen Schluck. „Willst du auch?"

„Nein." Schwarzgebrannten Fusel mit Hank zu trinken reizte ihn nicht besonders. „Was ist in jener Nacht passiert?"

Hank ließ die Schultern nach unten sacken. „Es gab Ärger mit Jim Bennett. Er wollte uns verpfeifen, weil wir auf der Kopfgeldjagd ein paar Huren umgelegt haben. War ein Unfall." Hastig trank er noch einen Schluck des sauer riechenden Alkohols. „Du weißt, wie schnell so was mal passiert. Bennett wollte nicht mit sich reden lassen, und Saul wollte unbedingt, dass wir ihn erledigen. Ich wollte das nicht, sondern am nächsten Tag mit Jim sprechen. Aber dann waren sie plötzlich alle weg – Saul, Walt und Tess. Da wusste ich, dass was schiefgelaufen war."

„Tess hat mir erzählt, dass *du* Saul geschickt hast, um die Situation zu regeln und sie zu bestrafen, weil sie euch verraten hätte."

Das Entsetzen auf Hanks Gesicht ließ Cale beinahe glauben, dass er nichts davon gewusst hatte.

„Glaubt sie das wirklich?" Hank ließ den Kopf hängen und seufzte. „Stimmt aber nicht. Ich wusste nicht, dass sie zu Jim geritten ist. Oder dass Saul und Walt ihr gefolgt sind. Vor Sonnenaufgang bin ich dann los, aber als ich bei seiner Hütte vor Tucson ankam, war Jim schon tot und Tess …"

Cale nahm den Hut ab und fuhr sich angespannt durch die Haare. „Und dann hast du Saul erschossen?"

„Ganz genau, umgelegt hab ich ihn." Der scharfe Blick kehrte in Hanks Augen zurück. „Direkt in den Kopf ging die Kugel. Dann hab ich mir Tess geschnappt und sie an den einzigen Ort gebracht, an dem sie sicher versorgt werden würde. Zu Tom Simms und seiner Frau."

„Aber du weißt nicht sicher, ob Saul gestorben ist."

„Na ja, wenn er gesehen worden ist, wär's wohl doch möglich, dass er noch lebt."

Cale musterte den Mann, der nur noch ein Schatten seiner selbst war. „Warum, Hank? Warum hast du Tess überhaupt in die Nähe dieser Kerle gelassen?"

Traurigkeit erfüllte Hanks Blick. „Wusste einfach nicht, was ich nach dem Feuer mit ihr machen soll, und sie is' meine Tochter. Ich wollte sie bei mir haben. Dass sie verletzt wird, wollte ich aber nicht."

„Warum hast du sie dann danach verlassen?"

„Sie hat so ein Leben wie meins nicht verdient. Als ich sie gefunden hab und wusste, was Saul mit ihr gemacht hat … Sie ist ohne mich besser dran."

Mit einer schnellen Handbewegung kippte Cale den restlichen

Inhalt seiner Tasse aus und erhob sich. Was er von Hanks Seite der Geschichte halten sollte, wusste er allerdings noch nicht. „Ich weiß nicht warum, aber Tess will dich sehen."

Hank erstarrte.

„Aber du wirst dich von ihr fernhalten, bis ich dir etwas anderes sage", fuhr Cale fort. Er nahm sich einen Moment und betrachtete den Mann, der einst der große J. Howard Carlisle gewesen war— gerissen, hartnäckig und klug.

Nun blieb nur noch Enttäuschung zurück. „Du solltest wohl besser gut auf dich aufpassen, falls sich Saul wirklich hier irgendwo in der Gegend herumtreibt."

Cale ließ Hank allein an seinem Feuer zurück und ritt wieder zu den Apachen.

Kapitel Dreiundzwanzig

Den Großteil des Tages verbrachte Tess damit, Lenna beim Mahlen von Maismehl zu helfen. Sie saßen beide über einen Steinmörser gebeugt und verteilten die *pinole* auf einem großen Stück Hirschleder. Das junge Mädchen unterhielt sich gerne, und so erfuhr Tess schnell, dass einige Frauen im Lager durchaus Interesse an Cale hatten.

„Ich dachte, dass Apachenfrauen keine weißen Männer mögen", meinte sie vorsichtig, weil sie sich noch gut daran erinnerte, was Cale ihr diesbezüglich berichtet hatte.

„Das stimmt", erwiderte Lenna. „Aber Sinneswandler ist anders. Sein Herz gehört nun zu unserem Volk. Bist du Cales Frau? Sie wollten das von mir wissen."

„Wer?"

„Die anderen Frauen."

Tess würde gerne davon ausgehen, dass Cale nur sie begehrte, aber er hatte ihr keine Versprechungen gemacht, und über ihre Zukunft hatten sie auch nicht geredet. Es wäre daher vermessen von ihr, etwas Entsprechendes anzunehmen.

Als Tess nicht antwortete, hakte Lenna nach: „Bist du dir nicht sicher?"

„Ich kann nicht für ihn sprechen", sagte Tess.

„Teilst du sein Bett?"

Die Erwiderung blieb Tess im Hals stecken.

Lenna kicherte. „Dann bist du seine Frau. Ich sage den anderen, sie sollen von ihm wegbleiben."

Erleichterung durchflutete Tess. Sie konnte unmöglich dabei zusehen, wie Cale sich eine andere Frau nahm. Das Lager der Apachen war klein, und es wäre sicher schwierig, davor die Augen zu verschließen.

Am Nachmittag kam Cocheta bei ihnen vorbei. Lenna blieb zum Übersetzen, und die alte Frau grinste Tess breit an.

„Sie nennt dich Amsel", erklärte Lenna. „Sagt, dass du die Dunkelheit sehen kannst."

„Vielleicht", entgegnete Tess.

„Wenn du die Dunkelheit einmal kennst", gab Lenna Cochetas Worte wieder, „kannst du wieder im Licht leben. So war es bei Sinneswandler."

Tess nickte.

„Cocheta sagt, dass du voller Schabernack steckst."

„Nein", erwiderte Tess. „Tue ich nicht."

Lenna wechselte ein paar Sätze mit Cocheta, und die beiden lachten. „Früher war das so. Du kannst wieder so sein."

Erinnerungen an ihre Kindheit stiegen in Tess auf. Sie war impulsiv und neugierig gewesen. In ihrer Brust machte sich ein sehnsüchtiges Ziehen breit, wieder zu dem unbeschwerten Mädchen zu werden, das sie einmal gewesen war.

„Ist es wahr, dass sie vom Blitz getroffen worden ist?", fragte Tess.

Das Mädchen nickte.

„Wie fühlt sich das an?"

Erneut sprachen die beiden Frauen miteinander, und Lenna grinste zweideutig. „Sie sagt, dass ihr Körper jetzt summt."

„Das muss seltsam sein."

Cocheta lachte leise.

„Ihr Herz überspringt manchmal einen Schlag", fuhr Lenna fort. „Es hilft ihr, die Welt zwischen den Welten zu sehen. Und jetzt will Cocheta eine Geschichte von dir hören."

Tess sah der alten Frau in die Augen und erkannte Belustigung darin. Sie vermutete, dass Cocheta sie immer noch auf den Prüfstand stellte, aber dennoch blieb sie gelassen. Die geeignete Erzählung hatte sie bereits parat, und so strich sie ihren karierten Rock glatt, nachdem sie sich in eine bequemere Position gebracht hatte, und begann zu erzählen.

„Ein reicher *hidalgo* machte einer schönen Frau den Hof", sagte sie. „Aber die Frau war arm. Schließlich errang er ihre Zuneigung, und sie gebar ihm zwei Söhne, doch heiraten wollte er sie nicht. Eines Tages verkündete er, dass er nach Hause zurückkehren und eine reiche Frau heiraten musste, die seine Familie für ihn ausgewählt hatte. Seine beiden Söhne wollte er allerdings mitnehmen.

Die Frau war so verzweifelt, dass sie sich das Gesicht zerkratzte und wie eine Wahnsinnige schrie. Den Mann, den sie liebte, verletzte sie ebenso. Dann packte sie ihre beiden Söhne, rannte zum Fluss und warf sie hinein. Beide ertranken. Die Frau weinte und starb schließlich vor Trauer am Flussufer. Man gab ihr den Namen *La Llorona*.

Der *hidalgo* kehrte nach Hause zurück und heiratete die reiche Frau, während die Seele von *La Llorona* in den Himmel aufstieg. Der Wächter der Himmelspforte erklärte ihr, dass sie nur im Paradies aufgenommen werden würde, wenn sie die Seelen ihrer Kinder aus dem Fluss rettete.

Das ist der Grund, warum *La Llorona*, die weinende Frau, mit ihren langen Haaren die Flussufer fegt und ihre langen, spindeldürren Zweigenfinger ins Wasser streckt, um auf dem Grund nach ihren Söhnen zu suchen. Deswegen sollten Kinder, die in der Nähe von Flüssen leben, nie nachts ans Wasser gehen, weil *La Llorona* sie für ihre eigenen halten und sie mitnehmen könnte."

Cocheta beobachtete sie nachdenklich, ohne ein Wort zu sagen, und ergriff schließlich Tess' Hände. Und Tess erkannte das als Zeichen der Akzeptanz.

BEI CALES RÜCKKEHR ins Lager ging die Sonne bereits unter. Tess lief ihm entgegen und ließ sich von ihm in die Arme schließen.

„Wo warst du?", fragte sie. „Warst du den ganzen Tag unterwegs?"

„Ja. Wie geht es dir?"

„Besser, jetzt wo du wieder da bist." Tess spürte, dass er ihr etwas verheimlichte, wusste jedoch ebenso, dass es nicht der richtige Moment war, das anzusprechen.

Er hat Hank gefunden.

Woher sie das wusste, war ihr schleierhaft, aber die Erkenntnis ließ sich nicht abschütteln.

„Setz dich beim Essen zu mir." Cale nahm ihre Hand in seine, und zusammen gingen sie zur größten Feuerstelle in der Mitte des Lagers. Tess fragte sich, wann er es ihr wohl sagen wollte.

Mohan und seine Ehefrau Dae hießen sie willkommen. Auch Bipin und Lenna setzten sich nahe zu ihnen. Sie ließen sich den Eintopf aus Eicheln mit Maisbrot schmecken, während Cale sich mit dem Chief und Bipin in einer wilden Mischung aus seiner Muttersprache, Spanisch und Apache unterhielt.

Angespannt kaute Tess auf ihrem Essen herum. Warum sagte ihr Cale nicht einfach, dass er Hank gefunden hatte? Jetzt, wo sie ihrem *padre* auf einmal wieder so nah war, schlugen zwei Herzen in ihrer Brust. Auf der einen Seite hatte sie ihn unbedingt wiedersehen wollen und sich Sorgen um ihn gemacht, aber dann kamen auch wieder die Erinnerungen an die Nacht des Übergriffs zurück, und Verzweiflung drohte sie beinahe zu verschlingen.

Warum, papá? Warum hast du das zugelassen?

Einige Zeit später erstarben die Gespräche nach und nach, und Cale schlug ihr vor, sich schlafen zu legen.

Tess tat ihr Bestes, aber sie konnte den scharfen Unterton nicht aus ihrer Stimme fernhalten. „Wirst du mich wieder alleinlassen?"

„Warum?", fragte Cale überrascht. „Ist etwas passiert?"

„Nein. Aber warum kann ich nicht neben dir schlafen?"

„Ich wollte den Anstand ein wenig wahren."

Tess schnaubte abfällig. „Soll das ein Witz sein? Du kommst mir mit Etikette … hier?" Sie machte eine ausholende Geste, um die *rancheria* einzufassen.

Ihre Lagerfeuerkameraden verschwanden still wie Geister in die Nacht.

Cale erwiderte sehr ruhig: „Du wirst unhöflich. Für dich sind die Apachen vielleicht wild und unzivilisiert, aber sie respektieren die Grenzen zwischen Männern und Frauen."

„Hast du eine andere Frau?" Sie wusste, dass sie sich damit auf unsicheres Terrain begab, war aber nervlich an einem Punkt angelangt, wo sie sich offenbar nicht davon abhalten konnte.

„Nein. Bist du eifersüchtig?"

„Einige der Frauen begehren dich."

„Das ist mir egal, Tess. Ich will keine von ihnen. Warum bist du so wütend?"

„Wo bist du heute gewesen? Ich weiß, dass du weder jagen noch kundschaften warst."

Das ließ Cale sichtlich stutzen, und er mied ihren Blick.

„Du hast Hank gefunden", meinte Tess leise.

„Ja."

„Warum bist du ohne mich losgeritten?"

„Musst du mich das wirklich fragen?" Nun war auch in seiner Stimme Ärger zu hören. Er seufzte, nahm seinen Hut ab und rieb sich über den Nacken.

„Wie geht es ihm?"

Cales Kiefermuskeln verspannten sich, weil er sich offenbar beherrschen musste, nicht das Erste zu sagen, was ihm in den Sinn kam.

„Weiß er, dass ich noch am Leben bin?"

„Ja, tut er."

„Schert es ihn denn einen feuchten Kehricht, was aus mir geworden ist?"

Das brachte ihr ein Stirnrunzeln ein, zweifellos aufgrund ihrer Ausdrucksweise. „Er behauptet, er hätte nicht gewusst, dass Saul dich zu Bennett verfolgt hat. Und als er dich gefunden hätte, hat er Saul angeblich eine Kugel in den Kopf verpasst."

„Glaubst du ihm?"

„Ich weiß es ehrlich gesagt nicht. Und ich wollte dir sagen, dass ich ihn gefunden habe, nur nicht heute Abend."

Tess setzte sich neben Cale und schaute ins Feuer. Die Flammen leckten über das Holz, schickten dabei helle Funken in die Luft. „Warum hat er mich nie besucht?"

„Er glaubt, dass du ein besseres Leben hast, wenn er sich von dir fernhält. Wenn du mich fragst: Das war das einzig Vernünftige, was er von sich gegeben hat. Aber wenn du dich mit ihm treffen willst, können wir bei Tagesanbruch los."

Hatte sie sich in Hank so geirrt? Hatte er wirklich nicht gewusst, dass Saul und Walt beschlossen hatten, Bennett aus dem Weg zu räumen – und sie selbst gleich mit?

Tess nickte. „Ja, ich würde ihn gerne sehen. Was glaubst du, warum er in den Dragoons ist?"

Cale zuckte die Schultern. „Er sucht wohl nach Gold."

„Also ist er so wahnsinnig, wie Henry und Mariah behauptet haben."

„Ja, vielleicht. Na, komm." Cale fasste sie am Arm, zog sie auf die Beine und lief mit ihr zur gegenüberliegenden Seite des Lagers. Dort legten sie sich gemeinsam auf eine Bettstatt, doch mit den anderen in der Nähe hatten sie nur wenig Privatsphäre.

„Soll ich mir dein Bein ansehen?", fragte er.

„Nein, Cocheta hat mir etwas gegen die Schmerzen gegeben." Tess öffnete die Schnürsenkel ihrer Stiefel und stellte die Schuhe beiseite, nachdem sie beide ausgezogen hatte.

„Was hältst du von ihr?"

„Sie ist …" Tess suchte nach dem richtigen Wort, während sie es sich neben Cale bequem machte. „Verlässlich und bodenständig. Mit der Natur verbunden."

„Du erinnerst mich manchmal an sie."

„Wie das?"

„Ihr seid beide auf eure Art eine Naturgewalt."

Cale zog sie zu sich, was Tess gerne geschehen ließ. Er war ihr Anker im Gefühlschaos um ihren *padre*. Schon lange hatte sie niemanden mehr an ihrer Seite gehabt.

Und in seinen Armen schlief sie tief und fest.

Kapitel Vierundzwanzig

Bei Tagesanbruch erwachte Tess mit einem Ruck. Cale war nirgends zu sehen, doch im Lager herrschte hektisches Treiben. Etwas stimmte nicht.

Rasch schlüpfte sie in ihre Stiefel und wischte sich beim Aufstehen ein paar Strähnen aus dem Gesicht, die ihrem Flechtzopf entkommen waren. Schmerz schoss durch ihr linkes Knie und ließ sie zusammenzucken.

Männer trieben Pferde zusammen, Hunde bellten und die Frauen stapelten ihre Habseligkeiten vor den Wigwams auf – Decken, Körbe, Kleidung und Vorräte.

Als Tess sich umdrehte, prallte sie beinahe mit Cale zusammen. „Was ist denn los?"

„Es gab einen Angriff in einer Schlucht westlich von hier."

„Von der Army? Captain Fitzgerald?"

„Nein, sieht nach einer Gruppe Zivilisten aus."

Tess riss erschrocken die Augen auf. „Kommen sie hierher?"

„Wäre möglich. Mohan hält es für einen Vergeltungsschlag für etwas, das Jackrabbit getan hat."

„Was kann ich tun?"

„Wir müssen alle hier verschwinden. Weiter im Süden gibt es eine Klamm, die auf höheres Terrain führt."

„Ich helfe den Frauen." Sie griff nach Cales Arm. „Was ist mit Hank?"

„Ich bin mir sicher, dass er alleine zurechtkommt. Er war schon in weitaus schlimmere Angriffe verwickelt. Und wir haben auch keine Zeit, ihn zu holen."

Tess wusste, dass er recht hatte. Nach einem kurzen Kuss schloss Cale sich wieder den Männern an, um diese zu unterstützen.

Ihre wenigen Besitztümer waren schnell eingesammelt, anschließend suchte Tess sich einen Weg durch das Gewusel zu Lenna. „Wo ist Cocheta?"

Das Mädchen deutete in die entsprechende Richtung.

Die alte Frau gab gerade ein paar Mädchen knappe Anweisungen. Neben ihr standen bereits ein großer Lederbeutel mit Trageriemen und zwei geflochtene Körbe. Als Cocheta Tess bemerkte, schob sie sie in Richtung der Vorräte und machte eine kreisende Handbewegung. Das war leicht zu verstehen: Sie mussten so viel wie möglich davon zusammensammeln und verpacken.

Tess stellte ihren eigenen Lederbeutel und den Gehstock ab und machte sich zusammen mit einer Gruppe Apachinnen an die Arbeit, verstaute Mais, Mehl, Zucker, Bohnen und Kaffee in großen Weidenkörben, mit denen bereits einige Pferde beladen worden waren.

Bald darauf setzte sich ein Tross in Bewegung. Sich fragend, ob sie sich den Frauen anschließen oder bleiben sollte, schaute Tess sich nach Cale um. Die Angreifer würden ihr doch wohl sicher nichts tun, oder? Schließlich entdeckte sie Cale auf der anderen Seite der Lichtung. Ihr Knie machte wieder Probleme, doch sie ignorierte den stechenden Schmerz. „Bleibst du hier?", fragte sie ihn, nachdem sie ihn erreicht hatte. „Wenn du bleibst, bleibe ich auch."

Cale legte ihr die Hände auf die Schultern. „Nein, Tess, du musst mit den Frauen und Kindern mitgehen. Einige der älteren Männer begleiten euch. Wir bleiben hier und bringen sie von eurer Fährte ab."

„Nein, ich will dich nicht zurücklassen. Warum sollten sie mir etwas tun?"

„Sei nicht naiv. Wenn es zum Kampf kommt, wird es hässlich, und dann spielt es keine Rolle mehr, welche Farbe deine Haut hat. Für dich könnte es sogar noch schlimmer werden, wenn sie denken, dass du dich freiwillig mit den Apachen eingelassen hast."

„Ich will dich nicht zurücklassen", wiederholte Tess und packte ihn an den Armen, in dem Versuch, ihn dicht bei sich zu behalten.

„Noch bin ich nicht tot." Cale schenkte ihr ein Lächeln. „Ich komme zu dir zurück, ich verspreche es. Lad deinen Remington, und halt ihn immer schussbereit."

Ihre Lippen fanden sich in einem verzweifelten Kuss, und Tess klammerte sich an ihn, unwillig, ihn gehen zu lassen. Cale machte sich jedoch von ihr los.

„Sei vorsichtig", warnte er. „Bleib wachsam."

Er stieg in Bos Sattel, rief den Apachenkriegern etwas zu, die ebenfalls zu Pferde saßen, und die Gruppe versprengte sich in verschiedene Richtungen fort von dem Weg, den die Frauen genommen hatten. Cale selbst wendete Bo, warf Tess noch einen letzten Blick zu und verschwand dann zwischen den Bäumen.

Tess schnappte sich ihren Lederbeutel und Gehstock und fand nach einigem Suchen ihr Pferd bereits gesattelt vor. Nachdem sie ihr Gepäck an dem nervösen Gideon festgemacht hatte, stieg sie auf seinen Rücken. Da fiel ihr auf, dass Lenna noch zu Fuß unterwegs zu sein schien. Ein schneller Blick zeigte Tess, dass es nicht genug Pferde für alle gab. Wo Moses war, wusste sie nicht.

„Lenna! Steig auf."

Das Mädchen kletterte hinter sie, und Tess lenkte ihr Pferd hinter den anderen Frauen her, die sich in Windeseile auf den Weg machten. Zurück blieben die unmissverständlichen Überreste des

Lagers. Sollten die Angreifer in dieses Tal gelangen, würden ihnen die zurückgelassenen Habseligkeiten zeigen, dass hier bis vor Kurzem noch Menschen gelebt hatten.

Auch die Spur, die sie hinterließen, war nicht zu übersehen. Tess brachte ein wenig mehr Abstand zwischen sich und die große Gruppe. Die Männer, die sie begleiteten, waren vorausgeritten.

Aufmerksam musterte Tess die Bäume und Sträucher um sie herum.

„Wir müssen mithalten", sagte Lenna hinter ihr.

„Wir müssen ein Ablenkungsmanöver versuchen, um die anderen zu beschützen." Rasch drehte sie um und ritt den Weg zurück, den sie gerade gekommen waren.

UNGEFÄHR ZWEI MEILEN unwegsames Terrain hatte Cale mit einer kleinen Gruppe Apachenkrieger durchquert. Am Schauplatz des Angriffs fanden sie jedoch nur noch Pferdedung und verwirrende Spuren vor, die in verschiedene Richtungen führten.

Er stieg vom Pferd und suchte das Gelände nach Hinweisen und Leichen ab. Plötzlich tauchte ein Reiter in einiger Entfernung auf, doch Cale senkte die Winchester wieder, als er Hank erkannte.

„Steckt ihr Jungs in Schwierigkeiten?", fragte Hank.

„Jemand könnte hinter Mohans Stamm her sein."

„Wo ist Tess?"

„In Sicherheit."

„Brauchst du Hilfe?"

Das Funkeln in Hanks Augen angesichts der bevorstehenden Jagd strafte seine abgerissene Erscheinung Lügen.

Cale nickte.

AN EINER WEGGABELUNG angekommen zügelte Tess Gideon, stieg ab und band das Pferd an. Sie schnappte sich einen Ast mit Blättern und begann, die Spuren wegzufegen. Lenna bedeutete sie, das Gleiche zu tun.

Nach einer Weile zog sie eine ihrer älteren, cremefarbenen Blusen aus dem Lederbeutel, zerriss sie und platzierte anschließend die Stoffstreifen in den Büschen, um Verfolger auf eine andere Fährte zu locken.

Anschließend ritt sie mit Lenna in diese neue Richtung und hinterließ dabei immer wieder Stofffetzen. Bei Sonnenuntergang wurde Tess jedoch klar, dass sie ein Nachtlager aufschlagen mussten.

Ohne Ausrüstung kauerten sie sich an einem großen Felsen zusammen. Gideon war immer noch nervös, doch nachdem Tess ihm den Sattel abgenommen hatte, beruhigte er sich schnell.

„Ich wünschte, ich hätte Wasser und Futter für dich, guter Junge", raunte sie ihm zu.

Als Tess am nächsten Morgen die Augen aufschlug, starrte sie in den Lauf einer Waffe, die ein selbstzufrieden aussehender Saul Miller auf sie richtete.

Kapitel Fünfundzwanzig

„Die kleine Tess", spottete Miller. „Ich dachte, du wärst tot." Die Pockennarben auf seinen Wangen vertieften sich unter seinem Grinsen, doch in seinen dunklen Augen war keinerlei Humor zu lesen. Sein Blick war abschätzend und verschlagen, wie immer.

Tess verharrte wie erstarrt, obwohl sie am liebsten einfach nur weggerannt wäre. Hektisch schaute sie sich nach einem Fluchtweg um und fragte sich dabei, ob sie es wohl schaffen würde, ihm zu entkommen. Vielleicht, wenn sie ihn überraschte.

Aber was wurde dann aus Lenna? Und Gideon?

Das Mädchen saß ruhig neben ihr an den Felsen gedrückt, ohne einen Muskel zu rühren. Tess konnte Lenna nicht zurücklassen. Gott allein wusste, was Miller mit ihr anstellen würde.

„Hab dir doch gesagt, dass ich sie gesehen hab." Auf einmal tauchte Walt Lange hinter ihm auf.

„Hätte ich dir wohl mal glauben sollen", erwiderte Miller. „Ist ja 'ne richtige Frau aus ihr geworden." Sein lüsternes Grinsen verursachte Tess Brechreiz.

Panik breitete sich in ihr aus wie ein Lauffeuer. „Walt hat gesagt, dass du tot bist."

„War ich auch fast, dank Hank." Miller schob mit der freien Hand den Hut auf seinem Kopf zur Seite und gab so den Blick auf eine verheilte Wunde nahe seiner Stirn frei. Hatte Hank also doch auf ihn geschossen? „Was machst du hier draußen?"

„Hab's dir doch gesagt", warf Walt ein. „Sie und Cale suchen nach Hank."

„Dann treibt sich Walker tatsächlich hier in den Bergen rum?" Miller entblößte seine schwarz verfärbten Zähne. „Dann können wir ja alle ein nettes Wiedersehen feiern."

„Warum bist du hier?", brachte Tess endlich heraus.

„Unerledigte Angelegenheiten. Dann verrate mir doch mal, wo Hank ist." Er hob den Revolver ein wenig höher.

„Das weiß ich nicht", entgegnete Tess hastig. „Die Apachen wurden angegriffen, und wir haben uns in alle Winde verstreut."

„Auch das hab ich dir gesagt", nörgelte Walt. „Hör mir doch endlich mal zu, Saul. Dieser Haverly hat mich und meinen Apachen angegriffen, deswegen ist One Ear abgehauen. Haverly ist komplett wahnsinnig. Bist du nicht mit dem befreundet?"

„Nicht mehr, seitdem wir uns ins Tucson eine Hure geteilt haben."

Tess lief ein eiskalter Schauer über den Rücken. Sie wusste nur zu gut, wie sich Millers Lust anfühlte. Die Angst ballte sich in ihrem Bauch zusammen. Dieses Gespräch war nur ein Vorgeschmack dessen, was er später mit ihr machen würde. Diese Gewissheit erfasste jede Faser ihres Körpers.

Wie sollte sie das noch einmal durchstehen? Tess' Herz hämmerte wie verrückt, und ihr wurde schwindelig. Sie zitterte am ganzen Körper.

„Ist doch echt ein Wunder, dass ich dich gefunden habe", meinte Walt zu Miller.

„Halt's Maul. Du hast mich an dem Tag zum Sterben liegen lassen. Du bist genauso schuldig wie Hank."

„Ich dachte doch, dass es aus mit dir ist. Tut mir wirklich leid, Saul. Wir machen alle mal Fehler. Ich mach's wieder gut, versprochen."

„Das werden wir ja sehen."

„Wir haben Tess", fuhr Walt fort. „Wenn wir's richtig anstellen, kommt Hank schnurstracks zu uns. Und Walker auch. Er hat sie nicht einen Moment aus den Augen gelassen."

Miller musterte Tess aus zusammengekniffenen Augen. „Läuft da was zwischen dir und Walker?"

„Nein", antwortete sie.

Er packte sie am Arm, riss sie auf die Füße und bohrte ihr die Mündung des Revolvers in die Wange.

„Und das soll ich dir glauben?" Sein Atem stank fürchterlich. „Du warst damals schon eine Lügnerin und Verräterin. Hat sich wohl seitdem nicht geändert." Er verstärkte seinen Griff noch, was Tess schmerzerfüllt zusammenzucken ließ. Seine Berührung widerte sie an. „Dieses Mal wirst du uns helfen, hast du verstanden, Liebchen?"

Panik brandete erneut in Tess auf, als sich sein Gesicht ihrem näherte, und sie versuchte angestrengt, sich von ihm loszumachen.

„Ganz ruhig. Du hast dich damals auch gewehrt, wenn ich mich richtig erinnere." Er lachte und schubste sie zu Boden. „Fessel die beiden, Lange. Die beiden Raubkatzen hauen sonst bei der ersten Gelegenheit ab."

Lange holte ein Seil aus seiner Satteltasche und ging vor Tess in die Knie, um ihr die Hände zusammenzubinden.

„Du hast gesagt, dass er tot ist", flüsterte sie.

„Das habe ich ja auch geglaubt." Die Sorge in seinem Blick brachte Tess beinahe dazu, ihm zu glauben.

Als er Lenna fesselte, fiel Tess zum ersten Mal auf, dass sie im Blick des Mädchens nur kalte Wut entdeckte. Die Erkenntnis traf sie wie ein Schlag: Lenna hatte keine Angst zu sterben.

Scham überrollte Tess. Nur wegen ihr war Lenna in dieser Situation. Sie musste sie beide hier herausholen.

Kurz schaute sie zu Miller, der ein paar Meter von ihnen entfernt stand. Er hatte ihren Remington an sich genommen, aber in seinem Hüftholster steckte noch eine weitere Waffe. Tess schätzte ab, wie gut ihre Chancen standen, wenn er nahe genug bei ihr stand. Würde sie das schaffen? Konnte sie Miller und Lange erschießen?

Entschlossenheit meldete sich tief in ihr. Ja, das konnte sie.

GEGEN MITTAG AẞEN die beiden Männer etwas und kümmerten sich danach um die Pferde. Gideon stürzte sich ausgehungert auf Hafer und Wasser, und sie war froh, dass sie den Wallach auch gefüttert hatten. Falls sie und Lenna sich befreien konnten, würde Gideon genug Kraft haben, um sie in Sicherheit zu bringen.

Ohne Vorwarnung kam Miller mit einem Messer in der Hand auf sie zu, und Tess versuchte hastig, von ihm wegzukommen.

„Warum so schüchtern, Tessie?", neckte er sie. „Wir sind doch gute, alte Freunde."

„Warte mal", meldete sich Walt hinter ihm. „Wir bekommen nichts aus ihr raus, wenn du ihr zu viel Angst machst. Verdammt, Saul, weißt du nicht mehr, was du das letzte Mal mit ihr gemacht hast?"

Miller blieb stehen und musterte sie mit einer Wut, die er offenbar nur schwer zügeln konnte. Doch da war noch mehr – Erregung, die von Gewalt befeuert wurde.

„Ich erinnere mich nicht an jede Hure, die ich mal bestiegen hab." Er atmete tief durch. „Hab ich dir etwa wehgetan, Tess?"

Sie wusste, dass er sie nur verspottete, wollte ihm aber nicht zeigen, wie sehr sie sich vor ihm fürchtete.

„Du bist jetzt eine Frau", meinte er. „Und ich bin mir sicher, dass du die Beine schon für andere Männer breit gemacht hast. Dann tut es jetzt auch nicht mehr so weh."

„Nein", ging Walt wieder dazwischen. „Darum geht's nicht.

Das letzte Mal hast du sie ganz schön verprügelt. Wenn du das wieder so machst, können wir sie nicht mitnehmen. Außerdem stinkt sie dann." Walt rümpfte die Nase. „Der Anblick von Blut ist mir zuwider."

„Seit wann bist du so ein Weichei geworden, Lange?"

„Ist doch einfach unnötig", versuchte Walt zu argumentieren.

Millers Blick richtete sich auf Lenna. „Was ist mit der?"

„Nein!" Tess' Stimme versagte ihr nicht den Dienst und zitterte auch nicht.

„Sie ist nur eine Squaw. Nur dafür gut."

„Saul, bitte." Walt ließ nicht locker. „Können wir die Weiber nicht erst mal in Ruhe lassen? Das macht nur Dreck, und ich will den nicht wegmachen müssen."

„Seit wann bist du denn selbst zum Frauenzimmer geworden? Du heulst rum wie ein altes Klageweib."

„Ich bin müde." Walt schaute zu Tess hinüber. „Hör mal, sag uns einfach, was wir wissen wollen. Wo ist Hank?"

„Und wenn ich es euch sage? Lasst ihr mich dann frei?"

Walt klappte die Kinnlade nach unten. „Weiß ich noch nicht. Aber was, wenn ich dir verspreche, dass Saul euch in Ruhe lässt?"

Tess glaubte ihm das keinen Augenblick lang.

„Na schön, Tessie", sagte Miller. „Sag uns, wo Hank ist, dann lasse ich dich frei."

Ihr war klar, dass sie nur wenig Spielraum besaß. „Er ist in der Richtung, aus der wir gekommen sind. Dort hat er weiter oben ein Lager aufgeschlagen." Sie hoffte auf zwei Dinge: Erstens, dass Hank sich längst aus dem Staub gemacht hatte, und zweitens, dass sie unterwegs vielleicht auf Cale treffen könnten. Außerdem bestand die Möglichkeit, dass die Männer, die von diesem Haverly angeführt wurden, sich für sie um Miller und Lange kümmern würden. Sie musste die beiden nur lange genug hinhalten, damit irgendetwas davon eintrat.

„Kannst du uns zu seinem Lager hinbringen?", wollte Miller wissen.

Tess nickte.

„Dann los. Und du verarschst uns besser nicht schon wieder. Mit dir zu vögeln war ja ganz nett, aber es hätte mich beinahe den Kopf gekostet. Dafür schuldest du mir noch etwas."

Tess versuchte, sich nicht bildlich vorzustellen, was dieses *etwas* sein würde.

Kapitel Sechsundzwanzig

Durch die gefesselten Hände fiel es Tess schwer, auf Gideons Rücken die Balance zu halten. Sie klammerte sich ans Sattelhorn, Lenna versuchte, sich an Tess' Rockbund festzuhalten, während Miller das Pferd an einem Seil hinter seinem herführte.

Im Verlauf des Nachmittags kamen sie Mohans verlassenem Lager immer näher und entdeckten schließlich eine große Rauchwolke, die darüber aufzusteigen schien.

Miller zog seinen Revolver aus dem Holster, und Tess hörte, wie Walt irgendwo hinter ihnen sein Gewehr entsicherte.

In der Deckung des Unterholzes hielten sie an und richteten den Blick auf die Überreste der *rancheria* vor ihnen. Ein großes Feuer war entfacht worden, in dem alles verbrannte, was der Stamm an Habseligkeiten zurückgelassen hatte.

Hinter ihnen ertönten die klickenden Geräusche mehrerer Waffen, deren Hahn gespannt wurde. Tess stockte der Atem.

„Keine Bewegung."

„Wir sind nur auf der Durchreise, Jungs", erklärte Miller. „Nichts für ungut." Er wendete sein Pferd, was Gideon folgen ließ, dessen Seil er immer noch in der Hand hielt.

„Bist du das, Saul?" Das musste Haverly sein. Seine scharf

geschnittenen Gesichtszüge und die große Nase gaben ihm eher das Aussehen einer alten keifenden Jungfer als eines Mannes, der regelmäßig in Hurenhäusern verkehrte. Er trug eine staubige Jacke und ritt einen drahtigen Schecken. Alles in allem schien es ihm ziemlich egal zu sein, ob er auffiel oder nicht.

Tess wurde unruhig. Vielleicht hatte sich ihre und Lennas Situation gerade noch ein Stück verschlechtert.

„Ja", antwortete Miller. „Nehmt ihr wohl mal die Waffen runter?"

„Hab ich nicht vor. Was machst du so weit hier draußen?"

„Wir suchen nach Hank Carlisle. Ist er dir über den Weg gelaufen?"

„Nein. Warum sind die Mädchen gefesselt? Die eine sieht nach 'ner Apachin aus."

„Das geht dich nichts an."

Miller steckte seinen Revolver nach wie vor nicht weg. Tess' Herz schlug noch schneller.

„Ich glaube aber doch", sagte Haverly. „Ich hab nie eine Revanche bekommen, nachdem du mir die Hure vor der Nase weggeschnappt hast."

„Du warst mir was schuldig, Sid, und das weißt du auch. Ich hab den Marshall, der dich drankriegen wollte, weil du den Apachen Whiskey verkauft hast, von deiner Spur abgebracht."

Haverly wirkte nicht überzeugt. „Das seh ich anders. Gib mir einfach die beiden Mädchen, und wir sind quitt."

„Willst du dich echt mit zwei Weibern belasten?"

„Muss dich ja nicht kümmern."

„Nimm das Apachenmädchen, das andere bleibt bei mir."

Haverlys Pferd tänzelte unruhig, die Waffe hielt sein Reiter jedoch weiterhin auf ihre Gruppe gerichtet. „Beide kann ich zwar nicht unbedingt gebrauchen, aber ich nehme sie trotzdem mit. Du verschwindest jetzt besser." Er deutete mit dem Lauf eine seitliche Bewegung an. „Keine Spielchen oder ich leg dich um."

Soweit Tess sehen konnte, waren sie von mindestens zehn

Männern umringt, vielleicht sogar mehr. Millers Selbsterhaltungstrieb war offenbar recht gut ausgeprägt. Er ließ das Seil fallen, an dem er Gideon führte, und ritt dann gemeinsam mit Walt in eine andere Richtung davon.

„Folgt ihnen", befahl Haverly zwei Männern, die sich sogleich in Bewegung setzten. „Passt auf, dass sie nicht zurückkommen."

Schockiert von der plötzlichen Wendung ihres Schicksals war Tess sich nicht sicher, ob sie erleichtert oder noch beunruhigter sein sollte. Sie und Lenna wurden zum Rand der Lichtung gebracht, wo man ihnen beim Absteigen half und sie anwies, sich zu setzen.

Haverly kam auf sie zu und ging vor ihnen in die Knie.

„Wie heißt ihr?", fragte er, und der Blick seiner strahlend blauen Augen bohrte sich in Tess'. Die Farbe erinnerte sie an Cale. Wie sehr wünschte sie sich, dass er jetzt bei ihr wäre, und sie betete darum, dass er nicht verletzt war. Oder Schlimmeres.

„Ich bin Tess, das ist Lenna."

Er schaute zu dem Mädchen. „Sprichst du unsere Sprache?"

Sie nickte.

„Gehörst du zu Mohans Stamm?"

Schleichend machte sich ein bleischweres Gefühl in Tess' Magen breit. Sie wollte Lenna anflehen, ihm nicht zu antworten, doch das Mädchen bestätigte Haverlys Vermutung bereits stumm.

„Kannst du mir sagen, wohin sie gegangen sind?"

Lenna schüttelte den Kopf.

Das Lächeln auf Haverlys Lippen erreichte seine Augen nicht. Sie hatten vielleicht eine ähnliche Farbe wie Cales, aber sonst glich er ihm nicht im Geringsten.

„Wenn ich dich auf ein Pferd setze", fuhr er fort, ohne Lenna aus den Augen zu lassen, „kannst du mich dann zu ihnen bringen?"

„Wir wurden getrennt und wissen nicht, wo sie sind", unterbrach Tess ihn. „Und dann sind diese beiden Männer aufgetaucht und haben uns gefangen genommen. Wir sind Ihnen dankbar, dass Sie uns gerettet haben."

„Ja, wir haben euch gerettet." Haverly kratzte sich an der Nase, stand auf und ging.

Während der nächsten Stunde beobachteten Tess und Lenna, wie Haverlys Männer ein Loch aushoben, große Holzpfähle auf die Lichtung zerrten und etwas errichteten, das wie ein riesiges Kreuz aussah. Von den Feuern, die inzwischen überall auf der Fläche der ehemaligen *rancheria* brannten, stieg immer noch Rauch in den Himmel auf. Plötzlich richtete sich Tess' Aufmerksamkeit wieder voll auf das Kreuz, an dessen Fuß nun Zweige und Äste aufgeschichtet wurden.

Ohne Vorwarnung packte einer der Männer Lenna und zerrte sie mit sich.

„Was habt ihr vor?" Tess kam auf die Beine und versuchte, ihm mit noch immer gefesselten Händen zu folgen, doch ein anderer Mann hinderte sie daran.

„Tess!", schrie Lenna.

Sie wehrte sich nach besten Kräften, aber der Mann war Tess an körperlicher Kraft weit überlegen. „Lass mich los!"

Zu Tess' Entsetzen hoben fünf Männer Lenna am Kreuz nach oben und banden sie mit den Händen über dem Kopf daran fest. Das Mädchen schrie und strampelte, doch vergebens.

„Was habt ihr vor?" Tess wehrte sich stärker gegen den Mann, der sie festhielt, doch gerade, als sie sich befreit hatte, packte sie ein weiterer. „Hört auf! Hört sofort damit auf!"

Plötzlich stand Haverly vor ihr. „Du kannst dich vielleicht nicht mehr erinnern, in welche Richtung die Apachen geritten sind, aber ich wette, dass sie für eine von ihnen zurückkommen."

„Nein!" Sie wollte sich auf ihn stürzen, wurde jedoch mit einem Ruck wieder nach hinten gerissen.

„Vor allem, wenn sie in Schwierigkeiten steckt", fügte er noch hinzu.

Nein.

In Tess Kopf herrschte das blanke Chaos.

Ich muss etwas tun.

„Nehmt mich!", brüllte sie. Tränen strömten ihr über die Wangen, und sie trat nach den Männern, die sie festhielten.

„Könnten wir", erwiderte Haverly. „Aber ich glaube, dass wir mit ihr mehr Glück haben werden."

Lennas Schreie gellten über die Lichtung, als ein Feuer unter den Ästen entfacht wurde und die Flammen langsam, aber stetig höherschlugen.

Auf einmal erinnerte sich Tess an das, was Cale ihr beigebracht hatte, und rammte einem der Männer den Ellenbogen gegen die Nase, während sie dem anderen zwischen die Beine trat und sich so befreien konnte.

„Verdammte Scheiße!", fluchte einer von ihnen hinter ihr.

Sie rannte auf das Feuer zu und versuchte, die brennenden Äste beiseitezutreten. Ihr Rocksaum entzündete sich, doch da waren auch schon die Männer wieder bei ihr und zerrten sie weg.

„Das Geschrei hilft", meinte Haverly. „Locken wir sie an, Jungs." Mehrere der Männer nickten verstehend und suchten im Unterholz am Rand der Lichtung Deckung.

„Ich sage Ihnen, wo sie sind!", schrie Tess. „Lassen Sie Lenna runter. Ich führe Sie zu den anderen!" Sie musste ihn irgendwie aufhalten, egal wie.

Haverly kam zu ihr, bis ihre Gesichter ganz dicht voreinander waren. Durch die vier Männer, die sie festhielten, konnte Tess sich nicht rühren. „Ach, jetzt wirst du auf einmal gesprächig?"

Lennas Schreie erfüllten weiterhin die Luft.

Tess nickte hektisch. „Ja. Bitte, holen Sie Lenna da runter."

„Man soll mir ja nicht nachsagen, dass ich ein ungerechter Mann bin und vor allem mit Frauen kein Mitleid habe."

Er drehte sich um und schoss Lenna in den Kopf.

Tess verlor den Boden unter den Füßen. Eine Welle aus Entsetzen, Wut und Trauer riss sie mit sich fort. Sie schrie und kratzte, wand sich und brüllte unablässig aus voller Kehle.

Nein! Nein! Nein!

Ihre Verzweiflung brach sich Bahn und zwang sie in die Knie. Schluchzend sank sie vollends zu Boden, als die Männer sie losließen, und kam hart auf der Erde auf, als hätte man ihr die Seele entrissen.

Schüsse hallten auf der Lichtung wider, und Tess schützte instinktiv ihren Kopf mit den Armen. Männer fielen um sie herum zu Boden.

Rasch robbte sie in Richtung der Flammen, die immer heftiger um Lennas Hinrichtungsort wüteten. Tess versuchte, das Feuer mit Erde zu löschen und sich gleichzeitig dicht am Boden zu halten, doch mit gefesselten Händen war das bestenfalls ein bemitleidenswerter Versuch.

Pfeile sirrten durch die Luft, Männer schrien, Pferde galoppierten über die Lichtung, um Tess herum herrschte ein wildes Durcheinander. Sie konzentrierte sich jedoch allein darauf, die Flammen zu löschen. Lenna mochte tot sein, doch sie verdiente es trotzdem nicht, zu verbrennen.

Das Feuer gewann weiter an Wucht. Ein Stück entfernt entdeckte Tess eine alte Decke und kroch auf dem Bauch hinüber. Dort angekommen musste sie aufstehen oder sich zumindest auf die Knie aufrichten, damit ihre Bemühungen irgendeinen Effekt haben würden.

Sie schloss die Augen und stemmte sich dann mit einem Ruck hoch. Wieder und wieder schlug sie auf die Flammen ein, so heftig sie konnte. Ihre Arme schmerzten, und sie hoffte inständig, nicht erschossen zu werden, doch sie machte weiter.

Schließlich war es vorbei, das Inferno erstickt. Vollkommen erschöpft und verängstigt brach sie zusammen.

Die Schüsse verstummten, und das Stimmengewirr ebbte ab. Tess erwartete ihr Schicksal, fest davon überzeugt, dass Haverly sie als Nächste erledigen würde. Stattdessen halfen ihr starke Arme dabei, sich aufzusetzen. Ein kleiner Funken Hoffnung glomm in ihr auf.

Cale.

Träumte sie?

Mit einem Messer zerschnitt er das Seil und befreite ihre Hände. Schluchzend klammerte Tess sich an ihn, und Cale drückte sie fest an seine Brust.

„Lenna", flüsterte sie. „Ich konnte ihr nicht helfen."

Kapitel Siebenundzwanzig

Bis ins Mark erschüttert war Cale nicht in der Lage, Tess loszulassen. Erleichterung durchströmte ihn. Was, wenn er sie verloren hätte?

Zutiefst dankbar küsste er sie, konnte gar nicht genug von ihr bekommen.

Dann löste er sich jedoch wieder von Tess, weil Lenna seiner Aufmerksamkeit bedurfte. Bipin und zwei andere Apachen halfen ihm, das Mädchen loszuschneiden, und sie anschließend auf den Boden zu legen. Ihre Beinkleider und Mokassins waren verbrannt, und ihr Gesicht war blutüberströmt, aber bei näherer Untersuchung hegte er durchaus Hoffnung.

„Tess", rief er über die Schulter. „Sie lebt noch."

Wie der Blitz war Tess an seiner Seite, wo sie sich auf die Knie fallen ließ. Ihre Wangen waren mit Tränen und Schmutz verschmiert. „Bist du dir sicher?"

„Die Kugel hat sie wohl nur gestreift. Schau, sie atmet."

„Oh, Gott sei Dank." Tess begann erneut zu weinen, aber dieses Mal lächelte sie dabei. Sie wischte dem Mädchen mit einem Ärmel über das Gesicht, sah sich dann jedoch um. „Was ist passiert?"

Der Anblick war nicht schön. Cale und die Apachenkrieger hatten hart zugeschlagen. Ihnen war keine Wahl geblieben, da Haverly offensichtlich fest entschlossen gewesen war, Lenna zu Tode zu foltern.

Der Mann selbst hatte mit einigen seiner Kumpanen fliehen können, aber die Apachen waren ihnen dicht auf den Fersen.

„Wir haben uns ein bisschen Zeit verschafft, aber nicht viel", erwiderte er. „Hank war bei uns, aber jetzt sehe ich ihn nirgends."

Bipin kam zu ihnen herüber und deutete auf Lenna. „Wir müssen gehen. Kann sie mit?"

„Uns bleibt keine andere Wahl", meinte Cale.

Sie sammelten die Pferde ein. Gideon wurde ganz in der Nähe gefunden, doch Cale nahm Tess vor sich auf Bo mit. Sie wirkte noch immer erschüttert, und er wollte sie in den Armen halten. Bipin übernahm Lenna.

Immer tiefer ging es in die Dragoons hinein, um die Spuren zu dem neuen Lagerplatz zu verwischen. Es waren zu viele Kontrahenten unterwegs – Haverly, seine überlebenden Männer, und Miller und Lange. Tess hatte ihm erzählt, wie die beiden sie und Lenna geschnappt hatten. Und Cale wusste auch nicht, wo Hank sich gerade aufhielt. Aber vor allem mussten sie jetzt erst mal Lenna an einen sicheren Ort bringen, damit Cale sie versorgen konnte.

Die Zügel hielt er in einer Hand, mit dem freien Arm hielt er Tess fest an sich gedrückt und gestattete sich einen Moment lang sein Gesicht in ihren Haaren zu vergraben. Sie war verschwitzt und dreckig, aber das war ihm egal. Sie lebte.

Die Angst, die sein Herz in eisigem Klammergriff gehalten hatte, schwand nur langsam.

Bipin führte sie zu einer geschützten Felsspalte, wo Cale abstieg und Tess ebenfalls vom Pferd half, bevor er dem jungen Apachen Lenna abnahm. Tess löste die Deckenrolle, die hinter seinem Sattel verschnallt war, und platzierte sie im Schatten, damit er das Mädchen darauflegen konnte.

Bipin kümmerte sich inzwischen um ein Feuer, auf dem Cale Stückchen von Eichenrinde in Wasser aufkochte. Nachdem der Sud abgekühlt war, reinigte er damit die Verbrennungen an Lennas Beinen, was ihn an den Tag erinnerte, als er dasselbe für seine Halbschwester Molly getan hatte. Vorsichtig verband er die Verletzungen mit dünnem Stoff und bereitete dann für sie alle Cota-Tee zu, von dem er auch Lenna ein wenig einflößte.

Als die Abenddämmerung über sie hereinbrach, setzte Cale sich neben Tess. Bipin hielt Wache.

„Glaubst du, dass sie es schaffen wird?", fragte Tess.

Lenna war bislang noch nicht wieder aufgewacht, aber Cale hoffte, dass sich das bald ändern würde. „Ja."

„Ich konnte es nicht fassen, dass Haverly auf sie geschossen hat." Ihre Stimme zitterte hörbar.

Cale legte einen Arm um sie und zog sie an sich, um ihr einen Kuss auf die Schläfe zu geben. „Wieso wurdet ihr von den anderen getrennt? Wie haben sie dich erwischt?"

„Ich habe versucht, den Apachen zu helfen, indem ich eine falsche Fährte lege. In der Nacht haben Saul und Walt uns gefunden. Sie waren auf der Suche nach Hank und dachten, dass ich weiß, wo er ist. Also habe ich gelogen und sie zurück zum Lager geführt. Dort sind wir auf Haverly gestoßen. Er ist auf der Suche nach den Apachen und hat Lenna als Köder benutzt." Sie schüttelte sich. „Was glaubst du, wo Hank ist?"

„Ich weiß es nicht", murmelte Cale.

„Und jetzt?", flüsterte Tess.

„Wir schlagen uns zu Vern Blights Hütte durch. Das könnten wir morgen schaffen."

„*Estoy tan contenta de que estés vivo*", sagte sie.

Ich bin so froh, dass du lebst.

Cale küsste sie liebevoll und genoss ihren Geschmack und das Gefühl ihrer Haut auf seiner dabei in vollen Zügen. Ihm war klar, dass sein Leben ab jetzt nur noch einem Weg folgen würde, und der führte direkt zu Tess.

DIE NACHT WAR LANG, und Tess fand keine Ruhe. Cale und Bipin wechselten sich bei den Wachen ab, sie selbst kümmerte sich um Lenna. Das Mädchen erwachte kurz, was Tess als gutes Zeichen wertete. Sie gab ihr noch etwas von dem Tee, woraufhin Lenna wieder einschlief.

Ganz langsam löste sich auch die Anspannung aus Tess' Gliedern. Was zurückblieb, war die unendliche Dankbarkeit, Cale in ihrer Nähe haben zu dürfen, und dass Lenna noch lebte. Als Tess schließlich doch einschlief, träumte sie von einem Berglöwen.

In den dunklen Schatten der Nacht leuchteten seine Augen, als er den Kopf drehte. Neben ihm saß ihre *abuela*.

„*La noche es oscura, pero su luz es fuerte*", sagte ihre geliebte Großmutter.

Die Nacht ist finster, aber dein Licht ist stark.

Tess erwachte mit dem sicheren Empfinden, dass ihre Großmutter bei ihr war, dass sie vielleicht sogar in diesem Moment direkt neben ihr saß. Trauer schnürte ihr die Kehle zu.

Ich vermisse dich, abuela.

Und so deutlich, als wären die Worte laut ausgesprochen worden, hörte sie: „Wir werden uns wiedersehen, Teresa, aber nicht heute. Du hast noch so viel zu erreichen. Der *león de montaña* beschützt dich."

Tess beschloss, wenn das alles überstanden war, die Geschichte des Berglöwen zu erzählen, der durch die Dragoons streifte, durch Stärke und Mitgefühl überlebt hatte und nun allein lebte, gefangen an der Grenze zwischen den beiden Welten, in denen er sich bewegte. Tess kuschelte sich dichter an Cales warmen Körper und spürte dem Leben nach, das ihm innewohnte.

Auch sie selbst befand sich oft in einer Zwischenwelt, gefangen zwischen ihren Geschichten und der Realität. Amado kam ihr in den Sinn. Die verletzte Amsel hatte sich in die Freiheit gestürzt, als wäre sie nie eingesperrt gewesen. Und genau das war der Schlüssel.

Man sollte nicht vergessen, was geschehen war, aber man musste weiterleben.

Tief atmete Tess Cales ureigenen Geruch ein und hatte das Gefühl, nach Hause zu kommen. In seinen Armen entdeckte sie die Welt auf eine Weise, wie sie es durch ihre Geschichten nie vermocht hatte.

Noch vor Sonnenaufgang brachen sie am nächsten Morgen auf. Lenna war inzwischen in der Lage, aufrecht zu sitzen, und ritt mit Bipin auf einem Pferd.

Bis zum Abend hatten sie Verns Land erreicht. Im Fenster seiner Hütte brannte Licht, doch Cale bedeutete ihnen, anzuhalten. Er stieg ab und verschwand mit gezückter Waffe zwischen den Bäumen, um sich ein besseres Bild von der Situation zu machen. Als er nicht zurückkehrte, ließ Tess sich zu Boden gleiten und schlich vorsichtig auf die Farm zu.

Die Tür öffnete sich, und im Rahmen tauchte der Umriss eines Mannes auf, den sie nur allzu gut kannte.

Das war nicht Vern Blight.

Es war ihr *papá*.

Kapitel Achtundzwanzig

„Oh, Tessie, es ist so schön, dich zu sehen, Kind." Tess blieb in einigem Abstand zu ihrem Vater stehen. „Wird auch Zeit, dass du mal auftauchst, Hank."

„Cale hat mir erzählt, dass du nach mir suchst. Das hättest du nicht tun müssen." Er machte einen Schritt auf sie zu.

„Vielleicht nicht. Aber du bist die einzige *familia*, die mir noch geblieben ist."

„Bist du allein?", ertönte Cales Stimme hinter ihr.

„Ja, Blight ist nicht da. Die beiden Apachen unten am Bach kennen mich." Seine vertraute, tiefe Stimme schien in Tess widerzuhallen.

Im schummrigen Licht der Lampe sah ihr *papá* älter aus, als sie ihn in Erinnerung hatte. Falten durchzogen sein Gesicht, und sein rotes Haar war ergraut, doch in seinen grünen Augen erkannte sie immer noch einen Hauch des charmanten Iren, der er einmal gewesen war. Der ihrer *madre* das Herz gestohlen hatte und der Tess in den kurzen Zeiten, in denen sie sich während ihrer Kindheit gesehen hatten, immer das Gefühl gab, dass sie etwas Besonderes war.

„Warum bist du hier?" Cale trat neben Tess und steckte den Revolver zurück ins Holster. „Du bist verschwunden."

„Ja, bin da unten ein bisschen durcheinandergeraten", meinte Hank, aber Tess wusste sofort, dass er log.

„Wir müssen Lenna ins Haus bringen", unterbrach Tess ihn. „Dann können wir reden."

NACHDEM ER FÜR Tess ein Feuer im Holzofen entfacht hatte, setzte Cale sich an den kleinen Tisch, der in Blights Wohnraum stand. Sie wirkte angespannt, bereitete ihnen aber etwas zu essen zu. Lenna lag gut versorgt in Verns Bett im Nebenzimmer und schlief. Cale hatte ihre Wunden noch einmal gereinigt und ihr eine Dosis Laudanum verabreicht. Ihr ging es den Umständen entsprechend gut, wofür Cale wirklich dankbar war.

Tess stellte zwei Tassen mit dampfendem Kaffee und Teller mit Bohnen für ihn und Hank auf den Tisch, bevor sie mit dem Topf nach draußen ging, um Bipin zu verkösten, der sich in der Scheune häuslich eingerichtet hatte.

„Warum bist du wirklich hier, Hank?", fragte Cale und lehnte sich auf seinem Stuhl zurück.

„Blight verwahrt ein paar … Sachen für mich."

„Was für Sachen?"

In diesem Moment kehrte Tess zurück, und Hank ließ das Thema fallen. Cale bot ihr seinen Stuhl an und lehnte sich selbst gegen den Türrahmen zum Schlafzimmer, was ihm ein Lächeln einbrachte, doch ihre Aufmerksamkeit richtete sich direkt wieder auf ihren Vater.

Tess hatte die Zeit genutzt, um sich zu waschen, und ihr sauber geflochtener Zopf, der dunkle Rock und die bis zum Kinn zugeknöpfte Bluse ließen sie aussehen, als würde sie gleich in den Schwesternorden eintreten, von dem sie erzählt hatte. Cale hoffte allerdings, dass sie diesen Zukunftsplan inzwischen verworfen hatte.

„Du solltest etwas essen, Tess", meinte er, nahm sich dann seinen eigenen Teller und schlang die Mahlzeit hinunter, als sich sein Hunger mit einiger Verzögerung meldete.

Sie nickte, schob die Bohnen jedoch nur mit ihrem Löffel auf dem Teller herum. „Wo bist du die ganze Zeit gewesen?", wollte sie von Hank wissen.

„Hier und da." Er nahm einen Schluck von seinem Kaffee. „Der ist heiß."

„Hattest du je vor, mich wiederzusehen?"

Cale fühlte sich wie ein Eindringling bei einem Familientreffen. Unruhig verlagerte er das Gewicht aufs andere Bein.

Hanks Miene wirkte mit einem Mal wie versteinert. „Ich hab wirklich gedacht, dass du ohne mich besser dran bist. Tom und Mary sind gute Menschen."

„Ja, natürlich sind sie das, aber wie hast du dir das denn gedacht? Dass ich den Rest meines Lebens bei ihnen verbringe?"

„Nein. Hör zu, Tess, es war das Beste für dich. Ich habe überall herumerzählt, dass du tot bist, damit man dich in Ruhe lässt."

„Vielleicht sollte ich lieber in die Scheune gehen", warf Cale ein.

„Nein." Tess' Erwiderung war sehr klar, und der Blick, den sie ihm über die Schulter zuwarf, machte deutlich, dass er bleiben sollte.

Hank beobachtete den Austausch zwischen ihnen aufmerksam. Das war der Mann, den Cale kannte. Die andere Version von ihm war nur gespielt, oder aber er verlor wirklich den Verstand und war deshalb so wechselhaft.

„Warum hast du mich gesucht?", fragte Hank seine Tochter.

„Weil ich die Nase voll davon hatte, mir auszumalen, wo zum *Teufel* du steckst." Ihr Tonfall war beißend scharf, doch ihre Stimme blieb leise, als sie sich erhob. „Denkst du nicht, dass ich mehr von dir verdient habe? Hank, ich habe mein Leben lang immer nur auf dich gewartet. Du warst immer irgendwo auf der Jagd nach irgendwem, hast dein unstetes Gemüt ausgelebt und *mi madre* mit gebrochenem Herzen zurückgelassen. Was glaubst du, warum sie so viel getrunken hat? Und ich war genauso unglücklich. Als *madre* und *abuela* gestorben sind, war ich so verloren, aber gleichzeitig so unglaublich dankbar, dass du gekommen bist und mich geholt hast. Ich wollte einfach nur bei dir sein und dich besser kennenlernen. Aber du warst nicht der Mann, für den ich dich gehalten habe." Sie stützte sich mit beiden Händen auf der Tischplatte ab. „Hast du Saul Miller in dieser Nacht auf mich angesetzt?"

Traurigkeit zeigte sich auf Hanks Miene und in seinem Blick. „Nein, Tessie. Ich habe Saul nicht geschickt."

Tess machte einen Schritt nach hinten und verschränkte die Arme vor der Brust. „Er hat das aber behauptet."

„Dann hat er gelogen. Als ich gemerkt habe, dass etwas nicht stimmt, hab ich nach dir gesucht, aber … ich kam zu spät."

„Hast du getrunken?" Die Stimme versagte ihr in einem Schluchzen.

Hank seufzte und schüttelte den Kopf. „Ich war nie ein anständiger, tugendhafter Mann. Hab ne Menge Schwächen. Wenn ich ändern könnte, was in der Nacht passiert ist, würde ich's tun. Danach hab ich einfach gemacht, was ich für richtig hielt, und mich von dir ferngehalten."

Tess nickte knapp, riss dann die Eingangstür auf und verschwand nach draußen.

„Sie will dir verzeihen, und um ihretwillen hoffe ich wirklich, dass du die Wahrheit sagst", meinte Cale zu Hank.

„Meine Vergangenheit spricht da wohl nicht für mich."

„Du hast es nie gut unterscheiden können."

„Was unterscheiden?"

„Richtig und falsch."

Hank sank in seinem Stuhl in sich zusammen und wirkte mit einem Mal sehr müde und niedergeschlagen. „Du weißt, dass unsere Arbeit viel mit sich bringt, was man nur schwer aushält. Man lernt, damit zu leben."

„Das stimmt wohl", gab Cale zu. „Aber Tess sollte das nicht müssen. Es war deine Aufgabe, sie zu beschützen."

„Ich weiß. Du musst mich nicht immer daran erinnern, dass ich versagt habe."

Cale wollte Hanks Worten gern Glauben schenken, aber während ihrer gemeinsamen Zeit hatte der Ire nie auch nur eine einzige seiner Handlungen bereut. Konnte man sich wirklich so grundlegend verändern? Cale hatte es getan. Vielleicht schuldete er Hank die Möglichkeit, sich unter Beweis zu stellen.

„Ich habe immer zu dir aufgesehen, Hank. Eine Zeit lang warst du der Vater, den ich mir immer gewünscht habe. Und ich habe so fest daran geglaubt, dass deine dunkle Seite gerechtfertigt, ja sogar notwendig war. Aber das ist vorbei. Deswegen bin ich nach dem Apachen-Massaker gegangen."

„Ich habe dich für schwach gehalten, Junge."

„Menschen abzuschlachten ist kein Zeichen von Stärke."

„Nun, das kommt wohl auf die Umstände an."

Angespannte Stille breitete sich zwischen ihnen aus. Cale blieb, wo er war, auch wenn er viel lieber Tess nachgegangen wäre. Gerade wurde ihm bewusst, wie tief seine Bewunderung für Hank gereicht hatte, doch ebenso tief traf ihn nun auch die Enttäuschung, die ihm wie ein Messer in die Brust fuhr.

„Buße ist eine Sache zwischen einem Mann und seinem Schöpfer", meinte Hank schließlich.

„Wenn es dir leidtut, dann sag Tess das. Du wärst überrascht, wie viel sie bereit ist, zu vergeben. Ich war es zumindest."

Hank schaute ihm prüfend in die Augen. „Na, sieh mal einer an", feixte er. „Du bist in meine Tessie verliebt."

Cale schwieg.

„Ich hatte immer gehofft, dass sie mal 'nen besseren Mann als mich findet", fügte Hank mit einem leisen Lachen hinzu.

„Auch ich habe Dinge getan, die ich bereue, Hank, aber wenn sie mich will, werde ich jeden weiteren Tag meines Lebens damit verbringen, ein Mann zu sein, der ihrer würdig ist. In ihren Augen ist die Welt trotz allem, was ihr zugestoßen ist, immer noch voller Magie und Wunder."

„Aye." Nachdenklich richtete Hank den Blick ins Leere. „Ich erinnere mich noch gut an meine Tessie als kleines Mädchen. So ein Wildfang, so schlau und clever und neugierig. Meine Ma und mein Dad hätten sie geliebt."

„Dieses Mädchen steckt noch immer in ihr", erwiderte Cale. „Und sie hat ein Leben voller Liebe und Wärme und Kinder verdient."

„Wirst du ihr das geben?" Hank schien Zweifel daran zu hegen.

Cale nickte.

„Gott sei's gedankt. Dann ist vielleicht noch nicht alles verloren."

Kapitel Neunundzwanzig

Tess verließ die Hütte fluchtartig. In der Scheune hatte Bipin es sich bequem gemacht, also holte sie sich nur zwei alte Pferdedecken und ging damit zu der Baumgruppe, wo sie sich eine ebene, von Kiefernnadeln bedeckte Stelle suchte. Allzu weit wollte sie sich nicht entfernen – das war nicht sicher –, aber sie musste der Enge von Verns Haus und Hanks Ausreden für eine Weile entkommen.

In ihrem Kopf war alles ganz klar gewesen, warum sie ihren *padre* finden wollte – nein *musste* – und wie das Wiedersehen ablaufen würde. Wie sie ihm verzeihen würde, dass er sie an Saul ausgeliefert hatte, wie sie ihm verzeihen würde, dass er ein schlechter Mensch war. Alles sehr gottgewollt und tugendhaft, eine edle Mission. Sie würde ihrem Vater helfen, ein besserer Mensch zu werden. Sie konnte ihn retten.

Doch wie es schien, musste er gar nicht gerettet werden. Wenn er ihr die Wahrheit gesagt hatte, hatte er Sauls Taten nicht gutgeheißen, hatte noch nicht einmal davon gewusst. Und als es ihm klar geworden war, hatte er versucht, ihr zu helfen.

Während der letzten beiden Jahre hatte Tess all ihren Zorn auf

Hank gerichtet, doch zugleich war da auch der Wunsch gewesen, sich mit ihrem *papá* auszusöhnen. Dieser Anker hatte sie die Tage und Nächte durchhalten lassen. Aber jetzt, mit dem neuen Wissen, konnte sie die riesige Wunde in ihrer Seele nicht länger verleugnen.

Saul Miller hatte sie vergewaltigt.

Wie angewurzelt blieb sie stehen, die Decken rutschten ihr aus den Händen und fielen zu Boden. Trauer stieg aus dem hintersten Winkel ihres Herzens in ihr auf, zunächst nur ein winziger Funke, den sie kaum bemerkte. Doch er wurde größer, und plötzlich fühlte Tess sich, als hätte sie sich in einem Sturm voller schwarzer Wolken und heulendem Wind verlaufen, der zusehends an Kraft und Gefahr gewann.

Auf einmal stand Cale vor ihr, auch wenn sie ihn nur als Silhouette in den Schatten der Bäume erkannte.

„Was mache ich jetzt?", flüsterte Tess.

„Wegen Hank?"

Sie nickte, obwohl sie das eigentlich nicht gemeint hatte. Was sollte sie mit dem furchtbaren Schmerz machen, der sich in ihr befreit hatte, mit dem kleinen Mädchen, das weinte, weil sie niemand vor Sauls Übergriff bewahrt hatte?

„Ich kann dir nicht sagen, ob du ihm glauben sollst oder nicht", meinte Cale.

„Tust du es?" Vielleicht hatte Hank gelogen. Vielleicht konnte sie die Schuld immer noch auf ihn abwälzen. Aber sie wusste, dass es bereits zu spät war, denn das Monster der Erinnerung war bereits aus seinem Käfig entkommen.

Cale griff nach ihren Händen. „Ich glaube, dass Hank dich trotz allem wirklich liebt."

„Also sollte ich ihm verzeihen?"

„Das ist nicht meine Entscheidung. Aber ich werde dir eine Geschichte von einer Kuh und einem Kojoten erzählen, die mir die Apachen beigebracht haben." Er verschränkte die Finger mit ihren. „Eine Kuh stand am Ufer eines Flusses, als ein Kojote auftauchte und sagte, dass er zu viel Angst hätte, das Wasser zu überqueren, weil es so tief war. Die Kuh bot ihm an, dass der Kojote sich an ihren Hörnern oder ihrem Schwanz festhalten durfte, aber der Kojote lehnte ab, weil er befürchtete, trotzdem zu ertrinken. Er fragte jedoch, ob er der Kuh in den Hintern kriechen durfte. Die Kuh war beschämt, stimmte aber trotzdem zu. Der Kojote kroch in sie hinein, und die Kuh durchschwamm den Fluss. Gerade, als sie das gegenüberliegende Ufer erreicht hatte, biss der Kojote sie und tötete sie damit. Der Kojote war ein schlimmer Finger, dem man nicht trauen durfte, aber die Kuh war auch zu vertrauensselig gewesen. Sie wusste nicht, dass es einen Unterschied gab, zwischen jemandem zu helfen und sich von ihm ausnutzen zu lassen."

Cale zog Tess in die Arme, und sie nutzte die Gelegenheit, um ihn fest an sich zu drücken. „Tess, was ich damit sagen will: Du musst gar nichts tun. Hör auf, dir über Hank Gedanken zu machen, und kümmere dich um dich selbst."

Die Tränen begannen wieder zu fließen, doch Cale hielt sie fest. Bei ihm hatte sie sich immer geborgen gefühlt, und sie war so dankbar für seine Nähe, doch gleichzeitig flüsterte ihr die Demütigung ins Ohr. Miller hatte ihr das Selbstvertrauen geraubt, und sie war zu beschämt, um Cale anzuvertrauen, dass sie ihren inneren Halt verloren hatte. In ihr steckte mehr von der Kuh aus der Geschichte, als er wusste.

Schniefend löste Tess sich wieder von ihm und wischte sich übers Gesicht. „Es geht mir gut. Wirklich."

„Es ist kein Verbrechen, Hilfe zu brauchen, Tess."

Dennoch suchte sie etwas Abstand in der dunklen Umarmung der Nacht. „Du musst dich nicht ständig um mich kümmern."

„Was meinst du damit?"

„Ich werde schon irgendwie zurechtkommen. Das liegt nicht in deiner Verantwortung."

„Du verbringst fünf Minuten mit Hank und bist schon bereit,

mit eingekniffenem Schwanz abzuhauen?" Die Schärfe in seiner Stimme verblüffte Tess.

„Du hast keine Ahnung, wovon du sprichst."

„Wag es ja nicht."

„Was denn?"

„Dich wegen Hanks Sünden vor mir zurückzuziehen. Ich habe dich anfangs für verrückt gehalten, weil du ihm vergeben wolltest, aber es hat mir auch etwas gezeigt, was ich in meinem ganzen Leben noch nicht gesehen hatte: Du bist eine starke Frau, die ihr Schicksal nicht nur tapfer erträgt, sondern über sich hinauswächst. Ich wünschte bei Gott, dass meine Ma mehr wie du gewesen wäre. Die Welt ist ärmer, weil sie nicht mehr in ihr weilt, und ich wurde um Zeit mit ihr betrogen. Dich will ich nicht auch noch verlieren."

„Was willst du damit sagen?"

„Ich liebe dich, Tess. Ich möchte, dass du bei mir bleibst und mich heiratest."

Sein Eingeständnis erwischte Tess kalt. Hatte sie sich nicht genau das gewünscht? Geliebt und wertgeschätzt zu werden? Schon wieder streckte die Panik ihre Tentakel in Tess' Brust aus und angelte mit eisigen Fingern nach ihrer Seele.

Hört das denn nie auf?

Sie ließ den Kopf hängen und schüttelte ihn langsam, während ihr salzige Tränen übers Gesicht strömten und von ihren Lippen tropften. Cale überwand die wenigen Schritte zwischen ihnen und umfasste ihr Gesicht mit beiden Händen.

„Verstehst du denn nicht, Tess?" Sacht rieb er die Nase an ihrer. „Das hier passiert nicht einfach so. In all den Jahren, an all den Orten, an denen ich schon war, habe ich nie eine Frau wie dich getroffen."

Seine Lippen fanden ihre und liebkosten sie zart. Dann eroberte Cales Zunge ihren Mund, und ihre Abwehr zerbarst.

Tess' Absicht, ihn auf Abstand zu halten, schmolz dahin, als ihr Körper die Berührung mit derart heftigem Verlangen quittierte, dass es sie eigentlich beschämen sollte. Aber das tat es nicht. Sie wollte Cale.

Ganz und gar. Vollkommen. Sie wollte die Art von Versprechen, die sie einander nur mit ihren Körpern geben konnten, eingehüllt von der Nacht, die sie umgab.

Sie schlang die Arme um Cales Nacken, und er drückte sie fest an sich, ohne von ihrem Mund abzulassen. Lust erfüllte sie mit einem verzweifelten Sehnen, die unbezwingbare Erregung zu befriedigen, die in ihr tobte.

„Zieh dich aus", raunte Tess ihm zu.

Hastig entledigten sie sich ihrer Kleidung, und Tess sah und spürte die Kraft der sehnigen Muskeln in Cales Schultern und Armen, seiner breiten Brust und seiner Härte. Er umfasste ihre Kehrseite und rieb sich an Tess, was sie erbeben ließ. Er zog eine Spur Küsse über ihren Hals, und sie wölbte sich ihm entgegen. Endlich ließ er die Hände zu ihren Brüsten wandern, streichelte sie und drückte sie sanft, ehe er mit den Lippen eine ihrer aufgerichteten Brustwarzen umschloss. Tess keuchte auf und packte Cale am Hinterkopf, um Halt zu finden.

Jeden Zentimeter ihrer Brüste erforschte Cale mit dem Mund. Dass sie dort so empfindsam sein könnte, hätte Tess nie gedacht, doch er widmete sich ihr mit so viel Aufmerksamkeit, dass es sie beinahe zerriss.

„Cale, bitte, du machst mich wahnsinnig."

„Warte." Er umfasste ihre Taille, damit sie kurz innehielt, und tastete dann nach einer der Pferdedecken, die er auf dem Boden ausbreitete. Das Spiel seiner Muskeln und seine männliche Kraft fachten die animalische Gier nach ihm erneut an. Am liebsten hätte Tess ihn angefaucht, dass er sich beeilen sollte.

Willig legte sie sich auf den Rücken, und Cale beugte sich über sie, während sich ihre Lippen erneut suchten und seine freie Hand ihren Weg zwischen Tess' Beine fand. Mit einem Finger strich er über ihre Weiblichkeit, und ihr Atem beschleunigte sich zusammen mit ihrem Herzschlag.

„Ich bin so nah dran", keuchte sie. „Komm in mich."

„Das hatte ich eigentlich nicht vor."

Tess erstarrte, als hätte er sie mit einem Eimer kaltem Wasser übergossen, und öffnete die Augen. „Warum nicht?"

„Wir müssen eine Schwangerschaft vermeiden, Tess."

Ihr Körper wollte ihn so sehr, dass es beinahe schmerzhaft war, nicht weiterzumachen. „Ich will dich in mir spüren."

Tess tastete nach seiner Männlichkeit und schloss die Hand um sie, streichelte ihn. Das entlockte Cale ein Ächzen. Sie ignorierte den leichten Stich im Knie, als sie das linke Bein um ihn schlang. Sie spürte, wie er ihr erlag und sich vollends über sie rollte. Die Hände zu beiden Seiten ihres Kopfes abgestützt schob er sich langsam in sie, und Tess nutzte die Gelegenheit, um ihn unter den Achseln zu umfangen.

Cale hielt inne, nachdem er komplett in ihr versunken war. Der Mann machte sie wirklich wahnsinnig. Also legte Tess beide Beine um ihn, kreiste die Hüften und genoss die Woge der Lust, die sie dabei empfand.

„Was ist, Cale?"

„Warte noch einen Moment."

Sie dachte jedoch nicht daran, sondern presste sich an ihn, und er schenkte ihr endlich das, wonach ihr Körper sich am meisten sehnte. Lustvoll gab sie dem Verlangen nach, das sie immer weiter auf den Höhepunkt zutrieb. Tess klammerte sich an Cales Schultern und ging im ursprünglichen Rhythmus seiner Stöße auf, die sie den Gipfel erklimmen ließen und ihr schließlich Erlösung brachten.

Mit einer schnellen Bewegung zog Cale sich aus ihr zurück und packte eine Ecke der Decke, in die er sich ergoss. Verblüfft, dass er die Verbindung zwischen ihnen so abrupt gelöst hatte, wartete sie, bis sich ihr Atem wieder etwas beruhigt hatte, bevor sie etwas sagte.

Cale schmiegte sein Gesicht an ihren Hals und legte einen Arm um sie.

„Warum hast du das gemacht?", wollte Tess wissen.

„Ich möchte nicht, dass du schwanger wirst." Seine Hand umfasste eine ihrer Brüste, und das Verlangen regte sich erneut so heftig in Tess, dass sie es kaum fassen konnte. Sie schloss die Augen und verlor sich in seinen Liebkosungen.

Das hielt die Panik für eine Weile im Zaum, aber sie wusste, dass es nicht von Dauer war.

Kapitel Dreißig

In den frühen Morgenstunden fanden Cale und Tess noch einmal zueinander, und wieder ergoss er sich in die Decke. Gerade noch rechtzeitig. Mit zusammengebissenen Zähnen. Wie lange er das noch durchhalten würde, wusste er nicht.

Ihm kam es vor, als wäre Tess mit dem Wind und den Bergen, dem Sonnenlicht und dem Wasser im Bach verbunden. Sie brachte Cale mit dem Leben in Einklang, brannte lichterloh in ihm. Ihre Leidenschaft stand seiner in nichts nach und entflammte eine Hoffnung in ihm, die er bisher nur einmal flüchtig verspürt hatte, als er noch ein Junge gewesen war.

Das Leben war verheißungsvoll.

Glück erfüllte ihn vom Kopf bis zu den Zehen.

Trunken von dem süßen Vertrauen, das sie ihm entgegenbrachte, hätte er nichts lieber getan, als den ganzen Tag mit ihr hier zu verbringen. Cale atmete tief den herben Duft ihrer Liebesnacht ein und schwelgte in dem Gefühl, Tess in den Armen halten zu dürfen.

Im Licht der ersten Sonnenstrahlen, die über den Berggipfeln im Osten spitzten, zog Tess sich eilig an, weil sie nicht wollte, dass Bipin, Nitis oder Smita – und ganz bestimmt nicht ihr *papá* – über sie und Cale stolperten.

Er hatte ihr gesagt, dass er sie liebte. Dass er sie heiraten wollte.

Plötzlich wurde Tess die Brust eng, und die nur allzu vertraute Panik breitete sich in ihr aus. Die Welt drehte sich um sie.

Nein.

Cale schlang von hinten einen Arm um sie und gab ihr einen Kuss auf die Wange. Sosehr Tess auch versuchte, sich zu entspannen und die Berührung zu genießen, schrie doch alles in ihr nach Flucht.

Wie nur sollte sie ihm ihre Schwäche gestehen? Oder dass sie plötzlich ohne Vorwarnung anfing zu zittern? Wie ihm erklären, dass manchmal das Leben selbst einen unerträglichen Schrecken für sie bedeutete?

Scham überrollte sie. Nur zu gut konnte sie sich Cales Enttäuschung vorstellen, wenn er erst merkte, wie tief verwurzelt ihr Makel in ihr war.

Tess machte einen Schritt von ihm weg und hob die Decke vom Boden auf, die sie während ihrer gemeinsamen Stunden benutzt hatten. „Ich werde die heute waschen."

Sie legte sie auf der Veranda der Hütte ab und ging hinein. Hank lag schnarchend auf dem Fußboden im Wohnraum. Ein kurzer Blick ins Schlafzimmer linderte ihre Sorge um Lenna. Das Mädchen schlief noch tief und fest, und so wie es aussah, auch gut. Tess machte sich leise an die Vorbereitungen fürs Frühstück; die Arbeit half ihr, das Unbehagen zu beschwichtigen, das sich einfach nicht abschütteln ließ.

Wenig später erwachte Hank und rappelte sich vom Boden auf. „Morgen, Tessie."

Sie nickte ihm knapp zu, und nachdem ihr Vater nach draußen gegangen war, rollte sie seine Decken zusammen und verstaute sie in einer Ecke des Raumes. Kurz darauf standen Pfannkuchen und

Sirup auf dem Tisch, und Cale kam mit einem Eimer frischer Milch in der Hand aus der Scheune herein. Bipin und Hank folgten ihm dicht auf den Fersen.

„Nitis und Smita haben Vern seit ein paar Tagen nicht mehr gesehen", berichtete Cale.

Hank nahm am Tisch Platz. „Der alte Zausel verläuft sich gerne mal in den Bergen. Deswegen lässt er die beiden Apachen hier leben, damit sie sich um die Tiere und die Farm kümmern."

„Es ist ein Wunder, dass er hier schon so lange allein überlebt", meinte Tess und goss den Männern Kaffee ein.

Ihr Vater löffelte Zucker in die dampfende Flüssigkeit und rührte sie um. „Manche Männer leben gerne mit einem Fuß im Grab."

Das ist anscheinend ein Schicksal, zu dem ich auch verdammt bin.

Nachdem Hank, Cale und Bipin ihre Teller geleert hatten, sammelte Tess das Geschirr ein und wusch es in einem Wasserbottich, den Cale für sie gefüllt hatte. Hank wollte draußen mit Cale sprechen, also blieb Tess mit Bipin zurück. Als Lenna erwachte, brachte sie dem Mädchen einen übrig gebliebenen Pfannkuchen und eine Tasse frische Milch; beides verzehrte sie mit großem Appetit.

Tess fragte sich, was Hank wohl mit Cale zu besprechen hatte, zwang sich aber, nicht nach draußen zu gehen.

CALE FOLGTE Hank in Verns Scheune, wo sie an einer ganzen Menagerie von Tieren vorbeikamen – einem fuchsfarbenen Pferd, das schon bessere Tage gesehen hatte, einer meckernden Ziege und der Milchkuh. In der hintersten Ecke blieb Hank stehen. Er schob eine Holzkiste beiseite und fegte einen Heuhaufen weg, bevor er eine versteckte Falltür im Boden anhob. Das Loch darunter war etwa drei mal drei Meter groß und enthielt mehrere Säcke aus Segeltuch.

Cale musste nicht erst hineinschauen, um den Inhalt zu kennen. „Was zum Teufel machst du da, Hank?"

„Überleben und schützen, was mir gehört." Er holte einen der Säcke aus dem Loch und öffnete das Zugband. Darin befanden sich mindestens zehn Langwaffen verschiedener Hersteller und Modelle.

„Such dir was aus, Junge", bot Hank ihm an.

„Verkaufst du die an die Apachen?"

„Ist ein gutes Geschäft."

„Und höchst illegal."

Hank richtete sich wieder auf und schaute Cale in die Augen. „Hör mal zu, Kleiner. Ich weiß, wo das Gold ist. Hab selbst eine hübsche Ader weiter oben in den Bergen gefunden. Deswegen bin ich gestern abgehauen. Ich musste zurück und alle Hinweise verschwinden lassen. Saul Miller soll die auf keinen Fall finden. Die Apachen lassen mich in Ruhe, weil ich ihnen Waffen verkaufe. Es war ein notwendiger Handel, um in Frieden hier leben zu können."

„Niemand kann in diesen Bergen in Frieden leben, schon gar nicht die Apachen."

„Du magst sie doch, oder? Mit den Waffen haben sie im Kampf wenigstens 'ne Chance."

Verdrossenheit machte sich in Cale breit. Hanks Worte enthielten durchaus einen wahren Kern.

„Ich habe schon ein Gewehr", erwiderte Cale. „Ich brauche nicht noch eins."

„Wie du willst. Ich nehme mir lieber eine mehr mit, wenn ich auf die Jagd nach Saul gehe. Ich hatte gehofft, dass du mitkommst und mir hilfst. Wie in alten Zeiten."

Einen Moment lang starrte Cale seinen Mentor nur an. Hanks Blick war klar, und der Durst nach Rache stand deutlich lesbar darin. Er wirkte fest entschlossen. Das war der Hank, den Cale kannte.

„Ich dachte, ich hätte den Schweinehund an dem Morgen

umgelegt, nachdem er meine Tessie verletzt hat", fuhr Hank fort. „Aber offenbar hab ich schlecht gezielt. Den Fehler mach ich nicht noch mal. Er wird die Dragoons nicht lebend verlassen. Und ich vermute mal, dass du ihn auch gern zur Rechenschaft ziehen willst, weil du was für mein kleines Mädchen empfindest."

Das konnte Cale nicht leugnen; den Wunsch nach Vergeltung verspürte er durchaus, seit er von Sauls Übergriff erfahren hatte. Aber den Mann zu erschießen, hatte nichts mit Gerechtigkeit zu tun. Das war Mord.

„Wir müssen ihn lebend schnappen", meinte Cale deshalb. „Es ist nicht an uns, über sein Schicksal zu entscheiden."

Hank schüttelte schnaufend den Kopf. „Komm mir nicht mit diesem moralischen Geschwafel, Junge. Wir könnten ihn wegen dem Mord an Bennett drankriegen, aber den wird er einfach Lange anhängen. Und wenn er wegen Tess vor Gericht kommt, muss sie aussagen. Willst du ihr das wirklich antun?"

Die Vergangenheit holte seine Gegenwart ein, und wieder einmal fühlte sich Cale, als hätte er die Wahl zwischen Pest und Cholera. Das war die Welt, in der Hank sich bewegte und die Cale endlich verlassen musste.

„Vielleicht wäre es besser, wenn ich Tess mitnehme und wir verschwinden", sagte er. „Du wirst ohnehin tun, was du für richtig hältst."

„Schön. Ich wollte sie sowieso nie hier haben."

„Das sollte mich wohl nicht überraschen."

Cale und Hank fuhren herum, als Tess' Stimme hinter ihnen erklang.

„Du warst mir immer nur ein Vater, wenn es dir in den Kram gepasst hat. Aber ich rechne dir hoch an, dass du Miller töten willst. Wahrscheinlich sollte ich das als Zeichen werten, dass du mich wirklich liebst. Aber Cale hat recht. Ihm eine Kugel zu verpassen, ist falsch."

„Tessie, natürlich liebe ich dich", versicherte Hank. „Ich meinte nur, dass es nicht gut ist, wenn du hier bist, weil es zu gefährlich für dich ist. Aber ich *werde* Saul umlegen. Der Mistkerl wird dafür bezahlen, was er dir angetan hat. Und wenn es vorbei ist, hole ich das Gold aus dem Berg, damit bist du gut versorgt."

Tess' resignierter Gesichtsausdruck gefiel Cale nicht. Wortlos drehte sie sich um und verließ die Scheune. Cale warf Hank noch einen Blick zu und folgte ihr dann.

Bei der Baumgruppe holte er sie schließlich ein. Sie stand mit dem Rücken zu ihm auf der Lichtung, wo sie sich in der Nacht zuvor geliebt hatten. Vorsichtig legte Cale ihr eine Hand auf die Schulter, die er dann über ihren Rücken nach unten gleiten ließ. In seinem Kopf spielten sich Erinnerungen ab, wie vertrauensvoll sie sich ihm hingegeben hatte, wie hemmungslos sie in ihrer Leidenschaft gewesen war, und dieser Wandel erstaunte ihn nach wie vor. Sie hatte sich so sehr verändert, war nicht mehr das Mädchen, das er vor wenigen Wochen kennengelernt hatte.

„Tess, was denkst du gerade?"

„Dass Hank das Beste aus seinem Leben gemacht hat. Ich denke, dass er Fehler begangen hat. Aber ich ebenso. Wenn er da rausgeht, gibt es für mich nur zwei mögliche Ausgänge: Entweder Miller stirbt oder Hank. Wenn Miller überlebt, muss ich so weit weg wie möglich, weil ich ihn nie wiedersehen will."

Cale legte ihr die Hände auf die Schultern und drehte Tess zu sich herum. „Du bist nicht verantwortlich für Hank. Und ich werde dafür sorgen, dass Saul nie wieder in deine Nähe kommt."

„Das kannst du mir nicht versprechen."

„Ich kann es zumindest versuchen."

„Willst du mich deswegen heiraten? Um mich zu beschützen?"

„Ja, auch", antwortete Cale stirnrunzelnd.

Tess wich seinem Blick aus. „Das geht mir alles zu schnell."

„Was meinst du?"

„Uns." Jetzt schaute sie ihn doch wieder an. „Wie kannst du nur glauben, dass du mich liebst? Wir kennen uns doch kaum."

„Ich kenne dich gut genug." Ein unangenehmer Knoten formte sich in seinem Magen.

„Ich brauche Zeit, um das alles für mich zu ordnen."

Er ließ die Hände sinken. „Ich setze dich nicht unter Druck, Tess."

„Ach nein? Ich könnte bereits ein Kind unter dem Herzen tragen."

„Deswegen habe ich gesagt, dass wir ab sofort vorsichtiger sein müssen. Und selbst wenn es so ist, spielt das keine Rolle. Ich werde mich um dich kümmern."

„Aber dann habe ich keine andere Wahl."

Was passierte hier bloß? Cal hatte geglaubt, sie wäre glücklich und dass er endlich zu ihr durchgedrungen war.

„Beantworte mir nur eine Frage", bat er, entsetzt darüber, dass sie ihm so plötzlich entglitt. „Liebst du mich?"

Sie zögerte. „Ich weiß es nicht."

Cale sog scharf den Atem ein und stützte die Hände über seinem Waffengürtel in die Hüften. „Das habe ich wohl verdient", quetschte er zwischen zusammengebissenen Zähnen hervor. „Ich habe dir immer gesagt, dass du das Tempo bestimmst."

Wie waren sie an diesen Punkt gekommen? Im Moment fühlte Cale sich, als hätte sein Pferd ihn abgeworfen, aber anstatt auf dem Boden aufzuschlagen, fiel er in eine Schlucht, deren Grund er nicht erkennen konnte.

„Hör mal, Tess. Ich werde mit Hank gehen, und wir kümmern uns um Saul. Dann musst du dir keine Sorgen um gar keinen von beiden machen."

„So habe ich das nicht gemeint. Das ist gefährlich. Was, wenn dir etwas zustößt?"

Zumindest kümmerte sie, was aus ihm wurde. Das war immerhin etwas.

„Früher war ich ziemlich gut in dem, was ich tat", erwiderte Cale.

„Was, wenn Saul oder Haverly hier auftauchen?"

„Wir erwischen sie, bevor sie überhaupt auf die Idee kommen. Lenna muss noch das Bett hüten, und ich lasse dir Bipin hier."

Cale wartete, ob sie die Hand nach ihm ausstreckte, ob sie ihre Meinung ändern und ihm ihre Liebe gestehen wollte … oder dass sie irgendetwas tat.

„Sei vorsichtig", flüsterte sie, drehte sich um und ließ ihn stehen.

Er sah ihr hinterher und hatte dabei das Gefühl, als wäre ihm gerade das Herz aus der Brust gerissen worden.

Kapitel Einunddreißig

Innerhalb der nächsten Stunde brachen Cale und Hank auf. Dank Hanks Arsenal ritten sie gut bewaffnet in die Berge – mit zwei Winchester-Gewehren, einem Sharps Karabiner und vier Colt-Revolvern – und führten dazu genügend Munition und zwei Bowiemesser mit sich.

Entschlossenheit trieb Cale voran, doch es war ein leeres, wenn auch nicht unvertrautes Gefühl. Mit Hank unterwegs zu sein, war schon oft von einem gewissen Fatalismus geprägt gewesen. Aber dieses Mal war es mehr als das. Seine Träume, an deren Verwirklichung er gerade erst zaghaft angefangen hatte zu glauben, lösten sich in Luft auf.

Er hatte geplant, Tess mit nach Texas zu nehmen, sich mit seinem Vater auszusöhnen und um eine Teilhaberschaft an der Walker-Ranch zu bitten. Auf dem Land konnte er ein Haus bauen, ein Heim für Tess und ihre Kinder. So bald hatte er sie nicht schwängern, sondern lieber warten wollen, bis sie vertrauter mit ihm war, doch nun fragte er sich insgeheim, ob er der Natur nicht ihren Lauf hätte lassen sollen.

Vielleicht war es ja bereits passiert, in ihrer ersten Liebesnacht. Ein aufregendes Kribbeln rauschte durch seinen Körper. *Dann müsste sie mich heiraten.* Doch die Eingebung verschwand so schnell, wie sie gekommen war. So wollte er Tess nicht für sich gewinnen. Sie hatte bereits so viel durchgemacht, und er wollte sie auf keinen Fall noch unglücklicher machen.

Hank und er kamen zügig voran und gönnten sich keine Pause. Erst, als sie sich der Lichtung näherten, auf der sich die Überreste der *rancheria* befanden und auf der Lenna beinahe verbrannt worden wäre, verlangsamten sie ihr Tempo.

„Was hast du für Absichten mit meiner Tessie?", wollte Hank wissen, nachdem er seinen Falben neben Bo gelenkt hatte.

Cale kniff die Augen zusammen, obwohl der Stetson ihn bereits vor dem blendenden Sonnenlicht schützte. „Ich hatte gehofft, eine ehrbare Frau aus ihr zu machen."

„Was hindert dich daran?"

„Tess." Und wieder hatte Cale das Gefühl, einen Schlag in die Magengrube kassiert zu haben.

„Sie kann ein bisschen stur sein, wenn sie will."

„Habe ich bemerkt."

„Ist nicht immer das Schlechteste. Das Leben ist oft hart zu Frauen. Nimm nur mal meine Mammy. Ich bin 1845 mit meinen Eltern und meinem Bruder Gilly nach Amerika gekommen. Wir waren arme Bauern aus South Ulster und haben dort wortwörtlich am Hungertuch genagt. Ich war sechzehn und Gilly neunzehn."

Tess' Ablehnung lastete noch immer schwer auf Cale, aber dass Hank ihm plötzlich bereitwillig von seiner Familie erzählte, machte ihn dennoch neugierig. Der Mann hatte nie mehr als ein paar Worte über seine Vergangenheit verloren.

„Mammy hatte meinen Bruder Nels schon vor vielen Jahren verloren und kurz vor unserer Abreise meine Schwester Glenna. Als wir Irland verlassen haben, war sie nur noch ein Schatten. Ich hab sie geliebt, aber man kam nur schwer an sie ran. Also sind wir auf ein Schiff und nach New York City gesegelt. Mammy ist auf der Überfahrt gestorben. Hat uns beinahe den Rest gegeben. Irgendwie hab ich mich aber auch für sie gefreut. Sie war endlich frei. Ihre Trauer hat sie jeden Tag so sehr belastet. Sie hat es einfach nicht mehr ausgehalten."

„Tut mir leid, Hank, das wusste ich nicht", sagte Cale. „Meine Ma ist auch gestorben, als ich noch ein Junge war."

„Ich wusste immer, dass uns mehr verbindet. Wir sind so was wie eine Familie, Junge. Hab ich immer gespürt." Hank wandte den Blick ab. „Nach der Ankunft haben Pappy, Gilly und ich versucht, in New York City zu überleben, aber es war nicht leicht. Wusstest du, dass wir unseren Namen geändert haben? Damals hießen wir noch Carroll. Pappy wollte einen Neuanfang, also wurden wir die Carlisles. Aber nach ein paar Monaten ist Pappy auch gestorben. Wir lebten praktisch in der Kanalisation, unten in den Kellern von Wohnhäusern. War schrecklich. Für die meisten waren wir kaum besser als Hunde. Deswegen sind Gilly und ich in den Westen gegangen. Das war 1850. Mit einundzwanzig wusste ich gar nichts, außer, wie man überlebt. Das hatte ich ja schon eine Weile gemacht."

„Was ist mit Gilly passiert?" Cale hatte nicht einmal gewusst, dass Hank einen Bruder hatte.

„Er ist tot. Ist bei einer Schießerei in Mexiko passiert. Vielleicht war es meine Schuld. Das habe ich mich immer gefragt. Damals habe ich auch Isabella getroffen. Ich war ständig betrunken, und sie hat mich da für eine Weile rausgeholt. Tessie kam '59 auf die Welt. Ich habe sie zusammen mit Isabellas *madre* Dolores nach Tucson geschafft, damit ich ein Auge auf sie haben und öfter bei ihnen sein konnte. Ich besaß nicht viele Fähigkeiten. Schießen und Jagen und außerdem Männer so lange unerbittlich hetzen, bis ihnen die Puste ausging, das war so gut wie alles, was ich konnte. Mein Ruf hat mir geholfen, Arbeit zu finden und genug für Isabella und mein kleines Mädchen zu verdienen."

„Hank, du bist nicht der erste Mann, der eine Grenze überschreitet, um zu überleben."

„Tief in mir drin verbirgt sich was, Cale, das sich wie ein gefangenes Tier wehrt. Ich hab es nie besänftigen können, und ich bin nicht sicher, ob es je Ruhe finden wird. Das Leben in diesen Bergen hat mir das gezeigt. Tess ist mir gar nicht so unähnlich, ob es ihr passt oder nicht. Das habe ich gestern Abend in ihrem Gesichtsausdruck gesehen, diese zornige Entschlossenheit, mich zu finden. Das war, als hätte ich in einen Spiegel geschaut."

Cale biss die Zähne so heftig zusammen, dass ihm der Kiefer schmerzte. Vielleicht hatte Tess ja mehr von Hank geerbt, als Cale sich eingestehen wollte.

„Du wirst alle Hände voll zu tun haben mit ihr", fügte sein Mentor noch hinzu.

Ja, das habe ich jetzt schon.

Tess verbrachte den Tag damit, die Töpfe und Pfannen zu schrubben und die Decke zu waschen, die sie und Cale benutzt hatten. Ihr kam in den Sinn, dass sie diese in Zukunft vielleicht nicht mehr brauchen würden.

Ohne Cale in ihrer Nähe konnte sie ihrer Trauer darüber, dass sie ihn von sich gestoßen hatte, freien Lauf lassen. Natürlich liebte sie ihn. Wie könnte sie das nicht? Alles an ihm zog sie an – seine blauen Augen, sein aufmerksamer Blick, wenn sie eine Geschichte erzählte, sein Grinsen, wenn er sie neckte, wie er ihre Verletzung sorgsam verarztet hatte, seine ruhige, körperliche Präsenz, die ihr Begehren weckte. Sein Mitgefühl und sein Mut.

Wenn sie nur ihre eigenen *demonios* unter Kontrolle brächte, könnte sie dann mit Cale das Leben teilen? Das wollte sie zu gerne glauben, aber die Angst machte es ihr immer noch schwer.

Mit wenig Begeisterung erntete sie Gemüse für einen Eintopf, den sie langsam auf dem Ofen köcheln ließ. Nitis und Smita kümmerten sich in der Scheune und dem Korral um die Tiere. Inzwischen war ein verletzter Kojote hinzugekommen, den sie an einen Zaunpfosten gebunden hatten, damit er nicht weglief. Smita versicherte ihr mit einigen Gesten, dass das Tier freigelassen werden würde, sobald die Wunde an seiner Vorderpfote geheilt war.

Einen Moment lang verspürte Tess Sehnsucht nach der Amsel Amado, und sie fragte sich, ob der Vogel sich vielleicht in einem der umstehenden Bäume eingenistet hatte. Einen Großteil des Nachmittags brachte sie damit zu, die Umgebung zu beobachten, doch die Amsel war nirgends zu entdecken.

Bei Einbruch der Nacht kehrte Vern zu Pferde zurück. Tess wischte sich die Hände an ihrer Schürze ab und ging nach draußen, um ihn zu begrüßen. Der Schmerz in ihrem Bein war beinahe verschwunden und ihre ganze Körperhaltung deutlich besser, nachdem Vern es vor Wochen gerichtet hatte.

Sie winkte, und Vern nickte ihr zu. Ihre Anwesenheit schien ihn keineswegs zu überraschen. Er selbst sah erschöpft aus und als hätte er wochenlang nicht gebadet. Hinter ihm entdeckte sie Cocheta auf Moses. Wie schön, dass es auch Cales Maultier gut ging.

„Señor Blight, wie schön, Sie wiederzusehen." Tess deutete mit dem Kopf in Richtung Cocheta. „Wie ist sie hierhergekommen?"

„Sie ist in den Bergen rumgelaufen. Gab Ärger da draußen. Geht es Ihnen gut?"

„Ja. In der Hütte liegt ein Apachenmädchen, ich hoffe, das macht Ihnen nichts aus. Sie ist verletzt, und wir konnten nirgendwo sonst hin."

„Wie geht es ihr?"

„Besser."

Vern stieg ächzend von seinem kleinen Wallach. „Wo ist Ihr Mann?"

„In die Berge geritten."

Tess bot Cocheta ihren Arm an, damit die alte Frau leichter absteigen konnte.

„Ich habe Eintopf und frisches Brot zum Abendessen vorbereitet. Sie sollten beide etwas essen."

„Ich komme gleich", erwiderte Blight. „Versorge noch schnell das Pferd und das Maultier."

Cocheta und Lenna feierten ein tränenreiches Wiedersehen und umarmten sich mehrfach lange. Tess deckte den Tisch für die beiden und brauchte sie zum Glück nicht lange zum Essen zu überreden. Lenna konnte sich inzwischen schon etwas mehr bewegen.

Schließlich fragte Tess das Mädchen: „Könntest du Cocheta bitten, uns zu erzählen, warum sie von den anderen getrennt wurde?"

Lenna und Cocheta wechselten einige Sätze miteinander.

„Sie hat das Lager früh am Morgen verlassen, vor einigen Sonnenaufgängen. Sie sagt, sie ist alt, aber nicht so alt. Sie ist der Amsel gefolgt und der Stimme des Berglöwen. Es steht etwas bevor, und sie will helfen."

„Sie hätte dabei sterben können."

„Cocheta hat keine Angst vor dem Tod."

Tess wünschte, sie könnte das auch von sich behaupten. „Sind die anderen in Sicherheit?"

„Sie sagt, dass alle gut versteckt sind. Als sie gegangen ist, hat sie Farben über sie gemacht, damit niemand sie findet."

Was das bedeuten sollte, wusste Tess nicht, aber sie hoffte, dass die Apachen außer Gefahr waren.

Cocheta hielt einen Moment inne, um ein paar Löffel Eintopf zu essen. Dann lächelte sie und legte eine Hand zittrig über Lennas. Die Liebe zwischen der älteren Frau und dem Mädchen war unübersehbar, und Tess' Herz zog sich schmerzhaft zusammen. Wenn sie die beiden beobachtete, vermisste sie ihre *abuela* schrecklich. Mit einem Schlucken drängte sie die Tränen zurück, die ihr plötzlich in die Augen stiegen.

O Amsel, lass dein Lied erklingen!

Tennysons Gedicht kam ihr wieder in den Sinn.

Tess musterte Cochetas faltiges Gesicht, ihre grauen Haare und spürte die Geschichte, die diese Frau in ihrem zerbrechlichen

Körper beherbergte. Sie verstand den Schmerz und die Mühsal des Lebens, doch das Funkeln in ihren Augen hatte sie sich erhalten. Das Leben war für sie immer noch erfüllt von Freude.

Tess hoffte, dass sie eines Tages zu einer Frau wie Cocheta werden würde.

***

Die beiden Apachinnen gingen nach draußen, um sich zu unterhalten, und Tess nutzte die Zeit, um eine Mahlzeit für Vern vorzubereiten, die sie ihm vorsetzte, als er hereinkam.

„Wo waren Sie denn die ganze Zeit?", fragte sie.

„Ach, ich gehe hierhin und dorthin." Er schaufelte sich den Eintopf in den Mund. „Das ist köstlich. Sie sind wirklich ein Engel. Wenn Sie bleiben möchten, könnten wir heiraten. Ich würde Sie auch bestimmt nicht anrühren, Sie müssten nur für mich kochen, und Sie hätten dafür ein Zuhause."

Schon wieder ein überraschender Heiratsantrag, und Tess kam nicht umhin, die Ironie dahinter zu bemerken. Sie würde keine gute Ehefrau abgeben, und doch bot ihr Gott gleich mehrere Möglichkeiten dazu an.

Vern schlang einen weiteren Löffel voll Kartoffeln hinunter. „Aber nichts für ungut. Da hätte Mr Walker wohl was dagegen. Wie geht's Ihrem Bein?"

„Viel besser, dank Ihnen."

„Gern geschehen."

„Vern, darf ich Sie was fragen?" Tess setzte sich zu ihm an den Tisch. „Kennen Sie einen Mann namens Saul Miller?"

„Warum wollen Sie das wissen?"

Sie schwieg und wartete ab.

„Ich vertraue Ihnen jetzt was an, Miss Tess", meinte Vern schließlich sehr ernst. „Vor vielen Jahren bin ich in Schwierigkeiten geraten. Bin rumgezogen, hab mich mit den falschen Männern eingelassen. Da bin ich nicht stolz drauf. Auf mich war ein

Kopfgeld ausgesetzt. Saul hat mich verfolgt und auch geschnappt, aber durch irgendeine glückliche Fügung hat er mich nicht ausgeliefert, sondern laufen lassen. Seitdem versuch ich, mein Leben anständig zu führen."

„Dann sind Sie und Saul jetzt Freunde?"

„Nein, so ist das nicht. Er kommt immer mal wieder vorbei. Will normalerweise einen Gefallen von mir."

Das ergab Sinn. Miller ließ Vern laufen, nutzte das aber fortan, um sich selbst Vorteile zu verschaffen.

„Saul war vor ein paar Tagen hier", erklärte Tess. „Er hat nach Ihnen gesucht."

Das schien Vern ganz und gar nicht zu gefallen. „Haben Sie mit ihm gesprochen?"

„Nein." Noch immer war Tess ihr Verhalten peinlich, dass sie sich im Haus versteckt und gebetet hatte, dass Miller sie nicht finden würde.

„War gut, dass Sie sich versteckt haben", erwiderte Vern, nachdem er sie einen Moment lang aufmerksam gemustert hatte.

Langsam ließ Tess den Atemzug entweichen, den sie zuvor angehalten hatte. „Er ist schuld an meiner alten Beinverletzung", flüsterte sie.

„Ich verstehe, Miss Tess." Vern tätschelte ihr die Hand.

Von draußen hörten sie aufgeregte Stimmen. Vern öffnete die Tür, und sie spähten gemeinsam auf die Veranda, vor der Cocheta und Lenna sich um eine zusammengesunkene Gestalt kümmerten.

Bipin tauchte aus der entgegengesetzten Richtung auf. „Das ist der Junge, der gestohlen wurde."

Der flachsblonde Junge trug schmutzige Kleidung und starrte sie ängstlich an.

„Wie heißt du?", fragte Tess.

„Douglas Haverly."

Cocheta und Lenna halfen ihm auf.

„Dann sucht Sid Haverly bestimmt nach ihm?"

„Ja", antwortete Bipin.

„Wie ist er hierhergekommen?"

„Jackrabbit hat ihn gebracht und ist dann geflohen."

„Du musst hungrig sein", sagte Tess zu Douglas. „Bring ihn in die Hütte, Lenna, und gib ihm den Rest vom Eintopf."

Sie wartete, bis Douglas mit Cocheta und Lenna im Haus verschwunden war, bevor sie sich an Bipin und Vern wandte. „Jemand muss Haverly suchen und ihm sagen, dass der Junge in Sicherheit ist, bevor noch jemand stirbt."

„Ich werde gehen", erwiderte Bipin. „Jetzt."

„Willst du nicht lieber bis morgen früh warten?", fragte Tess.

Vern schüttelte den Kopf. „Er hat recht. Es gilt, keine Zeit zu verlieren."

Bipin nickte, und Tess folgte ihm in die Scheune, wo sie zu Hanks Waffenversteck ging und einen Revolver nebst Munition holte, die sie dem Mann reichte. „Sei vorsichtig."

Bipin verließ die Scheune und verschmolz mit der Nacht.

Kapitel Zweiunddreißig

Der nächste Morgen bescherte ihnen einen weiteren Besucher. One Ear tauchte auf Verns Farm auf, und es war offensichtlich, dass er und Nitis sich gut kannten.

Während Tess sich um die Hausarbeit kümmerte, versuchte sie, sich ebenso mit ihren Gefühlen für Cale auseinanderzusetzen, wie mit der nagenden Sorge um Hank und der Jagd auf Miller. Den ganzen Tag über spürte sie One Ears Blicke immer wieder auf sich. Am Abend bestätigte Vern ihr zu ihrem Unbehagen, dass der Apache sie tatsächlich beobachtete.

Sie saßen zusammen im Wohnraum der Hütte, wo auch Cocheta, Lenna und der kerngesunde Douglas ihrem Gespräch lauschten. „Dieser Apache da draußen …", meinte Vern leise. „Den kenne ich nicht, aber er ist mächtig an Ihnen interessiert, Tess."

„Ist er deswegen hier?", wollte sie wissen.

„Er ist mit diesem Haverly aneinander geraten und einem Kerl namens Lange, dem er was schuldete. Meinte aber, sie wären jetzt quitt, weil er Lange das Leben gerettet hat, als sie angegriffen wurden. Er kennt Sie wohl von diesem Überfall?"

„*Sí*, ich war dabei. Aber hat er nicht schon eine Ehefrau?"

„Spielt keine Rolle. Apachen können mehr als eine haben."

Tess schaute zu Lenna. „Kennst du oder Cocheta ihn?"

Das Mädchen sprach mit der älteren Frau und schüttelte dann den Kopf. „Nein. Aber es gibt ein Gerücht von einem Apachen mit nur einem Ohr. Sie sagen, er hat nur noch eins, weil er schnell wütend wird."

„Hören Sie", fuhr Vern fort, „ich kann ihn nicht ewig ablenken. Mein Gefühl sagt, dass der Sie mitnimmt, ob Sie wollen oder nicht. Sie müssen sich von hier verdrücken, am besten noch heute Nacht."

„Wo soll ich denn hin?"

„Wir kommen mit", warf Lenna ein. „Wir können verschwinden in den Bergen. Dort verstecken wir uns, bis One Ear uns vergisst."

„Aber deine Verletzungen", protestierte Tess.

„Ich bin wieder stark. Wir kennen uns aus und können dir helfen. Ich habe das Zeichen. Cocheta hat es gesagt."

„Welches Zeichen?"

Lenna schob ihre Haare beiseite, um ihr den blutigen Schorf auf ihrer Stirn zu zeigen, der sich auf der Wunde von Haverlys Streifschuss gebildet hatte. „Ich war tot und bin zurückgekommen. Das ist wichtig für Apachen."

Den Gedanken dahinter verstand Tess durchaus, doch leider verfügte Lenna damit nicht über Fähigkeiten, die sie vorher nicht besessen hatte.

Cocheta erklärte etwas in ihrer Sprache.

„Sie sagt, dass wir alle das Zeichen des Todes tragen", übersetzte Lenna. „Sie weiß, was mit dir passiert ist. Es macht dich stärker. Sie wurde vor vielen Monden vom Blitz getroffen und ging in die andere Welt. Hab keine Angst vor Tod, er fürchtet dich auch nicht. Wir sind nicht schwach, weil wir Frauen sind. Wir sind deswegen stark."

Cocheta griff nach Tess' Händen und sprach weiter.

„Lass nicht von Männern dein Schicksal bestimmen", schloss Lenna.

Tess schaute der alten Frau in die Augen und erkannte dort den *río abajo río*, den Fluss unter dem Fluss.

Sie packten Proviant und Waffen zusammen, und zu Tess' Überraschung stellte sich heraus, dass Cocheta im Umgang damit geübt war. Daher bekam sie den Remington, und Tess wurde zunehmend klar, wie viel Kraft und Durchhaltevermögen den Apachen innewohnte, sei es nun Mann oder Frau, jung oder alt. Auch Lenna wollte nicht wehrlos bleiben und lernte bereitwillig, als Tess ihr zeigte, wie sie mit dem Colt umgehen musste, den Cale ihr gegeben hatte.

In ihrem Magen breitete sich ein seltsames Ziehen aus, das jedoch kein Hunger nach Nahrung war. Wenn Tess die Augen schloss, roch sie den Duft von Cales Haut, spürte sie seine Muskeln unter ihren Händen und erfuhr sie die Leidenschaft, die so schnell zwischen ihnen entflammte. Aber obwohl diese Sehnsucht hartnäckig und mächtig war, löschte sie doch nicht die Angst aus, die sich tief in ihrem Verstand und noch tiefer in ihrem Körper festgesetzt hatte.

Vern reichte ihr einen weiteren Colt-Revolver. „Ich lenke One Ear ab und verschaffe euch Zeit. Aber Sie sollten aus den Bergen verschwinden, sobald Sie Mr Walker gefunden haben."

Tess nickte und umarmte den alten Mann, der als Einziger in der Lage gewesen war, ihr Bein zu heilen. „*Gracias*, Señor Vern. Ihre Gastfreundschaft war ein Schatz, den ich nie vergessen werde."

„Die Amsel ist gesund geworden und Sie ebenso."

Auch Cocheta und Lenna umarmten ihn.

„Du bist hier in Sicherheit", meinte Tess leise zu Douglas und drückte dem Jungen kurz die Schulter.

Wenig später schlichen die drei Frauen sich mit Segeltuchbeuteln beladen aus der Hütte zu einer Stelle im Wald, wo Vern ihnen Gideon und ein weiteres Pferd bereitgestellt hatte.

Tess half Cocheta und Lenna auf das Reittier, das sie sich teilen würden, bevor sie ihren linken Fuß in den Steigbügel schob und sich in Gideons Sattel schwang.

Sie war so viel stärker als noch vor ein paar Wochen. Das erfüllte Tess mit Entschlossenheit und dem Wissen, dass sie sich allem stellen konnte, was noch vor ihnen lag. Sie hatte ihren Vater gefunden, aber ihre Zukunft lag nicht bei ihm. Und sosehr es sie auch schmerzte, ihr Leben gehörte auch nicht Cale. Sie allein war für ihr Schicksal verantwortlich. Und so sollte es auch sein.

Tennyson kam ihr einmal mehr in den Sinn.

Zu streben, zu suchen, zu finden und nicht aufzugeben.

COCHETA FÜHRTE SIE AN, und einige Stunden später hatten sie bereits mehrere Täler durchquert. Dabei folgten sie einer Fährte, doch Tess hatte keine Ahnung, ob diese auf eine oder mehrere Personen hindeutete, ob es sich dabei um Apachen oder vielleicht Hanks und Cales Spuren handelte.

Sie verlangsamten das Tempo, als ein kleines Lager in Sicht kam. Tess zügelte Gideon, schaute sich aufmerksam um und entdeckte Henry und Mariah Worthington. Vorsorglich zog sie den Colt aus dem Lederholster an ihrer Hüfte – Verns Abschiedsgeschenk –, bevor sie ihr Pferd weiter vorantrieb.

Mariah sah auf und griff nach der Schrotflinte, hielt sie jedoch quer vor sich, und auch Tess hob den Lauf des Colts nicht.

„Wir wollen keinen Ärger", begrüßte Mariah sie.

„Ich auch nicht. Aber ich schulde Ihnen wohl Dank, weil Sie mich vor ein paar Wochen zu Vern Blight gebracht haben."

Mariah musterte sie kühl. Sie kniff dabei die Augen unter der Krempe ihres Schlapphuts zusammen, wodurch sich noch mehr Falten auf ihrem sonnengebräunten Gesicht zeigten. „Keine Ursache."

„Warum haben Sie mir geholfen?"

„Ich hab über Ihre Geschichte nachgedacht, als Sie weg waren, und bin zu dem Schluss gekommen, dass Sie vielleicht doch recht haben könnten. Dann haben Henry und ich Sie gefunden. Ich wusste sofort, dass wir dazu bestimmt waren, Ihnen zu helfen."

„Ich bin Ihnen auf jeden Fall dankbar dafür. Ist der Fluch gebrochen?"

Mariahs Gesichtsausdruck hellte sich auf. „Ich glaube schon." Überraschenderweise lächelte sie sogar. „Wollen Sie sich eine Weile zu uns setzen?" Sie drehte sich zu Henry um, der am Kochfeuer saß, und brüllte: „Henry! Wir haben Besuch."

Der Mann runzelte die Stirn, als er Cocheta und Lenna entdeckte.

Tess ließ sich von Gideons Rücken gleiten und steckte ihren Revolver als Zeichen des guten Willens zurück ins Holster. „Wir können nicht lange bleiben."

Auch die beiden Apachinnen stiegen ab und banden ihr Pferd an einen Baum, was Tess ihnen gleichtat. Dann versammelten sie sich um das Feuer.

„Wir haben nichts zu essen", meinte Mariah. „Tut mir leid."

„Alles gut. Das hier sind Cocheta und Lenna."

Mariah nickte, doch Henry schaute weiterhin finster drein.

„Sie sind keine Bedrohung", fügte Tess daher hinzu.

Henry stopfte sich ein Stück Kautabak in die Wange. „Sucht ihr auch nach diesem Saul Miller?"

„Kann sein", antwortete Tess zurückhaltend. „Haben Sie ihn gesehen?"

„Ja. Hab ihn zu Hanks Lager geschickt."

„Warum haben Sie das getan?"

„Weil Hank und dieser Kerl, der mit Ihnen unterwegs war, das so wollten."

Das veränderte die Lage natürlich. „Können Sie mir sagen, wo sich das Lager befindet?"

Er ratterte eine Beschreibung herunter, die jedoch für Tess keinen Sinn ergab. Irgendwann schnappte er sich einen Stock und kratzte die Wegbeschreibung in den Boden. Cocheta beobachtete ihn dabei und nickte verstehend.

Wenig später ließen sie die Worthingtons zurück. Lenna ritt diesmal zusammen mit Tess auf Gideon, und Cocheta führte sie auf der Suche nach Hanks Zuhause in den Dragoons an.

AM SPÄTEN NACHMITTAG teilte Lenna Tess mit, dass sie sich ihrem Ziel näherten. Sie hielten an einer Quelle an, um die Pferde zu tränken, und da sie alle drei erschöpft waren, schlug Tess vor, dass sie eine Weile rasteten. Sie selbst zog los, um die Gegend zu erkunden, weil sie wusste, dass Hank und Cale das ebenso tun würden.

Leise schlich sie durch einen kleinen Pappelhain, das einzige Geräusch rührte von ihrem Rocksaum her, der über ihre Stiefel strich. Plötzlich knackste ein Zweig hinter ihr.

Tess fuhr herum und sah One Ear auf sich zulaufen. Ihr Schreck darüber, dass er sie verfolgt hatte, war so groß, dass sie einfach losrannte. Der Colt schlug in seinem Holster immer wieder gegen ihre Hüfte, doch sie hatte zu viel Angst, um stehen zu bleiben und ihn zu ziehen. Ihr Instinkt trieb sie weiter zur Flucht.

Dieses Mal ließ ihr linkes Bein sie nicht im Stich, sie rannte schneller, als sie es je für möglich gehalten hätte. Der Hut flog ihr vom Kopf und schlenkerte ihr über den Rücken. Tess raffte ihren Rock und versuchte, den Berghang hinaufzugelangen, um ihren Verfolger dort abzuschütteln oder ein Versteck zu finden. Als sie gerade eine Felsgruppe entdeckt hatte, wurde sie auf einmal von einem Mann zu Boden gestoßen.

Sie trat um sich und wehrte sich keuchend, weil ihr der Sturz die Luft aus den Lungen gepresst hatte, doch dann drückte sich eine Hand fest über ihren Mund.

Saul Miller.

Er rollte Tess mit einem Ruck herum und verdrehte ihr den

Arm so kräftig, dass sie vor Schmerz laut aufschrie. Aus dieser Position heraus schoss er auf den Apachen, der ihr immer noch nachsetzte.

Tess wehrte sich weiter.

„Verdammt noch mal! Halt still!"

Sie schaffte es, sich weit genug zu drehen, um ihm ein Knie in den Bauch zu rammen, und krabbelte dann hastig von ihm weg. Miller erwischte sie am Rock, dann am Bein und sie landete erneut flach auf dem Boden. Schnell drehte sie sich auf den Rücken und trat mit voller Wucht nach Millers Gesicht. Ein erstickter Laut verriet ihr, dass sie ihn getroffen hatte.

Erneut versuchte sie zu fliehen, doch dieses Mal löste sie mit der rechten Hand hektisch den Lederverschluss, der den Colt im Holster hielt.

Saul kam auf die Beine, aus seiner Nase strömte Blut und in seinen Augen loderte Wut. Im gleichen Moment, als er seine Waffe auf Tess richtete, schaffte sie es endlich, ihren Colt zu ziehen. Mit beiden Händen zielte sie auf Miller und entsicherte den Revolver.

Kein Zögern.

Der Schuss dröhnte ihr in den Ohren und rüttelte ihren ganzen Körper durch. Miller kippte zu ihrer Verwunderung jedoch schon vorher zur Seite. Tess rappelte sich auf und sah One Ear, der sich ihr näherte.

Erneut zielte sie und entsicherte den Colt. „Komm nicht näher! Ich werde dich erschießen!"

Offensichtlich glaubte er ihr nicht.

Bleib stehen! Deténgase, por favor!

Plötzlich traf ihn ein Pfeil präzise in die Brust und schleuderte ihn nach hinten.

Tess suchte mit einem Sprung Deckung hinter den Felsen. Ihre Hände zitterten, doch sie atmete tief durch und suchte mit erhobener Waffe nach dem Schützen. Ein Blick zu Miller zeigte ihr, dass aus seinem Hals ebenfalls ein Pfeil ragte.

Ich habe ihn nicht erschossen.

In der Ferne erklang der lang gezogene Schrei einer Frau.
Cocheta.

Das Geräusch wurde lauter, und zu Tess' Schrecken stellte sie fest, dass die alte Frau den gleichen Weg nahm wie zuvor One Ear.
Nein. Geh zurück!

Doch Cocheta hatte den Schutz der Bäume bereits verlassen und rannte weiter mühselig auf sie zu. Tess sprang aus ihrer Deckung hervor und zielte wild auf den unsichtbaren Schützen, während sie versuchte, zu der alten Frau zu gelangen, bevor er sie erwischte.

„*Carrera*, Cocheta, *carrera!*"

Cocheta schrie etwas auf Apache. Tess blieb stehen und richtete den Colt in die Richtung des Mannes – oder der Männer – mit den Pfeilen. So leicht würde sie nicht aufgeben, sie würde kämpfen.

Schließlich erreichte die Apachin sie schwer atmend. Tess blieb konzentriert und suchte immer noch nach dem Schützen, auch als Cocheta versuchte, ihre Arme nach unten zu drücken, wobei sie heftig den Kopf schüttelte. „*Dah. Dah.*"

Tess wollte nicht nachgeben. „Hör auf!" Doch auch Cocheta blieb hartnäckig.

Beide verhielten mitten in der Bewegung, als ein Apache mit bloßem Oberkörper und Pfeil und Bogen in den Händen auf sie zuritt. Tess kannte ihn nicht und wich einen Schritt zurück, als sie den wilden Ausdruck auf seinem Gesicht bemerkte.

Cochetas untersetzter Körper hinderte sie an der Flucht, und die alte Frau murmelte leise: „Jackrabbit."

Kapitel Dreiunddreißig

Cale setzte sich Walt gegenüber, während Hank auf der Lichtung Wache hielt, auf der sich einmal sein Lager befunden hatte. Sie hatten die Worthingtons dazu benutzen können, die beiden Männer herzulocken, Saul Miller war ihnen jedoch entwischt. Und Walt war keine große Hilfe gewesen. Er schien froh zu sein, von Miller wegzukommen, und hatte angeboten ihnen zu helfen. Cale traute ihm jedoch immer noch nicht ganz. Wegen der Sache mit Tess war er ohnehin schon verdammt mies gelaunt.

Schüsse in der Ferne ließen sie alle aufhorchen.

„Gebt mir meine Waffen zurück", forderte Walt.

„Nein", lehnte Cale ab.

Hank forderte ihn mit einer Kopfbewegung zum Mitkommen auf, Cale nickte und griff nach seinem Gewehr. Sie machten sich zu Fuß auf und ließen Walt gefesselt zurück. Damit blieb er außer Gefahr und kam ihnen nicht in die Quere. Und wenn doch, war Cale herzlich egal, was aus ihm wurde.

Noch ein einzelner Schuss fiel.

Leise schlichen sie sich zwischen den Bäumen hindurch, Hank scherte nach links aus, während Cale weiter geradeaus lief. Von hinten näherte er sich einem Apachen zu Pferde, und obwohl er das Gesicht des Kriegers nicht sah, wusste er sofort, dass es sich um Jackrabbit handelte.

Im nächsten Moment entdeckte er Cocheta und neben ihr Tess, die einen Revolver auf den Apachen gerichtet hielt. Cale hob das Gewehr und zielte zwischen die Schulterblätter des Kriegers.

„*Da'áízhi!*", rief er laut.

Jackrabbit erstarrte.

Ein weiterer Schuss donnerte, und der Apache geriet ins Schwanken. Das Tier scheute, und Jackrabbit stürzte hart zu Boden. Tess und Cocheta schrien erschrocken auf, während Cale fieberhaft nach dem Schützen suchte, denn er hatte verdammt sicher nicht abgedrückt. Vielleicht Hank?

Cocheta rannte zu Jackrabbit; Cale folgte ihr, das Gewehr im Anschlag und den Wald immer noch im Blick.

„Verschwindet!", rief er den Frauen zu. „Nach links. Geht in Deckung." Schützend stellte er sich vor sie, doch er wusste, dass das nicht reichen würde, wenn es hart auf hart kam. Die beiden zogen Jackrabbit in Richtung der Bäume, was sofort mit Kugeln beantwortet wurde, die vor ihnen einschlugen. Dreck flog ihnen ins Gesicht.

Cale schoss zweimal knapp nacheinander.

Verflucht!

„Lasst ihn liegen! Geht! Jetzt!"

Die Frauen rannten los, und Cale sah aus dem Augenwinkel, wie sie Deckung in der Nähe eines anderen Gefallenen suchten. Soweit er erkennen konnte, handelte es sich dabei um Saul.

Cale hielt die Position vor Jackrabbit und wog seine Optionen ab. Er wusste nicht, ob der Krieger tot war, und wenn er sich nicht beeilte, erledigte der Schütze ihn selbst innerhalb kürzester Zeit ebenfalls.

Wo zum Teufel steckt Hank?

Schließlich tauchte Hank mit erhobenen Händen auf der Lichtung auf, vorangetrieben von einem Mann, der zu Haverlys

283

Gefolge gehörte. Kurz darauf traten drei weitere Männer aus ihrer Deckung, zusammen mit Haverly selbst. Alle hielten Revolver oder Schrotflinten auf Cale gerichtet.

„Sie werden jetzt ganz langsam zurückgehen", forderte Sid ihn auf. „Der Apache gehört uns."

Cale senkte die Waffe jedoch nicht. „Den haben Sie doch schon erledigt."

„Ich gehe lieber auf Nummer sicher."

„Warten Sie!" *Tess.*

Ein eiskalter Schauer rann Cale über den Rücken, und er musste gegen den Impuls ankämpfen, ihr zu befehlen, in Deckung zu bleiben. Ihre Schritte kamen näher. Er musste das Gewehr runternehmen, um an seine Colts zu kommen, die seine einzige Chance darstellten, so viele Männer wie möglich von ihnen zu erwischen.

„Ihr Neffe Douglas ist in Sicherheit", erklärte Tess.

„Und woher wollen Sie das bitte wissen?", fragte Sid.

„Ich habe ihn gesehen."

Ihrer Stimme nach stand sie auf seiner linken Seite.

„Jackrabbit trifft keine Schuld", fuhr sie fort. „Er hat den Jungen zurückgebracht. Douglas ist in Vern Blights Hütte nördlich von hier. Er wartet dort auf Sie."

Haverly starrte sie aus zusammengekniffenen Augen an. „Das ist ja 'ne nette Geschichte, aber warum sollte ich Ihnen glauben?" Er zuckte die Schultern. „Außerdem hat der da mit dem Gewehr ein paar meiner Männer auf dem Gewissen. So wie ich das sehe, seid ihr alle Verbrecher, die sich auch noch mit den Apachen verbrüdern. Die sind Abschaum und Parasiten, und wenn ihr euch mit denen anfreundet, müsst ihr halt mit den Konsequenzen leben."

Cales Blick huschte zu Hank. In der Vergangenheit waren einige ihrer Aufträge mächtig schiefgelaufen, aber so tief hatten sie noch nie in der Patsche gesessen. Wenn nur Tess nicht da wäre …

Da er keine freie Schussbahn hatte, duckte Cale sich, ließ das

Gewehr mit der rechten Hand sinken und zog gleichzeitig mit einer fließenden Bewegung den linken Colt aus dem Holster. Die erste Kugel traf ihr Ziel, der Mann ging zu Boden und Cale bewegte sich in die Richtung, in der er Tess vermutete.

Schüsse peitschten an ihm vorbei, während er Tess mit seinem Körper schützte und auch den rechten Revolver zog. Cale drängte sie zur nächsten Deckung und feuerte dabei weiter, doch seine Waffen waren bald leergeschossen. Er nutzte die Gelegenheit, um Tess in den Schutz der Felswand zu bugsieren, wo Cocheta bereits kauerte.

Mit einer geübten Bewegung öffnete er die Trommel des linken Revolvers und kippte die leeren Patronenhülsen aus, bevor er nachlud. Tess schoss derweil mit ihrer eigenen Waffe viermal. Hastig zerrte er sie zurück, nahm ihr den Revolver ab und reichte ihr seinen zweiten. „Nachladen."

Cale erwiderte das Feuer, doch sie saßen in der Falle, und er hatte keine freie Sicht.

Wieder und wieder drückte er Tess seine Waffen zum Nachladen in die Hand. Hauptsache, sie versuchte nicht wieder zu schießen. Ihm wurde eiskalt, als er plötzlich ein Bild vor Augen hatte, wie sie eine Kugel in den Kopf traf. Cale musste etwas unternehmen, bevor ihnen die Munition ausging.

„Zurück und unten bleiben!", brüllte er Tess und Cocheta zu. Für Nettigkeiten war jetzt keine Zeit. Einen Moment lang schaute er Tess direkt in die Augen. Er hatte erwartet, dass sie verängstigt war, doch sie starrte ebenso entschlossen zurück. Sie gab nicht auf und stellte sich tapfer der Situation.

Mit einer schnellen Drehung verließ er das Versteck.

„CALE!" Tess wollte nach ihm greifen, doch es war zu spät. Er verschwand, aber das metallische Geräusch der Kugeln, die an den

Felsen abprallten, erklang weiter, und der beißende Geruch nach Schießpulver erfüllte die Luft.

Sie hatte noch immer ihren Colt, oder zumindest einen von denen, mit denen sie Cale versorgt hatte. Die restliche Munition hatte er bei sich, aber die Waffe war komplett geladen.

Sechs Schuss.

Tess straffte die Schultern, umfasste den Revolver mit beiden Händen und entsicherte ihn.

Uno, dos, tres …

Sie sprintete zu einem dicken Baumstamm, blieb stehen und schoss, bevor sie sich dahinter duckte. Holzsplitter flogen gleich darauf um sie herum. Ächzend entsicherte sie erneut. Eine besonders gute Schützin gab sie vielleicht nicht ab, aber sie konnte zumindest für Ablenkung sorgen und Cale damit mehr Zeit verschaffen.

Blut tropfte ihr auf die Hand.

Bin ich getroffen?

Sie hatte nichts gemerkt.

Die plötzlich einsetzende Stille ließ Tess aufmerken. Vorsichtig lugte sie an dem Baumstamm vorbei und fragte sich, ob der Angriff überstanden war. Ihr Herz hämmerte wild. Mit erhobener Waffe umrundete sie den Baum.

Auf der anderen Seite der Lichtung stand Haverly und richtete seinen Revolver auf Tess.

Fest entschlossen, den Abzug zu betätigen, musste sie allerdings feststellen, dass ihre Finger sich weigerten, den Befehl auszuführen. Der Colt rutschte ihr aus der Hand, und sie fiel auf die Knie.

Das Letzte, was sie sah, war Hank, der Sid Haverly erschoss.

Kapitel Vierunddreißig

Tess öffnete die Augen, und das Erste, was sie sah, war die unendliche Sorge in Cales Augen, die die Wunde in ihrer Seele erneut aufriss.

Bin ich ihm wirklich so wichtig?

„Ich wurde getroffen, oder?"

„Es ist nicht schlimm", informierte sie Lenna, die ebenfalls neben ihr saß. „Hat nur Oberarm gestreift."

„Ist Hank …?"

„Ihm geht es gut", antwortete Cale. „Bipin und einige von Mohans Kriegern sind uns zu Hilfe gekommen."

Tess wollte sich aufsetzen, doch der Schwindel zwang sie innezuhalten. „Cocheta?"

Lenna deutete auf die alte Frau, die im schwindenden Licht des Tages neben Jackrabbits Körper kniete.

„Ist er tot?"

„Nein, er lebt."

„Du solltest ihm helfen, Cale", meinte Tess.

Er wich ein Stück zurück, und erst jetzt bemerkte Tess, dass er kein Hemd trug und eine Behelfsbandage um den muskulösen Oberkörper gewickelt hatte. „Alles in Ordnung?"

„Nur eine weitere Narbe." Er musterte sie eingehend. „Davon habe ich schon einige. Jetzt, wo ich weiß, dass es dir gut geht, kann ich mich um ihn kümmern." Damit stand er auf und ging.

„Warum schaut er dich so voller Sehnsucht und Traurigkeit an?", fragte Lenna.

„Weil ich Angst hatte", gab Tess leise zurück.

„Aber er hat gesagt, du warst sehr tapfer."

Tränen brannten in Tess' Augen. „Bei der Liebe bin ich aber nicht so tapfer."

„Apachen brauchen auch lange, um sich aneinander zu gewöhnen, selbst nach der Hochzeit. Deine Gefühle sind normal. Kojote ist ein Schwindler, aber Berglöwe nicht."

Wieder kam ihr Tennyson in den Sinn.

Sie fragen nicht nach dem Warum, denn im Tod erstrahlt ihr Heldentum.

„Was würdest du tun, Lenna?"

„Wenn ich einen Mann so mag wie du Sinneswandler, würde ich seinen Antrag annehmen. Hast du eine Kreuzbase?"

„Ich weiß nicht genau, was du damit meinst."

„Eine Tochter von der Schwester deines Vaters oder vom Bruder deiner Mutter."

„Nein, nichts davon."

„Schade. Wenn es vor oder nach der Hochzeit unbehaglich ist, kann eine Kreuzbase kommen und mit dir und Ehemann das Bett teilen. Dann musst du ihn nicht ansehen oder ihn anfassen."

Tess runzelte die Stirn. „Das ist nicht das Problem. Aber danke für den Rat."

Kurz dachte sie darüber nach, wie es wäre, das Bett mit Cale und einer anderen Frau zu teilen. Kein angenehmes Bild.

Also würde sie ihm die Wahrheit sagen müssen. Vielleicht verstand er dann. Wahrscheinlicher war aber, dass er sich von ihr abwenden würde.

Liebe ist das einzig Gold.

IN DER STILLEN Umarmung der Nacht machte Tess sich auf die Suche nach Cale. Wie sie festgestellt hatte, befanden sie sich in Hanks Lager, das er während der Suche nach Gold bewohnte. Offensichtlich hatte er seinen Schatz auch gefunden. Sie wusste, dass ihr Vater nicht mit ihr kommen würde, wenn das alles hier überstanden war, und ihr nagendes Verlangen nach seiner Nähe schwand zusehends. Ihr Leben gehörte ihr. Es war Zeit, es selbst in die Hand zu nehmen.

Die Männer aus Mohans Stamm hatten sich um das Feuer versammelt. Cocheta und Lenna kümmerten sich um Jackrabbit, und Hank sortierte seine Habseligkeiten, die überall verstreut lagen. Auch Walt Lange war da, inzwischen von seinen Fesseln befreit. Alle Anwesenden waren auffallend schweigsam. Rache und Vergeltung waren Genüge getan worden, um die Toten würde man sich morgen kümmern.

Saul Millers Bösartigkeit war endlich vom Erdboden getilgt, und Tess tat das sicher nicht leid. Aber er war nur einer von vielen Dämonen, die sich in menschlichem Gewand unter die Lebenden mischten. One Ear, Sid Haverly … würde es je enden?

Nein.

Selbst Hank war oft genug auf dem Grat zwischen Gut und Böse entlangbalanciert und hatte Mühe gehabt, auf dem rechten Weg zu bleiben.

Und dann war da noch Cale. Während der Schießerei war er so anders gewesen als der Mann, den sie bisher kennengelernt hatte. Kaltblütig, gerissen und erbarmungslos. Erst jetzt wurde Tess bewusst, wie sorgfältig er diese Seite vor ihr verborgen hatte.

Sie hatte das Bedürfnis, diese scharfen Ecken und Kanten zu befrieden, aber auf der anderen Seite besaß sie selbst auch genug davon. Konnte Cale mit der Ungewissheit leben, mit der sie jeden Tag kämpfte?

Tess fand ihn tief in den Schatten des Waldes, wo er es sich an einem Baum bequem gemacht hatte, der wahrscheinlich vom Blitz getroffen worden war. Mit geschlossenen Augen, ein Bein angewinkelt und mit immer noch nacktem Oberkörper wirkte er distanziert und angespannt, wie ein Raubtier kurz vor dem Sprung.

Auf einmal unsicher fragte Tess sich, warum ihr dieser Teil von ihm vorher nie aufgefallen war. Es sprach für Cale, dass er sich ihr gegenüber immer nur freundlich und umsichtig verhalten hatte.

Der Moment dehnte sich aus, während sie ihn abwartend beobachtete, gleichzeitig zögerlich, weil sie ihn nicht stören wollte, und dennoch fasziniert von ihm. Die Narben, die der Puma hinterlassen hatte, taten seiner Attraktivität keinen Abbruch, sondern machten Cale nur noch schöner. Ob er wohl Tess' Verletzung ebenso sah?

Schließlich öffnete er die Augen und sah sie direkt an.

„Kann ich mit dir reden?", fragte Tess. Ihre Stimme klang tiefer in ihren eigenen Ohren und kam ihr völlig fremd vor.

Cale nickte.

Sie setzte sich neben ihn, doch er machte keinen Versuch, sie zu berühren, und auch Tess hielt sich zurück. Die Knie fest an die Brust gedrückt zupfte sie an ihrem schmutzigen Rock herum. Der Streifschuss schmerzte noch etwas, aber sie ignorierte den Druck ihrer zerrissenen Bluse, die über dem Verband spannte, den Lenna ihr angelegt hatte.

„Nach Sauls Übergriff", begann sie, „war meine Angst sicher verständlich. Ich habe lange gebraucht – mehrere Wochen –, bis ich mich von dem Schmerz erholt und akzeptiert hatte, dass ich vielleicht nie wieder richtig laufen könnte. Bis mein Gesicht nicht mehr voller Blutergüsse und blutigem Schorf war. Monate später schien ich körperlich geheilt, und ich dachte, dass es mir besser ging. Dann ist Esteban aufgetaucht. Er hat Tom bei den Lieferungen nach Fort Lowell geholfen. Dass er mich mochte, war offensichtlich. Mir war er ehrlich gesagt vollkommen egal. Aber dann waren wir eines Nachmittags allein, und er versuchte, mich zu küssen. Da hat sich die Panik zum ersten Mal gezeigt."

Tess verlagerte das Gewicht auf die andere Seite und schielte zu Cale hinüber, doch er lauschte nur regungslos, den Blick fest auf einen Punkt irgendwo vor seinem ausgestreckten Bein gerichtet.

„Ich hatte das Gefühl, in tödlicher Gefahr zu schweben", fuhr sie fort. „Aber das war natürlich nicht so. Es ergab einfach keinen Sinn. Ich verstand nicht, warum das immer wieder passierte, konnte es aber auch nicht unterdrücken. Wann immer Esteban versuchte, mir näher zu kommen, schlug dieses Panikgefühl mit solcher Wucht zu, als würde ich von einem Pferd stürzen. Also habe ich das Einzige getan, was ich tun konnte: Ich habe ihn abgewiesen und mir geschworen, dass ich nie wieder einen Mann in meine Nähe lassen würde. Aber dann habe ich dich getroffen, und du hast mir geholfen, allmählich über die Angst vor Männern hinwegzukommen. Ich glaubte, dass ich diese Momente der schrecklichen Panik endlich hinter mir gelassen hätte. Aber dann kamen sie wieder, als du von Liebe und Heirat gesprochen hast."

Sie ließ den Kopf hängen, und die Kehle wurde ihr eng. „Ich schäme mich so sehr, Cale, und ich wollte meine Schwäche vor dir verstecken. Ich dachte, ich hätte diese Furcht überwunden. Du willst sicher keine Ehefrau, die unters Bett kriecht und sich versteckt, wenn die Angst sie überwältigt." Hastig wischte sie sich die Tränen aus den Augen und wartete angespannt, was er dazu zu sagen hatte.

„Tess, ich muss nur eines wissen: Liebst du mich?"

„Ja, von ganzem Herzen. Aber vielleicht wird es mir nie besser gehen", fügte sie hastig hinzu, doch ihre Stimme brach an einem Schluchzen. „Dafür gibt es keine Garantie."

„Ich erwarte keine Garantien." Endlich streckte er die Hand nach ihr aus und zog sie an seine Brust. Dann vergrub er die Finger in ihren Haaren und gab ihr einen Kuss auf den Scheitel. „Für mich ist nur wichtig, dass wir das gemeinsam angehen."

„Ich bin es so leid, Angst zu haben. Und ich will nicht, dass die Angst mein Leben bestimmt."

„Ich weiß." Cale schlang die Arme noch fester um sie. „Wir schaffen das. Aber du musst mir vertrauen. Ich werde nirgendwohin gehen. Und wenn es dich beruhigt: Ich bin felsenfest davon überzeugt, dass du deine Furcht meistern wirst."

„Was, wenn nicht?"

„Dann werde ich dich küssen, bis die Angst weicht. Und wenn du einen Teil des Tages unterm Bett verbringen willst, kann ich auch damit leben. Ich baue einfach ein höheres Bettgestell."

Tess lachte und schniefte zugleich.

„Ich liebe dich, Tess. Was auch immer das Leben von uns verlangt, wir kommen damit zurecht."

„*Te amo*, Cale."

Ihre Lippen verschmolzen zu einem zärtlichen Kuss, und so beruhigte der *león de montaña* eine verängstigte Amsel.

Kapitel Fünfunddreißig

Am nächsten Morgen begruben Cale, Hank, Walt und einige der Apachenkrieger Sid Haverly, Saul und One Ear mit den anderen Toten. Vorher nahmen sie ihnen noch alles ab, was sie identifizieren würde, damit Cale die Sachen zum Sheriff in Tucson bringen konnte. Der Bericht würde die Wahrheit enthalten: eine Schießerei zwischen einer Miliztruppe, angeführt von Sid Haverly, und einer Gruppe Apachen hatte mehrere Männer das Leben gekostet. Dass Douglas Haverly am Leben und unversehrt war, ließ die Taten seines Onkels in keinem guten Licht dastehen. Saul Miller war einfach ins Kreuzfeuer geraten.

Die genauen Umstände von Jim Bennetts Tod würde Cale auslassen. Für ihn gab es keinen Grund, den Mord und die Vergewaltigung noch einmal aufzuwühlen. Hanks Urteil war vollstreckt worden, wenn auch nicht durch seine eigenen Hände, wie er versprochen hatte. Und Jackrabbit – nun, das war eine andere Geschichte. Wie sich herausstellte, war der Mann Hanks bester Waffenkunde und hatte auf sein Geheiß hin Tess vor Saul und One Ear beschützt.

Dafür schuldete Cale dem Apachen etwas. Und auch wenn er Hanks illegale Geschäfte in *Apacheria* nicht guthieß, so wusste er auch, dass sich eben ein anderer dafür finden würde, wenn nicht Hank. Der Krieg zwischen Apachen und Amerikanern war noch lange nicht vorbei. Cale wünschte, es gäbe einen Weg, ihn friedlich beizulegen, aber er kannte auch beide Seiten und war sich sicher, dass erst noch mehr Gewalt folgen würde, bevor man einen Kompromiss erzielte. Die Apachen wollten ihre Freiheit so sehr wie jeder andere Mensch, und die Reservate zerstörten den Geist, der jeden Tag vom Atem des Winds und dem Klang des Landes lebte. Einige würden kapitulieren, andere bis zum Tod weiterkämpfen.

Nur langsam wich die Anspannung des vorherigen Tages aus seinem Körper, und dabei war die Schussverletzung in seiner Schulter noch das kleinste Problem. Noch immer packte ihn das kalte Grausen bei der Erinnerung an das Scharmützel zwischen den Bäumen mit Tess und Cocheta mittendrin.

Er war so wütend, dass Tess überhaupt in die Berge gekommen war und sich dann auch noch in die Schussbahn der Männer begeben hatte, die nach einem völlig anderen Moralkodex lebten. Am liebsten hätte Cale sie gepackt und geschüttelt. Wenn er sie verloren hätte …

Er konnte sich nicht einmal vorstellen, wie er sich fühlen würde, wenn das Ganze einen anderen Ausgang genommen hätte. Seine einzige Hoffnung würde wohl darin bestehen, mit ihr gestorben zu sein.

Als Tess aus ihrer Ohnmacht erwacht war und ihre Verletzung sich als unproblematisch herausgestellt hatte, hatte Cale sich nicht getraut, Tess zu fragen, warum sie ihm zwar ihren Körper überließ, ihr Herz aber immer noch so streng vor ihm bewachte.

Sie hatte überlebt. Nur das zählte. Und er war bereit gewesen, sie gehen zu lassen. Das hätte ihn zwar umgebracht, aber er hätte es getan, wenn sie ihn darum gebeten hätte.

Doch dann war Tess zu ihm gekommen, hatte sich ihm offenbart, und Cale hatte endlich verstanden, wie sehr sie noch immer von den Dämonen der Vergangenheit geplagt wurde. Er wusste, dass er ihr helfen konnte, weil er sich schon mit seinen eigenen, dunklen Untiefen auseinandergesetzt hatte – aber um das zu tun, musste sie sich ihm öffnen.

Sie liebt mich.

Das war das Einzige, was zählte. Den Rest würden sie auch noch schaffen, schließlich hatten sie ein Leben lang dafür Zeit, aber ohne ihre Liebe gab es keine Hoffnung auf eine gemeinsame Zukunft. Trotz der unangenehmen und morbiden Aufgabe, die Spuren des gestrigen Massakers aufzuräumen, fühlte Cale sich vorsichtig optimistisch.

Die Sonne stand bereits hoch am Himmel, als die Zeit des Abschieds gekommen war.

Cale umarmte Cocheta, die ihn fest an sich drückte. Dann hielt sie ihm einen langen Vortrag in Apache, den er mit Ach und Krach verstand. Sie betonte, wie stark der Puma war und dass er diese Macht wertschätzen sollte. Außerdem erinnerte sie ihn daran, dass er einer von ihnen und sein Herz zum Teil Apache war. Sie gab ihm Liebe mit auf den Weg und ermahnte ihn, Tess ja nicht gehen zu lassen, weil sie etwas Besonderes sei. Die Amsel konnte *sehen* und wusste, was in der Welt zwischen Bewusstsein und Handeln lag. *Die Amsel trägt die Weisheit ihres eigenen und anderer Völker in sich. Eines Tages wird sie eine große Frau sein, die andere Verlorene leitet. Liebe sie aus vollem Herzen.*

Das hatte Cale vor.

Er verabschiedete sich von den Apachekriegern und Bipin in dem Bewusstsein, dass er sie womöglich nie wiedersehen würde. Jackrabbit bekundete er seine Dankbarkeit, der zähneknirschend akzeptierte, dass Cale ihn wahrscheinlich vor Haverly und seinen Männern gerettet hatte.

Danach fand er Tess in einem tränenreichen Adieu mit Lenna und Cocheta. Während die Apachen zu Pferde in den Dragoons verschwanden, legte Cale einen Arm um Tess und zog sie eng an sich.

Hank entschied, in seinem Lager zu bleiben und an seinem Plan festzuhalten, das Gold an seiner Fundstelle zu schürfen. Walt durfte bei ihm bleiben. Auch wenn er diesen nie aufgefordert hatte, sich ihm hier anzuschließen – was eine weitere Lüge von Saul gewesen war –, hielt Hank dennoch, was in dem Brief versprochen worden war.

„Cale, du warst immer unser bester Mann", meinte Hank. „Ich weißt, dass Tessie bei dir in guten Händen ist."

Hanks Liste an Sünden war ziemlich lang, doch Cale glaubte ihm, dass er nichts von Sauls Absicht gewusst hatte, Tess zu bestrafen. Das entband Hank nicht von der Schuld, seine Tochter überhaupt erst mit der Welt zwischen Gesetz und Gesetzlosigkeit in Kontakt gebracht zu haben, aber Cale war bereit, das hinter sich zu lassen. Es lag nun an Tess zu entscheiden, wie stark Hank an ihrem gemeinsamen Leben teilhaben würde. „Ich werde mich gut um sie kümmern."

Tess löste sich von Cale und ging auf Hank zu. Nach kurzem Zögern umarmte sie ihren *padre* doch.

„*O Amsel, lass dein Lied erklingen*", murmelte er und erwiderte die Geste seiner Tochter.

„*Auf dich schießt jeder im Revier, ich halt ein fruchtbar Gärtlein dir.*" Tess löste sich von ihm. „*Drin magst du hausen, schmausen, singen.*"

„Ich bin ein Mann mit vielen Fehlern, und ich verdiene dich nicht, meine liebste Tochter. Aber ich bin gesegnet, dass ich dein schönes Gesicht sehen darf. Ich hab dich lieb, Tessie."

„*Te amo también, papá.*"

Cale hielt Gideon am Zaumzeug fest, während Tess ohne Hilfe aufstieg. Kurz legte er ihr eine Hand aufs linke Bein, wo es unter dem Rock und Unterrock hervorlugte. Ihre grünen Augen schaute ihn unter der Krempe ihres Huts hervor einladend an. Cale grinste, drückte ihre Wade leicht und schwang sich dann in Bos Sattel.

„Mach's gut, Walt", sagte Tess. „*Ve con Dios*, Hank."

Cale nickte den beiden Männern zum Abschied zu, und dann machten er und Tess sich auf den Weg aus den Dragoons nach Tucson.

„Manchmal frage ich mich, ob deine *abuela* mich zu dir geführt hat."

Tess warf ihm einen nachdenklichen Blick zu. „Wie kommst du darauf?"

„Als ich sie damals kennengelernt habe, hat sie meine Hand ergriffen. Hank meinte, dass sie sich in mich verliebt hätte."

„Willst du damit sagen, dass du in festen Händen bist?"

„Es fühlte sich eher nach einer Prüfung an."

„Von Zeit zu Zeit habe ich das Gefühl, als wäre sie noch bei mir. Sie hat immer gesagt, dass ein Mensch dem Leben nie fern ist, wenn man die Geschichten weitererzählt. Das sei, als würde man dem Flüstern von *sabe Dios* lauschen. Gott weiß es. Wenn man die Geschichten liebevoll behandelt und pflegt, sie mit anderen teilt, wenn sich die Gelegenheit bietet, wird ihre Hüterin damit belohnt, mehr zu hören und zu sehen als andere Menschen, hat sie mir gesagt. *Abuela* sah und wusste so viel, aber ich war noch so jung und habe sie oft als *loco vieja señora* abgetan."

„Sie wirkte auf mich nicht, als wäre sie verrückt."

Tess schwieg eine Weile, und in der spätnachmittäglichen Sonne ritten sie auf dem ausgetretenen Pfad zwischen Granitfelsen durch die Wüste.

„Erinnerst du dich noch an die Geschichte, die du den Kindern auf der Simms-Ranch erzählt hast?", erkundigte sich Cale.

„*Sí.*"

„Ich frage mich seitdem … Ist Hank Sir Gawain oder der Grüne Ritter?"

„Er ist beides. Beide Männer lügen und biegen sich die Regeln zurecht. Es ist ein Spiel mit der Moral, das die Zuhörenden auffordert, die Grenze zu finden, die sie nicht überschreiten dürfen. Aber diese Grenze liegt für jeden Menschen woanders."

„Ich glaube nicht, dass ich einen anderen Mann küssen würde", neckte Cale sie.

Tess lächelte, und mit einem Mal rückte die Welt sich wieder gerade. „Ich denke, das würde Robbie genauso sehen."

„Ich freue mich darauf, ihn und Molly Rose wiederzusehen."

„Cale …"

Er schaute zu ihr hinüber.

„Wenn dein Heiratsantrag noch gilt …"

Erleichterung durchflutete ihn. „Du brauchst mir nur zu sagen, wann."

Kapitel Sechsunddreißig

Ende November

Tess saß zusammen mit Mary und den Kindern in einem Pferdewagen, der sich auf dem Weg zur SR Ranch befand. Der Wagen wurde von Tom gelenkt, während Cale neben ihnen ritt, den Hut tief ins Gesicht gezogen und den schweren Mantel bis zum Kinn zugeknöpft. Wieder einmal fragte Tess sich, womit sie so viel Glück verdient hatte. Cale kümmerte sich mit so viel Zärtlichkeit und Liebe um ihren Geist und Körper gleichermaßen, dass sie vermutete, ihm bald eine freudige Nachricht mitteilen zu können. Nur noch ein paar Tage, bis sie sich wirklich sicher sein konnte.

„Bist du nervös?", fragte sie Mary und deckte Molly Rose neben sich mit einer weiteren Decke zu. Das dunkle Reisekleid aus Wolle hielt Tess warm genug. Sowohl sie als auch Mary hatten sich die Haare zu eleganten Knoten aufgesteckt und trugen Hauben aus Samt, die sie mit einer Schleife unter dem Kinn fixiert hatten.

„Ein bisschen", gab Mary zu und wiegte Evelyn sacht in den Armen. „Wobei es aufgeregt wohl besser trifft. Ich kann immer noch nicht glauben, dass meine Schwester am Leben ist und ich sie bald sehen werde."

Tess legte einen Arm um Molly Rose. „Ich bin so froh, dass du und Tom uns begleitet. Danke, dass du bei unserer Hochzeit Trauzeugin warst."

„Die Verwandtschaftsbeziehungen verwirren mich etwas, aber ich glaube, wie sind nun Schwestern. Zumindest empfinde ich das so."

„Ich auch."

Der Wagen hielt an. Tom sprang vom Bock, nahm Robbie und Molly Rose entgegen und half dann Mary hinunter, während Tess Evelyn übernahm. Sie reichte das Mädchen zurück und fand sich prompt in den starken Armen ihres Ehemanns wieder, der sie vom Wagen hob. Cale überraschte sie, indem er den Hut abnahm und sich einen kurzen Kuss stahl.

Verschämt senkte Tess den Kopf, lachte dann aber laut auf, als Robbie hinter ihr ein angewidertes „Iiiieh" von sich gab.

„Warte nur ab, Robbie", meinte Cale über die Schulter hinweg.

„Worauf denn?"

„Auf den Tag, an dem du deine Liebste findest."

„Ich werd mich ganz bestimmt nie nicht an die Kette legen lassen."

„Ich werde sicher nie heiraten", korrigierte Tess ihn.

„Warum sagst du das? Du hast doch gerade geheiratet. Obwohl du eigentlich *mich* heiraten wolltest."

„Robert Thomas Simms, benimm dich", ermahnte Mary ihn.

Der Junge zerrte am Kragen des Hemds und Wollmantels, den man ihn zu tragen gezwungen hatte. „Ja, Ma'am."

„Keine Sorge, Robbie", versicherte ihm Cale. „Eines Tages wirst du eine Frau wie Tess finden."

„Wenn du das sagst."

Cale griff nach Tess' Hand. „Ich gebe dich nicht mehr her, Mrs Walker", murmelte er leise, nur für ihre Ohren bestimmt.

Teresa Rios Campos Carlisle Walker.

Mrs Caleb Joseph Walker.

Das machte sie glücklicher, als sie es je für möglich gehalten hätte.

Die letzten Wochen waren wie im Flug vergangen. Sie waren kurz zu Vern Blights Farm zurückgekehrt, hatten ihn über die tragischen Ereignisse informiert und anschließend Douglas Haverly und ihr *mula* Moses mitgenommen. In Tucson hatte Cale dafür gesorgt, dass der Junge zu seiner Familie im Süden zurückgebracht wurde.

Anschließend hatten Tess und Cale mehrere Wochen bei Tom und Mary verbracht. Tom hatte ein Haus in der Stadt für sie gefunden, aber das musste erst hergerichtet werden, also half ihm Cale dabei. Tess hatte eingewilligt, ihn zu heiraten, da es für sie keinen Grund gab, noch länger zu warten.

Sobald sie miteinander allein waren, hatte er Tess seine Liebe deutlich gezeigt, und die alte Decke war seitdem vergessen. Cale liebte sie nach ihrer Rückkehr so hingebungsvoll, und sie fanden so oft zueinander, weshalb nicht nur die Möglichkeit bestand, dass sie ein Kind unter dem Herzen trug. Das war praktisch eine ausgemachte Sache. Auch wenn sie nie darüber gesprochen hatten, so war es doch klar, dass er sich ein Kind wünschte, und dieses verdiente den Segen einer ehelichen Geburt.

Zurück in Texas hatte sie der erste Weg auf die Walker-Ranch geführt, wo sie Cales Vater und seine Brüder Joey und T.J. kennengelernt hatte. Die Familie ging nicht besonders herzlich miteinander um, aber Tess wusste, dass Cale seinen Frieden damit gemacht hatte. Sein Pa überließ ihm bereitwillig ein Stück Land, und die beiden hatten sich noch lange bis in die Nacht hinein über die Zukunft unterhalten.

Am nächsten Morgen brachen Cale, Tom, Mary und die Kinder zusammen mit Tess auf, damit Mary endlich ihre verloren geglaubte Schwester sehen konnte.

Nun waren sie auf dem Weg zur Veranda, als zwei Frauen in

der Eingangstür erschienen. Tess wusste sofort, dass das Marys Schwestern sein mussten.

„Molly?" Mary ließ die Hände ihrer Kinder los und rannte die Stufen nach oben, um die Frau fest in die Arme zu schließen.

Tess ging neben Robbie und Molly Rose in die Knie und behielt sie bei sich, während Mary erst die eine, dann die andere Schwester begrüßte. Sie konnten kaum voneinander lassen, und der Anblick ließ Tess die Kehle eng werden.

Eine ältere Frau kam zu ihnen heraus. „Kommt herein, bevor ihr euch noch eine Erkältung einfangt." Sie scheuchte alle ins Innere des Hauses.

Nachdem die ältere Frau ihr Evelyn abgenommen hatte, setzte Tess ihre Haube ab, und Cale half ihr aus dem Mantel. Die anderen legten ebenfalls ab, anschließend versammelten sie sich im Salon, in dem sich bereits die restlichen Familienmitglieder befanden.

„Matt", begrüßte Cale einen hochgewachsenen Mann mit braunen Haaren und Gesichtszügen, die denen der Frau ähnelten, die sie gerade hereingebeten hatte. „Darf ich dir meine Frau Tess vorstellen?"

Matt schüttelte ihr grinsend die Hand. „Freut mich sehr. Nachdem wir euren Brief bekommen haben, hat sich Molly ein wenig darüber amüsiert, wie schnell ihr geheiratet habt."

„Cale war ungeduldig", neckte Tess.

„Wenn ein Mann einmal seine Entscheidung getroffen hat, gibt es keinen Grund noch länger zu warten", entgegnete Matt.

Ein Mann, der dem Aussehen nach sicher sein Bruder war, trat zu ihnen.

„Schön, dich zu sehen, Logan." Cale reichte ihm die Hand und wandte sich dann an die blonde Frau neben ihm. „Claire? Sie hätte ich hier nicht erwartet."

„Du warst ganz schön lange weg", erwiderte Logan. „Claire ist meine Frau." Er schob einen Jungen nach vorne, der vielleicht acht oder neun Jahre alt war. „Und das ist ihr Bruder Jimmy."

Cale begrüßte den Jungen, schaute dann aber wieder zu Logan und Claire. „Herzlichen Glückwunsch."

„Ich freue mich, die Frau kennenzulernen, die es endlich geschafft hat, Walker zu zähmen." Logan warf Cale einen finsteren Blick zu. „Du warst mehr auf Wanderschaft als ein Bison."

„Ich glaube, du verwechselst mich mit dir selbst", schoss Cale zurück.

Logan grinste nur und legte Claire einen Arm um die Schultern. „Bei so viel Heiratsglück in der Luft denkt Rosita am Ende noch, dass ihre Glücksbringer wirklich funktionieren."

Ein weiterer hochgewachsener Mann mit dunklen Haaren und einer Narbe auf der linken Wange stieß zu ihnen.

„Nathan." Cale klopfte ihm freundschaftlich auf den Rücken. „Ihr habt euer Abenteuer im Grand Canyon tatsächlich überlebt. Und Emma ist auch in einem Stück zurückgekommen."

„Das weißt du auch noch nicht, oder?", warf Logan ein. „Die beiden sind auch in den Hafen der Ehe eingelaufen."

Cale schaute ein bisschen überfordert drein. „Vielleicht wirkt Rosita ja wirklich eine Art Zauber."

„Wer ist Rosita?", wollte Tess wissen.

„Die Köchin der Familie."

„Ist eine lange Geschichte, wie ich Emma gefunden habe", sagte Nathan. „Schön, Hank Carlisles Tochter kennenzulernen. Habt ihr ihn gefunden?"

„*Sí*", antwortete Tess.

„Auch eine lange Geschichte", meinte Cale. „Eine, die man sich am besten bei einer Flasche Whiskey und guten Zigarren erzählt." Er griff nach Tess' Hand.

„Klingt gut", stimmte Matt ihm zu. „Ich glaube nicht, dass die Damen sich so schnell voneinander trennen werden."

Emma, Mary und Molly befanden sich immer noch in ihrer eigenen Welt, weinten, lachten und umarmten sich.

Tom unterhielt sich mit Logan, und es gab eine weitere Vorstellungsrunde für ihn.

„Sollen wir ins Arbeitszimmer meines Vaters gehen?", fragte Matt irgendwann die Männer. „Er kommt erst nächste Woche aus Dallas zurück."

Cale sah Tess fragend an. „Ist das für dich in Ordnung?"

„Sicher. Geh ruhig." Im Moment fühlte Tess sich sehr wohl, ganz anders als auf der Walker-Ranch.

Nach einem Kuss auf ihre Wange schloss Cale sich den Männern an.

„Ich freue mich so, dass du hier bist", verkündete Claire. „Du bist nach der langen Reise sicher müde."

„Es war sehr wichtig für Mary, hierherzukommen. Es ist so schön, dass ich sie begleiten durfte."

Robbie und Molly Rose zupften im gleichen Moment an Tess' Rock, als Matt und Logans Mutter sich zu ihnen gesellte.

„Bitte entschuldige, dass ich mich nicht eher vorgestellt habe. Ich bin Susannah Ryan, und du musst Tess sein. Wir freuen uns alle so für dich und Caleb. Er ist uns sehr ans Herz gewachsen, und es ist schön, dich kennenzulernen." Susannah schloss sie in die Arme, und Tess konnte gar nicht anders, als die Frau auf Anhieb zu mögen. „Vielleicht würden die Kinder gerne mit in die Küche kommen und ein paar Kekse naschen? Dann haben sie zwar zum Abendessen vermutlich keinen Hunger mehr, aber ich verrate es Rosita einfach nicht." Sie hielt Robbie und Molly Rose die Hände hin. „Jimmy? Kommst du auch mit?"

„Ja, Ma'am!"

Tess nickte Marys Kindern aufmunternd zu, woraufhin sie nach Susannahs Händen griffen und sich von ihr den Gang hinunterführen ließen.

Endlich schaffte Mary es, sich von den anderen loszueisen. „Tess, das ist meine Schwester Molly."

Mollys funkelnde Augen und ihr breites Lächeln waren Marys so ähnlich. Und sie war unübersehbar schwanger. „Du hast Cale geheiratet, das macht uns zu Schwestern", verkündete sie.

Als Molly sie umarmte, empfand Tess eine Art von Liebe und

Verbindung, wie sie sie noch nie zuvor erlebt hatte. Als würde Molly und der ganze Haushalt ihre Gegenwart brauchen. Seltsam und vollkommen unerwartet.

„Ich hatte noch nie eine Schwester", erwiderte Tess.

„Nun, jetzt hast du gleich einen ganzen Haufen!", rief Molly aufgeregt.

Auch die andere Schwester strahlte übers ganze Gesicht. „Ich bin Emma."

Tess umarmte auch sie. „Ich war noch nie in meinem Leben mit so vielen Frauen in einem Raum."

Sie lachten und machten es sich auf dem gepolsterten Sofa und den Sesseln bequem. Tess verlor jegliches Zeitgefühl.

Die Kinder kamen in den Salon gestürmt, hinter ihnen trat eine mexikanische Köchin, vermutlich die berüchtigte Rosita, mit Evelyn auf dem Arm ein. „Sind Sie die Mutter?", fragte sie Tess, die jedoch den Kopf schütteln musste.

Sehnsucht brandete in ihr auf. Sie wollte so gerne ein eigenes Kind haben. Mit etwas Glück war es für sie und Cale bald so weit.

Emma setzte sich neben sie und schaute Tess einen Moment lang an, bevor sie sich zu ihr lehnte. „Ich hoffe, dass es dir nichts ausmacht, wenn ich dir das sage, aber du bist schwanger."

„Woher weißt du das?", fragte Tess überrascht. Ihr Herz machte einen freudigen Hüpfer. Sie hoffte so sehr, dass Emmas Vermutung sich bewahrheitete.

„Ich habe da diese kleine Gabe", erwiderte Emma mit einem Seufzen. „Ich erkläre es dir gerne nachher, wenn du magst."

Neugierig geworden nickte Tess. „Sehr gerne."

Rosita lachte herzlich. „Miss Tess, nicht wahr? Sie sind Cales Frau? All die anderen Frauen hier erwarten ein Kind, warum also nicht auch Sie?"

Susannah runzelte die Stirn. „Auf mich trifft das sicher nicht zu, Rosita. Ich bin viel zu alt dafür."

„Auf mich wahrscheinlich auch nicht", warf Mary ein. „Evie

hält uns für den Moment genug auf Trab. Bekommen Emma und Claire denn auch ein Baby?"

Die beiden Frauen nickten.

„Dann hoffe ich, dass ich mich bei euch anstecke", scherzte Tess, was alle zum Lachen brachte.

„Ich würde deine Kinder gerne kennenlernen", sagte Molly zu Mary.

Mary erhob sich, um Rosita Evelyn abzunehmen, und bedeutete den älteren Kindern, näherzukommen. „Hier haben wir Robert und Molly Rose. Kinder, das ist eure Tante Molly."

„Sie heißt genauso wie ich", flüsterte die kleine Molly Rose.

„Schätzchen, du wurdest nach ihr benannt", entgegnete Mary.

Molly Rose taperte schüchtern zu ihrer Tante Molly und ließ sich von ihr umarmen.

„Ich hätte mir nie träumen lassen, dass ich diesen Moment erlebe", sagte Mary.

Tess schlang einen Arm um sie. „Geh nur und kümmere dich um Evie." Die Kleine wurde zunehmend unruhiger, und es war klar, dass sie Hunger hatte. „Ich passe auf Robbie und Molly Rose auf."

Mary nickte dankbar und folgte Rosita in ein Zimmer, wo sie Evelyn in Ruhe stillen konnte.

Jimmy drängte Robbie, ihn nach oben zu begleiten. Er hatte Spielzeuge in seinem Zimmer, die er gerne mit seinem Gast teilen wollte.

Und so setzte Tess sich mit ihren neuen Familienmitgliedern Molly, Claire und Emma ans prasselnde Kaminfeuer. Molly Rose überwand ihre Zurückhaltung innerhalb kürzester Zeit und genoss es sichtlich, im Mittelpunkt der Aufmerksamkeit zu stehen.

Die Zeit verging wie im Flug, und zu vorgerückter Stunde lud Susannah sie ein, die Nacht auf der SR-Ranch zu verbringen.

Weit später am Abend lag Tess mit Cale in den zerwühlten Laken ihres Bettes. Er roch nach Tabak und Whiskey. Das Ausmaß seiner Leidenschaft überraschte sie jedes Mal aufs Neue, insbesondere, weil der Alkohol ihn eigentlich hätte schläfrig machen sollen.

Ein Knie zwischen ihren Beinen und halb über sie gebeugt, strich er mit einer Hand von ihrer Brust zur Hüfte hinunter und schmiegte das Gesicht in ihre Halsbeuge.

Zufrieden schloss sie die Augen, und ihr Atem beruhigte sich langsam nach ihrem lustvollen Stelldichein wieder.

„Ich glaube, wir bekommen ein Kind", flüsterte sie.

Cale stützte sich auf einem Arm ab und hob den Kopf, um ihr in die Augen zu sehen. „Macht dich das glücklich?"

„*Sí.*"

„Ist die Panik wieder da?" Seine freie Hand ließ er auf ihrem Bauch ruhen.

„Nein. Seit Wochen nicht mehr." Vielleicht war die Angst wirklich verschwunden. Aber wenn nicht, wusste Tess inzwischen, dass sie mit Cales Liebe auch das überstehen konnte.

„Dann hat mein Plan ja funktioniert."

„Und der wäre?"

„Dich so oft zu lieben, dass du gar nicht mehr daran denkst, dich zu fürchten."

„Ja, das scheint in der Tat erfolgreich zu sein. Aber dafür bin ich ständig müde", erwiderte sie verspielt.

„Das ist ein geringer Preis, denke ich." Cale gab ihr noch einen Kuss.

„Wenn es ein Mädchen wird, könnten wir sie nach *mi abuela* nennen?"

„*Sí*", stimmte Cale zu. Seine Lippen strichen über ihre Wange, dann über ihren Hals und verscheuchten alle Gedanken aus Tess' Kopf. Er schob sich noch ein Stück weiter über sie. „Aber ich glaube, ich werde sie einfach Amselchen nennen."

O Amsel, lass dein Lied erklingen!

Glück erfüllte Tess' Herz, und zum ersten Mal in ihrem Leben erzählte sie die Geschichte nicht – sie *war* die Geschichte.

Danksagung

Ich freue mich sehr, dass Sie sich für *Verliebt in Arizona* entschieden haben, und hoffe, dass Ihnen die Geschichte gefallen hat. Über eine Rezension würde ich mich sehr freuen, denn das ist eine große Hilfe für Autor*innen und andere Leser*innen.

Herzlichen Dank. ~ Kristy

Melden Sie sich für Buchneuigkeiten zu Kristys deutschem Newsletter an: kmccaffrey.com/GermanNewsletterSignUp

Anmerkungen der Autorin

Wenn man eine fiktionale Geschichte rund um historische Ereignisse ansiedelt, nimmt man sich als Autorin manchmal Freiheiten heraus. Dies sind meine:

Captain Reed Fitzgerald und seine Ehefrau Kitty sind erfundene Figuren. Der Kommandant von Fort Bowie zu dieser Zeit war First Lieutenant William M. Wallace von der Sechsten U.S.-Kavallerieeinheit. Dass Ehefrauen von Offizieren zusammen mit ihren Männern in entlegenen Außenposten lebten, kam durchaus vor. Martha Summerhayes beschreibt dieses Leben in ihrem berühmten Buch „Vanishing Arizona" ausführlich. Außerdem möchte ich Rita Edwards danken, die die Verlosung in der Facebook-Gruppe Pioneer Hearts gewonnen hat, in der sich Leser*innen und Autor*innen von Western-Liebesgeschichten austauschen können. Sie durfte den Namen von Reeds Ehefrau auswählen und entschied sich für Kitty Louise zu Ehren ihrer Großmutter.

Die *Medal of Honor*, eine Ehrenmedaille, die während des amerikanischen Bürgerkriegs eingeführt wurde, ist die höchste militärische Auszeichnung, die die Regierung der Vereinigten Staaten einem Mitglied der Streitkräfte verleihen kann. Der

Empfänger oder die Empfängerin muss sich unter Einsatz seines Lebens durch Tapferkeit und Furchtlosigkeit weit über die Pflichterfüllung hinaus im Einsatz gegen einen Feind der Vereinigten Staaten ausgezeichnet haben. Die *Medal of Honor* wurde zweiunddreißig Männern der Kompanie G der Ersten und Achten US-Kavallerie für den Rocky-Mesa-Feldzug in den Chiricahua-Bergen (Oktober 1869) verliehen. In meiner Geschichte gehörte Cale zu den etwa fünfzig Männern der Kompanie D des Zweiunddreißigsten Infanterieregiments. Ich habe also ein wenig geschummelt, weil ich Cale die Medaille gegeben habe, aber er könnte durchaus an diesem Kampf gegen Cochise und die Apachen teilgenommen und sie sich erworben haben.

Meine Darstellung der Apachen stammt aus vielen Quellen, und die indigenen Nednhi gab es tatsächlich, aber Mohans Gruppe ist Fiktion. Falls ich bei der Repräsentation der Native Americans Fehler gemacht haben sollte, entschuldige ich mich dafür. Bei der entsprechenden Recherche wird einem schnell bewusst, wie viel Ambivalenz und Verrat seitens der weißen und hispanischen Menschen, aber auch der Apachen existierte. Ebenso oft gab es auf allen Seiten anständige Menschen. Es war mir ein Bedürfnis, die persönlichen Moralvorstellungen der einzelnen Figuren darzustellen.

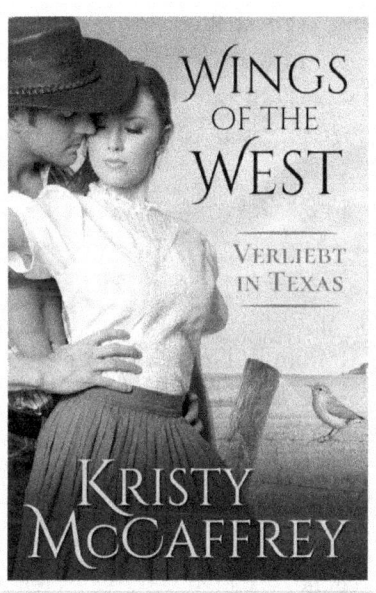

Verliebt in Texas
Wings of the West: Buch 1

Zehn Jahre sind vergangen, seit ihr Zuhause überfallen, ihre Eltern ermordet und Molly Hart entführt wurde. Nachdem sie den Großteil ihrer Kindheit bei den Kwahadi-Comanche verbracht hat, kehrt sie endlich heim nach Texas. Sie findet jedoch nichts weiter vor als ein verfallenes Anwesen. Mit Schaudern entdeckt sie ihren eigenen Grabstein und trifft auf Matt, der ihr schon früher viel bedeutet hat. Entschlossen, das Rätsel ihrer Vergangenheit aufzuklären, beschließt Molly, den Mörder ihrer Eltern zu suchen. Dabei setzt sie nicht nur ihr Leben, sondern auch ihre Liebe zu Matt aufs Spiel ...

Getrieben von den Dämonen der Vergangenheit steht Matt Ryan vor den Überresten der Hart-Ranch. Zehn Jahre lang hat er als Soldat und Texas Ranger sein Leben aufs Spiel gesetzt, stets auf der Suche nach Gerechtigkeit für den grausamen Mord an einem kleinen Mädchen. Nun kehrt er, seelisch und körperlich angeschlagen, zurück an den Ort, wo alles begann. Dort trifft er überraschend auf eine Frau mit denselben blauen Augen wie das Mädchen, das er nie vergessen konnte. Für ihn ist klar: Um jeden Preis will er Molly zu ihrem Glück verhelfen, auch wenn er dafür riskieren muss, sie ein zweites Mal zu verlieren …

„… McCaffreys Westernromane zeichnen sich durch ein realistisches Setting und die detailgetreue Darstellung historischer Ereignisse aus." ~ Romantic Times BOOKclub

„Ich bin ein großer Fan von Western-Liebesromanen und dieses Buch ist wirklich außergewöhnlich. Ein schöner Auftakt zu einer tollen Serie." ~ The Romance Studio

„Attraktive, verwegene Helden, starke Heldinnen und eine ausgezeichnete Story machen diesen Roman zum bleibenden Lesegenuss." ~ The Best Reviews

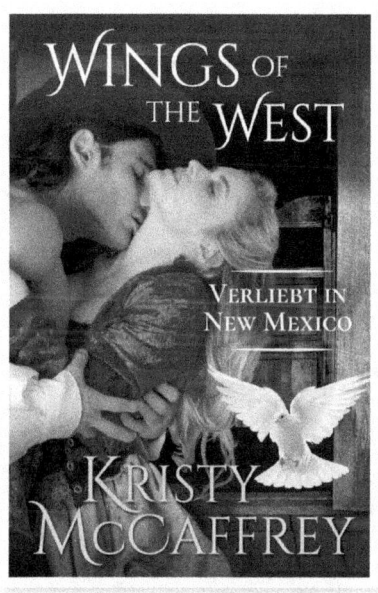

Verliebt in New Mexico
Wings of the West: Buch 2

Ex-Deputy Logan Ryan ist überrascht, als er Claire Waters inmitten einer quirligen Stadt am Santa Fe Trail wiedersieht. Denn die Frau, an die er sich erinnert, ist verschwunden. An ihre Stelle ist eine betörende Bardame getreten, die ihn in die größten Schwierigkeiten bringen kann. Als Claire in ein gefährliches Netz aus Intrigen gerät, versucht Logan, sie zu beschützen. Doch er erkennt nicht, dass seine Vergangenheit die größte Bedrohung für sie darstellt.

Claire würde am liebsten vor Scham im Boden versinken, als sie auf den Stufen des „White Dove Saloon" mit Logan Ryan zusammenstößt. Sie lässt zu, dass er das Schlimmste von ihr denkt. Dabei verschweigt sie, dass sie nur als Bardame arbeitet, weil ihre Mutter, die Besitzerin des Saloons, verschwunden ist. Deshalb kann sie es sich auch nicht leisten, sein Hilfsangebot abzulehnen.

Verzweifelt bemüht, ihr Leben in Ordnung zu bringen, begibt sie sich mit ihm auf die Reise und stellt dabei fest, dass die Versuchung, Logan ihr Herz zu öffnen, sie in größte Gefahr bringt.

„… eine wundervolle Beschreibung des Sangre-de-Cristo-Gebirges, von Las Vegas im späten 19. Jahrhundert und der Ranch der Ryans. Die Rezensentin fühlte sich beim Lesen in diese Zeit und an die beschriebenen Orte versetzt." ~ Love Romances

„Ms McCaffrey schreibt aus dem Herzen … definitiv eine Leseempfehlung." ~ The Romance Studio

„Wenn Sie Liebesromane, die im Wilden Westen spielen, mögen, dann sollten Sie dieses Buch lesen." ~ Romance Junkies

Verliebt am Grand Canyon
Wings of the West: Buch 3

Eine Liebe am Grand Canyon

Am Grand Canyon stellt sich Emma Hart einer ungewissen Zukunft – und der Begegnung mit Texas Ranger Nathan Blackmore.

Im Jahr 1877 reist Emma Hart zu dem erst kürzlich entdeckten rauen, zerklüfteten Grand Canyon. Geplagt von Visionen sucht sie dort nach Antworten zu der Tragödie in ihrer Vergangenheit, dem Verrat in der Gegenwart und nach einer Zukunft, die so fern und unerreichbar scheint und trotzdem ihr Herz zum Klingen bringt. Mit übersinnlichen Fähigkeiten begabt und begleitet von ihrem Krafttier, einem Spatz, will Emma die Traditionen der Hopi erkunden und muss sich dabei dem buchstäblich jahrhundertealten Bösen stellen.

Texas Ranger Nathan Blackmore folgt Emmas Spuren bis zum

Colorado River und ist fassungslos, als er sieht, dass sie den Fluss mit einem Kanu erkunden will. Für ihn ist klar, dass sie diese Reise auf keinen Fall allein antreten wird. Doch während der Fahrt auf dem Fluss zu einem Ort, an dem die Zeit stillzustehen scheint und selbst der kleinste Stein große Kreise zieht, muss er eine Entscheidung treffen. Entweder er akzeptiert das Unbekannte, die Welt jenseits der unseren, und stellt sich den Dämonen seiner Vergangenheit, oder er wird die Frau, die er inzwischen mehr liebt als sein Leben, für immer verlieren.

Ein (über)sinnlicher historischer Western-Liebesroman vor der atemberaubenden Kulisse des Grand Canyon.

„Die Leser werden die Geschichte lieben …" ~ RT BookReviews

„McCaffreys Geschichten sind historisch akkurat … ein phänomenaler Lesegenuss, ich lege das Buch allen ans Herz, die historische Liebesromane mit dem gewissen Extra mögen." ~ Jonel Boyko, Reviewer

„Die Legenden der Hopi und Havasupai haben in McCaffrey eine neue Stimme gefunden. Ihr mitreißender Stil machte die mystische Reise ihrer Protagonistin in ein anderes Reich glaubhaft. Ich konnte das Buch nicht mehr aus der Hand legen und habe es an einem Abend gelesen." ~ City Sun Times

Verliebt in Colorado
Wings of the West: Buch 5

Molly Rose Simms verlässt das Arizona-Territorium voller
Abenteuerlust, um nach Colorado zu reisen und ihren Bruder zu
besuchen. Robert hatte sich vor zwei Jahren auf den Weg in die
aufblühende Silberstadt Creede gemacht. Nun hofft Molly Rose,
ihn dazu zu überreden, dass er sie nach San Francisco, New York
oder womöglich sogar nach Europa begleitet. Robert ist jedoch
verschwunden. Molly Rose trifft nur noch seinen Partner an, einen
geheimnisvollen Mann, den man den Schakal nennt.

Jake McKenna hat die belebten Straßen Istanbuls durchstreift,
faszinierende Häfen in China besucht und die Wüsten von
Marokko bereist. Seine Rastlosigkeit und Entdeckerlust ist die
einzige Konstante in seinem Leben. Als ihm die Suche nach der
sagenumwobenen Bluebird-Mine eine neue Partnerin beschert,
muss er sich fragen, wie weit er wohl gehen würde, um die

atemberaubende junge Frau zu beschützen, die ihren Bruder sucht. Sich niederzulassen und eine Familie zu gründen waren zwar nie Teil seiner Zukunftspläne, aber Molly Rose Simms könnte die Welt des Schakals in jeder erdenklichen Hinsicht auf den Kopf stellen …

„… rasant erzählt mit tiefgründigen Charakteren und einer Geschichte, die mich von der ersten bis zur letzten Seite in ihrem Bann hielt …" ~ Jo, Romance Junkies

„… vollgepackt mit Abenteuer und atemberaubender Action … ein fantastisches Buch … ich konnte es nicht mehr aus der Hand legen!" ~ Maia, The Silver Dagger Scriptorium

„So spannend, dass ich wie gefesselt war … ein unterhaltsames Leseerlebnis!"
  ~ Belinda Wilson, InD'tale Magazine, a Crowned Heart review

A ls Kind hat Kristy McCaffrey sich selbst häufig Geschichten erzählt. Schon bald wurde offensichtlich, dass sie eine Neigung zum Schreiben verspürte. Sie ist mit Science-Fiction, Fantasy und den Legenden um König Artus aufgewachsen und übertrug diese Vorliebe für Mythen schon bald auf das Schreiben eigener Westernromane. Nach einer Ingenieurausbildung entschied sie sich dafür, Hausfrau und Mutter zu werden und nebenbei Romane zu schreiben. Sie und ihr Ehemann leben in der Wüste von Arizona, wo ihre vier Kinder nach und nach flügge werden. Kristy ist fest davon überzeugt, dass man dem Leben mit Neugier, Mitgefühl und Dankbarkeit begegnen sollte, möglichst mit Hund an der Seite. Sie schläft gerne lange aus, mag mexikanisches Essen und Yoga im Pyjama.

Wenn Sie regelmäßig über Neuerscheinungen informiert werden wollen, können Sie Kristys englischsprachigen Newsletter (kmccaffrey.com/subscribe) abonnieren oder besuchen Sie ihre englische Webseite (kmccaffrey.com) oder ihren Blog, um mehr über ihre Arbeit zu erfahren. Sie finden sie außerdem auf

Facebook (facebook.com/AuthorKristyMcCaffrey), Instagram (instagram.com/kristymccaffreybooks) und TikTok (tiktok.com/@kristymccaffrey).

Melden Sie sich für Buchneuigkeiten zu Kristys deutschem Newsletter an: kmccaffrey.com/GermanNewsletterSignUp

www.ingramcontent.com/pod-product-compliance
Lightning Source LLC
Chambersburg PA
CBHW061326170626
46817CB00001B/340

* 9 7 8 1 9 5 2 8 0 1 0 8 2 *